世界华文文学研究文库 第 2 辑

世界华文文学研究文库编委会 编

从边缘返回中心

黎湘萍选集

黎湘萍 著

China World Association for Chinese Literatures

南方出版传媒

花城出版社

中国·广州

图书在版编目（ＣＩＰ）数据

从边缘返回中心：黎湘萍选集 / 黎湘萍著. -- 广
州：花城出版社，2014.11（2021.7重印）
（世界华文文学研究文库. 第2辑）
ISBN 978-7-5360-7311-1

Ⅰ．①从… Ⅱ．①黎… Ⅲ．①华文文学－文学研究－
世界－文集 Ⅳ．①I106-53

中国版本图书馆CIP数据核字(2014)第247576号

出 版 人：肖延兵
责任编辑：李　谓　李加联　杜小烨
技术编辑：薛伟民　凌春梅
装帧设计：林露茜

书　　名	从边缘返回中心：黎湘萍选集 CONG BIANYUAN FANHUI ZHONGXIN LI XIANGPING XUANJI
出版发行	花城出版社 （广州市环市东路水荫路11号）
经　　销	全国新华书店
印　　刷	北京一鑫印务有限责任公司 （北京市顺义区北务镇政府西200米）
开　　本	880 毫米×1230 毫米　32 开
印　　张	9.75　2 插页
字　　数	280,000 字
版　　次	2014 年 11 月第 1 版　2021 年 7 月第 2 次印刷
定　　价	49.80 元

如发现印装质量问题，请直接与印刷厂联系调换。
购书热线：020－37604658　37602954
花城出版社网站：http://www.fcph.com.cn

出版说明

有海水的地方就有华人，有华人的地方就有中华文化的流播，也就伴随有华文文学在世界各地绽放奇葩，并由此构成一道趋异与共生的独特风景线。当今世界，中华文化对全球的影响力不断扩大，无疑为我们寻找华文文学创作与研究的世界性坐标，提供了有利的条件和新的机遇。

改革开放三十多年来，中国大陆华文文学研究界的老中青学人，回应历经沧桑的世界华文文学创作，孜孜矻矻地进行了由浅入深、由少到多的观察与探悉，取得了相当丰硕的研究成果。为了汇集这一学科领域的创获，为了增进世界格局中中华文化和不同文化之间的交流与对话，为了加强以汉语为载体的华文文学在世界文坛的地位，也为了给予持续发展中的世界华文文学以学理与学术的有力支持，中国世界华文文学学会与花城出版社联手合作，决定编辑出版"世界华文文学研究文库"。

这套"文库"，计划用大约五年的时间出版约 50 种系列图书。

"文库"拟分为四个系列：自选集系列、编选集系列、优秀专著系列，博士论文系列。分辑出版，每辑推出 8 至 10 种。其中包括：自选集——当代著名学者选集，入选学者的代表作；编选集——已故学人的精选集，由编委会整理集纳其主要研究成果辑录成册；优秀专著——世界华文文学研究领域的最新学术专著，由编委会评选推出；博士论文——世界华文文学研究的博士论文，由编委会遴选胜出。

"世界华文文学研究文库"将以系统性、权威性的编选形式，成就华文文学研究领域的大典。其意义，一是展示中国世界华文文学研究的整体性学术成果；二是抢救已故学人的研究力作；三是弥补此一研究领域的空缺，以新视界做出新的开拓；四是凸显典藏性，有较高的历史价值与人文价值。

"文库"在编辑过程中，参考并选用了前贤及今人的不少研究成果，在此谨向众多方家深表谢忱。由于时间仓促，遗珠之憾和疏漏错差定然不免，尚祈广大读者多加赐教。

花城出版社
2012 年 10 月

目　录

第二辑 随笔

第三辑 序跋与书评

自序 终结"冷战"思维的新学科

　　我至今仍记得1986年底第一次去深圳大学旁听第三届"台港暨海外华文文学国际学术研讨会"的情形。

　　从北京乘坐火车到广州，并没有什么新奇之感，但从广州乘坐火车到深圳特区，要怀揣着特别通行证，自然不免对那个神秘的深圳特区有点想入非非了。到深圳大学报到之后，吸引我的，倒不是崭新的校园建筑，而是旅馆里看到的香港电视台的粤语节目，香港的本地新闻和国际新闻，播音员的播报风格，都与我们所熟悉的央视不太一样，即使是看来相似的广州电视台的粤语节目，也不如香港电视台能带给我新鲜感。看来，发现"他者"的存在，真是重新反省自我的开始。

　　这次会议给我留下的深刻记忆，似乎不是那些严肃的学术讨论，而是学术之外的漂浮的印象。我看到了写《香港故事》的施淑青，如同她笔下的青花瓷般在喧嚣中被众人争相观赏；以《尹县长》闻名、刚出版《二胡》的陈若曦，也成为研究者趋之若鹜的人物。我敬重这个领域的先行者，但当听到他们用我们熟悉的批判的语言来斩钉截铁地抨击台湾的现代主义文学，而对现实主义的乡土文学则给予热情的肯定时，我对这种二元对立的思维方式却充满了疑惑。然而，他们讨论到的陈映真、黄春明、王祯和、白先勇、王文兴等作家的作品，从此引起了我浓厚的兴趣。我也看到了许多陌生的台港和海外作家、学者，用他们的语言和方式，讨论着我所不熟悉的对象和领域，我甚至想邀请来自美国的陈幼石教授到我就读的研究生院文学系讲学，只为了聆听在异域的华人学者的不同声音。当时我只关心美学、文论的问题，这方面的论文并不多，只有胡经之教授和他的学生荣伟涉及这一议题，这颇让我感到意外。在一次年轻人的聚会中，有朋友大谈琼瑶、三毛的作品，看到我茫然以对，竟笑我怎么能不知道琼瑶？我为自己的无知感到惭愧。还记得会后的一个晚上，我们应邀去参加深圳一个年轻诗人的生日会，他的诗友留着长发和满脸的长须，似乎有意似的，要用灯光把自己的身子投影在白色的墙壁上。他的学生朗诵着他的诗为他庆生，好比让母鸡欣赏自己下的蛋一般。我身边恰好有位从上海来深圳讲学的著名评论家，善意地嘲讽说，这些诗是不能听的。这个会议，让我读后终身难忘的，还有刘登翰先生一篇不长却很睿智的论文。

晚上休息的时候，当地朋友带着我们去海边远眺香港夜市的灯火，有人还为我们讲述"文革"时期偷渡客从深圳潜水到香港的冒险传奇。会后，我有机会跑到沙头角去看了看，一条不宽的街道，中间就是界碑，我们这些内地来的游人，在两边巡警的视线之外，随时跨越、穿梭于这条微妙的中英边界，在巡警的视线之内，我们可以让手伸过脚底的边界，与香港的摊贩做着法律许可的交易，买他们便宜的味精、砂糖和小玩意儿等。我曾惊讶于香港警察对越界者睁一只眼闭一只眼的随和与友善，相比之下，大陆警察似乎更为严格地恪守职责，对游客态度也严肃得令人生畏。中国香港的土地上，留着一条人为的边界，而我们伸手就能跨过这条历史遗留的边界。

这是我第一次踏上香港沙头角镇的中英边界，第一次对所谓"资本主义"和"社会主义"的临界点有了亲身的体会。第一次在这样一个特殊的地方聆听来自不同社会制度的作家、学者们讨论他们心目中的文学，描述着他们各美其美的美学。我是第一次感受到，文学可以成为斗争的武器，也可以成为沟通心与心的桥梁。这一年，距1978年底十一届三中全会的召开、1979年元旦《告台湾同胞书》的发表刚好八年。我那时并不很自觉地意识到，自己恰好偶然地站在历史的转折点，听到了过去的时代渐渐远去的足音，也感受到了一个新时代降临时激起的好奇、慌乱和希望。此后，我们都越来越深刻地意识到，从1979年发端的"台港文学"的介绍和研究，渐渐扩展成为"台港暨海外华文文学"乃至"台港澳暨海外华文文学"、"世界华文文学"的学科范畴，对于中国人从鸦片战争以来的近代史阴影中走出来，是多么重要的一个精神疗伤和再造新的多元的华人文化的过程。我们应该感谢许多先驱者、拓荒者的努力，但我们在享受这个成果的同时，不应该满足于让这个成果逐渐变成一门体制内的学科，而更应该使之化为一种开创当代文化复兴的悟性和智慧。在现实中的人们仍然受到冷战的困扰时，这种悟性和智慧早就已悄悄地冲击着僵硬的二元对立式的冷战思维方式了。

写到这里，我想起1921年1月1日，时年二十八岁的毛泽东在新民学会长沙会员大会上所做的一次发言。他说："中国问题本来是世界的问题，然从事中国改造不着眼及于世界改造，则所改造必为狭义，必妨碍世界。"（《在新民学会长沙会员大会上的发言》）青年毛泽东的这段话，包含了他处理中国问题的宏观视野和方法论：他反对"改良"，主张"改造"，而选择的方式则是俄罗斯的社会主义革命道路。特别值得一提的是，他不主张使用"东亚"这样的区域性概念，而一开始就同意使用"世界"的概念："提出'世界'，所以明吾侪的主张是国际的；提出'中国'，所以明吾侪的下手处"。作为马克思主义的信仰者，毛泽东首先是国际主义者，其次才是民族主义者。换言之，他是在国际主义的框架和视野下来思考和解决中国的问题的，因此才特别强调"中国问题本来是世界的问题"，"从事中国改造不着眼及于世界改造，则所改造必为狭义，必妨碍世界"。

毛泽东早年的这段话，也是当年共产党人的愿景和策略，他们的根本目标是以其共产主义理想来"改造世界"，而下手处则是"改造中国"，这是政治的，更应该是文化的工作；是"国际"的，也是"民族"的，但绝不是大国沙文主义的。如此来看1978年的"改革开放"，表面上看似乎是中国在吸取了"文革"的经验教训之后，从以"改造中国"为核心到以"建设中国"为重点的战略转移，但实质上，这一战略转移的影响力远远超过了中国的内部，而波及世界。正是中国从 1970 年代末开始的改革开放运动，率先撼动了世界性的冷战结构。在文学研究领域，与中国的改革开放历程相始终的"台港澳与海外华文文学"这门学科的出现，实际上也即意味着冷战思维的结束，从而也开启了更多的思想、文化、文学创造的可能性。

感谢中国世界华文文学学会给我这个宝贵的机会编这么一部"自选集"，借此可以回顾上世纪八十年代以来，自己追随先进所留下的思考的痕迹。我发现这些文字还很幼稚，但它确是这些年我们与这门学科一起成长的见证。

2014 年 9 月 1 日

第一辑　观察与思考

思想者的 "孤独"？

——关于陈映真的文学和思想与战后东亚诸问题的内在关联①

> 他们用梦支持着生活，追求着早已从这世界上失落或早已被人类谋杀、酷刑、囚禁和问吊的理想。也许他们都聪明过人，但他们都那样独来独往，像打破玻璃杯一样轻易地毁掉生命……
>
> ——陈映真：《哦！苏珊娜》（1966）

上世纪90年代以后，台湾本土化思潮勃兴，使陈映真带有批判性格的文化、社会、思想评论迅速被边缘化，与七八十年代的影响形成鲜明对比，但他六十年代以来的文学写作（特别是小说）仍魅力不减。关于陈映真的解读，分别在"诗"与"思"两方面出现了裂痕，两岸知识界对陈映真的解读，均有类似的现象，但因历史脉络的差异，对于陈映真的欣赏、接受、评价，在取舍上又有所不同。只有将陈映真放在东亚近代史的脉络去定位，将他的文学和思想放在更广阔的背景下进行整理和总结，思考他五十年代以后的文学写作和文化、思想、社会评论与战后东亚社会、历史诸问题的关联，方能更为完整地呈现陈映真的思想和文学的面貌，解释上述这种充满了困惑和分歧的现象。这与仅将陈映真放在台湾的统独论述中去为他"着

---

① 本文宣读于2009年9月在台北举行的"陈映真创作五十周年国际学术研讨会"，刊于《励耘学刊》2010年第1期，北京师范大学文学院编，学苑出版社2010年6月出版。

色", 或者仅从马克思主义的概念运用去判断他是否教条, 是不同的思考角度。

陈映真在其散文《汹涌的孤独——敬悼姚一苇先生》中, 提到姚一苇先生这样战后"怀璧东渡"的一代理想主义者, 在五十年代以还的冷战高压环境中, 不敢公开谈论其社会理想, 却在看到了青年陈映真小说作品中那无以言明的"内心和思想上沉悒的绝望和某种苦痛"之后, "平静地谈到了他少年遍读和细读鲁迅的历程", "在那即使亲若师生之间鲁迅依然是严峻的政治禁忌的时代, 我也第一次向他透露了我自己所受到的鲁迅深远的影响"。姚一苇先生以自己所理解的鲁迅为例, 谈到鲁迅的晚年"不能不搁置创作走向实践的时代的宿命", 但他却鼓励陈映真写小说, 而委婉劝他远离险恶的政治, 说"即使把作品当成武器, 创作也是最有力、影响最长久的武器"①。陈映真在姚一苇不避讳的鼓励之中, "听懂了先生不曾明说的语言, 而先生也了解了我不曾道出的思想和身处的困境"。他感受到姚先生关爱的温暖, 更体察到姚先生与自己类似的孤独感。正是这种"孤独感", 使陈映真比同时代人更敏感于战后台湾的重重问题所在, 意识到这个时代在冷战格局中形成的新的社会矛盾, 意识到台湾与朝鲜这个旧的日本殖民地社会一样, 在旧有的历史问题没有得到彻底的清理的前提下, 又被编入新的国际化冷战和民族分裂之中, 而台湾所有的精神病患, 都源于这种新的后殖民地·冷战·民族分裂结构之中, 这是怀抱着社会主义理想并意欲以此理想来超克台湾社会的"后殖民地·冷战·民族分裂"等多重矛盾从而重建一个新的理想社会的陈映真, 不见容于战后的台湾社会及其主流的意识形态的主要原因, 也正是他终其一生都怀抱着强烈的理想主义而如鲁迅般彷徨于"无地"之间的原因。

---

① 陈映真《汹涌的孤独——敬悼姚一苇先生》, 原载 1997 年 6 月 22 日《联合报》联合副刊。

1945 年 8 月光复以后的台湾，在思想探索、社会批评、政治实践、文化·文学活动诸方面都卓然独立、自成一家的大师级人物中，陈映真无疑是最具有理想性、实践性和争议性的。但如果把陈映真仅放在台湾的范围内去理解，则很容易受限于台湾内部的复杂的政治光谱的影响，使陈映真仅被定位为"左翼"的"统派"，甚至把他九十年代以后的思想、文化和社会批评，贴上"狭隘民族主义"的标签而加以轻视，而忽视了他的文学与思想的更为深广的价值。在我看来，只有把陈映真放在战后东亚地区的历史和社会转型的背景上，才能理解"这一个"陈映真在台湾、在祖国大陆、在东亚地区、在第三世界对几百年来的殖民主义、帝国主义的反思和批判的思想史脉络里的真实意义。

　　我过去在《台湾的忧郁》中论陈映真时，曾说他的身上有两个人的影子，一个是他所理解的试图以"社会革命"来完成以色列人的解放的犹大，一个是以"博爱"为救世真理的耶稣。这两个人在他的身上分裂为两种互相联系又有矛盾的人格，表现为实践其理想的两种不同的方式①。现在，可以比较准确地说，陈映真的身上，有两个人的影子，一个是内在于他的精神、血肉的充满了感性力量的耶稣，这个耶稣使他可以借艺术作品进入人的灵魂深处，挖掘人内心的神性和罪性，写出了人最深刻的不安和慈悲；另外一个则是在世界近代思想史上据有知识和理性的高度的马克思，借助马克思，他试图解释并解决人在历史和现实社会中的困境或人性桎梏。如果说，耶稣构成了"想象的陈映真"之小说的血肉和感性，那么马克思则成为"现实的陈永善"之知识和理性②，这两者结合，难分彼此。

---

　　① 黎湘萍《台湾的忧郁》，第二章，第 77－79 页，台北：人间出版社 2003 年 12 月版。

　　② 陈映真本名陈永善，映真是他往生的孪生同胞哥哥的名字。我在《"出走"的"使徒"——陈映真与基督教》一文中曾分析过陈永善与陈映真通过基督教而形成的"灵"的联系，拙文参见香港《文学世纪》2004 年第 4 期（总第 37 期）。

我在重读陈映真的时候，一直在反思阅读有些人经常提出的问题：早期的陈映真比晚期的陈映真更有魅力；艺术的陈映真比思想的陈映真更让人觉得亲近。为什么"作家陈映真"受到欢迎，而"思想家陈映真"却遭到冷遇？难道只是因为"作家陈映真"的小说作品的充沛的感性经验，与读者更容易引起共鸣？而"思想家陈映真"的那些理性思考，却是"过时"的"教条"？"作家陈映真"在他的作品里所表现的生活的深度和广度，与"思想家陈映真"对他所生活的时代、社会诸问题所思考、反省和批判的深度和广度，是和谐一致的还是相互矛盾的？陈映真的文学与思想，与战后东亚地区的社会、历史、文化诸问题有何内在关联？"统独"在陈映真所思考的问题链中，又处在什么位置？

作家陈映真与思想家陈永善：自始至终是一对无法分开的双胞胎

二十世纪五六十年代的台湾民间文化界，有《自由中国》（1949年创刊）、《文星》（1957年创刊）在争取言论、思想自由方面撑起自由主义的大旗，《文学杂志》（1956年创刊）、《笔汇》（1959年出革新版）、《现代文学》（1960年创刊）、《剧场》（1965年创刊）等则在现代（主义）文学的倡导方面独辟蹊径，这个时候的陈映真只是一个从莺歌镇来到台北淡江英专读书的浪漫、激情而似乎有些忧郁的文学青年，算不上场面上响当当的人物。然而，他也已经以其作品和论述，表现出与同时代人"同情不同调"的特异性。

第一个《面摊》（1959）摆在尉天骢主编的革新版《笔汇》第1卷第9期上时，陈映真将台北街头辛苦辗转的一家三口，置于"法律"与"人情"或"国家"与"人民"相冲突的场域，而刻意于描绘常被人所忽略的小人物们的细腻的内心世界，这是包裹在坚硬的国家、社会外壳中的最柔软的"仁"，是小人物家庭于最艰难的情境中仍能勉力扶持、勇敢生存下去的"爱"。后来在陈映真笔下常见的疲倦而温柔的人物在《面摊》中首次出现，他是一个富于同情心的腼腆的警官。来自国家执法人员的善意和温暖，哪怕只是一个微笑，一点微弱的帮助，都能让从乡下到台北来的一家三口感恩难忘。这篇小说令人想到赖和的名作《一杆秤仔》（1925年写，1926年发表），同样的场景，不一样的结局。如果说，赖和是以写实主义的方法来写"强权横行"的土地上，警察以"法律"的名义逼迫小民，使之走投无路而不得不起来反抗的悲剧，那么，陈映真的《面摊》则显然带有强烈的理想主义色彩——陈映真之"怀璧"，早于此篇见其端倪。这是陈映真高度理想化的歌颂人性善的短篇，他早已意识到警察作为国家权力和法律的执行者，对于平民百姓的普通生活所具有的高度影响力。因此，我们也不妨把这篇作品解读为在经历了台湾的二二八事件之后，年轻陈映真在鲁迅的影响之下，对理想化的"国家与人民"关系的象征性描写。

但这种"理想化"的描写似乎并不能维持很久，1960年发表的《乡村的教师》很快就进入"国家与人民"之关系的非理想化状况的深度探索。《乡村的教师》的主人公吴锦翔，一生横跨两个时代，即日据时代和战后台湾光复的时代。太平洋战争爆发后，被日本拉去当"志愿兵"，在南洋丛林经历了一场惊心动魄的战争梦魇后侥幸活着返乡的吴锦翔，因为吃过人，精神深处早已伤痕累累，国家暴力以战争的形式强加于像他那样的无数人民头上，然而台湾光复带来的希望，使他的理想复活，以为"设若战争所换取的仅是这个改革的自由和机会"，那么，"或许对人类也不失是一种进步的罢"。① 但最后，他看到的却是台湾光复后陷入内战恐惧之中的国家政权彻底摧毁了他的改革理想。陈映真是第一个在《乡村的教师》中表现太平洋战争时期台籍日本兵的身体和精神的境遇、表现台湾光复后充满了改革中国"愚而不安"社会的理想的一代人面临二二八事变之后国家政权的保守化而理想破灭的精神苦闷的作家。尽管在小说中，关于台湾战

---

① 陈映真《乡村的教师》，《陈映真作品集》第 1 卷，第 29 页，台北：人间出版社 1988 年 4 月初版。

前和战后的社会历史的描写很隐晦，但陈映真还是以象征性小笔法，塑造了一个没有死于战争，却自我毁灭于战后的绝望的吴锦翔，他的颓废、堕落，表面上看似乎只是因为不断受到在南洋丛林中吃过人肉的罪恶感的困扰，实际上，陈映真早已暗示了一个战后两岸民族分断、在台湾的新的保守时代的到来，而这个时代的到来，浇灭了吴锦翔这样的台湾青年的改革社会的理想，"冥冥里，他忽然觉得改革这么一个年老、懒惰却又倨傲的中国的无比的困难来。他想象着有一天中国人都挺着腰身，匆匆忙忙地建设自己的情形，竟觉得滑稽到忍不住要冒渎地笑出声音来了"。① 在《乡村的教师》中，陈映真触及到了战后东亚社会面临的新的复杂境况：原来的日本帝国主义、军国主义走向崩溃之后，其黑暗历史（包括日本本国逐步帝国主义化、军国主义化、其殖民扩张给周边国家带来的灾难）还没有受到彻底的清算，很快就与曾被它殖民统治的韩国、台湾一起，编入新的冷战国际体系，置入美国的势力范围；朝鲜半岛一分为二，祖国大陆与台湾的中华民族在国际势力的干涉下再度分离。吴锦翔的绝望与堕落，终至于自杀，与其说是纯粹的"个人"行为，毋宁说是一桩历史事件；与其说是吴锦翔对于人的内在的罪性的忏悔（对战争期间吃过人的梦魇的痛悔），毋宁说是对于台湾和大陆的近代历史重负的承担：吴锦翔是背着近代帝国主义压迫下的中国台湾的十字架走向死亡的。

从小受到基督教熏陶影响的陈映真，从一开始就非常刻意于拷问人性深处的脆弱的暗部，而对这暗部之不安的察觉，恰又源于同样在人性深处的纯洁的神性之光。他极其敏感于人的内在的道德律（人性中的神性之光）究竟如何去面对人因脆弱而犯下的罪行。有着燃烧的私欲和肉体之爱，是否是人的罪？历史之罪与现实之罚，这是陈映真小说从早期一直延续到晚期的重要主题。在《我的弟弟康雄》中，这个问题首开端倪，是陈映真探索人性内部的历史压迫、现实压迫与

---

① 陈映真《乡村的教师》，《陈映真文集》第 1 卷，第 31 页。台北：人间出版社 1988 年版。

道德压迫的开端。康雄的纯洁与教会的教条无关,人与仪礼、律法相比孰大？这样的人有没有资格去建立或追求一个纯洁的地上的天国？康雄因悟罪而死有没有救赎的意义？康雄的姐姐之被迫抛弃理想与现实妥协、换取俗世的幸福,所导致的道德难题,又当如何去面对和解释？陈映真用诗一般感性雅洁而又繁复的语言去思索质疑这些复杂问题,预示了他日后创作中耽于思想的方向。从《面摊》到《我的弟弟康雄》,我们看到他的小说把探索的领域,从"人"的现实层面扩大到对于"人"的精神深处的"罪性"的追问去了。《我的弟弟康雄》(1960)、《乡村的教师》(1960)、《故乡》(1960)、《死者》(1960)、《加略人犹太的故事》(1961)、《苹果树》(1961)、《文书》(1963)、《哦！苏珊娜》(1966)、《第一件差事》(1967)、《六月里的玫瑰花》(1967)、《贺大哥》(1978)等,无不涉及人的"罪性"的问题,但陈映真对人的"罪性"的呈现和反省,并不是抽象的,或仅仅是为了诠释基督教的信仰和概念,相反,陈映真是把他的人物放在特定的历史环境之中(这是五十年代以后的特殊的历史－政治环境的艺术化)去表现这种难以言传的内心深处的痛苦。陈映真设置的"历史场景",有的是近在身边的当下生活(《我的弟弟康雄》),有的是劫后余生的战争创伤(《乡村的教师》、《六月里的玫瑰花》),有的则是撕裂心灵的现代史(《文书》),有的则虚拟了罗马帝国统治下的殖民地场景(《加略人犹大的故事》)。在这些历史环境中生活的人们,都在特定的社会关系中生活,因而也无法摆脱这些关系带给他们的意识上的影响。陈映真对导致人的精神深刻不安的"罪性"的探索,也即是对人所生活于其中的历史和社会生活的反省和批判。

因此,陈映真的小说在非常丰富细腻的感性世界之外,还提供了对于潜藏在人的精神生活内部的复杂的"罪性"的深刻挖掘和反省,这是陈映真早期小说中最富于思想力的部分,也是陈映真区别于同时代的其他作家的重要特征。到了晚年,陈映真借助关于人的"罪性"与人所建立的"体制"之间的关系的思考,来重新审视社会主义的理想与实践之间出现的悲剧(典型如祖国大陆"文革"时期的状况），这种从早年延续到晚年，从虚构性的小说写作，延伸至文化·社会批评领域的思考，我在下文还会涉及。

现在回过头来看，六十年代的青年一代的小说中，最耀眼的还是白先勇和陈映真。这也是那个政治上高度压抑的年代中最富文学激情、最具小说美感、也最能激发出内在的"反抗性"的作家，只是他们对于那个压抑的年代的"反抗"，采用了不同的方式。白先勇的"反抗"方式，是婉讽，他以春秋笔法写小说，融合古典叙事与现代心理刻画的方法，将激情深藏于冷静的观察和表现之中，肉体、情欲和爱情的交互纠缠，被置于历史的沧桑变化之中加以描写，白先勇以个人的经验呈现、颠覆并改写了大的历史，并瓦解了传统的伦理，再造了新的伦理，开拓了人性认识的深度；陈映真的短篇小说，即使是独白性很强的作品，如《我的弟弟康雄》，也有非常复杂的多声部潜在的对话，这篇小说语言的美感胜于画面感或镜头感；他同样善于含蓄而细致地描写那些饱满、温柔的情欲、爱和肉体的感觉，譬如《哦！苏珊娜》、《六月的玫瑰花》和《贺大哥》等作品，但这些描写却是他的人物在自我意识觉醒之后，在现实找不到出路时的庇护所，是人物的自我救赎之道。"革命"是被暗示的一种出路，"死亡"则是"革命"必然失败和流产的结局。如果说白先勇擅长在小说艺术中"抒写"人在历史中的沧桑感，那么，陈映真更倾向于借助小说来"思考"在战后闷局中进行社会革命和心灵革命的可能性，这也是他很早就不满于现代主义的软弱和逃避，进而批评台湾现代主义的"亚流性"、"从属性"的原因。

陈映真在1968年因从事触犯禁忌的政治活动而入狱，这实际上即是他不满于仅仅从文字的虚构去表现这个时代的精神闷局而寻求现实的出路的必然结果。这种选择使他付出了沉重的代价，但他无悔于这一选择，虽然他对受到牵连的亲友深感歉疚。八年牢狱之灾，是陈映真从理想主义走向现实主义的转折点。出狱后的一系列文学批评和创作，包括他以许南村笔名写的自我解剖式的评论，他的台湾文学评论和一系列涉及当代台湾社会、文化、思想意识形态的评论，他参与编辑的《夏潮》杂志对台湾现实主义文学传统的重新出土和诠释，他加入的"乡土文学"论战，他创作的反省晚期资本主义在经济和文化上的全球化与跨国公司体制下的人性异化状态的"华盛顿大楼"系列和再现与反省台湾在冷战·民族分裂时期的"白色恐怖"的民众史和心灵史的小说，特别是1985年11月主编的《人间》摄影报道文学杂志，在"解严"之前的台湾，无疑代表了民间最有预见性、最能感动人心、最有批判力量的论述。这个时期的陈映真，成为台湾文化界、思想界独特的风景。我们现在翻阅《人间》杂志，仍能看到，他很早就揭露了台湾社会在现代化的过程中所留下的各种并发症和后遗症，而这些恰是资本主义全球化过程中的世界性的问题，包括弱势族群（特别是原住民和底层民众）、环境污染、历史创伤及其治疗（其实就是所谓"转型正义"问题）、解除报禁、开放两岸民众交流、打破冷战·民族分裂造成的日益保守化的社会·意识形态封闭状态等问题。这些在八十年代中期开始在《人间》杂志上加以报道和讨论的问题，事实上成为台湾党外民主化运动，乃至九十年代以后台湾各种议题的先声。

仔细阅读这个时期陈映真的文学创作与文化·社会批评与论述，我们能强烈感受到，他仍在延续五十年代以来试图探寻形成台湾社会的日益保守化的思想闷局的根本原因。在不少精英都很享受新殖民地·冷战·民族分裂状态带来的饱足、自满、傲慢和冷漠时，陈映真却踽踽独行于异端思想的道路上。

九十年代以后的"孤独"？

台湾解严之后，迎来了九十年代以来各种思想、观点、意识形态的多元化的局面，表面上看，陈映真从五六十年代以来所深切感受的思想闷局似乎已被打破，两岸的民间交流从1987年以后，也成为现实，但这并不意味着"冷战"的格局已化为乌有。恰恰相反，两岸交流的结果，是在发现了对方的差异性之后，反而越发刺激了各自的"主体性"的扩张与区隔。

究竟是什么原因使得两岸的人民在隔离了近四十年之后，彼此成了"陌生人"？彼此成为对方的"他者"？对陈映真而言，这不是仅仅用"复杂的情绪化"就可以解释的问题。

事实上，在六十年代至七十年代创作的小说中，他就以各种文学形象来表现过这种复杂纠葛的"情绪"和"意识"。其中，我以为最重要的一部作品，是1961年7月发表于《笔汇》2卷9期的短篇小说《加略人犹大的故事》。这部作品，几乎涉及到战后东亚地区诸问题及其症结，其中包括：一、帝国主义问题；二、殖民地问题（战后东亚国家社会性质的变化及其相互的关系）；三、战争创伤问题（二战、越战）；四、历史问题（日据时期、五十年代白色恐怖）；五、冷战问题；六、跨国公司问题；七、民众史问题；八、民族分裂问题；九、白色恐怖问题；十、思想史问题。

陈映真在小说中初步建构了既能艺术地表现性格复杂的历史人物的多面性，又足以囊括战后东亚问题乃至世界性问题的思考框架的小说模式。陈映真借用《圣经·新约》中讲述的门徒犹大出卖耶稣的故事，来重新塑造了犹大的形象，赋予了这个故事新的意义。小说开篇就充满诗意地写道：

> 黎明的蓝色从石砌的窗户中钻了进来，自阴暗中画出粗笨的一桌一椅，并且那样匀柔地抅出了墙角的四支陶甄的轮廓来。地中海的海风揉进这曙光里，吹着纱帐，吹着加略人犹大密黑的发和须。①

家徒四壁，然而他们拥有爱情和来自地中海的海风光色。小说接

---

① 陈映真《加略人犹大的故事》，见《陈映真作品集》第1卷，第81页，台北：人间出版社1988年4月初版。

着通过犹大的恋人希罗底的眼睛和感受，去叙述犹大的茶铜色的瘦削的脸，他的粗豪和敏感，智慧与倨傲，写出他在耶路撒冷遇见耶稣后精神焕发，生机盎然的神情，"眼睛里重又燃烧起一种逼人的火焰"。这些描写，彻底颠覆了犹大这个"叛徒"的刻板印象。而所有这些心理描写和性格刻画，都不过是为了将希罗底的美貌和温柔来衬托犹大悲剧性的思想与性格，又将犹大的思想与性格，来突显耶稣的思想与性格，激发人们去重新思考罗马帝国统治时期以色列人在政治与宗教、民族解放与个人自由等问题。在再现"犹大卖主"这个传统的故事时，作者没有停留在一般的谴责犹大的行为上，而是经由犹大与耶稣、犹大与奋锐党人、耶稣与以色列底层民众、耶稣与法利赛人、以色列民众与上层阶级等复杂的关系，去呈现罗马帝国殖民统治下以色列人的命运与选择问题。

小说最吸引人的，仍然是思想的问题。陈映真的犹大有种微妙的狂野与倨傲，"他对复国运动有不亚于他们（指奋锐党人）的热情，但是他那某一形式的世界主义却怎样也不容于奋锐党人那种偏狭的选民思想了"。犹大质问那些奋锐党人说："罗马人的担子，罗马人的轭一旦除去又如何呢？因你们将代替他们成为全以色列人的担子和轭。"他说着，仿佛愤怒起来："你们一心想除去那逼迫你们的，为的是想夺回权柄好去逼迫自己的百姓吗？"

"世界主义"者犹大似乎也是一个阶级论者，他理想中的复国运动，是推翻罗马帝国，但解放不是为了让自己再沦为奴隶，他批评那些想夺权的奋锐党人说："你们既然冒着万险自罗马人手中图谋他们的权柄，那么将来分享这权柄的，除了你们还有谁呢？你们将为以色列人立一个王，设立祭司、法利赛人和文士来统治。然而，这一切对于大部分流落困顿的以色列民众又有什么改变呢？"

这样一个犹大，才可能从耶稣那里看到革命和动员群众的希望。小说试图把犹大的"背叛"，写成只是在完成耶稣准备赴死的意愿，而利用耶稣的牺牲来动员信众起义。但群众的翻脸无情和耶稣的牺牲，最后教育了犹大。《加略人犹大的故事》最后借犹大之口，写出了 24 岁的陈映真的感悟：

> 他（犹大）忽然明白：没有那爱的王国，任何所企划的正
> 义，都会迅速腐败。他了解他自己的正义的无何有之国在这更广
> 大更和乐的王国之前是何等的愚蠢而渺小，他的眼泪仿佛夏天的
> 骤雨一般流满了他苍白无血的脸。[①]

罗马帝国作为帝国主义的象征，它在犹太地区的殖民统治，是激
发殖民地内部的各种复杂社会矛盾的主要原因。陈映真以艺术家的笔
墨，表现的却是思想家的洞察力。他写出了沦为罗马帝国殖民地的犹
太地区的不同阶层的观念，从不同的"观念"形态去表现不同阶级
的生活状态；帝国主义者、犹太的上层阶级、法利赛人、食利者、激
进主义的奋锐党人、主张社会革命的世界主义者、普通民众等。战后
台湾还没有哪一部小说，以貌似异国的历史故事来如此深刻地表现战
后东亚地区的复杂的社会现实和思想状况。经历了两次政党轮替的台
湾读者，读到 48 年前陈映真的这篇作品，应当会对陈映真小说的预
见能力，感到惊讶吧？

同样，经历过战后的社会主义实践、又因为"文革"的错误而
从中吸取到经验教训的大陆读者，也都会思考在一个以社会主义为理
想的国家建立之后，何以会出现毁灭性的挫折的问题。陈映真在八十
年代的小说《山路》(1983)、《赵南栋》(1987) 中，都有过深切的
反省。到了晚年，63 岁的陈映真在散文《父亲》(2000) 中又重提这
个话题，而他的反省，则通过"罪性"这样一个具有基督教神学色
彩的概念，为建立"人"与"制度"的相互关系，在法律、政治、
经济、文化之外，多了一个新的角度。他写道：

---

① 陈映真《加略人犹大的故事》，见《陈映真作品集》第 1 卷，第 101
页，台北：人间出版社 1988 年 4 月初版。

我们谈过中国的社会主义。当过穷人家的苦孩子具有三十年代左翼知识的父亲，对于社会主义有不止平口耳之学的理解。对于中国的社会主义道路，他有深的同情，也有一份期许。但作为一个虔敬的基督徒，看着当时"文革"的骚乱，他有很深的宗教的忧虑。父亲说，他皈向基督以后，才认识了人原有的罪性。而这人的罪性如果没有解决，终竟会朽坏了人出于最善良愿望的解放和正义的运动。父亲曾几次表达了他对于日本、"无教会主义"杰出的基督徒学者矢内原忠雄的崇敬。父亲说，为避免体制化教会必有的软弱和败坏，矢内原寻求没有教会组织和职司体系的、个人得以直接借由读经、思想和祈祷与上帝交往的信仰。但在学问上，矢内原却是著名的马克思主义的经济学家。作为马克思主义的经济学家，矢内原科学地揭发了日本在台湾的糖业帝国主义掠夺体制的秘密，给予台湾反帝抗日运动很大的启发和激励。但作为一个忠心的基督徒，在日本军国主义最猖狂的四十年代，矢内原以孤单的先知之姿，公开反对日本的侵略战争，公开祈祷上天使日本战败，以拯救日本于犯罪和疯狂。矢内原终竟被日本法西斯投狱，至战后始得释放。①

　　陈映真说，他父亲以《使徒行传》中记载为例，说明"基督徒不必忌恶社会主义，而应该更加警醒于人的罪性。人基本的罪性若不得解决，再好的设想、制度和运动都不免败坏"。②这一想法，与犹大最后的觉悟"没有那爱的王国，任何所企划的正义，都会迅速腐败"是一脉相通的。

----

　　① 陈映真《父亲》，见散文集《父亲》，第142—143页，台北，洪范书局2004年版。
　　② 陈映真《父亲》，见散文集《父亲》，第144页。

以社会科学的分析代替情绪化的解释

陈映真早期喜欢用小说的艺术表现来代替社会科学的分析。但九十年代以后，因为要面对各种时髦论述的清理、反省和批判，他借助于书评、论述、历史研究等形式，运用社会科学的分析方法，来彻底来解决一些根源性的问题。

1992 年，我收到陈映真先生寄来的《李友邦的殖民台湾社会性质论——与台共两个纲领及"边陲部资本主义社会构造论"的比较的考察》，这大概是陈映真先生为纪念李友邦的会议而写的论文。当时我并没有很认真地拜读这篇大作，因为对于李友邦、台共以及边陲部资本主义问题，我都很陌生，几乎没有任何知识。直到后来读到李友邦在《台湾先锋》杂志（1940 年 4 月创刊）发表的一系列文章，方才领悟陈映真先生专文讨论李友邦的用心。

陈映真多年来一直试图准确把握台湾社会的性质和形态，他认为，只有"明确把握我们社会在一定历史发展阶段中所存在的各种矛盾的核心和性质"，才能"进一步找到克服扬弃这些矛盾，使我们的社会取得进一步发展的理论和实践的方向与力量"。这篇文章似乎是第一次使用"中心部资本主义 VS 边陲部资本主义"的分析架构来把东亚地区的日本、朝鲜、台湾的社会性质和形态进行解剖的尝试。陈映真发现李友邦的"殖民政策"分析和台共两个纲领中关于台湾作为"殖民地"社会的性质的分析，竟早已跟晚近世界体系论及依附理论中对殖民地构成的分析有所暗合。文章还运用丢布瑞和雷依的边陲部资本主义发展"三阶段论"（发生—成立—否定）来分析日本（中心部资本主义）对边陲部资本主义之朝鲜、台湾的殖民地统治的过程。

如果说，日据时期台湾、朝鲜的殖民地化是来自日本帝国主义的压力，那么，战后貌似获得独立解放（光复）的台湾、朝鲜，是否已经摆脱了这种殖民地社会的性质呢？抑或是在另外一种新的国际关系和帝国主义统治压力下，转变为另外一种殖民地社会的形态？文章没有在这方面加以申论，但它所使用的分析方法，亦可以提供新的观察视野。战后东亚地区的最大变化，是中心部资本主义代表的美国，使战败国日本变为"边陲"，主导了这个地区对抗苏联为首的社会主义阵营的冷战。日本原有的体制、统治集团和统治结构，在没有得到彻底清算的条件下，进入到冷战的国际体系之中；台湾和朝鲜则陷入新一轮的民族分裂状态之中。

战后日本的问题，根据佐伯启思的分析，可以表征为两个方面。首先是言论的"二重化"，即通行的言论被二重化为"正式的言论"和"非正式的言论"，"所谓非正式的言论，就是指在社会上没有达到可正当化的言论"。所谓"正当化的言论"，就是符合战后体制的政治正确的言论，如"民主主义"、"个人的自由"、"和平主义"以及"人权主义"和"人道主义"等等；而诸如"国家主义"、"日本主义"、"权威主义"、"家族主义"等则没有获得正当性。其次是包括伦理观在内的社会精神气质已经崩溃，形成了伦理上的无力状态。①佐伯启思的分析，也适用台湾、韩国的情况。简言之，就是在美苏两霸的领导下开启了世界性两大阵营（资本主义和社会主义）的冷战，作为美国的扈从国家或新型殖民地内部的所有的社会矛盾、思想意识形态的矛盾等等，都源于此。

1995 年 11 月 11 日，陈映真给香港《明报月刊》传真了一篇文章《盲人瞎马的闹剧与悲剧》②，这是一篇国际视野极为宽广的、极为深刻地分析了位于东亚地缘政治之中的台湾在当时乃至现在的政治生态及其历史与意识形态成因的文献。在文章中，陈映真主要针对

---

① 佐伯启思《国家·国民·公共性》，收入日本佐佐木毅主编《公共哲学》丛书第 5 卷《国家·人·公共性》，第 162 页，中译本，北京：人民出版社 2009 年 6 月初版。

② 陈映真的《盲人瞎马的闹剧与悲剧》后来可能没有发表，此处根据他留给我的手稿原稿。

1995 年底和 1996 年初的两次重大选举而做了详尽的政治分析。首先他提出了"台湾政治的全面保守化"的判断。指出当时李登辉领导的国民党、民进党和新党三党表面上"尖锐对立，竞争剧烈，但在实质上三党的思想、政治光谱极为相近。三党的斗争，不是阶级、哲学、政治的斗争，而是赤裸裸的政权争夺的斗争"；"独立论、一中一台/两个中国论和反共统一论，皆属于反统一，即分离论而不是统一论的范畴"。这一分析，不仅适用于台湾，也适用于九十年代以来东亚地区乃至世界性的所谓"民主国家""去政治化"趋向；其次，他对台湾的"国际合法性"焦虑及其与"内在合法性"虚构之间的关系做了剖析，指出"台湾朝野主流政治企图以重新争取与中国分离的台湾之国际合法性"的目的，乃在于"重建新的统治之内在合法性"，而它所以必定遭受到重大的挫折，"并不仅仅是因为台湾在军力、国际外交上的弱质，而是因为台湾问题不是一个自来独立的国家，如今面临被别的大国强欲'拼吞'的问题，而是历经百年耻辱的中国，坚决保卫自己领土主权的完整的内政问题"。其三，他分析了台湾"脱中国"化的内因与外因。外因是帝国主义的干涉和国际冷战形势，内因有二，一是政治上的："1949 年到 1953 年的反共肃清，摧毁了台湾自日据以来艰苦发展的反帝爱国主义势力。与一切殖民地、半殖民地一样，台湾的民族·民主运动由左翼领导，这台湾左翼政治、哲学、社会科学与文化艺术运动在韩战后的台湾冷战·内战结构形成过程中遭到残酷摧残。相应于这个变化，台湾在日统期间反共亲日的一派，不但没有受到历史的清算，反而在冷战·内战结构中与国府野合而壮大，至今荣华富贵，忠奸事（是）非完全颠倒。在台湾左翼毁灭后，美援和留学体制长期培养亲美反共精英，至于今日而占领台湾各领域的制高点。李登辉政权登台后，以国家政权的力量利用台独民粹主义夺取政权，巩固政权，纵容和发展了台独。"二是经济上的："1950 年到 1988 年，两岸经济断绝，台湾经济编入美口台循环而积累，与中国民族经济体脱离。四十年台湾经济的'脱中国'发展，规定了思想、政治、意识形态的'脱中国'化。"

在这篇文章中，陈映真也分析了 1988 年以后两岸形势的变化，特别是"横跨两岸的中国民族经济体"迅猛形成、"美国经济开始它漫长的衰退与没落的进程"之后对台湾政治·意识形态产生的巨大影响。最后，他特别强调了"台湾的智慧"，即在台湾日据时代以来，台湾人民为争取祖国统一而表现出来的各种政治、文化上的抗争，早已"充分注意到殖民地化五十年台湾的历史特殊性"，而"依具体条件"来制定统一中国的政纲，然而，"与台湾现当代史剥离的今日朝野三党，被历史收夺了解决当面困局的能力"，因此他们的"选举"（实质上的"政权争夺战"），就"难免是一场盲人瞎马的闹剧与悲剧"了。今天重读这篇手稿，再来回顾 1996 年以来台湾政治、意识形态所发生的闹剧式和悲剧式的变化，无不一一验证了陈映真先知般的批判性预见和洞察力。

1996 年 6 月 10 日，陈映真在《联合报》"读书人"副刊发表评论《张大春的转向论——撒谎的信徒，背离之路》。这篇文章首次使用了日本二三十年代特有的"转向"现象来分析国家暴力对人的极度伤害的问题。陈映真对张大春的"转向"进行批判时，"没有对作为转向论的前提条件——纠结了内战与世界冷战双重构造，以反共国家安全体制为形式的国家恐怖（State terrorism）暴力加以严肃的凝视"，这就使国家暴力和迫害者得以免罪，而受到伤害的人，反而要承受更大的道德压力。

鹤见俊辅论日本三十年代的"转向"问题时，为"转向"这一概念做了界定，认为"转向"主要的意义在于，"在国家权力之下造成思想的转变"，因此，它包含两个层面，第一个层面，是"国家强制力的运用"，第二个层面，是"个人或团体在面对压力时，他或他们自己所选择的反应。对这种现象来说，强制力是作用和自发性，是两个不可或缺的层面"。[1] 鹤见俊辅除了重点研究左翼的共产党人转

---

① 鹤见俊辅《战时期日本の精神史》，中文版，第 28 页。台北行人出版社 2008 年版，邱振瑞译。

向的现象之外，还特别指出：

> 研究"转向"时，那些从稳健的自由主义，转为狂热的法西斯主义者，有时候很难引起注意。从我的观点看来，这种变化在日本战时思想史的研究上，具有不可忽略的重要意义，应该视为"转向"加以研究。①

这就是说，"转向"既是国家强制力的影响的结果，也是个人选择的问题。

关于转向，陈映真一方面批评张大春放过了对国家暴力的追究，而只追究在国家恐怖主义压力下个人因软弱而转向的道德责任；另一方面，陈映真自己坚持一己之力和尊严，来对抗国家的恐怖主义。他在《父亲》一文也提及父亲暗示他宁可坐够刑期的牢，也不能转向以个人对于信仰的坚持，来反对国家暴力的压迫和酷虐。陈映真提到1969 年夏天，他的父亲陈炎兴先生在一次接见中，提到外面有一本杂志刊载了陈映真的事，并请求政府"从宽"处理。"接见都在严格的监听下，父亲语焉不详，事后我也把这件事忘了。1975 年我释放回来，一次闲谈中，父亲说起当时有某杂志以寥寥数语要求'从宽'处理一位'本省籍年轻作家'（大意）云云。父亲没有说明何以他要在监听下设法让我知道，但我忽然明白，父亲担心的是因而被迫'转向'，成为一个令人不齿'堕落干'吧。父亲对他囹圄中的孩子的祈祷是明白的：作为'上帝的孩子'和'中国的孩子'，父亲希望我以洁白的良心，坐完囚系的日子……"②

陈映真写道：

————————

① 鹤见俊辅《战时期日本の精神史》，中文版，第 30 页。台北行人出版社 2008 年版，邱振瑞译。

② 陈映真《父亲》，见散文集《父亲》，第 146 页。

父亲注意改革运动的道德性质，还表现在不止一次地说到所谓"堕落干"（日音 darakan）的问题。三十年代的日本迅速奔向了军国主义。在法西斯酷烈的政治压力下，不少日本的左翼各派知识分子、文化人和党的干部，纷纷公开宣言背弃自己的思想，而"转向"（思想、政治上的投降）之风，把当年被穷人和青年们奉为导师的革命家纷纷扫下神坛，灰飞烟灭。人民遂斥之为"堕落干部"，又因日本语中的省略，谑而称为"堕落干"。父亲说，青年时代的自己，就看到过自己心仪的左派文化人大刺刺地宣告转向，而受到沉重的打击。在父亲看来，政治高压下容有不得已之处。但有一些理直气壮的"堕落干"，较之一个向来的'反动派'恐怕是更其不堪了。①

陈映真是在 1968 年入狱之后，蹲在囚室的角落细想，"才逐渐明白父亲对眼看着不能回头地走向险路的儿子，是怀着怎样的忧虑，强忍着失去孩子的恐惧和痛苦，百般叮咛：追求世上的正义，不能忘记人原有的软弱，不能失去灵魂的洁白，像矢内原忠雄那样，变革实践和真实的宗教信仰非但没有矛盾，甚且互相丰富——切莫因倾向于变革而舍弃了信仰……"②

陈映真写父亲去监狱探监时，神态安详："没有一句责难怪罪的话，却要我牢记我在狱中生活的三重自我定位：'首先，你是上帝的孩子。其次，你是中国的孩子。最后，你才是我的孩子。'"③

思想者的宿命

据说，特洛伊国王普里阿摩斯的女儿卡桑德拉（Cassandra）被

---

① 陈映真《父亲》，见散文集《父亲》，第 144 页。
② 同上，第 145 页。
③ 同上，第 146 页。

阿波罗赐予预知命运的能力，当了太阳神殿的女祭司，但因为不服从阿波罗的非分之想，又遭到阿波罗诅咒，让她的预言百发百中，却偏偏都没人相信。卡桑德拉预言了阿伽门农的死亡，特洛伊的陷落，这些不吉利的预言无一不引起人们的反感。这个被人所遗弃的女先知，一辈子都生活在无力于阻挡悲剧发生的痛苦、孤独和沮丧之中。

陈映真当然不是卡桑德拉。但他的自我反省的个性，对历史、现实和未来的认真而严肃的思考，并不激越的浪漫而忧郁的风格，几乎将战后台湾的各种历史的负担都承担于一身，并有意像鲁迅一般"肩住了黑暗的闸门"，放下一代的人到宽阔光明的地方去的志愿，都具有为台湾人民寻求自由之道的梦想。然而，他被刑求十余年，被放逐到火烧岛，他的声音被听到，却不被理解。他的确在他的小说中像先知般"预言"了"无何有之乡"的幻灭（《乡村的教师》），"预言"了道德在充满了谎言的历史中的腐败（《文书》）；他也"预言"了在罪性的历史中人自我救赎的可能性（《将军族》、《夜行货车》）……然而，这些"预言"却使他仿佛生活于一个"不合时宜"的时代和社会之中，因为有人听到，却没人理睬。究竟是他生错了时代，还是这个忙乱的 20 世纪的意识形态单一化的社会，无暇也无法了解他的"预言"，甚或不屑于理会他的那些"异端"思想？

2002 年，陈映真因长年患"突发性心房颤动"而接受专业医师的意见，做了一次名叫"射频消融"的心脏内科手术，因手术出现意外，到鬼门关上走了一遭。两年后，他写了一篇散文《生死》，记述了这次死里逃生的经验。我们都知道，陈映真在小说里早已多次描写过死亡，但这一次，是他本人亲身体验了坠入死亡之深渊之后，又奇迹般地重回阳世的经验，在面临生死交关的时刻，他最深刻的自我认识是什么？他对人对己，对这个世界的最根本的认识是什么？《生死》这篇最个人化的散文，可能为我们提供了答案。这是打开有些神秘的陈映真的性格、思想与文学创作神秘之锁的一把钥匙。

《生死》的开始，是一段自我解剖：

出于思想和现实间的绝望性的矛盾，从写小说的青年期开始，死亡就成为经常出现的母题。但在现实生活中，我却从来不曾有忧郁至于嗜死的片刻，反而是一个迟钝于逆境、基本上乐观、又不惮于孤独的人。①

他明确地说，他是一个"迟钝于逆境、基本上乐观、又不惮于孤独的人"。这篇散文详细描写了他病危到休克的经过，陈映真没有看到自己的灵魂在空中飘荡的情景，长达数十日的意识空白，"没有痛苦，但觉如在暗室中最深沉、甚至舒适的酣睡"。② 是伴随着他二十多年的陈丽娜女士，奋不顾身，竭尽全力，把他从死亡线上硬生生地拖了出来。死里逃生的陈映真，第一次在散文中这样写道：

呼吸停止、心脏停止搏动，是不是就是死亡？我为什么没有经验过一般人都会读过的、从死里还阳的人的体验：在黑暗中看见远远的、仿佛隧道彼端的光亮的去处；看到被哭泣的亲友围绕着自己的尸体……为什么我的生死的界限只是暗室中深沉的酣睡？如果在心导管室的抢救失效，我的生命是否就如灯灭一般归于无有。而如果有上帝，他让我从死荫的幽谷中走出，有什么用意和目的？③

这个问题让陈映真感到疑惑，而让我觉得这是深入他的思想的一个入口。他写道：

---

① 陈映真《生死》，见陈映真散文集《父亲》，第 191 页，台北洪范书店 2004 年 9 月初版。
② 同上，第 192—193 页。
③ 同上，第 198 页。

于是在哲学上信从了历史唯物主义的自己，在病房中开始生涩地在每晚入睡前向"上帝"诉说。我认罪！我赞美、感谢；我思想着基督走向各各他的十字架的漫长苦路时所受的百般凌虐、拷打和羞辱，而那无罪者所受的鞭打和蹧躏，却无不是为我的一身重罪的代赎……让我这软弱卑污的罪人活下来的你的旨意是什么？鲁钝的我毕竟不能明白……我固执地追问。

然而回答我的总是一片无边的静默。没有"圣灵"的火热。没有回答。①

当外界纷纷扰扰，世事变幻无常，人们在躁郁中希图变革，在绝望中寻找希望时，我们希望听到他熟悉的声音，但他却似乎在沉默着。他自己也在质问说："如果有上帝，他让我从死荫的幽谷中走出，有什么用意和目的？""让我这软弱卑污的罪人活下来的你的旨意是什么？鲁钝的我竟不能明白……我固执地追问。"但回答他的，"总是一片无边的静默。没有'圣灵'的火热。没有回答。"他是否因为这"无边的静默"而感到孤独？

他批判教会，因为当教会组织作为"社会机制"（institution）时，它经常沦为从资本主义殖民扩张中压迫、掠夺、杀戮历史中的共犯，从重商主义到"自由竞争"资本主义、一直到垄断资本主义时代，西方不同阶段向非西方世界贪婪、残酷的侵略，它都留下了难以抹杀的劣迹。但教会不等于"上帝"，陈映真在生死交关的时刻，似乎对上帝的存在有些疑虑，但他仍他认真地祷告说："主，我如此鲁钝，如何让你再拥我入你怀抱？"

尽管得到的是"无限的沉默"，但他从来不曾放弃心目中的耶稣。耶稣不是穿着华美服装的教士，而是"叫有权柄的失位；叫卑贱的升高；饥饿的得羊食；叫富足的空手回去"的耶稣。"耶稣为世人

---

① 陈映真《生死》，见陈映真散文集《父亲》，第198—199页，台北洪范书店2004年9月初版。

的罪被钉十字架，但是在形式上，是作为一个反抗和批判罗马殖民体制，以及与这殖民体制相勾结的犹太圣殿统制体制，从而当作政治犯而遭到磔刑。在死前的片刻，耶稣犹以贫困、穷苦和受尽逼迫的生民为念。"①

记得 1991 年底，我曾给陈先生一张贺年卡，上面抄写了韩愈的《学诸进士作精卫衔石填海》：

鸟有偿冤者，终年抱寸诚。口衔山石细，心望海波平。
渺渺功难见，区区命已轻。人皆讥造次，我独赏专精。
岂计休无日，惟应尽此生。何惭刺客传，不著报雠名。

后来收到陈先生 1992 年 1 月 3 日的回函，其中说："我甚爱韩愈咏精卫诗，惊为知己。"多年来，陈先生以精卫鸟"口衔山石细，心望海波平"的精诚，往来于海峡两岸。思考和解决统独问题，其实只是他意图建立一个从帝国和殖民地的束缚状态下获得解放的、更为人道、更为广阔、更为合理、更具有社会公平和正义的众生平等自由的人间社会的总体目标的一部分议题。1979 年台湾面临与美国断交的"危机"，陈映真曾写了一篇短文。与当时电视、收音机、各种传播媒体上的眼泪、怒声、甚至于血旗、血书等群情激愤的状态不同，陈映真冷静地指出，与美国断交恰是台湾重新反省在长期的殖民状态下形成的"民族性格的卑屈化、猥琐化和奴才化"的好时机，这种民族性格，"差不多是二次大战以后，在美国支配下的第三世界各国、各民族普遍而严重的精神疾患"。而断交事件，"正好是决然摆脱美国对我们精神上的支配的最好的契机"，"应该对这三十年来美国式教育、文化、消费观念、文学价值等在我们文化、社会等各方面生活

① 陈映真《台湾长老教会的歧路》，原载 1978 年 6 月《夏潮》四卷六期，《陈映真作品集》第 11 卷，第 62 页，台北人间出版社 1988 年 4 月初版。

中所造成之影响，提出深刻的反省和检讨——不是为了责备那些三十年来执行无原则的亲美文化、教育诸政策的人，而是在这个总结中，找到有益的教训，使中国在走向独立、自由的奋斗中，永不再犯同样的错误"。① 在这样的历史关头，陈映真仍然不失其两岸中国的视野，他指出，"近年来，要求政治民主、社会公平、人权受保障、思想和言论有更多自由的呼声，在海峡两岸的中国人中，成为越来越普遍、越来越强大的声音"，而这是"长久等待了各种发展条件，经过无数中国人的牺牲奋斗，终于汇集了起来的、历史性的声音"。两岸中国人，有力量在使中国"更自由、更民主、更公平、更有人权的共同愿望上，精诚团结，进行切切实实的改革"②。

2009 年 9 月 7 日于北京

---

① 陈映真《断交后的随想》，原载 1979 年 1 月《中华杂志》，参见《陈映真文集》第 8 卷，第 23 页。

② 同上，第 23—24 页。

时间与叙述

——观察"殖民地"文学的一种方法？

什么是"时间"？什么是"叙述"？不是本文追问的问题，却是本文观察台湾日据时代、香港和澳门地区的文学的"殖民经验"的一种方法。叙述本身既是一个时间的过程（自我的时间），也是对过去时间（历史，或他者的时间）的呈现和意识。每一种叙述，都是不同时间的重叠，当叙述开始时，这两者的时间（自我的时间与他者的时间）即处于相互交集的状态。台、港、澳这三个空间的相似处，是它们都曾从原来的"时间"脉络中被切割出去，进入"他者"的"时间"之中，并从此在"他者"的"时间"中展开另外一条叙述与构建"自我"的历程。在这一历程中，"他者"融入了"自我"，"自我"包含着"他者"。新质的东西混杂着旧的因素，不可变的东西蕴藏在可变的东西的底层。这就是所谓的"殖民经验"？它被充分地表现于这些地区的文学之中，构成了"海洋中国"的重要组成部分，是华人面向海洋、对外交流的先锋。这些文学作品，记载着"海洋中国"在"时间"转换过程中所必须面对的政治与文化冲突或融合的记忆和梦想。

世界和人既然以时间和空间的方式存在，时间和空间的变易就应是我们观察世界和人之变易的重要视野。我们在"当下"感受现实时空中的世界和人，也往往易地而处，在另外的一个时空中，去记忆、叙述甚至"想象"已被历史化、符号化的世界和人。因此，每一种记忆、叙述和"想象"，都与流动的、被符号化的世界和人有密

切的关联。这个"流动"的、被不断地符号化的世界和人，存在着
许多可被不断地诠释、颠覆、构建的可能性。因此，我们每个人既生
活于具体的生命时间之中，也生活于历史的时空或流动变化的符号化
时空之中。这是一个重叠的复杂的时空，是交集着大历史（政治的、
社会的、文化的）和小历史（日常生活的、个人的、心理的）的生
命与符号相互纠缠的时空。实际上，有多少个人，就有多少种感受世
界和时间的方式，生命的存在即意味着见证时空，感受时空。然而，
在历史中，个人的生命时间，却受限于一定的空间，因而，个人的时
间，往往被纳入族群、文化的共享的时间之中，使某一种强势的族群
与文化的抽象时间成为相对单一的时间标准，这一时间标准，遮蔽了
最真实具体的生命时间。

　　本文的意图，是用三个不同的空间——台湾、香港、澳门——来
观察政治时间和文化时间的变易及其对人的生命时间的影响①。我选
择了台湾殖民开始之初，香港殖民结束之际，澳门殖民之时这三个切
入点，来初步讨论殖民地文学经验的问题。台湾的近代殖民时间开始
之初十年（1895—1905），是殖民者与被殖民者的思想文化传统相互
角力的关键时期。《台湾日日新报》就是这种角力或"博弈"的重要
场域，因此，选择这份中日文写作的媒体作为观察的对象，可以了解
殖民者的时间与被殖民者的时间在当初如何被呈现的状况。香港的殖
民时间（1840 年）比台湾开始得更早，但我感兴趣的，却是它的结
束前后（1997 年）所引起的震荡，因为这是观察"殖民的现代性"
对殖民者和被殖民者所产生的影响力的较佳的时间点。相比之下，澳
门的殖民时间远在明代就开始了，但这个地区的状况为何却一直没有
引起人们特别的重视？甚至澳门的殖民时间结束之时（1999 年），它

---

　　①　诚如柯庆明教授指出，在非殖民时代，即已存在多种时间存在的方
式。例如中国春秋战国时代，三国时代等。但与殖民时代的时间不同的是，
春秋、三国的多种时间，乃是政治时间；而殖民时代的时间差异，除了政治
的之外，还有文化的差异。

也不像香港那样有过精神上的剧烈震撼和文学上的特殊表现。从地理上看，这三个相对于内陆而言似乎是"边陲"的沿海、半岛或海岛地区，实际上正是中国最早面对西方海洋文化的前沿。澳门与葡萄牙（包括其天主教信仰和商业文化）、香港与英国（包括其新教信仰与法制文化）、台湾与日本（包括其转译的西洋文明）之间的相遇和冲突，提供了三种不同的文化时间、政治时间和由此产生的不同的叙述的可能。本文仅以典型的个案来尝试分析这些不同的叙述所暗藏的文学（文化）经验的差异。

一、《台湾日日新报》：另外一种"时间"的叙述

媒体可能是历史的记录者，哪怕是错误、夸张、失实的记录，也以其符号化的历史为另外一种虚假的真实留下踪迹。翻阅《台湾日日新报》的创刊号时，发现在刊名下标记时间的一栏里，写的是"明治三十一年五月六日，（金曜日）"。五月七日出版的第二号第二页，有一则有《台湾日日新》报社的通告，说明《台湾日报》、《台湾新报》于"四月二十九日"废刊，而《台湾日日新报》于"五月一日"创刊。我们知道，《台湾日日新报》是日人守屋善兵卫并购上述两种报纸之后创办的新报，然而，通告里说的"五月一日创刊"，却只是"理论"上创刊的日期，实际的创刊号出版，要晚五天的时间。

这当然只是一个微不足道的时间错误或"有出入"的细节。不过，它提醒我们，台湾的殖民地时间开始之时，曾因媒体的并购而导致了时间的错乱。这个偶然的时间错乱，也可以看作殖民时间开始之际的象征。如果只是单纯地相信通告里的"叙述"，我们就永远也找不到"五月一日"创刊的报纸。"五月一日创刊"显然是"虚构"的。从"时间"记录的角度看，《台湾日日新报》还有一个很有趣的细节，它的纪年的方式从原来只采用一种单一的方式，即"明治"

纪元，到后来竟然同时采用了五种纪元的方式①，尽管现在无从猜测编者何以不惮其烦地采用这种看似"多余"的记录时间的方式，但它至少让我们看到了不同族群的"复数"的时间观，把不同空间的政治性的时间（日本天皇、"明治"时期或清朝的"光绪"时期）；文化性的时间（"公历"和"阴历"），同时呈现。不管是有意还是无意，都表现出相当"开放"的立场，也说明了不同族群之间时间观的混杂的情况。

创刊号问世的"五月六日"虽然不是什么特别的日子，但是，创刊号头版头条的文章却相当引人注目，这是有一篇没有署名的"社说"（社论），用日文写的《台湾的地位》，文章把台湾看作日本帝国南进的咽喉，从政治和实业两个方面，分析了台湾在国际地缘政治中的重要地位。显然，这是写给懂得日文的读者（日本本国人）看的（我们后面看到凡是与总督府的法律颁布有关的，大多用汉文刊出）。比较特别的还有"明治三十一年"，这是日本领台后的第三年，即公元1898年，是年，清朝光绪皇帝主导下的戊戌维新运动开始。在此之前，光绪二十一年（1895年）4月，《马关条约》签订之后，康有为发动在北京应试的一千三百多名举人联名上书光绪皇帝，提出拒和、迁都、练兵、变法的主张；8月，康有为、梁启超在北京出版《中外纪闻》，组织强学会，鼓吹变法；光绪二十二年（1896年）8月，梁启超主编的《时务报》在上海创刊，光绪二十三年（1897年）冬，严复效仿英国《泰晤士报》，在天津创办《国闻报》，光绪二十四年（1898年）2月，谭嗣同、唐才常在湖南成立了南学会，创办

---

① 根据现存的报纸（新竹清华大学图书馆藏，下同），从第一百一十二号起，有了一共五种纪元的方式：一、"纪元两千五百五十八年"（日本天皇"万世一系"的纪元）；二、"明治三十一年九月十五日"；三、"公历一千八百九十八年"；四、"清历光绪二十四年"；五、"阴历戊戌年七月廿九日"，这五种表述时间的方式说明了不同的政治时间和文化时间共存的状态。而个人的生命时间因被纳入其中，既得以表述自己，也容易遮蔽了自己，只有文学或写作使个人的生命时间有可能因符号化而相对独立。

《湘报》。6月11日,光绪皇帝颁布"明定国是"诏书,宣布变法。9月21日,慈禧太后发动政变,变法流产。

因此,可以把明治三十一年五月六日创刊的《台湾日日新报》,连同上述维新派的各种报刊,都看作是因甲午之战而产生的一连串历史的因果之一,因为,假如没有"甲午战争",也就没有割台赔款事件,也就没有"百日维新",虽然维新的运动早在道光咸丰年间就开始在艰难而默默进行,但割台赔款事件加速了维新变法的力度和速度,而加强了力度和速度的"变法"也导致了它的失败。上述那些已经具有"现代意义"的晚清较早的媒体,是围绕着"维新变法"展开的。日本人守屋善兵卫创办的《台湾日日新报》,也有不少文章涉及"维新"的问题,不同的是,这份报纸是在日本新开辟的"殖民地"上诞生的,因此它具有更为复杂的意义。有意思的是,这份报纸从1898年创刊,至1944年终刊,与台湾的日据时代相始终,因此,应该成为研究日据时期台湾历史、政治、社会、经济、文化、文学的重要对象。

首先,它用自己的方式记载或叙述了台湾从原来的"时间"脉络(例如"光绪二十一年")中脱离出去之后,进入"他者"的时间(例如"明治二十八年")的过程。从创刊号开始,它就兼用中日文,其中首版头条用日文,而"杂报"部分用的汉文;第三号(五月八日出版)的首版则以汉文为主。如此两种语文交相运用,相互平衡,显见编者有意识地同时向日本和汉民族知识分子编辑、传播相关信息和理念。读者可以从这份报纸找到台湾脱离清朝之后"现代化"、"日本化"的足迹。

其次,它所编发的内容是研究殖民地内外诸问题的重要史料。从殖民地内部看,岛政,台茶贸易,疫病防治,法律制定,风俗习惯等问题,都是观察日本殖民当局如何"改造"台湾社会的切入点。其中一系列政论文章,如署名"梯云楼主"的《百度维新论》[中文,第502号第5版,明治三十三年(1900年)1月5日],署名"籾山衣洲"的《论学者宜通时务》(中文,第504号,1900年1月9日),

既与康梁的维新说互通声气，更直接站在"启蒙者"的立场发声。"启蒙者"与"殖民者"相互纠缠的复杂身份，与他们所论述的"现代观念"究竟有何关系？如何评估这种殖民地的"现代性"？是后人研究殖民地问题之复杂性时必须要面对的。此外，1900 年四五月间的《台湾日日新报》连载了中村纯九郎撰述的日文《殖民论》系列论文（其中缺不少期），分别讨论了"殖民制度"、"经济上的利益"、"殖民地的组织"、"殖民地人民的权力"、"殖民地的财政"、"制服政略的利弊"、"移住民的选择"等，充分展开了当时日本知识者对殖民地问题的比较全面的检讨与认识。从殖民地外部看，《台湾日日新报》也从另外一个侧面反映了当时清朝和其他国家的内政外交情况。譬如从第 120 号（1898 年 9 月 25 日）、121 号（1898 年 9 月 27 日）起对百日维新失败的追踪报道，可以反映出台湾的媒体对这一事变的态度。

第三，研究日据时代台湾这个空间的文学，除了台湾作家用汉文、日文写作的部分外，是否也应该研究日人写作的作品？如果答案是肯定的，那么，《台湾日日新报》提供了许多非常值得深入讨论的文本。以日据早期为例，该报刊登了不少中日文文学作品，有些作品非常值得研究。例如署名"赤发"以日文撰写的《桃花扇》①，以及署名"来城小隐"（后改为"抽海生"）撰写的《郑成功》②，都涉及易代之际的故事，《郑成功》连载之七③，甚至不避"倭寇"之讳。这种写作，与"文苑"栏里的汉诗一样，呈现出有趣的两个面向：一是以日文重写中国的文学经典或历史故事；二是以中文来表现相当传统的汉诗，非常值得重新检讨。因为，这对于"殖民地"内部的

①　大约从明治三十一年 6 月 4 日开始连载，因报纸有缺漏，无法看到始于何时。我看到的是从第 42 号（明治三十一年 6 月 24 日）开始连载的《桃花扇》（之二十）。

②　大约从明治三十一年 8 月开始连载。

　③　载于《台湾日日新报》第 81 号第 1 版。

殖民者与被殖民者的文化，究竟是冲突，抑或是融合，在文化权力的角力中，究竟是一种简单的对抗关系，还是复杂的博弈关系？可能会提供新的思考。除了汉诗和这些改编自中国传统文学或历史故事的文学作品之外，该报还常常刊登一些日本人的作品，如创刊伊始就连载的长篇《竹内式部》（松林柏鹤讲谈）和1898年秋冬左右开始连载的《大和心》（作者署名为"香鱼市人"）等，也是了解日据初期台湾日文文坛的重要文本。

　　总之，《台湾日日新报》因为是日本人办的，而且后面有总督府的背景①，很容易被研究者忽略。我以为，应该把它与二十年代台湾知识分子自己创办的《台湾民报》结合起来研究，同时也应注意早期的《台湾日日新报》与同时期的《时务报》（梁启超）、《国闻报》（严复）和《湘报》（谭嗣同）的异同，早期的《台湾日日新报》与晚期、特别是战争期间的《台湾日日新报》的异同，以及它与其他日文媒体之间的差异，这对更加深入研究台湾被纳入殖民地的"时间"轨道之后的复杂生态，研究殖民者与被殖民者之间在政治和文化上的权力博弈关系，应该是非常重要的。如果我们把早期的《台湾日日新报》看作是甲午战争直接导致的一系列政治、外交、文化"后果"或"事件"之一，是对"中日甲午战争"之后东亚地区历史状况的"记忆"和"叙述"之一，也许也会有助于了解被这些事件改变了原来的政治版图之后的东亚以及台湾的文化生态。

二、《后殖民的食物与爱情》："焦虑症"的治疗？

　　如果说，讨论《台湾日日新报》是为了把我们引进台湾刚被日

---

　　①　有学者指出，《台湾日日新报》是日本官方在台湾的最重要的言论工具，"台湾总督府后来利用该报经营不善改组机会，以金钱直接投资报社营运，直接控制这家报纸"。参见王天滨着《台湾报业史》，第二章第五节，第39页。台北：亚太图书出版社2003年版。

本殖民时的时间隧道，那么，让我们换一个角度，观察一下香港在脱离英国的殖民前后的状态。香港于清道光二十二年改隶英国，比台湾割让给日本早五十五年，也就是说，台湾割让给日本之时，香港已经在英国的殖民统治下度过了半个多世纪。我们不拟讨论英国殖民时期香港的文化生态，而选择 1997 年 7 月 1 日前后香港结束英国的殖民统治的时刻，来观察殖民地的"时间"结束之际对于被殖民者的深刻影响。

> 一九九七年六月三十日，香港下大雨。当时我想，这个时间，对于我生长的地方，有什么意思。这个时间之后呢。
> 所以就来到了伦敦，帝国之都。不知能否解答当初的问题①。

这是香港作家黄碧云在她的小说集《后殖民志》（2003）的序言里写的一段话。"六月三十日"，是英国殖民的最后一天。如果把作者的这趟"帝国之都"之旅，看作是一种惶惑疑虑，甚至是焦虑不安，那么，作者为了解答这个时间以及这个时间之后对于土生土长的香港人究竟有什么意思这样一个问题，而必须要远到"帝国之都"的伦敦走一趟，或者就可以理解为殖民地人面对无法把握的"新时间"（未来）到来时的强烈的"怀旧"心理。"怀旧"心理在这个时期的突然涌现，尽管表现的方向不大一样——例如有的转向香港的历史叙述——但的确是一种非常值得关注的人文景观。就在黄碧云的小说之外，我们发现，在"1997 年 7 月 1 日香港回归祖国"这个重大的历史性事件到来之前，香港这个向来被看作没有历史感的地方，突然之间，出现了许多叙述它的身世的历史著作和文学作品。

在 1997 年 7 月 1 日之前，关心香港的身世的历史著作，并非没

---

① 黄碧云《后殖民志》序"理智之年"，第 6 页，台北：大田出版有限公司 2003 年版。

有。但我们随便翻检一下，会发现，最早写香港殖民地史的，不是华人，而是英国人自己。旅居香港的作家叶灵凤六七十年代就关注香港史的问题①，在《香港书录》里，他提到的英文著述中，有一本出版于 1895 年的英文史书让我印象深刻，这就是 Eitel E. J. 所著的 "Europe in China: The History of Hong Kong from the Beginning to the Year 1882"②。作者把香港"想象"为"在中国的欧洲"，从英国人的立场和观点来叙述英国人在远东建立起来的殖民地香港的历史，把香港当作远东的"欧洲"，足以为当今的"后殖民主义"论述提供最佳的讨论文本。另外一部值得一提的史书，是问世于五十年代末的《一八四二年以前之香港及其对外交通》（1959）③。这部由罗香林牵头撰写的史书的价值，在于它把重点放在研讨香港作为南方海上交通要道所具有的价值上，开创了从海洋贸易、中外文化交流的视野去观察香港等沿海港口所具有的历史和现实价值的先河。与祖国大陆五十年代，特别是八十年代以来强调殖民主义、帝国主义的剥削压迫的爱国史学相比，罗香林所关注的香港对外交通史，似乎更为客观一些。

九十年代中后期，还兴起了一批有意对抗祖国大陆的"爱国史学"的书。有意思的是，这些书，要么是台湾出版、香港学者撰写的，如王宏志、李小良、陈青桥合著的《否想香港》（台北麦田出版社 1997 年 7 月 1 日初版），要么是台湾学者撰写、香港出版的，如蔡荣芳《香港人之香港史》（香港牛津大学出版社 2001 年版）。前者是

---

① 叶灵凤（1905—1975）写了不少关于香港的书，后来重新出版的有：《香港掌故》（广州：花城出版社，1999 年）；《香港方物志》（北京：三联书店，1985 年）；《香岛沧桑录》（香港：中华书局，1989 年）；《香港的失落》（香港：中华书局，1989 年）；《香海浮沉录》（香港：中华书局，1989 年）等。

② Eitel E. J., "Europe in China: The History of Hong Kong from the Beginning to the Year 1882", Hong Kong: Kelley and Walsh, 1895.

③ 罗香林等著《一八四二年以前之香港及其对外交通》，香港：中国学社 1959 年 6 月初版。

在王德威教授的鼓励下赶在 1997 年 7 月 1 日问世的。作者在"辑一：大陆与小岛"中，特别地用两章来批判"中国人的香港故事"和"中国人写的香港文学史"，作者注意到八十年代中期开始涌现的"香港文学史"的现象①，并对此做了多方的分析。然而作者大概太爱香港了，连王韬和鲁迅多年前对香港的殖民地现象的批评都不能容忍，所持的态度，就不免令人质疑。后者是蔡荣芳（台湾北港镇人）首次用后殖民主义理论实践的史书，既反对英国的"殖民史学"，也质疑中国的"爱国史学"，而写出以"香港为本位"的"香港人之香港史"②。这本书的价值，在于它揭破了"殖民史学"和"爱国史学"所遮蔽的香港生活的真相（例如推销保险的广告打着爱国主义的旗号）③，然而，把"身份认同"、"香港意识"硬是灌输到香港人

---

① 书中列举了四种大陆出版的《香港文学史》，包括谢常青的《香港新文学简史》（广州：暨南大学出版社 1990 年 6 月版）、潘亚暾、汪义生的《香港文学概观》（厦门：鹭江出版社 1993 年 12 月版）、王剑丛《香港文学史》（南昌：百花洲文艺出版社 1995 年 11 月版）和王氏《二十世纪香港文学》（济南：山东教育出版社 1996 年版），与香港学者研究香港文学多年，却没有人愿意出版任何一部"香港文学史"做比较，试图分析大陆学者写香港文学史的书写策略、评价标准和"动机"。

② 蔡荣芳批评说，中国和英国的史学在意识形态方面形成强烈的对比，但两者之间有"重要的共通相似之处"，包括："第一，两者都不以香港为本位，来研究香港的历史。第二，两者都不以'地方'人民的权益为首要考虑来解释历史。两者都偏执'国家'的权力，不能容忍'以地方为首要'之'异说'。两者都执迷'国权'，以'国权'压制地方权益。……第三，两者都忽略了对复杂的香港华人社会作深入的研究。第四，两者都未能深入分析统治者与被统治者之间的复杂微妙的关系。"（蔡着〈香港人之香港史〉，"绪论"，第 7 页，香港牛津大学出版社 2001 年版）

③ 本书所引用的一些广告词，非常能说明一些问题。例如第七章引用的 1925 年 6 月 3 日的广告："永安人寿保险有限公司，是中国人所组织，是中国人资本，为中国人谋幸福。男女同胞们向永安投保寿险，不特保障稳固，办理通融直接，且挽回外溢利权。"（香港永安人寿保险公司商业广告）"（民主联盟主席翁山苏姬）是白种人的配偶，外国人的助手。"（缅甸军事独裁政治之政治宣传。Far Eastern Economic Review, October 1996）

原本很缺乏的历史意识之中，把"本土"概念移植到原本就是混杂流动的"移民社会"之中，不免让人觉得与香港的实际也有隔膜，与其说这是"香港人"的"香港史"，毋宁说是"台湾人的香港史"，确有再商榷的空间。这两种著作，看起来像是以香港为本位的，可是让人感觉更接近台湾的立场。台湾有台湾的问题意识，只是这意识未必适合香港的情况。

我花了这些笔墨来大略介绍有关香港史的书写，特别强调的是1997 年香港结束殖民时期前后的突然爆发的"历史意识"——表现为一大堆香港史、香港文学史的问世——是为了分析"回归"或"殖民时期"结束这样的重大事件对"香港人"所造成的冲击。在这个历史的转折关头，"叙述的欲望"催生出庞大的"香港史学"——被论者分为"殖民史学"、"爱国史学"和"香港本位史学"或"台湾立场史学"——由此延伸出来的各种方向的论述，毋宁倒让人感觉到某种话语争夺的焦虑心理。

要观察这种"焦虑症"的虚幻处，需等 1997 年过去以后。果然，1998 年，香港出现了另外一种文学文本，来重新叙述和反省当时的"焦虑症"。我想首先提到的，就是香港作家也斯（梁秉钧）的作品《后殖民食物与爱情》（1998）①。这是学者小说②，他似乎很明白"学者"们所关心的问题是什么，因此，小说里融入许多"后殖民"的意念。叙述者"我"的身份就无法用一种很明晰的方式来确定下来：父母是偷渡来港的，因为是私家生的，因此没有出生证。他的生日有三个时间：一是领身份证时随意把当天的日子填上当生日；二是家里提到的"阴历"的日子；三是姨妈后来从"万年历"推算出来

---

① 也斯《后殖民食物与爱情》，原载 1998 年 5 月《纯文学》复刊第一期。

② 也斯是梁秉钧的笔名，香港岭南大学中文系教授，著有小说集《养龙人师门》（1979）、《剪纸》（1982）、《岛和大陆》（1987）、《记忆的城市，虚构的城市》（1993）、《寻找空间》（1994）等。

的日子。"就这样这三个日子在不同场合轮番使用，随便应对过去，倒也适合我散漫善变的个性"。不仅不同的时间可以在同一个人身上混用，香港人的食物也是"后殖民"的，一个派对上，每个人就可以带来不同的食物：中东蘸酱、墨西哥头盆、意大利面条、葡式鸭饭、日本寿司等等。"我"和玛利安的爱情也是"后殖民"的，这是从"头发"和"食物"开始的爱情，是身份变化流动而没有必然的因果关系的爱情。小说特别地描写了1997年6月30日那天晚上的情形：

> 一方面是民族气节高昂的电视爱国歌曲晚会，一方面是兰桂坊洋人颓废的世纪末狂欢，不是只有明天就是没有明天，好像明天就是日历上一个印成红色的日子，代表了某些伟大事物的诞辰或是死忌。我想这是日子崇拜。我对什么大日子都无所谓。但在那段日子里我们也不能幸免地大吃大喝，荒腔走板地乱唱一通，又恋爱又失恋，整个人好似一种身不由己的失重的飘浮状态。

庆祝回归的"爱国歌曲晚会"是相信"明天更美好的"的；"颓废的世纪末狂欢"则与基督教特有的末日观密切相关。然而，事实证明，日子崇拜似乎并没有什么真实的意义。"只有明天"和"没有明天"都没有意义，有意义的依然是人所无法须臾离开的"食、色"，这是人的生活和生命的基本依托，而"时间"也是混杂在生活之中的，生活根本无法用一种简单的因果关系来分析：

> ……我想追问的是什么呢？我想知道多一点这地方过去的历史？我想知道有什么皇亲国戚住过一个晚上？我想知道有什么达官贵人在这里大排筵席，然后，而今，万紫千红，都过去了？就像那位专栏作家说的那样，她有一天看见这儿一位女侍应生脱下了鞋子，她由此就推论出香港的生活素质从此开始下降了？不，我知道不是这样的。没有那么容易就解释一切的公式。又或者

说，贵族的特权已经开放，成为一般人民的地方了？不，也不是这样的。

这是也斯的小说提供的治疗"焦虑症"的方法？他颠覆的是一种线性的时间观，也从而颠覆了与此时间观相生相灭的因果观和价值观，试图回归人的生活的真实面相。不止是他提供了这种方法，比他年轻的作家黄碧云也提供了这种方法。黄碧云《后殖民志》（2003）里，在肯定了"主义是一种了解世界的方法，愤怒是一种尝试理解世界而生的态度，都不是信仰"① 之后，在利用"黑月亮"的嘴来"愤怒地"抨击性别歧视、种族歧视、殖民主义之后（见《黑月亮》），提出了一个耐人寻味的问题："女身作为实体呢？如果你不曾拥有一个女身，你无法明白。很经验主义，但没有办法。身体感觉，无可替代。"② 反反复复，她强调的是，应该回归到主体来，使自己成为论述的主体，重视自己所有的一切。而如果"女身"被喻为殖民地，那么也一样，"殖民地"作为"实体"呢？

> "后"殖民地的"后"，不只是时间上的"后"，一九九七，一九六〇，或一九四九，殖民地管制结束后的"后"，更重要的是论述空间的"后"，这个空间，使软弱者有力量，使被欺侮者强壮。
>
> 此时此刻，帝国主义的控制并非是军事控制，而是经济及意识形态控制，后殖民论述，有反帝国文化控制的意义。③

从焦虑回归本体。1997 年以后的香港小说，在"时间"和对于时间的叙述中，找到了自我治疗的方法。

---

① 黄碧云《后殖民志》"序"，第 3 页。台北，大田，2003 年版。
② 黄碧云《我身，我说》，《后殖民志》，第 20—21 页。
③ 黄碧云《理智之年》，《后殖民志》"序"，第 6 页。

三、《大辫子的诱惑》：文化冲突还是融合？

"事变"往往是我们感知"时间"或"历史"的方式：我们是因"事变"的创痛、"事变"的各种呐喊、"事变"的扭曲的容貌而感受到"时间"的存在和力量的。而媒体和文学，就是叙述这种"时间"之影响的符号世界。我们总是容易记住"事变"，忽略了"时间"；然而，也幸而因为"记述"了"事变"，才重新记起了"时间"。被记住的事变和时间，延长了我们的生命的感觉。这是"文学"与"历史"所给予我们的特别的恩惠。然而，倘若没有"事变"发生，我们也容易忘记了时间，忘记了历史。这方面，关于澳门的叙述似乎是很典型的。

从时间上看，作为"殖民地"，澳门是最早的。明代嘉靖三十二年（1553），葡萄牙人就到了澳门。约在1572年（一说1578年）时，葡萄牙人以年租五百两白银，1735年以年租一千两白银，将这块几乎荒无人烟的澳门半岛租下，从此长期居住在这里。

相对于台湾和香港而言，澳门好像是沉默寡言的。这是因为"时间"在这里几乎被淡忘了：没有突发的各种事变，没有剧烈的文化冲突，各种文化在这里相安无事。天主教、基督教、妈祖阁、禅院和赌场都未因那些从海上来的葡萄牙人而毁损，反而在历史的岁月中留下自己的位置。

在文学史的著述中，澳门文学史也是最不被人注意的。目前，除了刘登翰主编的《澳门文学概观》（鹭江出版社1998年10月版），我还没有读到其他的澳门文学史著作。《澳门文学概观》没有以"史"名书，但这种概观类的著作，很可能也是将来澳门文学史的基础。该书共十章，分别由大陆学者和澳门学者撰写。第一章"文化视野中的澳门及其文学"，理论性较强，属于导论性质，强调从"文化视野"去研究澳门文学及其特性；第二章概述了从16世纪末至20世纪前期澳门的文学，属于"古代、近代文学"的范畴，侧重介绍在澳门的"遗民"诗文；第三章概述澳门"新文学"的发展历程，把这一历程分为三个阶段，即艰难起步的三四十年代、孤寂摸索的五十至七十年代，走向自觉、繁荣的八九十年代。从第四章开始到第九章，分别介绍澳门的新诗、散文、小说、戏剧、旧体诗词和文学批评。最后一章专门介绍葡裔澳门人创作的"土生文学"。从这些章节结构可知，该书确实有意为"史"的撰写搭起了一个初步的架构，而具体的深入的"史料"发掘和研究，则有待来日，尤其有待澳门的在地学者。

在谈到澳门特有的"时间"记忆时，特别应该提到的是两个作家，一是土生葡裔作家飞历奇（Henrigue de Senna Fernande），他创作的《大辫子的诱惑》（A Tranca Feiticeira, 1993）（1996年拍成电影），描述了一个葡萄牙男人因一条"有节奏地摇动的，犹如蛇一样诱惑人"的大辫子而爱上了一位挑水的姑娘。小说以二十世纪三十年代为背景，再现了那个年代葡人和华人之间的分分合合，而最动人的乃是两种不同文化（天主教与儒家）的人因爱情而融合在一起。这是两种时间——葡人的时间和华人的时间——的交融，有其相互改变的部分，也有其不能改变的部分。另外一位作家是上海出生的郑炜明（苇鸣）。出生于上海的澳门作家郑炜明（苇鸣）1962年到澳门，后迁徙香港，1981年之后，寄居澳门，且经常往来于港澳之间。1984年以澳门东亚大学一等荣誉文学士毕业，1987年秋以《澳门附近岛屿凼仔、路环历史初探》一文获文学硕士学位。从1984年始，他陆续出版了诗集《双子叶》（1984）、《黑色的沙与等待》（1988）、《血门外，无血的沉思》（1991）、《无心眼集》（1995）、《传说》（1995）和散文合集《三弦》（1984）、小说合集《小城无故事》（1991）、《心雾》（1984）等。这个简历几乎与澳门文学在八十年代的崛起相始终。但我们对像苇鸣这样的澳门作家及其作品的了解却极其有限。

苇鸣对时间有浓厚的兴趣，从他具有"现代派"风格的诗歌里，却又偶尔可以瞥见潜藏在字里行间的佛家的悲悯的眼光。年轻与苍老，同时存在他的诗作里。他的诗集《黑色的沙与等待》（香港，

1988 年版）有一篇目前为止我所看到的最短的"后记"："是的，我是非常形式主义的，那又怎么样？"这种挑战的姿态对于某些听众可能毫无意义，但在"形式主义"被看作异端的时代，公然宣称形式主义可能意味着更多的东西。若把苇鸣的桀骜的挑战放在八十年代的文学语境当中，就可以看到置身中国文学"边缘"的澳门文学，其实有着很独特的精神气质。他对形式主义的标榜其实只不过象征着一种自由的精神，是对教条化、程序化或僵化的感受方式的反叛和调侃，甚或仅仅是一种语言的卷标。

苇鸣的确有强烈的形式感，似乎澳门的故事缺少冲突，太平淡了，需要借助形式来强化它的历史记忆，因此，他的诗的结构，或如短剧，或似散文，或取俳句形式，或用蒙太奇式的镜头语言，或采用乐曲的节奏。但这都不足以构成他的诗歌或澳门诗歌的精神气质。事实上，在他自由运用艺术"形式"的背后，蕴藏着不易察觉的热忱与焦虑，这是他所深深感觉到的"殖民地人·中国人·人"的困境和悲情。这位来自葡治殖民地澳门的中国诗人的作品中，有着与内地诗人相似的感觉方式，但仔细倾听，他发出的却是不同的声音。譬如他的《权、势比较哲学》讽刺了中国封建式的政治生活："赵高是个阉人/或者因此而影响了视力/他指梅花鹿为长了角的骏马/结果权倾一时，遗臭万年但更多阳具、阴户都健全的人/视力也没有问题/他们指良驹为脱了角和斑的鹿/竟能势雄一地，流芳一时"。而组诗《濠镜意象十首》从"创世纪"写到"末世纪"，用反讽的手法描绘人世间的种种面相，令人感觉到他的苍老，深刻，悲悯，像"嘴巴与嘴巴之间/是空气/也是监狱"，"眼/与/眼/睁着/相望 心眼/与/心眼/闭着/对视"那样的诗句所描绘的就不仅是人情薄如纸的现代社会的状况，而且是"文明都市"里的丛林困境了。

但苇鸣最令人注意的作品，并非他的那些"形式主义"诗作，而是反映了殖民地矛盾心态或悲情的"现实主义"作品。出版于1995 年 4 月的《无心眼集》汇集了他的"澳门眼"、"香港眼"、"天下眼"、"时代眼"和这四种"眼"之外的"另眼"，充分展示了他对港澳地区和二十世纪世界性精神生活的观察和感受。《铜马像下，传自金属的历史感》把象征葡萄牙人殖民统治的铜马像描绘成一个"危险而可耻的姿势"；《剑碑——一个中国青年所撰写的版本》提醒人们不要忘记日本"靖国神社铙鼓号角的哀乐声中"的寒光闪闪"剑气"，以及隐藏在日本政客胸中的誓言："臣等坚信，/无剑之剑更毒、更锋利。"这是苇鸣相当中国化、民族化的情结。然而将"港澳"地区特有的焦虑轻松地表现出来，并深深触动了殖民地人的灵魂的，却是一首名字十分"学术化"的"政治生态诗"《关于此间的海和鱼群新形势调查报告撮要》。这首诗用象征的方式描绘了香港特定政治环境下的"九七"心态，幽默中透露出沉重的忧惧："此间的海/深处竟是灰色的/可能是工业、商业/或工商业背后的什么主义意识形态等等的/污染吧；……这儿的鱼/逐渐流行集体游动了/以肚皮朝天的泳姿/向着外洋，而双目/或单眼却不忘回顾这片海/一副决心已定而又依依不舍的样子/他们解释说：这种姿势/在要回来的时候/会比较方便"，这样适应新的政治环境（"未来大海"）的结果，就使许多"鱼"练成"较强韧的颈部"，"将来的鱼"，"一只眼会生在头顶/另一只会长在尾端/而肚皮上会出现壮大有力的翅/许多这儿的鱼儿都极具创造力"。此诗1988年获得香港市政局中文文学创作奖诗组优异奖，足见它所引起的共鸣。

　　苇鸣的这首诗让人想起1925年3月闻一多在美国纽约艺术学院留学时，借用《诗经·凯风》的意象所写的《七子之歌》，其中题为《澳门》的作品所表现的感觉和期盼，显然与苇鸣笔下所描绘的"鱼"们的心态有巨大的差异。闻一多写道："你可知'妈港'不是我真姓？……/我离开你太久了，母亲！/但是他们掳去的是我的肉体，/你依然保管我内心的灵魂。三百年来梦寐不忘的生母啊！请叫儿的乳名，叫我一声'澳门'！/母亲！母亲！我要回来。"这种呼喊，可能还在当代诗人的灵魂里回响，然而，正如苇鸣的诗所透露的那样，它已不仅仅是"回归""母亲"怀抱的冲动，而更多地因本身的疑虑，带有了对久别之后的"母亲"的小心翼翼的审视和疑惧。

近代以来，先后成为殖民地的澳门、香港、台湾地区，实际上共同扮演了"海洋中国"的角色，在面对中外文化冲突和化解文化危机的历程进程之中，积累了丰富的经验，并形成了自己的特殊主体性。研究这一历史的经验和文学经验，是当代学人无法忽视的重要课题。可惜的是，直到现在，人们在描述中国当代文学状况时，还是很少把台港澳文学放在"海洋中国"的坐标里加以审视，因而失去了这一重要视野。

　　人如何才意识到时间的存在？答曰："易"也。"易"就是"变化"，"变易"。《论语·子罕》："子在川上曰：逝者如斯夫！"是流动变化的河川，让孔子联想到"逝者"，河川与逝者，两者的共同点，就是"变化"。古希腊哲学家赫拉克利特（Heraclitus of Ephesus）称："人不能两次踏入同一条河流"，那是因为，河流是在不断地变化之中的，河床可能相对稳定，但当人踏入河流之中时，此水已非彼水，因此，此河已非彼河。一切事物和现象都是基于一种变的原则，赫拉克利特用很淳朴的说法来形容这种状况，他说："万物都换成火，火又换成万物，正如货物换成黄金，黄金又换成货物一样。"他的意思，其实就是"易"的道理。因为"易"无所不在，所以我们感受到"时间"的存在和力量。诗人表现这种存在和力量，要比任何人都形象和生动。王昌龄《出塞》云："秦时明月汉时关，万里长征人未还。""明月"和"边关"是空间存在，"秦"和"汉"以及"征人"，是时间的存在。诗人用"诗"——一种审美的叙述的方式——把变化不定的"时间"给符号化，从而也使他的感慨凝固成了"历史"。

　　这是本文讨论的重点：我们如何才能意识到"时间"存在？是"变易"——大如国家民族之兴衰，小至个人命运之穷通、青春容颜之老去，每一刻都留下了时间的痕迹。而对于这些痕迹的"叙述"，则是保留时间和记忆的方法。几乎可以说，没有"变易"，就没有"时间"。我们因而看到了各种叙述时间的方法。每一种叙述，都起源于对于某种"变易"（从个人到民族、国家）的震撼，变易是感知时间的开始，也是写作、叙述的开始，因而也是历史的开始，当然也意味着一切"开始"之后的终结。台湾，香港和澳门，是变易之大者，因而，也是感受时空之存在之大者。

2006 年于台湾新竹

"一"与"多"的辩证：江文也的诗艺与生命伦理

流动的、跨越不同的地理空间和学科领域的人物——艺术家或作家，学者或商人，医生或政治家，其经验多面，丰富而复杂，却也最易为人所忽略。生活于日本、祖国大陆的台湾籍音乐家、诗人江文也就是这样一个人物。本文尝试对江文也的诗文进行初步的解读，探讨江文也在流动变幻的历史之河中，借助他的音乐与诗艺，逐渐建立起来的生命伦理。

一、引言：无法归类的生命形态

福柯《词与物》的"前言"，引用博尔赫斯（Borges）的一段话，说是"中国某部百科全书"把动物分为：1. 属皇帝所有；2. 有芬芳的香味；3. 驯顺的；4. 乳猪；5. 蝾螈；6. 传说中的；7. 自由走动的狗；8. 包括在目前分类中的；9. 发疯似的烦躁不安的；10. 数不清的；11. 浑身有十分精致的骆驼毛刷的毛；12. 等等；13. 刚刚打破水罐的；14. 远看像苍蝇的。这一幽默的分类，多少带有夸张、讽刺的意味，这种"分类"与其说是"博物学"的，毋宁说是政治的、文化的或文学的，博尔赫斯虚构了一个"中国式"的分类法，每种分类各有其标准，相互交叉，各安其类。福柯看到这个分类后的第一反应是情不自禁地笑了起来，接着又认了真，由博尔赫斯的这一"寓言"，发现了"他者"貌似怪异的思想方式其实有着异乎寻常的"魅力"，它恰好反过来衬托出"我们自己的思想的限度，即我们完全不可能那样思考。"①福柯笔下的"我们"指的当是欧洲人；但也可以泛指所有的读者。确实，假如"我们"不可能那样思考，那么，这也许就意味着"我们"的"思想的限度"。

博尔赫斯以幽默的方式来展示"知识"存在的多种可能性，只要建构知识的逻辑与权力存在着关系。福柯从中领悟到多种知识的存在，会挑战甚至解构已有的思想方式或思维逻辑。从博尔赫斯的假设中，我们看到：既然"动物"的分类可以从不同的角度去进行，如他假设的"中国某百科全书"所作的那样，那么每一种"知识谱系"都有可能只是某种权力关系的呈现，自有其合理性，却也都有其漏洞，无法穷尽知识的奥秘。对人的分类与认识，亦复如此。然而，我们由于自己的"思想的限度"，却往往倾向于把某类人的认识或知识固定化了。只有把人关于人本身的认识和理解都看作是某种历史阶段的"有限"的"知识"，是在历史、现实的复杂权力关系下建构起来的，我们方能对"人"本身的"变化的知识"有更真切的认识和理解。

由于人及其知识有着天生的缺陷，因此，我们对于这个世界的理解永远存在着局限。承认这一局限，是我们面对人类知识的必要前提，也是一切价值重估式的研究的出发点。

在台湾历史与文学的研究中，有不少人物，以其跨地域、跨文化的经验之丰富而无法被归类为某一固定类型，无论是在其活动的领域，抑或文化身份、政治身份和族群身份上都是如此。因此，这些人物往往成为文学史上的失踪者。对这些"失踪者"的重新发现和评估，是让台湾历史与文学研究更加多元、更加立体化的重要工作。

归纳起来，大致有三种失踪者：第一种，因与政治体制不相容而被文学史排斥的"失踪者"。这类"失踪者"相当多，他们曾不见容于某个时期，却未必受到所有时期的排斥。例如，在台湾七十年代初

_____

① 福柯《词与物》"前言"，中译本，第 1 页，上海三联书店 2001 年
12 月版。

出土的日据时代的作家，曾经不见容于战后五六十年代，但他们却成为八十年代以来的文学史建构中的日渐突出的"经典"作家。第二种失踪者：因不同时代文学观念的蜕变而被文学史遗忘的"失踪者"。这类"失踪者"，使用着传统的语言和文学形式，但在骨子里已是一个现代文学者，他们在文学之外的成就更引人瞩目，反而因此被文学史排除在外。例如李春生（1838—1924）在晚清的散文、政论和游记，堪称一流，但连横的《台湾通史》对此不置一词，只把李春生列入"货殖"列传了事。后来的台湾文学史也从未有人重新评估李春生在文学上的价值。第三种失踪者：因运用非主流语言文字来书写而被文学史忽略的"失踪者"。这类人物，在现代民族国家的文学史叙事中，最易引起争议，因为他们使用的不是本国语言，而是"异族"或"外国"的语言。但也因此，不论是"本国"的，还是"异族"或"外国"的历史或文学史叙述里，都没有他们的适当的位置。晚清如使用法语写作的陈季同（1851—1907），近代如台湾日据时期的日语作家群，还有长期不为文学界所关注的马偕（1844—1901）、江文也（1910—1983）等。

以下四人都是台湾文学史上比较典型的"失踪者"，他们都是流动性很强的人物，身份重叠，分别代表了政治、经济、文教、艺术四方面的典型：

其一是明末清初的人物，尤其是撤到台湾的明郑人物，以郑氏父子为代表。其中郑经（1642—1681）最具特色，他既是重要的政治人物，也是文学人物，既是福建籍人士，当然也是台湾人士。在郑经的诗集《东壁楼集》出土之后，他的重要性似乎已不亚于被看作台湾汉语文学开山祖的沈光文了，因而郑经的"文学性"显然应是文学史研究的重要课题之一。

其二是来自厦门的李春生（1838—1924），"鹭江李春生"生活时间横跨晚清（1838—1895）和日本明治、大正时代（1896—1924），其生活空间从厦门转移到台湾（1865年27岁时赴台）；其思想资源，从传统儒学转到基督教；其事业从茶行买办转为富商，并以商谋政，晚年更专心著述。李春生始终自称为"鹭江李春生"，在《万国公报》、《中外新报》等当时中国最重要的杂志上畅论天下大事，视野宽阔，气势宏大，纵横捭阖，却不为时人所重，诸多重要方略未被采纳。他的文体与随笔，是晚清向近代转型期很重要的新型文本之一，他对墨子的研究，成一家之言。他在易代之际的文学与文化活动，相当典型地突显了近代经验和意识的"东亚性"。但这位具有多重身份、多重"跨界经验"的人物，在九十年代初"出土"之前，仅被当作"商人"受到重视，例如连横《台湾通史》卷三十五"列传"之七，把他列入"货殖"部分；他也因台湾被割让给日本之初的一些举措而受到日人重视，而成为台湾史上有争议的人物。

其三是来自加拿大的马偕（George Leslie Mackay，1844—1901），他的祖籍是苏格兰，1871 年到台湾之后，终身为台湾服务，在这里成家立业，生儿育女，并终老于斯。他的功业——包括在北台湾的传教、创办医院和新式学校等——全在台湾完成，从晚清到日据时期的转折之中，作为基督教徒，他并无任何政治认同上的困难或挣扎，他的唯一目标就是为上帝及其子民服务。马偕的影响迄今仍极深远，像他这样既是"台湾人"，又不仅仅是"台湾人"的"外籍人士"，也留下不少英文资料，有些是他的日记，有些是别人写的关于他的传记或类似小说或传奇的作品。例如，马偕（George Leslic Mackay，1844—1901）著的《福尔摩沙纪事》（"From Far Formosa"，1895 年版，中译本 2007 年台北前卫初版）；Marian Keith 著的《黑须蕃》（"The Black - Bearded Barbarian"，蔡岱安中译，台北，前卫出版社 2003 年版）、Thurlaw Fraser 著的《东方的召唤：福尔摩沙传奇》（"Call of East, Romance of Far Formosa"，1914 年版）等。我以为这也是与台湾关系密切的文学类型，但至今似亦未进入我们文学史的叙事之中。

其四是出生于台湾淡江三芝乡的江文也（1910—1983）。生于台湾淡水，受教育于日本长野，成名于东京，迁徙于北京；客家人，台湾人，中国人，日本人，不是佛教、天主教徒，却深受其影响，以儒学为体，乐学为用；易代之际，曾因为北平的日本占领当局谱曲而被当作汉奸，逮捕入狱十个月；也因历史清白受到质疑和直言不讳，而在 1957 年被"右派"，1966 年被迫害。……重重的身份，沧桑的经历，复杂的经验，多才多艺的江文也与"命运多舛"结了不解之缘，却因此成为重要的研究对象。

这四位都是研究中国易代之际社会转型和文化、艺术、文学趋向的重要指标性人物。本文主要讨论的是被文学界所忽视的诗人江文也。我首先从江文也的"多"（音乐、乐论和诗）谈起，关于他的音乐，已有专家做了很深入的研究；他的乐论①，此处也暂略，而专论他的诗作。其次，追溯到他的"一"，即他的"伦理"和"美学"的根基，最后谈一下江文也在现代诗史上的位置。

二、江文也的艺术世界：音乐与诗

这是江文也吗？"只见他盖了棉被，仅露出一个瘦削的头颅，两眼微闭着，两颊深陷，脸上瘦得仅余一层皮包着骨头，头发则仍然乌黑，可说是有点儿不像人形"。② 这是 1982 年，来自香港的友人在北京的医院看到的老年江文也。1978 年刚摘下"右派"帽子的江文也，还没有来得及看到 1981 年从海外开始的"江文也复兴"，就瘫在了床上，一脸倦容，是他留给世人最后一幅难忘的图像。你几乎无法把这幅图像与青年时期的江文也视为同一个人。

---

① 江文也的乐论，主要见诸《上代支那正乐考——孔子の音乐论》（日本东京青梧堂 1942 年日文原版），陈光辉中译本收入张己任编《江文也文字作品集》，台北县立文化中心 1992 年出版。另有杨儒宾译本《孔子的乐批》，台北财团法人青马拉雅研究发展基金会 2003 年版，武汉华中师大出版社 2008 年版。

② 周凡夫《在北京探望被世人遗忘的作曲家江文也》，原载台湾《音乐与音响》第 109 期，1982 年 7 月。收入韩国镇等著《现代音乐大师——江文也的生平与作品》，台北：台湾出版社 1984 年 3 月初版，第 155 页。

镜头后推三十九年，在江文也 33 岁的 1943 年，那时的江文也已因《台湾舞曲》等作品获奖而成为东亚音乐界瞩目的人物，连打电话给他都觉得忐忑不安的郭芝苑叙述了在日本初见江文也的印象："啊！跟相片一样，中等的身材、希腊鼻子、清秀的天庭、而且小隅角的下巴和长而紧闭的嘴，好像表示意志坚强，清爽，书，还有一架钢琴，整个非常整齐。"这是意气风发的江文也，他与来访的青年学生谈论着现代诗、音乐、绘画，他预言二战结束后东方的文艺复兴一定会开始，他宣称"西洋艺术文化已经碰壁了，他们已经离开西洋的合理主义而追求东方非合理性的世界，在音乐的世界，像史特拉汶斯基或巴尔托克的作品就能表现"，他正试着用中国传统的五声音阶来表现他的世界，被视为他一生中最重要作品的管弦乐作品《孔庙大成乐章》当时正在灌注唱片，正是他用五声音阶来写成的，单纯而庄严。[①]两年后（1945 年），江文也因夹杂在中日转换之间的"台籍"身份，以"汉奸"罪入狱十个月，在那里他结识了雷永明神父（P. Gabriel Maria Allegra），谱出了《圣咏作曲集》。战后他留在了北京，并为这个新时代谱写新的作品。1957 年，他开始背负着"右派"的重担，并逐渐消失在人们的视野。

　　我们看到了两个江文也。时间在他的生命里打下了难以磨灭的印记。然而不论是哪一个江文也，年轻的还是病危的，伴随着他的，总是那些难忘的旋律，热情，欢快，深思，神秘的祈愿，不绝如缕的淡淡的惆怅，那是《台湾舞曲》，那是《白鹭的幻想》，那是《故都素描》，那是《孔子大成乐章》，那是《圣咏作曲集》……谈论江文也，那些旋律就会涌上心头。正是这些作品，让苦难这一人生的必修课程，成为使人可以坦然的救赎的力量。正是这个江文也，既是风格独异的音乐家，也是精通中西乐论的音乐理论家，而且是被人忽视和遗

---

　　① 郭芝苑《中国现代民族音乐的先驱者江文也》，原载《音乐生活》第 24 期，1981 年 7 月 10 日。收入韩国鐄等著《现代音乐大师江文也的生平与作品》，台北：台湾出版社 1984 年 3 月初版，第 47—48 页。

忘的现代诗人。这些"身份"的交叉混杂，让江文也成为这个时代最难以被归类的人物之一。

江文也（1910—1983），祖籍福建永定，1910 年 6 月 11 日生于台湾台北淡水镇，1983 年 10 月 24 日卒于北京。江文也从 1929 年至1937 年间在日本学习声乐、作曲，1934 年创作的首部管弦乐《台湾舞曲》于 1936 年获得第十一届奥林匹克国际音乐比赛奖，之后连续四次在日本全国音乐比赛中获作曲奖。1938 年回到北京。此后一直居住在北京，直到逝世。江文也的一生，跨越了不同的时间和空间，生活于二十世纪二三十年代的日本和四十年代至八十年代的祖国大陆，有着非常复杂的跨文化经验。这些丰富的经验，具体呈现在他创作的音乐作品之中，同时也见诸他用日文写的孔子乐论与诗歌。

自从二十世纪八十年代初"出土"以来，江文也在已有的评论、研究、介绍文字中，呈现出多样的图像，《台湾舞曲》、《孔庙大晟乐章》、《孔子的乐论》以及三部诗集（《北京铭》、《大同石佛颂》、《赋天坛》），共同谱写了江文也的神话或传奇，它还原了曾被历史的巨浪击打得几乎委顿的音乐家诗人的曾经英姿挺拔的形象：他首先是音乐家，然后才是音乐理论家，最后才是诗人。这些已被音乐界、文学界、儒学研究界等评论家、专家诠释，不过，这些图像未免是片段的。即使有对江文也进行综合研究的尝试，例如王德威教授《史诗年代的抒情声音：江文也的音乐与诗歌》①，也还是侧重诠释其"声音"（音乐与抒情诗）的现代性。王德威对他的音乐、诗论、诗都有介绍，特别讨论了他的诗的"通感"，从而勾连其音乐与诗的浑然一体的世界。然而仍未及深入分析他的诗的形式和核心。

江文也的音乐是诗化的；而他的诗则是音乐化的诗。但欣赏江文也的音乐与阅读他的诗，是两种完全不同的体验。江文也的音乐，犹如侯孝贤道演的《咖啡时光》中所表现的那样，是那穿透了都市刻

---

① 王德威《史诗年代的抒情声音：江文也的音乐与诗歌》，原载《台湾文学研究集刊》2007 年 5 月号，台湾大学台文所编。

忙而拥挤的噪音的光影和旋律，是一丝丝的迷离魅惑，断断续续，甜蜜如梦，清凉、欢快，富于海岛情调，那淡淡的伤感，恼人、熨帖，也能令人忘忧。江文也的诗，则远不如他的音乐那样给人艺术的快感；如果说他的音乐是透明的，犹如清新的空气和光，弥漫于自然之中，那么，他的诗则是迷雾笼罩的森林。他的诗是他的绘画，他的雕刻，他的音乐，他的思想和情感融为一体的世界。

台湾音乐家郭芝苑曾提到四十年代时在东京对江文也的三次访问，江文也对他们几个年轻人谈到了自己所喜欢读的作家的书，其中包括尼采的《查拉图斯特拉如是说》，波德赖尔（Baudelaire）的《恶之花》以及象征主义诗人马拉美（Malarme）、瓦来里（Valery）等人的诗，他告诫郭芝苑等人说，这些人的书比"学习作曲技法更重要"①。显然，音乐家江文也的潜质是哲学的，诗的。他的抒情诗的象征色彩和哲理性，源于现代哲学（例如尼采）和现代诗（例如波德莱尔和马拉美）的影响。他也很喜欢西方现代绘画，收集有马蒂斯、卢梭、夏格尔、高更的画集，认为西方现代艺术已经碰壁，合理主义遭遇巨大挑战，东方的"文艺复兴"时代即将到来。他对有人把孔子《论语》诗歌化也很感兴趣。而他最热衷的实践就是用中国传统的"五声音阶"系统来创作（他的《孔庙大晟乐》就是这一实践的成果）。

江文也自称对文学、绘画是外行，但他恰在这两个方面最下苦功。他的音乐是文学化的，也融入了美术的元素，画面感也很强。例如1935年创作的《五首素描》，每一首都有生动的画面感："山田中的独脚稻草人"、"屋后的田野"、"营火之舞"、"在小巷"和"满帆"。他还很善于用音乐来"叙事"，1938年创作的《北京万华集》，共分为十个小节，分别为：1. 天安门；2. 紫禁城城下；3. 子夜，在社稷坛上；4. 小丑；5. 龙碑；6. 柳絮；7. 小鼓儿，远远地响；

① 郭芝苑《中国现代民族音乐的先驱江文也》，收入韩国鐄编《江文也的生平与作品》，台北：台湾出版社1984年3月版，第47页。

8. 在喇嘛庙；9. 第一镰刀舞曲；10. 第二镰刀舞曲。1950 年创作的钢琴套曲《乡土节令诗》也是如此，它是叙事的，也是抒情的。他以欢快的情调来描述一年十二个月的风俗画：1. 元宵花灯；2. 阳春即事；3. 踏青；4. 初夏夜曲；5. 端午赛龙悼屈原；6. 瓜熟满园圃；7. 七夕银河；8. 秋天的田野沉醉在金黄谷穗里；9. 庆丰收；10. 晚秋夜曲；11. 家家户户做新衣；12. 春节跳狮。这些作品，合而观之，就是中国民间的风土画。他的钢琴曲《中国风土诗曲》将诗的意境、绘画的形象、音乐语言（将中国乐器的语法和民间音乐语法运用于钢琴曲上①）融为一体，是他所擅长的抒情的叙事诗。

江文也的诗也具有音乐的节奏和绘画的色彩。日文版《北京铭》把石刻的北京诗化为音乐的北京；《大同石佛颂》是绘画和雕刻艺术的诗化；《天坛赋》是具有音乐结构的哲理诗。

《北京铭》是一个整体，不能拆开来理解，虽然每一个小节都各有其意境，但这些意境是只有依托大的结构才成为"有机的生命体"。江文也似乎是有意把整首诗当作结构严谨的音乐来写的，有"序诗"，有"尾声"，中间以"春"、"夏"、"秋"、"冬"四部作为主干，每一"季节"下，摄取北京的历史风土和景象来表现，共 25 节，全部正好一百节：

第一部：《春》25 节 "历史"、"凝视者之一"、"凝视者之二"、"凝视者之三"、"东西两面的四牌楼"、"鸽笛"、"于大成殿"、"在国子监"、"甍瓦"、"日光目眩之中"、"胡同"、"伴侣"、"胡同里的音乐家"、"蒙古风袭来"、"春"、"痒"、"在喇嘛庙"、"男女合和佛"、"欢喜佛"、"雍和宫喇嘛寺之一日"、"墙壁的表情"、"给观象台之龙"、"昆明湖上"、"在万寿山山背"、"晚春于北海琼花岛"。

第二部：《夏》25 节 "成熟"、"自景山上"、"屋顶"、"金鳌玉

____

① 此处为指挥家张己任的评论，见张己任《浅论江文也的作品》，原载美国纽约《新土杂志》1981 年 6、7 月号第 30 期，收入韩国镆编《江文也的生平与作品》，第 88 页，台北：台湾出版社 1984 年 3 月出版。

螺的桥上风景"、"太庙"、"在太庙后"、"无题"、"在圆明园废墟"、"白塔寺"、"燕子"、"低气压过后"、"太安殿的狛犬"、"什刹海的夏祭"、"在什刹海的茶滩"、"卖酸梅汤的来了"、"磨刀匠吹喇叭"、"北海九龙壁"、"紫外线"、"在现欢喜园附近"、"在画舫上"、"天下无事"、"夏天夕暮，在五龙亭"、"在娟门"、"夏历六月的月亮"、"夏"。

第三部：《秋》25 节"秋"、"名誉"、"某一瞬间"、"经过紫禁城的午门"、"于紫禁城"、"在北海大西天"、"给北海湖畔岩石"、"祈年殿"、"天坛"、"立于祈念门的一瞬间"、"在圜丘坛"、"祈念"、"遇龙之日"、"地理"、"姿势"、"在中南海瀛台"、"秋天正午"、"金鱼"、"星籁"、"太安宫安石"、"逆说"、"在前门的箭楼"、"经过和平门"、"挽歌"。

第四部：《冬》25 节"严冬夜明"、"冬至夕暮时，东便门所见"、"生存者"、"洋车夫"、"无关心"、"自火车上"、"经过天下第一关"、"自万寿山智慧海顶上"、"怨恨"、"信"、"看见移动的影子"、"废墟"、"三文文士"、"据说要介绍中国"、"实在"、"孤独"、"小报告"、"算术"、"某时给东京的友人"、"希望"、"无题"、"必然"、"沉默"、"追求"、"乐观"。

给"铭"的 Coda（一九四一年十二月三十一日除夕夜钟鸣响之中）

在现代中国的诗史中，很少见到这样具有音乐般结构的抒情诗，合而观之，它是描绘北京四季意象（人与自然）的浑然一体的架构；分而读之，每首诗又是独立的意象诗或哲理诗，有着清新的小令一般的欢快的意象和蕴藏其间的冥思，如第一部"春"中的第六节"鸽笛"：

青蓝的晴天

必是　小牧神舞者飞升

朗朗地　震动空气

于是　苍穹似倾听的耳朵一般扩展着①

诗人写群鸽在春天的晴空舞者飞升，那悦耳的声音，竟让"苍穹"变成了"扩展"着的耳朵。这意象很平凡，但那诗意和通感却突兀奇拔，令人意外。

也有哲理性的，如第一部《春》之第七节"于大成殿"，诗人描写了孔庙大成殿里牌位及其秩序：

> 在那里　木牌绘着"至圣先师孔子之神位"
> 在那里　也摆放着　四圣与十二哲的木牌

但就是这些简单的秩序和陈设，引发了他的感慨赞叹：

> 在这空荡荡的广厦　只有这些
> 噢，不需偶像和衣饰，何等深邃的文化气质②。

江文也唯一使用中文写作的《赋天坛》（1944），也与日文版《北京铭》一般，具有完美而神秘的结构，全诗共五篇，每篇都有"序诗"和"跋诗"，此外都由九节（暗示祭天的九五之尊？）组成，篇名则呈现了"人"在"天坛"对"天"神圣祭祀的功能：第一篇"诸神芬熏"，第二篇"如是启示"，第三篇"光舞云歌"，第四篇"如是再启示"，第五篇"中"的意志等。这是江文也的"雅歌"，令人想到他的《孔庙大晟乐》所体现的庄严静穆的"法悦"之境。

最后要提及的是用日文写的《大同石佛颂》（1942）。这首长诗一气呵成，是长篇的抒情哲理诗，它抒发了诗人为"大同石佛"所

---

① 《北京铭》，廖兴彰译，收入张己任《江文也文字作品集》，第156页。

② 同上，第156页。

激发的内心震撼和沉思。诗人一开始就设问："不过是一座废山的石头　为何　开启了光的门扇"？他接着描写了由"石头"雕刻而来的"手的洪水"：

> 不像人类之手的人类之手
>
> 多似纷纷散落的石粉的手
>
> 如若没有这些　在无涯扩展的大陆
>
> 不过是一个点的石块不能注入生命的手
>
> 如若没有这些
>
> 在无一特色的
>
> 散落于大地任何方所的荒村
>
> 不能刻入永恒的微笑之手①

　　江文也领悟到了"艺术家"赋予物质（石块）以永恒生命的伟大和奥妙之处。他从"这片黄土"上，看到了各种各样的手，有印度的"健驮罗之手"、"趄多之手"，有"南潢之手"，"北魏之手"，"土耳其坦之手"，还有"古希腊之手"；他从这些手上，看到了"无涯扩展的大陆"上的绵延不绝、坦荡活泼的创造力②。

　　江文也的诗有着充沛的感性，也融入了惊人的思考力。写于1942年的《大同石佛颂》乍遇大同石佛群雕，刹那间迷醉于一片静穆的光影和永恒而神秘的石佛的微笑之中。他顿悟了生命的短暂、缺陷和艺术之美的丰瞻永恒乃至无以言说：

---

　　①　江文也《大同石佛颂》，东京青梧堂 1942 年 8 月初版。中译收入张己任编《江文也文字作品集》，廖兴彰译注，台北县立文化中心 1992 年 10 月版，第 203 页。

　　②　江文也《大同石佛颂》，东京青梧堂 1942 年 8 月初版。中译收入张己任编《江文也文字作品集》，廖兴彰译注，台北县立文化中心 1992 年 10 月版，第 204 页。

实在的　无以为名的
不可思议的世界
地上　所谓的美
美
这语句
在此瞬间
变成何等浅薄的东西
同样地　在此一瞬间
我　变得丑陋不堪
且　感觉到极端的无助可怜 ①

置身于大同石佛群像的神秘世界之中的江文也，几乎放弃了思考的努力，全凭生命的丰沛的感性去感受这个神秘的世界：

我　已不想思考
只是　默默地闭上眼睛
于是　佛似星一般放出光辉
感觉
洞窟化成一个宇宙
在默然伫立的我周围②

江文也从石像中感悟到近代的科学、知识，根本无法穷尽或取代艺术所内涵的生命的奥秘：

---

① 江文也《大同石佛颂》，东京青梧堂 1942 年 8 月初版。中译收入张己任编《江文也文字作品集》，廖兴彰译注，台北县立文化中心 1992 年 10 月版，第 210 页。

② 同上，第 228 页。

我又明知

健康的近代人嘲笑

释迦

或如来

或所有的神话

果敢地脱去

谜或神秘的薄纱

意图把一切

改置为几何字的清晰与

力学的平衡

可是　不可思议的

看吧

眼前这一群石像

是否　另有较此石像更健康的雕刻吗

充满气魄的强壮筋骨

溢满风骨的丰盛①

江文也应该想象或尝试思考过，可否用最简单的方式，例如数学，例如力学，来表达生命中不可言说的丰满和复杂？1944 年他写的《赋天坛》，充分呈现了他面对北京天坛的最简单也最丰富的设计时的惊愕和赞叹，他在天坛的设计里发现了"唤起惊异"的"数学"，它像"魔术似的纯真"，在这"静寂的伟大"、"敬虔的设计"里，"数学也奏着乐，它也艺术着"，可是这种"数学"并不是"方程式"，也不是"定义"——

---

① 江文也《大同石佛颂》，东京青梧堂 1942 年 8 月初版。中译收入张己任编《江文也文字作品集》，廖兴彰译注，台北县立文化中心 1992 年 10 月版，第 244—245 页。

这里有冥想　这里有

祈愿　也就是天底清净的表示！

……

这"一"的直线可以公约了天的轴

这"一"的数字是像天的言语似的唱念着

是的　我们的数学是在心胸　我们的

数学是附随着肉体　我知道　总

帅了宇宙的最大公约数的　是：

"人　一人的上边顶载着一"

的确是这个数字！①

　　生命的数学到底不同。明知这一点，江文也却还是以为生命似乎可以用数学来表达。他是单纯的。他沉溺于自己的艺术之中，他是少有的喜欢哲学思考的音乐家。在海峡两岸的现代文学史上，从胡适的白话诗，到徐志摩的自由体新格律，抒情诗人们善做长篇的不多，早期以郭沫若《女神》为代表，后来如艾青（《大堰河，我的母亲》）、贺敬之（《回延安》）、李季（《王贵和李香香》）、郭小川（《团泊洼的秋天》）等，但于哲理的沉思较少，于政治性的抒情较多。台湾的长篇在日据时代很少，像江文也这样的长篇抒情哲理诗简直是凤毛麟角。江文也使用日文写诗，在四十年代的日本文坛，这类长诗似乎也不多见。如是，则江文也其实以他的独特的风格，为新诗创造了生机。

---

　　① 江文也《大同石佛颂》，东京青梧堂 1942 年 8 月初版。中译收入张己任编《江文也文字作品集》，廖兴彰译注，台北县立文化中心 1992 年 10 月版，第 266 页。

三、江文也的生命伦理与美学

在江文也去世之后，我们唯一能触碰到他的灵魂的，或假设可以"触碰"或"解读"他的灵魂的媒介，就是他的作品。这些作品包括：一、他用五线谱写成的音乐作品。1981 年以来，已经有越来越多的江文也作品被我们聆听，在各种演奏和诠释之中，领悟到江文也的艺术世界；二、他用日文写成的两部诗集和一部乐论，以及一部中文诗集。我们现在看到的译本，已基本传达了江文也文字世界的真实面貌（《上代支那正乐考：孔子的乐论》、《北京铭》有原文，而《大同石佛颂》则无法读到原文）。使用五线谱和日文来创作，反证了江文也的思想及其表达的特色：五线谱写就的钢琴套曲和日文写成的乐论与诗，是在二十世纪三四十年代游荡于台湾、日本和中国的音乐家、诗人江文也的特有标签。在他的同时代中，似乎很难找到可以将文学、绘画、雕刻、音乐和思想如此完整而多面地进行表达的这样一个人物了。

然而，多面的江文也追求和歌咏的却是单纯、静穆、万法归一的世界，他自己也是单纯的。单纯是江文也美学的根基。单纯就是"一"。

他从《孔庙大晟乐》悟到"法悦境"的敬虔肃穆和单纯的美；从现代文学、现代绘画和现代艺术得到启示，从天主教、佛教得到光照，特别是从"天坛"的设计里领悟到了"一"的澄明至大之境：

人，一人的上边顶载着一
……
一化亿千
这天
站在莽莽荒草里

有蝴蝶一只

缥缥地

翩翩着那纯白底羽翅

于是

光摇醒了光

光呼应了光

附近一带

唤起了强烈的反照

灿烂烁烁!

我陷入了

如鳞如苔似的幻觉

啊!

这是那里

何为悠悠

何为幽幽

为盲

为聋

何为悲愁

是的!

这天

亿千归一

——《赋天坛之三》

"一化亿千,亿千归一"。这是江文也从天坛、从大同石佛领悟到的宇宙原理,这也是他的伦理与美学根基。依靠这种单纯的"一",江文也试图在人与自然(人与神)、人与文化、人与艺术等诸多关系中,建立起较为稳固的基础。

天坛譬喻着

是灵性完璧的比例

纯而高

圣而爱

启示着肉体以敬虔的显现

是以

触之者

触天！

　　——《赋天坛之七》

　　然而，事实上，在人与社会（人与政治）这一维度，由于外在的原因，江文也处处碰壁，备受挫折。这是由于：

人与人之间不能互信　　未能相爱的现实
正是地狱相①

　　因此，江文也同样建立了一种"未完成的完成"的美学，或残缺的美学，在与这个"地狱相"相抗衡。他在《作曲余烬》中写道："未完成交响乐结果是一种未完成的完成，假如以今天的音乐观来看，这只有二个乐章的交响乐是充分地能给我们一种满足感。""可是以当时的音乐观来说，修伯特再作了第三乐章，或第四乐章而完成了这交响乐时，也许那时就真的变成了一个不完全交响乐了。理由是很简单的，因为前两个乐章是太美了。而且交响乐是在美以外，还要有一种三个乐章或者四个乐章的坚固的构造力，以修伯特的力量来说，再要配性格各不相同而美的第三、第四乐章，那是不容易的事。所以他也就不作了，是故意的，是偶然的，我们倒不能说。不过这才可以说

　　① 《大同石佛颂》，张己任编《江文也文字作品集》，第218页，台北县立文化中心1992年10月。

是未完成的完成作品。"①

因为有着"未完成的完成"美学在指导，江文也的作品也体现出这一特色，他们似乎以短章见长，而不以长篇巨构取胜。

江文也认为，数千年前我们的先贤所说的"乐者天地之和也"，"大乐与天地同"的道理至今仍未过时，"在科学万能的今天，我还是深信而服膺这句话。我知道中国音乐有不少缺点，同时也是为了这些缺点，使我更爱惜中国音乐；我宁可否定我过去半生所追究那精密的西欧音乐理论，来保持这宝贵的缺点，来再创造这宝贵的缺点"。②

"残缺的美学"同时也是"舍弃的美学"。江文也说：

"在我过去的半生，为了追求新世界，我遍历了印象派、新古典派、无调派、机械派等一切近代最新的作曲技术，然而过犹不及，在连自己都快给抬上解剖台上去的危机时，我恍然大悟！追求总不如舍弃，我该彻底舍弃我自己！"③

江文也认为，艺术的大道，是像这举头所见的"天"一样，是无"知"，无"未知"，只有那悠悠的显现而已！④而这种显现，由于人的局限，可能是"未完成的"，"残缺"的，也因而是有所舍弃的。在这"残缺"或"舍弃"的"多"中，单纯的"一"的完美始能得以实现。

"一"使人超越了琐碎，超越了分裂，超越了残缺。这是江文也从天坛领悟到的艺术与生命的伦理。

---

① 《大同石佛颂》，张己任编《江文也文字作品集》，第316页，台北县立文化中心1992年10月。

② 江文也《写于〈圣咏作曲集〉（第一卷）完成后》，1947年9月，《江文也文学作品集》，第307页。

③ 江文也《写于〈圣咏作曲集〉（第一卷）完成后》，《江文也文字作品集》，第308页。

④ 江文也《写于〈圣咏作曲集〉（第一卷）完成后》，《江文也文字作品集》，第309页。

四、江文也的价值：政治，艺文与宗教

假如人以"作品"而活着，那么他据以表现其生命力的"作品"也可看作他抵抗现实与死亡的形式。这种形式可以是文字的，因而是"历史"、"哲学"、"文学"（以文字形式表现出来的诗歌、戏剧、散文、小说等抒情、叙事作品）、"科学"的（各种以文字形式呈现的学术作品，包括自然科学和人文社科作品）；也可以是艺术的（音乐，绘画，雕刻，影视，乃至建筑的）。江文也的文字作品和音乐作品，在他"往生"以后，仍然是我们认识他的主要的形式。他的价值，也体现在这些作品之中。

周婉窈在《想象的民族风——试论江文也文字作品中的台湾与中国》中，颇为详尽地研究了江文也的生平，将他置入历史脉络之中，对他的文字作品做了"非民族主义式的解读"，将江文也"文本"（Text）赖以生产的复杂"语境"（Context）做了一定的还原。[①]这一研究，让我们看到了江文也生命形态的多样性：政治的江文也被卷入中日战争形成的诡异的政治环境之中，他的"日本人"身份使他北平期间百无禁忌地投入"新民会"活动，这也是他在战后受到惩治的原因；艺术的和文学的江文也，是他一生最丰富多彩的生命形态，也是他在中国音乐史和文学史上应该得到重新评价的理由。而宗教的江文也，如他在《孔子大成乐章》、《圣咏作曲集》和诗集《天坛赋》等所表达出来的那种精神状态，在某种意义上，是属于公众的，更应该是属于他个人的，因为这是他建立自己的生命伦理的基础。这几个方面，使我们得以重估江文也的价值——其独一无二的个性和经由作品表现的时代精神。

简言之，江文也研究的价值有三：

一是艺术价值。他的音乐作品的诗化、绘画特征，他对西方现代

---

① 周婉窈《想象的民族风——试论江文也文字作品中的台湾与中国》，原载《台大历史学报》第 35 期，2005 年 6 月。

艺术和中国雅乐传统的继承和扬弃，使他创作了新的音乐形式。他说："我深爱中国音乐的'传统'，每当人们把它当作一个'遗物'看待时，我觉得很伤心。'传统'与'遗物'根本是两样东西。'遗物'不过是一种古玩似的东西而已，虽然是新奇好玩，可是其中并没有血液，没有生命。传统可不然！就在气息奄奄下的今天，可是还保持着它的精神——生命力。本来它是有创造性的，像过去的贤人根据'传统'而在无意识中创造了新的文化加上'传统'似的，今天我们也应该创造一些新要素再加上这'传统'。"①他相信中国正乐（雅乐）有一种向心力，因此乃尝试着将这一雅乐赋予《圣咏集》以新的生命力，使音乐来"纯化言语的内容"，使旋律"超过一切言语上的障碍，超过国界，而直接渗入到人类的心中去"②。他的所有音乐作品，包括他的钢琴曲，圣咏集曲等，已基本实现了他的目标，因而至今仍有不衰的生命力。这是江文也作品的艺术价值所在。

　　二是文学价值。江文也意识到："一个艺术作品将要产生出来的时候，难免有偶然的动机——主题，和像故事似的——兴趣的故事连带着发生。可是在艺术家本身，终是不能欺骗他自己的，就是在达文西的完璧作品中，我时常还觉得有艺术作品固有的虚构的真实在其中，那么在一切的音乐作品中，那是更不用谈了。"③他的诗也如他的音乐作品，背后有他深切的人性探索和关怀。他创造的长篇抒情哲理诗，他的诗的音乐化和雕刻性，无论是放在祖国大陆同时期的诗坛，还是放在台湾的诗坛，或者是日本的诗坛（就他的作品使用日语而言），都有不可忽视的价值。

　　三是政治价值。政治或意识形态总是在一定时空条件下建构的，

---

① 江文也《写于〈圣咏作曲集〉（第一卷）完成后》，《江文也文字作品集》，第308页。

② 江文也《写于〈圣咏作曲集〉（第一卷）完成后》，《江文也文字作品集》，第309页。

③ 江文也《写于〈圣咏作曲集〉（第一卷）完成后》，《江文也文字作品集》，第309页。

因而是受限于一时一地的政治利益和权力关系的。江文也在易代之际的政治风暴中未能免于灾祸，让人看到了政治与意识形态对艺术家的巨大伤害。因此，江文也的受难，未尝不是一种"救赎"。此外，从江文也的跨地域、跨文化的经验，也使之获得了独特的世界观，从而奠定了他一生事业的基础。在"一"与"多"，"个性"与"普世性"的辩证关系中，充分展现了创造的力量和魅力，这也是任何力量都无法摧毁的。

2014 年 6 月 26 日修改

参考文献

江文也：《上代支那正乐考——孔子の音乐论》，日本东京，青梧堂 1942 年日文原版；杨儒宾译本《孔子的乐论》，台北财团法人喜马拉雅研究发展基金会 2003 年版，武汉华中师大出版社 2008 年版。

张己任编《江文也文字作品集》，台北：台北县立文化中心 1992 年 10 月出版。

江文也：《北京铭》，叶笛译，台北：台北县政府文化局 2002 年 12 月初版。

江小韵编《江文也钢琴作品选》（上下），北京：中央音乐学院出版社 2006 年 10 月初版。

韩国鐄等：《现代音乐大师江文也的生平与作品》，台北：台湾出版社 1984 年 3 月初版。

谢里法：《台湾出土人物志》，台北：前卫出版社 1988 年 9 月初版。

周婉窈：《想象的民族风——试论江文也文字作品中的台湾与中国》，原载《台大历史学报》第 35 期，2005 年 6 月。

王德威：《史诗年代的抒情声音：江文也的音乐与诗歌》，原载《台湾文学研究集刊》2007 年 5 月号，台湾大学台文所编。

福柯：《词与物》，中译本，上海三联书店 2001 年 12 月版。

光复初期公共领域的建立与文学的位置：
1945—1949

　　光复以后的台湾，经历了一个充满各种可能性的历史转折期（1945—1949）。短短的四年时间，几乎把台湾人自明郑以来将近四百年的历史记忆都重新唤醒。语言、文化、族群、政治等的认同，在经历了日本五十年的殖民统治之后，面对一个熟悉而陌生的政治环境，成了新的问题。这个时期介于政治领域和私人领域之间的公共领域——由各种公营和私营媒体构成的舆论空间——大部分是由台湾本省籍知识者和来自大陆的知识者来共同建立的，而文学者在其中起了非常关键的作用。本文讨论光复初期公共领域建立过程中文学的位置问题，即文学者如何参与了光复初期重构历史记忆、"解殖"、处理认同危机等重大问题的讨论，这些讨论对构建战后公民社会的建立具有重要的意义，却因两个极具震撼性的事变而中断：二二八事变和国共内战。这两次事变，导致了日据时期台湾新文学传统的中断和戒严法的实施，在两岸被迫纳入世界性的冷战结构之后，更使战后初期的公共领域夭折。五十年代至八十年代解严之前的台湾文学性格，似乎都与这一"公共领域"的毁灭有关。

　　关于台湾光复初期文学史的讨论已不少，叶石涛《台湾文学史纲》（1987）在第二章"四十年代的台湾文学"专门讲述这一段文学史；彭瑞金《台湾新文学运动四十年》（1991），则在第二章"战后初期的重建运动（1945—1949）"专章处理；最近出土的资料和研究成果，见诸陈映真、曾健民编《1947—1949年台湾文学问题论议集》

（台北：人间出版社 1999 年版）、曾健民编的《新二二八史像——最新出土事件小说·诗·报道·评论》（台北：台湾社会科学出版社 2003 年版）、曾健民、横地刚、蓝博洲合编《文学二二八》（台北：台湾社会科学出版社 2004 年版）、曾健民著《1945：破晓时刻的台湾》（台北：联经出版社 2005 年版）。综观迄今为止挖掘出土的史料，我有一个印象：从 1945 年至 1949 年这短短四年间，文学者为在战后的台湾建立一个新的公共领域着力最多，尤其是从日据时期走出来的台湾省籍知识分子，以其自创的刊物汇入这一时期"重建"、"复员"的浪潮之中，然而，最为人所忽略的，却是他们甫从异族统治的阴影下走出来的困惑，伤痛，被一片同质化的欢呼声所遮蔽，直到关于台湾人是否被日人"奴化"的争论浮出地表，本省籍人才有机会细察在欢呼抗战胜利、台湾光复的声浪之下，他们与外省人的"差异"问题。这不仅是语言的隔阂，更重要的竟是历史记忆的差异。为了赋予这些"差异"以某种合法性，这个时期出现的各种报纸刊物，尤其是本省人创办的刊物，无不在潜意识地争取着某种被承认的权利。这正如《牡丹亭》里的柳梦梅和杜丽娘一般，他们在梦里相识相亲，毫无挂碍，梦醒之后，却要为这个梦的实现克服各种现实的障碍。这个时期如雨后春笋般冒出来的中日文报纸杂志，构成了台湾历史上最丰富复杂的生态。因此，我认为，战后台湾建立的公共领域——介于政治领域、军事强权和家庭个人之间的市民社会形态——为中国战后历史和政治、社会形态的选择提供了多种可能性。它既不同于日本殖民统治下的"殖民地社会文化形态"，也不同于五十年代后在国际性冷战和国共内战结构中"建构"起来的威权支配的形态。在这方面，它与四十年代中后期祖国大陆的文化、社会生态是比较相近的。然而，二二八事变和此后的国共内战，把这一正在建构之中、作为现代民主社会之重要指标的公共领域，给彻底摧毁了。

值得注意的是，光复初期"公共领域"的建立，颇有赖于文学的助力。文学者通过文学作品的创作、介绍、翻译等，完成了从日据时期向战后时期的"复员"（"复员"是当时的重要的关键词）或

"蜕变"。从日据时期走出来的台湾作家，例如吕赫若、吴浊流等，不再只是沉迷于艺术技巧的完善，而是用文学作品来完成其"解殖"、"批判"、"认同"的功能，使文学介入到"承认的政治"之中。

一、"公共领域"：观察社会转型的重要指标

公共领域是观察社会转型的重要指标之一。所谓"公共"一词，英文为 public，据《美国传统辞典》解释，源自拉丁文 publicus，原意为"people"，即"公众"、"（特定的）人群"之意。因此，所谓"公共领域"，意为"有关公众事务的领域"，这个含义，确切地包含在"republic"一词的意义中。我们从 Republic 一词的辞源，也可以得到相关的佐证。Republic 一词，古法语写作 république；拉丁语写作 Respublica，其中 Res 意为"Thing"（事务，事情）publica 则是"people"的阴性名词，因此，从词源上，Republic 应是"人民事务"的意思。日本人把它意为"共和"，其实不太确切，因为中国周朝厉王"动乱"时期的"共和"，主要还是从周公、召公一起执政的角度说，是贤人摄政，重点在执政者，而不在"民"①。因此，当年章太炎主编《民报》时提出"中华民国"的概念，以"民国"对译"Re-

①《史记·周本纪》："召公、周公二相行政，号曰'共和'。韦昭云：'彘之乱，公卿相与和而修政事，号曰共和也。'鲁连子云：'卫州共城县本周共伯之国也。共伯名和，好行仁义，诸侯贤之。周厉王无道，国人作难，王饹子于彘，诸侯奉和以行天子事，号曰'共和'元年。十四年，厉王死于彘，共伯使诸侯奉王子靖为宣王，而共伯复归国于卫也。"世家云："釐侯十三年，周厉王出饹于彘，共和行政焉。二十八年，周宣王立。四十二年，釐侯卒，太子共伯余立为君。共伯弟和袭攻共伯于墓上，共伯入釐侯羡自杀，卫人因葬釐侯旁，谥曰共伯，而立和为卫侯，是为武公。"共和十四年，厉王死于彘。太子静长于召公家，二相乃共立之为王，是为宣王。宣王即位，二相辅之，修政，法文、武、成、康之遗风，诸侯复宗周。十二年，鲁武公来朝。

public",可能更准确一些①，它不仅意味着邦国、种族、文化等含义，而且包含着"民众"执政的意义。

汉娜·阿伦特（Hannah Arent）"The Human Condition"（Garden City & New York：Doubleday Anchor Books，1959）谈到公共领域与私人领域时，花了不少篇幅去谈论古希腊的相关概念，比如亚里士多德关于"人是政治的动物"（zoon politikon）的定义，在翻译为拉丁文之后，其"political"（政治的）一词被译成"social"（社会的）。汉娜·阿伦特指出："这表现出一种深刻的误解。这种误解再清楚不过地体现在托马斯·阿奎那的一番讨论中。在那里，阿奎那试图对家庭统治和政治统治的性质进行比较：他发现，一家之主与王国首脑有某种相似性，不过，他又补充说，一家之主的权力不如国王的权力那么

---

① 章太炎认为"中华"一名，既包括邦国之义，也包括种族之义；"民国"就是百姓当家之国，让曾为百姓者议政和行使管理权，方能贴近百姓事务。（他当时出于"排满"，不赞同"金铁主义者"所谓"中国云者，以中外别地域之远近也。中华云者，以华夷别文化之高下也"的说法。因为这种说法，混淆了华、满的差别。章太炎认为并非有文化者都是中国人。"引异类以剪同族，春秋所深诛"，"今人恶范文程、洪承畴、李光地、曾国藩辈，或更甚于满洲，虽《春秋》亦岂有异是"（第254页））。《章太炎全集》第四卷"别录"卷一《中华民国解》云："然汉家建国，自受封汉中始，于夏水则为同地，于华阳则为同州，用为通称，适与本命符合。是故华云、夏云、汉云，随举一名，互摄三义。建汉名以为族，而邦国之义斯在。建华名以为国，而种族之义亦在。此中华民国之所以言益。""近世为长吏者，都邑之士必不如村落之儒，经世之通材必不如田家之讼棍，岂非讲习虚言不如亲睹实事之为愈欤？昔满洲伪高宗欲尽去天下州县，悉补以笔帖式。刘统勋曰：'州县治百姓者也，当以曾为百姓者为之。然则代议士者为百姓代表者也，可弗以曾为百行者充之乎？议士之用，本在负担赋税，不知稼穑之艰难，闾阎之贫富，商贾之赢绌，货居之滞流，而贸焉以议税率，未知其可。今彼满人，于百姓当家之业所谓农工商贾者，岂尝知其毫厘，而云可为议士，何其务虚言而忘实事也。且近世为僧侣者，即不得充代议士，彼僧侣者岂绝无学术耶？正以寺产所资，足以饱食与农工商贾之事相隔故也。然而欧美之僧侣，比满洲之法政陆军学生，则明习民情与否，又相县矣。'"（第253页，第258—259页。上海人民出版社1985年初版）

绝对。然而，事实上，不仅在希腊和城邦，而且在整个古代西方，即使是暴君的权力也不如 paterfamilias（一家之主）或曰 dominus（家长）借以统治他的家奴和家庭的权力那么充分和'绝对'，这一点似乎是不言自明的。其所以如此，并不是因为城邦统治者的权力要受到众多家长们的联合权力的制衡，而是因为绝对的、不容争辩的权力与严格意义上的政治领域是互相排斥的。"①

阿伦特认为"家庭"和"政治"之间还有一个"社会"领域，而后者基本上属于一个近代的事件。她说：

> 根据希腊人的思想，人类的政治组织能力不仅不同于以家（oikia）和家庭为轴心的自然关系，而且还直接地与之相对立。城邦的兴起意味着，"除了他自己的私人生活以外，人还接受了第二种生活，即政治生活（biospoliticos），现在每一位公民都隶属于两种生活秩序，在他自己的生活（idion）与共同体的生活（koinon）之间存在着鲜明的区分。"在建立城邦之前，一切基于亲族关系的组织单位，如 phratria 和 phyle 都已经遭到了毁灭。这不光是亚里士多德的一个观点或理论，而是一个简单的历史事实。在人类共同体的所有只要活动中，只有两种活动被看成是政治性的，构成了亚里士多德所说的政治生活：即行动（praxis）和言语（lexis）。从中产生了人类事务的领域（柏拉图经常称之为 ta ton anthropon pragmata），一切仅仅具有必然性和实用性的东西都被严格地排除在外。②

汉娜·阿伦特解释说："无疑，只是伴随着城邦的建立，人们才

---

① 汉娜·阿伦特《公共领域和私人领域》，收入汪晖、陈燕谷主编《文化与公共性》，第 61 页。三联书店 1998 年 6 月初版。
② 汉娜·阿伦特《公共领域和私人领域》，收入汪晖、陈燕谷主编《文化与公共性》，第 59 页。三联书店 1998 年 6 月初版。

得以在政治领域里，在行动和言语中度过自己的一生。然而，早在城邦兴起以前，人们便开始相信，这两种人类能力是携手并肩的，同属最高级的人类能力。这种信念在前苏格拉底前已露端倪。"①

我感兴趣的有两点：一是"political"这个词儿，源自"polis"，意为城市、国家。由此才引出"治理国家的理论与实践"这样的"政治"的概念。因此，当小托马斯·奥尼尔（Thomas P. O'Neill, Jr.）说"all politics is local"时，他实际上就把"城市"或"国家"的"公共事务"放在第一位，这样，很自然把一个很重要的空间"社会"也包括在其中。其次，把"言语"和"行动"看作"政治生活"的两种基本的形式，也是很重要的看法，特别是"言语"，作为一种人类交流的"信息"，在多大的程度上，它是"公共"的？有没有"私人"的语言？当我们把目光集中在当代的"媒体"上时，我们会注意到，这种"言语"行为借助麦克卢汉所谓"人的延伸"的媒体而扩散在不同空间，包括平面媒体（报纸杂志）、影视媒体（电视电影等）、电子媒体（以电脑和各种光碟为载体）和立体媒体（电脑网络）上面。

哈贝马斯《公共领域》（1964）对公共领域有一个很清楚的解说：

> 所谓"公共领域"，我们首先意指我们的社会生活的一个领域，在这个领域里中，像公共意见这样的事物能够形成。公共领域原则上向所有公民开放。公共领域的一部分由各种对话构成，在这些对话中，作为私人的人们来到一起，形成了公众。那时，他们既不是作为商业或专业人士来处理私人行为，也不是作为合法团体接受国家官僚机构的法律规章的规约。当他们在非强制的情况下处理普遍利益问题时，公民们作为一个群体来行动；因

① 汉娜·阿伦特《公共领域和私人领域》，收入汪晖、陈燕谷主编《文化与公共性》，第59页。三联书店1998年6月初版。

此，这种行动具有这样的保障，即他们可以自由地集合和组合，可以自由地表达和公开他们的意见。当这个公众达到较大规模时，这种交往需要一定的传播和影响的手段；今天，报纸和期刊、广播和电视就是这种公共领域的媒介。当公共讨论涉及与国家活动相关的问题时，我们称之为政治的公共领域（以之区别于例如文学的公共领域）。国家的强制性权力恰好是政治的公共领域的对手，而不是它的一部分。可以肯定，国家权力通常被看作是"公共"权力，它的公共性可以归结为它的照管公众的任务，即提供所有合法公民的公共利益。只有在公共权力的行动已经从属于民主的公共性要求时，政治公共领域才需要以立法机构的方式对政府实施一种体制化的影响。"公共意见"这一词汇涉及对以国家形式组织起来的权力进行批评和控制的功能，这种功能是在定期的选举时期由公众完成的。有关国家行为的公众性（或原初意义上的公共性）的规章，如法律程序的公开性（原文为 the public accessibility，直译为公众的可进入性——译注），也与这种公共意见的功能相关。公共领域是介于国家与社会之间进行调节的一个领域，在这个领域中，作为公共意见的载体的公众形成了，就这样一种公共领域而言，它涉及公共性的原则——这种公共性一度是在与君主的秘密政治的斗争获得的，自那以后，这种公共性使得公众能够对国家活动实施民主控制。[①]

哈贝马斯的这一解说，有这样几个重点：一、公众的意见（言语）可以在"公共领域"里自由表达，形成一种民主、平等对话的关系；二、公共领域使公民们可以作为一个群体来行动，这个"群体"在非强制的情况下处理普遍利益；三、公众在公共领域可以自由集合和组合；四、媒体是公共领域的载体；五、政治的公共领域有别于"文学的公共领域"，"国家的强制性权力恰好是政治的公共领域

---

① 哈贝马斯《公共领域》（1964），汪晖译。第 125—126 页。

的对手，而不是它的一部分"；六、公共领域介于"国家"与"社会"之间；七、公共性"公众"在与君主的"秘密政治"的斗争中取得的成果，这种公共性使得公众"能够对国家活动实施民主控制"。

总结以上分析，可以把"公共领域"看作是汇集了"公共意见"的、介于政治领域、社会领域之间的"媒介"。这样一个"公共领域"是怎样出现于光复之后的台湾的？这是我想在下文理清的问题。

二、台湾光复：文化·民族认同的重建与政治认同的挫折

　　你在天之灵

　　遥遥来看我们的光复

　　好像一场的大梦！

　　你死啊？

　　你家里……老父老母

　　等着不能回来的你

　　刚结婚的新娘抱着婴儿泣哭

　　是你唯一的宝贝

　　你又不知道他的存在了

　　——张冬芳：《一个牺牲——被强征到南洋死去的一个朋友》（写于 1945 年 12 月 12 日）①

上引张冬芳的诗发表于台湾光复之后，它却写出了台湾人所特有的悲伤：虽然光复了，但被日军强征到南洋死去的人，却不能活着回家。光复激发了他们的战争经验和记忆，而战争也是迫使台湾人产生

————————

① 张冬芳《一个牺牲》，原载《政经报》第一卷第五期，1945 年 12 月 25 日初版。

認同的分裂症的重要原因之一。

　　台湾的战时体制于1937年日本发动全面侵华战争时建立，它的主要标志是日本统治当局在台湾禁止汉文使用，同时掀起一场洗脑性质的"皇民化运动"，改姓名，说"国语"（日语），穿和服，除了在政治上强化所谓"国家认同"，还企图诱导台湾青年改变族性，尤其是在精神和文化上彻底"日本化"。1941年日本偷袭珍珠港，太平洋战争爆发。殖民当局通过所谓"志愿兵"制度，强征台湾青年入伍参战，战争的气氛笼罩全岛。另一方面，它对于殖民地的"国民"，却怀有深刻的猜忌和敌意。1942年9月23日，律师欧清石与吴海水等人以莫须有的罪名被捕，严刑拷打后以谋逆罪在高雄法院判处死刑，后上告台北高等法院，乃于1944年11月15日罪定无期徒刑，这是轰动一时的"欧清石案"。比欧清石更早被逮捕的，是仁医赖和。太平洋战争爆发的次日（1941年12月8日），48岁的台湾作家赖和医生就在自己的诊所突然被警察叫走，他不安地骑上自行车出门，这一去，却被囚禁五十日，直到他因病释放，出狱不久便病逝了，年方五十岁。这是赖和第二次被日本人逮捕入狱，但一直到死，没有一个警察或法官明确告诉他这一次系狱的原因。赖和为人世留下的最后一部作品，是他用监狱中粗糙的卫生纸和小记事本写下的日记，这部日记始于1941年12月8日，至1942年1月15日因病终止，赖和不期然成了被日本当局逮捕入狱的许多无辜者的目击证人。

　　无独有偶，因战争而流寓香港的新闻记者萨空了，也目击了太平洋战争爆发时香港沦陷的经过，他的《香港沦陷日记》，恰也从1941年12月8日日本进攻香港之日起，到1942年1月25日逃出香港止，一共49天，与赖和的狱中日记只差了十天时间。如果说赖和的日记真实地记录了他"囚系何堪更病缠"的肉体经验和"难得金刚不坏身"的精神状态，那么《香港沦陷日记》则记录了香港从"自由港"沦为没有围墙的巨大"监狱"的过程和文化人在困境中生活和抵抗的情形①。这两本日记，均写于日本帝国主义最疯狂的时期，记录了那个黑暗时代里中国文化人在台湾、香港的真实处境。而华人的这一处境，在战争爆发之后，竟是如此相似。此前，1937 年至 1941 年间，从内地到香港的许多作家，早已在香港开展文化抗日运动。他们创办文艺刊物，编辑文艺副刊，创作文艺作品，如茅盾主编《文艺阵地》（1938 年 4 月 16 日创刊），茅盾、叶灵凤先后主编的《立报·言林》（1938 年 4 月 1 日复刊），戴望舒主编的《星岛日报·星座》（1938 年 8 月 1 日创刊），萧乾编的《大公报·文艺》（1938 年 8 月创刊）等。其中值得一提的是戴望舒，抗战爆发之后，他与许多南下的作家从沦陷后的广州到了香港，与茅盾、萧乾等人分别成立了中华全国文艺界抗敌协会香港分会和中国文化协进会等作家组织，香港成了又一个抗战的文化中心。太平洋战争爆发之后，许多作家撤回内地。日军侵占香港，先实行"军政厅"统治，1942 年乃设立"总督府"，采取以华制华的政策。这一年的春天，戴望舒在香港被捕，囚禁于香港中环多利监狱，他的《狱中题壁》（写于 1942 年 4 月 27 日）犹如赖和的《狱中日记》一般，为这一段痛史留下了文学的记录：

> 如果我死在这里，
> 朋友啊，不要悲伤，

---

① 把赖和日记和萨空了的日记比较着阅读会很有意思的。例如，1942 年 1 月 4 日，日军攻陷马尼拉。赖和此日日记写道："近三点，闻军乐乐队声，知是举行庆祝游行，使我哀愁愈多，想书来，心可少慰，不谓反添我苦闷，因为觉得释放未可预期啊。"萨空了当天的日记记载了街头死人的情况，感慨"香港完全变成'力'的世界，什么社会秩序都荡然无存了"。赖和在狱中想读书消解愁烦，萨空了那天恰好也读到《小妇人》，他写道："这两天因为读《小妇人》心上感到人与人间不应有什么仇恨，一切仇恨未尝不可因双方之了悟而言归于好。……为了这个，我想到我们眼前需要一部小说，写三十年来，中国在革命过程中人与物的损失，希望以这种损失之惨痛，唤起在政治上的工作者，懂得如何互爱互谅，今后共同为建设新中国而努力。"（《香港沦陷日记》，第 119—120 页，三联书店 1985 年版）。

我会永远地生存
在你们的心上。

我们之中的一个死了，
在日本占领地的牢里，
他怀着的深深仇恨，
你们应该永远地记忆。

当你们回来，从泥土
掘起他伤损的肢体，
用你们胜利的欢呼
把他的灵魂高高扬起，

然后把他的白骨放在山峰，
曝着太阳，沐着飘风：
在那暗黑潮湿的土牢，
这曾是他唯一的美梦。

香港、新马作为英国殖民地，成为中国文化人用以抵抗日本帝国主义的重要阵地。流寓于香港、新马的中国文化人，他们与台湾知识者也许彼此并不相识，却面对着共同的命运，萨空了以《香港沦陷日记》，正如戴望舒以《狱中题壁》，郁达夫以流亡新加坡、印尼并终于难逃日军魔掌的悲剧，解答了作为日本"国民"的赖和何以入狱的原因①。文学在这里，不可能仅仅是技巧的显耀，形式的讲求，而是血与火中的生命的呐喊。

1943年"皇民化"运动如火如荼之时，一向以写出最优美的艺术作品来自我鞭策的吕赫若，在6月7日的日文日记里却写道："今天买了《诗经》、《楚辞》、《支那史研究》三本书。研究中国非为学问而是我的义务，是要知道自己。"②想要"知道自己"的压力，其实来自战时的特殊环境。台湾光复前，不论是赖和、杨守愚、陈虚谷、杨云萍等的中文写作，还是杨逵、吕赫若、张文环、王昶雄等的日文写作，其文化、民族的身份认同，并未因书写语言的不同而有改变③。一旦国土重光，"身首合一"，亦即文化、民族和国家（政治）认同的弥合为一，才有了可能。正因如此，光复初期的台湾知识分子才会情不自禁地全力投入到战后台湾文化、台湾政治、台湾经济与新社会的重建工作，把这看作新中国重建和复兴的重要一环。

台湾光复给台湾人带来的震撼和狂喜，可以从这个时期突然涌现出来的报纸、期刊看出来。战争期间，日本殖民当局曾取缔中文报刊，只留下一些通俗文学刊物。台湾光复后，行政长官公署采取"发

---

① 《政经报》一卷五期（1945年12月25日出版）在连载赖和《狱中日记》之外，特意刊登了一则"历史文件"，把曾引起日本当局抗议的易水的《闲话皇帝》（原载《新生》第二卷第十五期，1935年5月4日出版）刊出，在这篇文章的后面，刊出一则中央社发自新加坡的关于郁达夫的消息，称："日本占领新加坡期间，逃亡苏门答腊之前新加坡报人及教育人士一行十人已安返新岛，内有胡愈之、沈兹九、王任叔、邵宗汉等。郁达夫曾于苏门答腊西部开设酒铺三年半，现忽于八月二十九日失踪，谅系日人所捕，现正寻觅中。"此外，该期还发表了张冬芳的诗《一个牺牲——被强征到南洋死去的一个朋友》（写于1945年12月12日），既是在悼念被强征到南洋战死的台湾籍日本兵，又何尝不是在怀念那些在战争中死去的同胞们？

② 《吕赫若日记》中译本，第358页，台南，国家文学馆2004年12月初版。

③ 苏新说："过去在日本统治下的台湾文化史是汉民族文化与日本文化的抗争史。"参见《新新》月刊第七期"谈台湾文化的前途"，1946年10月17日出版。

行不必申请登记，内容不必接收检查"的政策，随后虽然也规定依出版法采取登记许可制度，仍然不影响报业的勃发，使光复后的台湾知识分子可以自由办报，充分表达自己的意见，形成短暂的享有充分自由的公共领域，直到1947年二二八事变爆发，这个百花齐放的局面才被改变①。

中文或中日文报纸大量涌现，使光复初期台湾知识分子的言论得到最为充分的表达。日据末期（1944年）军政当局强行合并六家报纸（包括《台湾日日新报》、《台湾日报》、《台湾新闻》、《东台湾日报》、《高雄新闻》、《兴南新闻》即原《台湾新民报》）而成的《台湾新报》是台湾战时唯一一家报纸，八月十五日台湾光复后，该报也随之转向，从1945年8月17日开始陆续刊登《波茨坦宣言》和《开罗宣言》全文，对中国的态度也一改往常。随着主导权落入台籍知识分子的手里，该报的中国民族主义色彩日益明显。10月2日，出现中文栏目，10月10日之后，变为以中文为主、日文为副的报纸。这一天刊登了王白渊的新诗《光复》，表达了台湾和祖国"求不得　见不得／暗中相呼五十年"的母子分离的悲苦，抒发了"一阳来复到光明"的喜悦。该报10月11日开始连载《中国民族运动》，介绍了从太平天国、义和团、辛亥革命到五四运动的历史；还开辟了批判性的各种小专栏。

10月25日，《台湾新报》由长官公署派李万居②接收，改为《台湾新民报》，其创刊词强调"本报……言论记事立场，完全是一个中国本位的报纸"，其三项主要任务为：第一，介绍祖国文化；第

---

① 据叶芸芸调查统计，光复初期（1945—1949）台湾出版的期刊杂志有四十三种（包括日报十五种、周刊和月刊二十八种），参见叶芸芸《试论战后初期的台湾知识分子及其文学活动（1945—1949）》，台北《文季》第二卷第五期，1985年6月。

② 李万居，台湾云林人。1926年留学法国，期间加入中国青年党，1932年回国。参见沈云龙《追怀我的朋友李万居》，《八十年代》，第一卷第五期，1979年10月，第70页。

二，传达及说明政府法令；第三，做台湾人民的喉舌①。来自大陆的作家黎烈文曾任《台湾新生报》副社长，而编辑部主任王白渊、记者吴浊流、徐琼二都是台湾重要作家。作为官报的全省第一大报《台湾新生报》在文学上有两个贡献。其一，是何欣（1922—1998）主编的《文艺》副刊（1947.5.4—1947.7.30），这是继龙瑛宗在《中华日报》主编日文版"文艺"栏（1946.3.15—1946.10.24）之后较有影响力的文学园地之一。何欣在该副刊的发刊词《迎文艺节》中说："'文艺'降生在台湾，他有双重的重大责任。台湾踢开了日本帝国主义的魔掌，重归民主自由的祖国，就台湾本身而论，这是个不亚于'五四时代'的巨大变化。在思想上，要清除法西斯的余毒，吸收进步的民主思想，同祖国的文化合流，这是新的革命，从世界各国的文艺思想发达史上看，每逢一个崭新的改变期，就是文学的蓬勃的发展期。我们断定，台湾在不久的将来会有一个崭新的文化运动，那就是：清扫日本思想余毒，吸收祖国的新文化，在这新文化运动中，台湾也会发生新的文学运动。"② 在经历了二二八事变之后，"文艺"一方面坚持不懈地译介世界文学，为台湾文学提供世界的视野，另一方面坚持为省内外的作家提供园地，使本省、外省作家得以就台湾新文学建设的问题展开讨论。"文艺"连续发表沈明的《展开台湾文艺运动》（第四期，1947 年 5 月 25 日）、《我们需要这样的新文艺——再论展开台湾新文艺运动》（第九期，7 月 2 日），得到本省作家廖毓文的回应，发表《打破缄默谈"文运"》（第十二期，7 月 23 日），认真讨论了光复以后文艺界沉寂的原因。第九期还刊发本省作家王锦江《台湾新文学运动史料》，这是较早介绍日据时期台湾文学的文章，用以反驳有些外省人以为台湾是"文艺处女地"的偏见，说明台湾文学与五四新文学运动的内在精神联系。不过，何欣主编的

---

① 李万居《本报创刊的经过和今后的工作》，台北：《台湾新生报》，1945 年 10 月 25 日，第三版。

② 《台湾新生报》"文艺"副刊第一期，1947 年 5 月 4 日第五版。

"文艺"副刊，重点还是发表创作和译作，文学论争只是开了先声。

《台湾新生报》的第二个贡献，是歌雷（史习枚）主编的"桥"副刊（1947.8.1—1949.3.29）所掀起的"台湾新文学建设"的论争，何欣所期望的战后"台湾新文学运动"是以"桥"副刊的讨论作为开端的。参加这场论争的一共二十七人约四十一篇文章，这是继二十年代新旧文学之争、三十年代白话与台湾话文之争和30年代普罗文学之争之后的一场重要理论争鸣，二二八事变之后，省内外作家之间仍能在"桥"副刊上运用左翼的、马克思主义的历史辩证法和现实主义理论来讨论台湾文学的重大问题，意义深远。其中所涉及的问题，例如台湾社会性质问题，台湾文学史的评估问题，新写实主义问题，文章下乡与台湾新文学运动问题，大众文艺问题，台湾新文学与五四新文学的关系问题等，与中国内地的左翼文坛有着密切的联系，而又紧密联系台湾战后的脱殖民或解殖的问题来展开，成为光复时期留下的宝贵思想遗产①。

与《台湾新生报》言论不大一样的是民营的《民报》。1945 年10 月10 日创刊的《民报》是台湾战后第一份中文报纸，该报以继承日据时期《台湾民报》的精神自许，其社论、小专栏充满了批判色彩，经常批评时政，抨击接收人员贪污腐化，报道经济恐慌和社会不安等实情，然而因 1947 年二二八事变爆发，该报社长林茂生不幸罹难而停刊。1946 年 1 月 1 日创刊的《人民导报》是具有左翼色彩的报纸，由大陆来台知识分子与台湾本地进步人士合办，二二八事变中，该报前后任社长宋斐如、王添灯被害，主编苏新逃往大陆，报纸被迫停刊。除了这些报纸，还有大量的新兴的杂志，如杨逵创办的《一阳周刊》以《易经》复卦"一阳来复"之说来表达台湾光复的喜悦与期许。最早公开发行的杂志的《台湾民主评论》（旬刊，1945 年

---

① 关于这场论争的专题研究，参见《喑哑的论争》（人间思想与创作丛刊 1999 年秋季号），台北：人间出版社 1999 年版；陈映真、曾健民主编《1947—1949：台湾文学问题论议集》，台北：人间出版社 1999 年版。

10 月 1 日创刊），也具进步色彩，它以民主而不仅仅是"民族"的立场来讨论台湾诸问题，与当时左翼的报刊如《人民导报》、《台湾评论》、《政经报》等一样致力于战后台湾民主社会的重建①。

　　除了上述主要报纸，光复后创刊的中日文期刊更多了，其中综合性的刊物，除了发表政论、新闻分析、史料、国语学习资料等非文学作品，还刊登小说、诗歌、戏剧、散文等创作和译作，最为集中地呈现了这个时期文学的复杂面貌。如"台湾留学国内学友会"创办的《前锋》（光复纪念号）②，反映了光复之初台湾知识者的精神状态，他们欢呼光复，介绍孙中山的传略和"三民主义"，呼吁台湾同胞对这次战争和收复台湾"应有认识"，讨论台湾知识阶级所面临的新任务。廖文毅《告我台湾同胞》指出"回到祖国，做了中华民国的国民，能够与世界任何的民族并肩的一等国民"、"我们的乡土也已经完全受着祖国的风气，这样的台湾和大陆的融合变成一体，这才是我们的愿望，也是我们努力的目标"；毅生《光复的意义》认为光复意味着民族精神的振兴、台湾与中国合一、国土重圆、家人再聚、统一国家与政府的出现，因而台湾人应该为团结起来，为台湾、中国而努力。林萍心《我们新的任务开始了——给台湾知识阶级》认为当前台湾知识分子的新任务是介绍中国文化、三民主义和国民革命，启蒙民众，去除日本"大和魂"的思想，使台湾能走向新中国的大陆。

---

　　① 参见曾健民《1945，破晓时刻的台湾》，第六章"百花齐放的时刻"，第149—189 页，台北：联经出版社 2005 年 8 月初版。

　　② 《前锋》，1945 年 10 月 25 日创刊，廖文毅主编。廖文毅，1910 年生于台湾云林西螺。1928 年前往南京就读于金陵大学理工科，1932 年毕业后赴美留学。1945 年国民党接收台湾之后，出任台湾省行政长官公署简任技正，兼台北市政府工务局局长及工矿处接收委员。1946 年 8 月，国民参政员选举时，因选票字迹不清而落选。同年 9 月在《前锋》上提出"联省自治论"，遭国民党抨击。1947 年 2 月 25 日离台赴上海，但仍成为陈仪发布的"二二八事件首谋叛乱在逃主犯名册"中的要犯。同年夏天到香港，筹组"台湾再解放联盟"，1950 年到日本，在日本人的支持下组织"台湾民主独立党"，是海外第一个台独组织。

他还呼吁以中国通用的白话文写作，让台湾老百姓学习白话文。

《前锋》也刊发了文学方面的文章。林金波以"木马"笔名写了一篇《学习鲁迅先生——十周年忌辰纪念》，这是光复后第一篇关于鲁迅的文章。在欢呼台湾回归祖国的时候，应该如何来纪念鲁迅？这位十年前从上海返回台湾家乡的作者说，他是在尝到日本帝国主义的淫威、领教了殖民地侦探走狗的残酷之后，才更深切地领会了鲁迅的精神。因此，台湾人要学习鲁迅的爱国爱民族的精神，直视人生的精神，为学不倦的精神，不屈不挠的精神，如此才能"负得起这建设新中国建设新台湾的担子"。廖文毅的三幕剧《为国牺牲》（只刊第一幕）表现的是前北京政府教育总长陈有为父女、女儿与男友之间的矛盾冲突。日据时代曾发起台湾话文论争的作家郭秋生（介舟）发表了两篇作品，一是用流畅的白话文写的论文《我们要三大努力》，称五十年来在侵略者蹂躏下"几乎不知有祖国、不知有己身的六百万同胞"，光复后"始得从暗黑里解放"，因此，当前的急务，是"第一是努力做得国民"，"第二是努力乡土的复兴"，"第三是努力做得四大强国之一的国民"。郭秋生还拟台湾民间歌调写了一首"台湾光复歌"，把台湾"复归咱祖国"比为"拨开云雾/解消风雨/霎时间重见天日！"林耕南（林茂生）[①]以旧体诗写了一首《八月十五以后》：

> 一声和议黯云收，万里河山返帝州。
>
> 也识天骄夸善战，哪知麟凤有良筹。
>
> 痛心汉土三千日，孤愤楚囚五十秋。

----

① 林茂生，生于1887年，别号耕南，台湾屏东人。1903年赴日就读于京都同志社中学，次年考入京都第三高等学校，毕业后，考入东京帝国大学，主修东方哲学，1916年毕业，是获得文学士的第一个台湾人。1927年赴美国哥伦比亚大学深造，1929年获哲学博士学位，是台湾获得博士学位的第一人。日据时期是台湾文化运动的积极参与者，战后出任台湾大学先修班主任，后接任文学院院长，担任《民报》社长，因爱国而批评时政，引起当局不满，1947年二二八事变，3月10日被捕遇害。

从此南冠欣脱却，残年尽可付闲鸥。

　　"台湾政治经济研究会"创办的《政经报》①，在光复初期的基本言论倾向，也与《前锋》相同。它的主要特色是左翼的或批判的立场，这也是它较早试图把日据时期台湾抵抗的反殖民的文学传统、大陆五四新文化运动的传统和国民党的三民主义融合起来的原因，然而，这种融合终因现实的重重弊端和困境而失败，从 1946 年 1 月 25 日二卷二期发表王白渊的社论《告外省人诸公》开始，《政经报》的言论趋于激烈，其批判的立场变得鲜明，早期的民族主义转化为日益明显的民主主义。此外，该刊也刊载了一些重要的文学作品，除了赖和的《狱中日记》，还有王白渊的《我的回忆录》，吕赫若的中文小说《故乡的战事》（一、二）和江流（钟理和）的《逝》等②。

　　"台湾文化协进会"发行的《台湾文化》③，这是光复时期最重要的综合期刊，它为省内外知识分子提供了一个开放、多元、自由的舆论平台。其中许寿裳、李何林关于鲁迅的介绍，台静农的文学史研究，黎烈文的外国文学评论，袁珂的民间文学介绍，杨云萍、黄得时、吕诉上的台湾文学史论，王白渊、吴新荣的诗和散文，雷石榆、苏新、洪炎秋的杂文，杨守愚、钟理和、吕赫若的中文小说，黄荣灿的美术论文和木刻作品，均为一时之选，构成当年重要的文学风景。第一卷第一期（1946 年 9 月 15 日）同时刊出杜容之《抗战期中我国文学》和杨云萍《台湾新文学运动的回顾》，有意识地将海峡两岸的文学传统汇合在一起。林紫贵《重建台湾文化》也是战后"重建"

　　① 《政经报》，1945 年 10 月 25 日创刊，社长陈逸松，主编苏新。
　　② 赖和《狱中日记》（1—4）以遗作连载于《政经报》第一卷第二至第五期；王白渊《我的回忆录》（1—4）连载于第一卷第二至四期和第二卷第一期；吕赫若《故乡的战事》（一、二）分别发表于第二卷第三、四期；江流（钟理和）的小说《逝》发表于第二卷第五期。
　　③ 《台湾文化》，1946 年 9 月 15 日创刊，发行人游弥坚，主编先后为苏新、杨云萍、陈奇禄等，1950 年 12 月出版第六卷第三、四期合刊之后停刊。

浪潮中的声音之一。小说《生与死》是大陆返台作家钟理和以"江流"的笔名正式亮相台湾文坛后的第二篇作品①。第一卷第二期推出的"鲁迅逝世十周年特辑"是战后台湾首次汇集省内外作者的文章纪念鲁迅，与上海之鲁迅纪念遥相呼应。第三卷第四期（1948 年 5 月 1 日）推出"悼念许寿裳先生专号"之后，该刊的时政批评文章仅见诸杨云萍婉而多讽的"近事杂记"之中，而学术类的论文，包括文学、史学、语言、社会学、人类学，渐成主体，显见二二八事变后台湾公共领域的逐渐萎缩。

具有民间同仁杂志性质的《新新》②月刊，中日文并重，致力于介绍祖国情况，它的特色是以中日对照的方式介绍文学作品，使读者便于从日文过渡到中文。除了刊登创作，如龙瑛宗小说《汕头来的男子》（日文）、散文《台北的表情》（中文），吕赫若的小说《月光光——光复以前》（中文），林熊生的《深夜の客》（日文），林德明《纯情十七岁》（日文）和林秋兴《乱爱》（中文），该刊还用国文日译或日文国译的方式介绍中日文学作品，如沈从文《柏子》、老向《村儿退学记》都被译为日文，而日本作家国木田独步的《巡查》、《少年的悲哀》、林房雄的《百合子的幸福》则被译为中文。1946 年 10 月第七期刊发的"谈台湾文化的前途"，记录了 9 月 12 日该报在台北举办的座谈会的纪要，出席者有政论家苏新、作家王白渊、学者黄得时和张冬芳、画家李石樵、人民导报发行人王井泉、作家刘春木、剧作家林博秋等人，这是光复后最早集中讨论台湾文化前途的座谈会，涉及面大，议题深入，而其民主的、左翼的立场特别引人注意，它是《台湾新生报》"文艺"副刊和"桥"副刊关于台湾新文学运动的讨论的先声。其中，黄得时关于"世界化"与"中国化"的

①　钟理和（江流）1946 年 3 月返台。此前曾在北京出版作品集《夹竹桃》（北平马德增书店 1945 年 4 月印行）。《逝》1945 年写于北京，《政经报》第二卷第五期（1946 年 5 月 10 日）首次发表。

②　《新新》月刊 1945 年 11 月 20 日创刊，黄金穗主编，中日文综合性月刊，1947 年新年号开始全部使用中文，因二二八事变爆发而停刊。

思辨，王白渊关于"普遍性"、"民族性"和"民主主义文化"的讨论，攸关台湾文化的发展方向。正如本期卷头语所说，"所谓'民主'是以'为了人民'为前提"，"政治要为了人民，经济也要为了人民，文化也要为了人民"，因此，他们主张"台湾文化运动的民主化和大众化"。

这些于光复后创刊的中文或中日文并行的报纸、期刊，构成这个时期重要的公共领域，对事关祖国大陆、台湾地区的民主、民生、民族问题都有及时、深入、敏锐的观察和讨论，与抗战胜利后的中国内地政经形势形成互相呼应和对话的关系①。

正是在这样的环境中，台湾文学出现了新的气象和趋势。除了这个时期从大陆拥入许多作家，为台湾文学注入新鲜的血液之外，尤其值得注意的是，日据时期的进步的、批判的文学传统，无论是使用中文写作的，还是使用日文写作的，在经过了战时高压时期的沉寂之后，像"压不扁的玫瑰花"突然绽放，形成这个时期非常独特的风景。

被尊为"台湾新文学之父"、"台湾的鲁迅"的赖和（1894—1943），从出生到去世，几乎见证了整个日据时期的台湾社会的变迁。然而，在狱中写下"闻道边庭罢征戍，无穷希望在明朝"，却没能活下来看到台湾光复。但赖和并没有消失，他的遗作经过日据时期另外一个重要作家杨守愚的整理，问世于光复初期，汇入这个新时期的去殖民化的民族主义浪潮之中。由台籍人士创办的中文杂志《政经报》（1945年10月25日创刊）从第二期开始至第四期，连续刊出已故作

---

① 这里特别罗列光复初期由台籍人士创刊的各种中文报纸和杂志，意在说明1937年以后日本全面禁止中文写作、推行"国语"（日语）运动的彻底失败。用中文撰稿的台籍人士，有些固然是所谓"半山"（即从大陆归来的台湾人），但也有在日据时期即以中文写作的作家，如杨守愚、杨云萍、王白渊、钟理和等。也有主要用日文写作，但战后却能迅速改用中文的作家，如吕赫若、杨逵、张文环等。说明以闽南语和客语为母语的作家复归汉语和中文，比以日语为母语向中文的转换要容易得多。

家赖和的《狱中日记》①。从赖和的《狱中日记》，读者可能看不到一个横眉怒目型的文化英雄的形象，而读到的更多是他的惊恐、不安、疑惑、反省、无奈、盼望以及对难友们的同情、怜悯，对被释放的难友们的羡慕、祝福。三十九天的日记，用的是简洁的白话文，而不是日语，里面还有他所擅长的旧体诗，抒发其婉转含蓄的情感。这部日记的价值，不是愤怒的呐喊，不是激烈的抗议，而在于它记录了一个受到监禁的身体的最可能的灵魂形态，记录了一个无辜者在被暴政囚禁的状态下逐步走向死亡的过程，记载了太平洋战争爆发之初，日本帝国主义统治之下的台湾人的艰难困境，而正是这一点，才使得这部看似"软弱"的日记，有了震撼人心的力量，成为日据时期台湾代表性作家在战后重现的首位。

杨守愚（1905—1959）为赖和的遗稿的刊出，特意写了一篇序，这篇序的末尾，杨守愚特别地注明写作日期是"中华民国三十四年光复庆祝后二日"，称"这一篇狱中日记，是大东亚战争勃发当时，先生被日本官宪拘禁在彰化警察署留置场，所写成的。可以说是先生献给新文坛的最后的作品。在这里头，我们能够看出整个的懒云②的面影。这一篇血与泪染成的日记，就是他高洁的伟大的全人格的表现，也就是他潜在的热烈的意志的表现"。杨守愚欢呼："台湾已经是光复了！被压迫的兄弟都得到自由了！"但在这欢呼中，却为"被凶暴的征服者压迫而死"的赖和不能"等着光明的日子到来"而流出了眼泪，他谴责日本殖民当局以莫须有的罪名逮捕赖和，乃是因为赖和对"残虐的征服者，虽然不太表示直接抗争，但是他却是始终不讲妥协的"。接着他谈到赖和与鲁迅的关系：

---

① 苏新主编的《政经报》是当时最具有批评精神的左翼中文媒体。该刊的主体是台湾本土知识分子，全部用中文写作。该刊从第 1 卷第 2 号至第 5 号（1945 年 11—12 月）连载了赖和的《狱中日记》（1—4），这是赖和遗稿的首次发表。

② 懒云是赖和的笔名之一。

先生生平很崇拜鲁迅，不单是创作的态度如此，即在解放运动一面，先生的见解，也完全和他"……所以我们的第一要着，是在改变他们（国民）的精神，而善于改变精神的，当然要推文艺……"合致。所以先生对于过去的台湾议会请愿、农民工人解放等等运动，虽也尽过许多劳力，结果，还是对于能够改变民众的精神的文艺方面，所遗留的功绩多①。

以文艺来改变民众的精神，正是以赖和代表的台湾文学的重要的文学启蒙与批判现实的传统。在这个意义上，鲁迅不仅是台湾作家了解中国近代文学精神的重要典范，也是战后台湾作家用以表达他们与中国现代文学之内在的精神联系的象征②。

除了《狱中日记》，赖和的遗稿《查大人过年》（小说）和《溪

---

① 杨守愚：《〈狱中日记〉序》，1945 年 11 月 10 日《政经报》第 1 卷第 2 号，第 11 页。

② 鲁迅的作品在日据时期就已被介绍到台湾文坛，如《阿 Q 正传》1925 年即转载于《台湾民报》；1934 年，带有左翼色彩的《台湾文艺》曾四期连载增田涉的《鲁迅传》，这是鲁迅生前就见诸台湾媒体的较早的鲁迅生平介绍。鲁迅于 1936 年 10 月去世后，杨逵主编的《台湾新文学》11 月号立即刊登了两篇用日文写的悼念文章，其一是杨逵执笔的卷首语《悼念鲁迅》，左翼的杨逵将鲁迅与高尔基并列，提到蒋介石统治下中国知识分子苦斗的艰辛；其二是黄得时写的《大文豪鲁迅逝世》，回忆了他在东京开始接触鲁迅著作的经过，介绍了鲁迅文学生涯和主要作品。这是日本发动全面侵华战争前夕台湾最后一次介绍鲁迅。台湾光复后，随着许寿裳赴台，鲁迅的介绍和纪念成为很重要的文学活动之一。1946 年 9 月创办的《台湾文化》杂志，是两岸因内战而分裂之前，由两岸知识分子共同耕耘的刊物。该杂志创刊伊始，就在第二期刊出"鲁迅逝世十周年特辑"。这是台湾首次也是最后一次用"特辑"的形式纪念鲁迅。这个特辑除了杨云萍的文章，还发表了许寿裳的《鲁迅的精神》，高歌翻译的《斯沫特莱记鲁迅》，陈烟桥的《鲁迅先生与中国新兴木刻艺术》，田汉的《漫忆鲁迅先生》，黄荣灿的《他是中国的第一位新思想家》以及雷石榆《在台湾首次纪念鲁迅先生感言》等文章。参见中岛利郎编的《台湾新文学与鲁迅》，台北：前卫出版社 1999 年版。

水涨》（新诗）、赖和先生的"绝笔"诗也刊发于杨逵、王思翔编的《文化交流》第一辑（1947 年 1 月 15 日创刊），杨守愚的小说《阿荣》则发表于《台湾文化》第一卷第二期①。《查大人过年》和《阿荣》这两篇小说反映的都是日据时期台湾人民在殖民当局压迫下艰难生活的情景，它们在光复时期的重现，再现了台湾作家在日本殖民统治下文学抗日的独特方式。杨逵也在 1946 年 3 月出版其左翼色彩的现实主义小说集《鹅妈妈出嫁》（日文版），并于同年 7 月由台北的台湾评论社出版中日文对照本的《送报夫》（中文为胡风翻译）。1947 年至 1948 年，杨逵编纂了一套中日对照的"中国文艺丛书"，收入他翻译的鲁迅的《阿 Q 正传》、茅盾的《大鼻子的故事》、郁达夫的《微雪的早晨》等，以其对中国左翼文学的浓厚兴趣和热情，投入两岸文化交流的事业之中。

以赖和《狱中日记》为发端，这个时期还出现了一大批"狱中诗文"，如蒋渭水《送王君入监狱序》（写于 1933 年 1 月 31 日台北监狱），也是旧作重刊，这篇以文言文写成的讽刺文章，对日据时期殖民当局和趋炎附势之徒，有绝妙的刻画，文章"盛赞"日本统治者的监狱之现代而先进："监狱之中，久住而休肥，卫生进步，居囚不少"，反语正说，苦中作乐。对"利权求于官，名声臭于时，走于衙门，谄媚百官，而佐桀纣为虐"的所谓"大丈夫"者，则嬉笑怒骂，入木三分②。欧清石的《狱中吟——呈林茂生先生》云："无端百日见蜃楼，祸起萧墙竟作囚。云我啸凶怀越轨，笑他吠影喘臭牛。居常本是鲠鲈骨，临变何曾屈膝头。生死只凭天赋命，息妄随处是忘忧"，

---

① 杨守愚的这篇《阿荣》曾于 1936 年 12 月在杨逵的《台湾新文学》第一卷第十期"汉文创作特辑"上发表，原题为《鸳鸯》，该期因被日本当局禁止发行，没有与读者见面，这一次"出土"，与《台湾文化》专门策划的"鲁迅逝世十周年特辑"（1946 年 11 月出版）放在一起，其承续鲁迅精神，自是意味深长。

② 蒋渭水《送王君入监狱序》重刊于《政经报》第二卷第六期，1946年 7 月 25 日出版。

傲骨冷霜，浩气干云。林幼春"狱中十律"，其中"入狱"诗云："又到埋忧地，俄成出世人。犹思托妻子，从此绝风尘。一念生千劫，余痌待后身。丈夫肠似铁，得死是求仁"，视入狱为出世，赴死为求仁。而赖和的绝笔诗更是预言了日本帝国终将灭亡的命运："日渐西斜色渐昏，发威赫赫意何存，人间苦热无多久，回首东天月一痕。"①吴鹏搏《出狱有感》："别也忧兮归也忧，人生悲苦莫如囚"，"几时重到中华地，了却今朝满面愁"；王溪森《狱中别同志》仿古诗十九首，用杜甫诗意，有"鸟飞草木青，萋萋满别意"，"缧绁迫偷生，归家少欢趣，硝烟天地黑，欲去尚踌躇"之句②，将台湾人面对囚禁和战火的困苦无奈，寄望祖国的深情，表达得令人动容。这些诗作，为日据末期台湾知识者的精神史留下宝贵的篇章③。

日据时期活跃的日文作家，也在光复初期展现头角，其改用中文写作的速度十分惊人。原以日文创作的吕赫若，在战争时期思考文学的问题时，不免也有"归根究底，描写生活，朝着国家政策的方向去阐释它，乃是我们这些没有直接参与战斗者的文学方向吧"的话④，但在实际创作中，强调"内心的生活！精神性的生活！表面的生活无

---

① 欧清石诗原载《政经报》一卷四期（1945 年 12 月出版）；林幼春、赖和诗载《文化先锋》第一辑（1947 年 1 月 15 日），该刊特辑"纪念林幼春先生·赖和先生台湾新文学二开拓者"，有陈虚谷、杨守愚、叶荣钟等中文作家的悼念林、赖二位作家的诗作。

② 吴鹏搏、王溪森诗原载《政经报》第二卷第三期，1946 年 2 月 10 日出版。

③ 日据末期，台湾作家创办的日文杂志《台湾文学》在赖和去世后立即刊出了"赖和先生追悼特辑"，第三卷第二号（1943 年四月发行）发表了杨逵的《回忆赖和先生》、朱石峰的《怀念懒云先生》、杨守愚的《小说和懒云》以及赖和的文章《我的祖父》（赖和的文章原是中文，由张冬芳译为日文），对不屈的台湾精神之象征的赖和的追悼，分别出现在日据末期和光复初期，政治环境已然不同，其意义也耐人寻味。

④ 1942 年 1 月 16 日吕赫若日记，《吕赫若日记》第 46 页，台北：印刻出版社 2004 年 12 月初版。

关紧要"① 的吕赫若，并没有使自己成为殖民当局的宣传工具，而是努力于写"优美的小说"，"描写人的命运的变迁"，譬如1942年4月发表的《财子寿》②，同年10月发表的《风水》③ 和《邻居》④；1943年1月发表的《月夜》⑤，4月发表的《合家平安》⑥，7月发表的《石榴》⑦，12月发表的《玉兰花》⑧，无论是数量还是质量，都在这个非常时期达到了高峰。真正代表了他的创作风格和成就的作品，都没有把笔触放在当时炙手可热的"皇民化"运动题材上，而是转向台湾社会家庭、婚姻与民情风俗的深度描写。他在1943年11月获得首届"台湾文学奖"的作品《财子寿》，首开战时描写乡村社会家庭伦理崩溃过程的风气。这种突然激发出来的创作的热情，是否源于外界的压力，已不可考。然而，吕赫若运用日文来委婉隐晦地叙事的冷静笔触，和关注现实问题的创作倾向，显然是战时台湾文学最令人瞩目的景观。光复之后，吕赫若的中文作品风格丕变，不再含蓄委婉，而是非常直接地呈现日本战时皇民化运动的荒诞，光复后发表的《故乡的战事》（一、二)⑨、《月光光——光复以前》⑩，虽然中文的运用尚嫌粗糙，却非常质朴而真实地描述了战时皇民化运动中台湾苦闷的社会生活。

光复后四个月，从1946年初开始，由于陈仪接收当局用人施政

---

① 1943年6月7日吕赫若日记，《吕赫若日记》第358页。
② 《财子寿》，原载1942年4月28日出版的《台湾文学》第二卷第二号。
③ 《风水》，原载1942年10月《台湾文学》二卷四号。
④ 《邻居》，原载1942年10月《台湾公论》。
⑤ 《月夜》，原载1943年1月1日出版的《台湾文学》第三卷第一号。
⑥ 《合家平安》，原载1943年4月28日出版《台湾文学》第三卷第二号。
⑦ 《石榴》，原载1943年7月《台湾文学》三卷三号。
⑧ 《玉兰花》，原载1943年12月《台湾文学》四卷一号。
⑨ 《政经报》二卷三、四期，1946年2、3月出版。
⑩ 《新新》第六号，1946年8月出版。

不当，加上战后经济凋敝，波及台湾，接收官员良莠不齐，乱象丛生，台湾社会危机四伏。面对来自"祖国"的陌生的"政治文化"，岛外报纸、期刊的言论已从原来的欢呼、期待，变为失望、批判。省内外作家及时用文学作品表现了人们所面临的困境。吕赫若以其艺术和政治的敏感，写出了《冬夜》①，这是二二八事变爆发前夕发表的作品，也是吕赫若的小说第一次出现了逃亡和枪声，他像是先知似的，以相当流畅的中文深刻描写了当时台湾社会新的矛盾冲突及其起源，揭示了事变的深层原因，为这个时期台湾人民精神状态的变化，留下弥足珍贵的文学记录。在这以后，吕赫若参加了中共地下党的活动，以其政治实践活动，寄望于红色祖国，直到1951年因蛇吻而去世。

吴浊流从1943年开始偷偷写日据时期台湾人独特的精神史《胡太明》（后改名《亚细亚的孤儿》）、《陈大人》等，是这个时期重要的小说之一。光复两年之后，他又在失望中写下了《波茨坦科长》（1947年写，1948年出版），从关注日本殖民者给台湾人造成的精神创伤，转而揭露国民党"接收当局"的腐败和他们给台湾人民带来的新的伤痛，以文学汇入了光复后期的民主主义潮流。

杨逵在光复时期的活动，除了出版自己的作品，主要是创办《一阳周刊》（1945）介绍孙文思想和三民主义，刊载大陆地区五四以来的白话文作品；担任《和平日报》"新文学"编辑；与王思翔合编《文化交流》（1947年1月），为《台湾力行报》主编《新文艺》专栏（1948.8.2—11.15），直到因二二八事变而在1949年起草《和平宣言》，触怒当局，于4月6日被捕入狱，1961年4月6日才获得释放，整整坐了十二年牢，比坐日本人的牢长了数倍。

官逼民反的二二八事变，让有良心的知识分子，不分省籍，拍案而起，对国民党接收当局的贪腐和暴政给予了强烈的谴责。以二二八事变前后的台湾社会生活为题材的文学作品，是最早揭示光复后人民

---

① 《台湾文化》第二卷第二期，1947年2月出版。

的精神创伤的"伤痕文学"。它不仅由本省作家创作，也见诸外省作家发表于岛外的作品，如欧坦生（丁树南）的《沉醉》和《鹅仔》均发表于上海的《文艺春秋》①，这篇作品与吴浊流的《波茨坦科长》和吕赫若的《冬夜》一样，都致力于解剖光复初期台湾的社会乱象，对省籍矛盾及其根源有深刻的认识。范泉的《记台湾的愤怒》②，控诉国民党当局的贪腐横行给台湾人民造成的新的精神创伤。诗人臧克家也以最快的速度写下了一首非常感人的诗《表现》，以声援台湾人民的抗暴斗争：

> 五十年的黑夜
> 一旦明了天
> 五十年的屈辱
> 一颗热泪把它洗干
> 祖国，你成了一伸手
> 就可以触到的母体
> 不再是只许压在深心里的
> 一点温暖
>
> 五百天
> 五百天的日子
> 还没有过完，
> 祖国，祖国呀
> 你强迫我们把对你的爱

---

① 欧坦生《沉醉》，原载《文艺春秋》第五卷第五期，1947年11月15日出版；《鹅仔》，原载《文艺春秋》第七卷第四期，1948年10月15日出版。

② 范泉《记台湾的愤怒》，上海文艺出版社1947年3月6日出版。参见曾健民、横地刚、蓝博洲合编《文学二二八》，台北：台湾社会科学出版社2004年2月初版。

换上武器和红血

来表现！①

日据时代台湾作家的文学活动，是光复初期的台湾文坛一道重要的风景，正如杨逵反映战时台湾精神的小说"压不扁的玫瑰花"所预言的那样，这批台湾作家和作品在台湾文坛的重现，更多地具有抵抗的、民族主义的和社会主义（左翼）的象征意义。然而这一朵朵有刺的压不扁的玫瑰花，只在光复后的公共媒体上绽放了四年左右，很快就被随国民党内战失败而来的另外一条反共的、右翼的传统给毁灭了。

国民党当局接收伊始，对台湾日据时期的政治上、文化上的抗日传统是相当肯定的，当时所任用的台湾人，主要也是这一批人。光复后，台湾律师协会曾为日据时期被冤屈的、杀害的烈士进行调查、伸冤。原日据时期抗日人士组成"台湾革命先烈遗族救援委员会"，新竹县长刘启光任主委，杨逵、简吉等人任常务委员。1945 年 11 月 17 日，曾在台北大稻埕举办"台湾革命烈士追悼会"，并在会后举行大游行。1946 年 1 月 20 日，在瑞芳公会堂举行了"瑞芳惨案"的追悼会②。在这样的背景下，文学家赖和也获得了崇高的地位。1951 年 4 月 14 日，根据当时"内政部部长"余井塘的正式褒扬令（字号为台内民字第 7576 号），赖和作为民族英雄入祀彰化县忠烈祠。然而，七年后，由于有人诬指赖和为"左派"，当局竟然推翻前议，于 1958 年 6 月把赖和逐出忠烈祠。经过学界和政界人士的不断辩诬、抗争，直到 1984 年 1 月赖和才得到平反③。赖和的出入忠烈祠，竟成了国民党

---

① 臧克家《表现——有感于台湾二二八事变》，原载 1947 年 3 月 8 日《文汇报》。

② 参见曾健民《1945·破晓时刻的台湾》第六章第六节"追悼台湾革命烈士"，第 187—189 页，台北：联经出版社 2005 年 8 月初版。

③ 参见王晓波《台湾新文学之父赖和先生平反的经过》，原载《文季》第一卷第五期，1984 年 1 月出版。

的最大的讽刺，也说明了国民党当局对"左翼"的猜忌和冷战时期反共环境的严酷性。

1949 年，随着国民党政权在内战中节节败退而全面撤守台湾，以许寿裳被暗杀，杨逵被捕，吕赫若在逃亡中被蛇咬死，宋斐如、林茂生、朱点人等人被枪毙，这一系列作家的悲剧和大批省内外无辜者的被捕入狱、逃亡、失踪、死亡和沉默，光复初期自由而浪漫的气氛彻底消失，因光复而汇合在一起的两岸社会主义的、左翼的、批判的文学传统开始受到扑杀而断裂了。杨逵的进入监狱，赖和的走出忠烈祠，使得进步的知识分子和人民对国民党执政的乐观期待逐渐消失，它也突显了台湾和大陆不同阶级在近代以来的历史记忆和现实经验上的差异，它更宣告了战后台湾冷战·反共体系的建立之后，光复初期建立起来的公共领域的崩溃。

从 1945 年到 1949 年，台湾光复后，即经历了两次生死攸关的震荡：一是二二八事变，二是国共内战。甫从日据时期的殖民阴影中走出来的台湾同胞，从情感上的狂喜，坠入深深的失望、疑惑、痛苦和愤怒之中。四年时间，两次震荡。如何面对这样的历史变局？这对在台湾的"外省人"和"本省人"而言，都是一个巨大而诡异的问题。但这个问题从五十年代以后，就因为随之而来的国际性冷战格局，而被简单化约为二元对立的政治问题，其中复杂的历史、文化、语言、社会等相互纠缠的因素，被国际和国内政治对立所化约，一直到七十年代，以风起云涌的"保卫钓鱼岛"运动（1971 年 1 月）和"中华民国"被迫"退出"联合国（1971 年 10 月）为契机，所有积压下来的历史问题才得到深入的反省。因此，七十年代对台湾历史而言，又是一个转折点。可以说，四十年代中后期的连续两次震荡，在五十年代和六十年代是以各种方式去修辞、解释和遮蔽起来的，文学上的"乡愁怀旧"，"反共抗俄"，"战斗文艺"，"现代主义"，文化上的"文艺复兴运动"，都是在这个背景下出现的。这个时期的经济建设和民生改善，为减轻两个震荡带来的冲击，起到了至关重要的作用。

然而，经过了二十余年的累积后，"两个震荡"已变成日益沉重的历史压力，这些压力到了七十年代的初期和末期，突然爆发出令人意想不到的政治、社会、文化反省的力量，文学上的民族主义、现实主义、反西化等论述和政治上标榜"自由民主"的党外运动，实际上即凝聚着相当复杂的历史记忆和现实诉求，从精神的脉络上看，它上接四十年代末即告中断的批判传统，下开九十年代以来台湾社会的一系列变局，都不过是四十年代中后期那两次震荡的冲击和七十年代的反省批判与社会运动的结果，是"中华民国"的合法性不断地遭到质疑这一严重问题的明朗化和延伸。如何面对、表现和诠释这两次具有重要意义的震荡，也就是如何面对、表现和诠释自己的历史记忆和现实，成了战后迄今台湾文学的基调。

（此文宣读于美国加州大学圣塔芭芭拉分校"台湾文学与历史"国际学术研讨会，2006 年 10 月 17 日）

"杨逵问题": 殖民地意识及其起源

我是个殖民地的儿子。

——杨逵

一种真正批评的对象应该是发现作者（于不知不觉中）为自身
提出了什么问题并发现他是否解决了。

——保尔·瓦雷里

"杨逵问题"不止是一个"文学"的问题，而且是"文化"、
"民族"、"社会"和"阶级"的问题。其中，"殖民地意识"是"杨
逵问题"的核心部分。"殖民地意识"是近现代作家区别于古典作家
的一个非常重要的精神特色。中国近现代史上，具有最鲜明的、自觉
的"殖民地意识"的，首推台湾作家。日据时代台湾作家的"殖民
地意识"促使其"政治身份"与"文化身份"发生分裂与冲突，这
种分裂与冲突当然只有从殖民地的基本的经济基础和相应的社会关系
入手才能得到深刻的认识。从文学的角度看，"殖民地意识"非常直
接地影响到作家的文学创作与批评理念。有自觉的"殖民地意识"
和没有"殖民地意识"两者之间所产生的文学形态有明显的差异，
这个差异正是以赖和、杨逵为代表的"抵抗"的文学和殖民主义者
"皇民文学"之间的差异。"殖民地意识"的萌生和发展是一个渐进
的过程，分析这个过程，有助于理解被压迫民族和阶级的意识与殖民
地的特殊"现代性"之间的关系。

从文学上说，杨逵似乎没有为我们创造出一个类似《红楼梦》

或巴尔扎克、托尔斯泰那样的丰富的文学世界，但正是他意识到了"殖民地"这样一个近代资本主义发展的产物给人的世界造成的苦难、冲突和分裂。阅读杨逵作品、杨逵关于自己的生平和创作的回忆和散文，以及关于杨逵的一些介绍、评论和研究文字，有一个非常强烈的印象，那就是：杨逵是一个"问题"，是一个事关第三世界的近代历史、社会、文化、文学、政治乃至经济的"问题"。杨逵出现在文坛和复出文坛的过程，就是这个"问题"被提出来并在新的现实条件下被重新思考、重新认识的过程。为了理解问题，我们不妨借回顾"文学杨逵"被解读的过程，来呈现"杨逵问题"及其被人们所意识到的内容。

"文学杨逵"的"非文学"解读

1980 年元旦台湾的《联合报》刊出杨逵的一篇短文《文学可以把敌人化为朋友》，这篇文章非常朴实地表达了杨逵的基本的文学观。文章写道：

> 文学对于我，不论是今天、去年的今天、十年前的今天，以至于是五十年前的今天，都没有两样。也许题材和技巧会因时间的改变而有所不同，但它的内容绝不应是无病呻吟。我觉得：文字的游戏和华丽辞藻的堆砌，都和文学的本质无关，谈文学的意义不应只在文字的表面寻求。……文学也不应是打擂台，一定要推出一个冠军而把其他的人统统消灭不可。从古以来，许多有分量的文学作品，它的力量不仅可以团结朋友，同时也可以把敌人化为朋友。在文学界里发生"秀才遇上兵，有理说不清"的情形只是短暂的，只要是好的文学作品，它最后总会获得大多数人的喜爱。一个民族如果想要成为文化大国的话，它的文学作品就应该把个别的人民连结团结成一个整体。对年轻的一代，我要说：

> 小伙子，
>
> 大家一起来赛跑，
>
> 不为冠军；不为人上人，
>
> 老幼相扶持，
>
> 一跑跑上去，跑上新乐园。①

两年后，杨逵在接受一个素不相识的年轻人采访时，就提及一个很具体的例子，正好说明了他关于文学可以把"敌人"化为"朋友"的理念。他在接受采访时，回忆了二二八事件爆发之后的 4 月，他和叶陶因人告密被捕，在当时随时都可能被枪毙的情况下，却遇到善意的法官，竟替他把报纸上的罪证销毁，使他逃过一劫：

当时，有一个法官叫我去问，那张刊登"从速⋯⋯"文章的《自由日报》赫然摆在桌上，旁边放了电击的东西，叫我坦白讲。我想报纸既然在上面，注定没命了，无需再讲。他怎么问我都不应。最后他说，他想想看，不然就要电，随即离去。这位法官后来去我家把赖和未发表的原稿，和才出一期的《文化交流》杂志都拿去。法官就从此失踪。我猜他可能逃去大陆。之后，我被调到台北许多单位，都没有人问及《自由日报》这件事。这份报纸可能给法官毁了，使我罪名减轻。以后我听人讲，调查局有一个人比较开明，是我朋友的好朋友，二二八之前就来到台中。二二八时开始抓人，他只抓走私和经济犯，其他人都不动。有一天，我的朋友带他来看我，我把《送报夫》送给他。过几天，另一位朋友请客，我们都被邀。他看到我就跑出来告诉我，《送报夫》一文令他流泪。又听人说，这个调查局的人与那位失踪的法官有接头，并把我的《送报夫》给失踪的法官看。②

---

① 《杨逵全集》第十四卷·资料卷，第 203—204 页，2001 年 12 月出版。

② 杨逵《二二八事件前后》，原载《台湾与世界》杂志第二十一期，1985 年 5 月。

让杨逵逃过了劫难的《送报夫》，"不仅全篇充满了热情，它也可以说是一团火，这团火会把读者的眼睛与心都烧焦"①，正因如此，从问世之后起，它就用同样的方式感动过那几位把它评为二等奖的日本作家德永直、中条为合子、武田麟太郎、龟井胜一郎、藤森成吉、洼川稻子等，感动过胡风，感动过那个时代和后来的时代的许多读者，包括那个不知名的本来可以逮捕杨逵的"失踪"的法官。可以这么说，"文学杨逵"的形象是从小说《送报夫》开始建立起来的。正如杨逵本人所说："《送报夫》把我送上了文坛。此后，我才积极地参与一些文学活动。民国二十三年成立的'台湾文艺联盟'，后来出版《台湾文艺》月刊，一半中文一半日文，要我负责日文部分的编辑，我才正式回到台中参加文艺联盟的工作，扩大了我文艺圈的交游，更激发了我积极创作的欲望。"②然而，如果我们回溯一下"杨逵的发现史"，就会很惊讶地发现，对《送报夫》和对杨逵的几乎所有其他作品之意义的诠释和理解，恰恰都不是在"文学"的层面上去解读的，而是在"非文学"的层面上发现其深刻的意义的。

为此，我们可以把迄今为止的关于杨逵的"解读"，看作是对杨逵的文学活动和社会活动之意义的"发现"过程。这个过程大致可以分为两个阶段：第一阶段是三十年代中期围绕着《送报夫》的评奖、评论、翻译和传播展开的。但是，这个阶段的杨逵的解读活动在当时并未广为人知，这一解读活动的重新"出土"全靠第二个阶段，即七十年代初。在七十年代以前，杨逵其人其文以及关于他的介绍、评论几乎被彻底"遗忘"了，正如杨逵在《春光关不住》所描绘的那样，他本人也是被压在"水泥块"底下的"玫瑰枝条"，然而，那

---

① 王氏琴《送报夫——女性这样看》，收入杨素娟主编《压不扁的玫瑰花——杨逵的人与作品》（颜元叔、寒爵、徐复观、张良泽等著），第8页，台北：辉煌出版社1987版。

② 杨逵《台湾新文学的精神所在——谈我的一些经验和看法》，原载《文季》第一卷第一期，1983年4月，《杨逵全集》第十四卷，第36页。

枝条硬是"从小小的缝间抽出来",绽放出一朵"花苞"来。1953年,杨逵还被关在绿岛的时候,曾在监狱的《新生活壁报》上发表了一篇散文《光复话当年》,他提到了一个不大被人注意的人物,这就是坂口衿子。那一年,家里人传来一个消息,说坂口夫妻中的某一位将要领到一个文学奖。这个消息让杨逵重新回到了四十年代的台湾文坛。他提到了日据时代台湾文学界的两大派,一派"是以日人西川满为中心的勤皇派,鼓吹着勤皇主义,为日本军阀的征服与版图的拓展而扬眉吐气,另一派是我们台湾同志的民族文学派,却不仅是台湾本地人,也有许多日本人支持着我们。'民族台湾'里占了好几个台大教授、新闻人,也有官吏。坂口夫妻是小学教员,就是其中的重要分子"。①这篇小文的发表是否为外界所看到,我们无从知晓,但它所透露的信息却展示了杨逵身上所负载的"历史"的丰富性,也透露了杨逵所服膺的"阶级分析"的方法,是与他三十年代发表的《送报夫》一脉相承的。十八年后,正是杨逵这篇短文所提到的坂口衿子在日本的《亚细亚》第六卷第十期(1971)发表《杨逵与叶陶》,首次用感情丰富的笔触把杨逵夫妻介绍给了日本读者。次年(1972),日本学者尾崎秀树在日本《中国》月刊四月号发表文章《台湾出身作家文学的抵抗——谈杨逵》,该刊五月号又重刊了杨逵《送报夫》。杨逵"出土"了!1935年杨逵是借助日文版的《送报夫》才为日本文坛、台湾文坛和祖国大陆的文坛所瞩目的,时隔三十七年之后,他再次以《送报夫》绕道日本返回。杨逵的出现,不止意味着一个人的"新生",而且意味着一段历史的重现,这是一段文学史,也是一段社会运动史,一段政治史,一段民众史,一段杨逵立志用他自己的笔来书写的历史。

关于日据时代台湾文学史的叙述,早在四十年代就从黄得时那里开始了。黄得时的文学史撰述活动在五六十年代也没有停止,但影响甚微。而杨逵这一"活的历史传统"在日本的重新出土,不仅兴起

---

① 《杨逵作品选》,第 192 页,北京:广播出版社 1984 年 8 月版。

了人们研究日据时代台湾文学的浪潮，而且很快就与反现代派的浪潮（"现代诗"论战）碰撞到一起，并构成了七十年代中期"乡土文学论战"的非常重要的资源，无异于掀起了新一波殖民地台湾研究的浪潮，这波浪潮不再局限于学院内部，而且通过现代文学媒体的传播，造成强烈的社会反响。1973年，唐文标连续发表《什么时代什么地方什么人》（龙族评论专号）、《诗的没落》（文季第一期）、《僵毙的现代诗》（中外文学二卷三期），掀起"唐文标事件"。就在这影响深远的"现代诗"论战方兴未艾之际，11月15日出版的《文季》第二期发表了杨逵小说《模范村》的中译。12月，林载爵的长篇论文《台湾文学的两种精神——杨逵与钟理和之比较》发表于台大《中外文学》十二月号。这是七十年代杨逵评论和研究中最厚重的一篇。林载爵首先回顾了以1920年7月《台湾青年》杂志创刊为标志的日据时期的新文化·新文学发展概况，接着介绍评述了杨逵的生平和创作。他讨论的作品包括《送报夫》、《模范村》、《鹅妈妈出嫁》、《无医村》、《萌芽》、《春光关不住》等。林载爵认为："从这几篇小说来看，杨逵均将小说的背景落实于当时社会的不公、政治的不义上面，作为一个作家，又是日据时代下的社会改革者，杨逵的这种表现是可以了解的，当时的社会结构仍然建筑在农业经济的基础上，而农业经济受到土地封建性的影响，农民不能保障自己的权利，同时小农占大多数，农民生活益显穷乏，日本占领台湾后，制糖会社与日本帝国主义的财阀资本家强夺土地，占全耕地之一成半，农民因此失去耕作机会，贫穷只能够做制糖会社或日本人农场的佣工；糖业的经济利益，百分之九十以上属于日本财阀，香蕉之消费市场被日本青果商人所垄断（见叶荣钟：《台湾民族运动史》），如此在帝国主义的财阀资本家剥削下的农民，可说是台湾人中最困苦的一群。""在这种环境下成长的杨逵，当然是要将帝国主义的横霸、社会的不公笔之于书了。《送报夫》的动人故事，就是在日本财阀侵占土地的不幸事件中展开的……"林载爵的评论最有意义的有两点：一是注意到了杨逵小说中那些"坚决的、刚毅的、具有理想"的知识分子形象，并把这些形象与吴浊流笔下"彷徨、无定着、苍白的"知识分子形象做了对比。"在台湾文学史上我们很少能看到像杨逵这样，将知识分子置于如此重要的地位，我们能够推测，在杨逵看来，知识分子的觉醒就是社会光明的希望，知识分子的力量就是社会改革的动力，知识分子坚定的信念、威武不屈的抗议精神，正是使社会合理化、公平化的精神支柱，征诸台湾历史，尽管台湾知识分子的抗议行动，最后仍将被日本帝国主义的警察力量所压制，但在台湾的文化启蒙运动上，社会、政治的改革上，确有其光荣的成绩，杨逵替那个时代的知识分子做了最好的见证。"①；二是把杨逵与钟理和做比较之后，提出了台湾文学的两种"精神"，杨逵代表了"抗议"的精神，钟理和代表了"隐忍"的精神。

林载爵没有花太多的篇幅去分析杨逵小说的"艺术"风格，但他意识到这个问题是存在的。在文章末尾，他指出："过去批评台湾文学时，几乎均以文字上的拙劣技巧来显示台湾文学的幼稚，这种批评是不明智的，不能同情日据时代下台湾的客观环境，复不能了解像赖和、杨逵、吴浊流、张深切、钟理和等作家在苦难中的不屈意志及孜孜不倦的努力，抽绎了台湾文学中所透现出来的精神，而只注意于文字、形式的技巧，岂非只见秋毫，不见舆薪。"②

关于杨逵作品的评论，的确有一种几乎是共同的现象，那就是对于杨逵小说的"文学性"或"艺术性"的评价一直不是作家、评论家们关心的问题。根据尾崎秀树的介绍，最早授予《送报夫》二等奖的日本评审委员们，几乎都有类似的看法。如德永直就认为这部小说的艺术技巧不是很高，他甚至认为这篇作品还不够成熟，但它却具有其他方面的吸引力："这篇小说决不是巧手。宁可以说还不成为小说，虽这么说，它却很有吸引力。在这里可以闻到美国资本主义征服

---

① 林载爵《台湾文学的两种精神》，原载《中外文学》1973 年第 12 月号，收入杨素娟主编《压不扁的玫瑰花》，第 94 页，台北：辉煌出版社。

② 同上，第 108—109 页。

红人当时的血腥气味。"左翼的德永直欣赏的小说所反映的"殖民地"的"血腥气味"。中条百合子虽然看法比较宽容，但也委婉暗示了它在艺术上的缺陷："需要更高的艺术化、这要求是可以理解的，但以作者的能力，现在似乎不可能。优点是有的。凭这些，我想它有十分吸引读者之心的力量。"武田麟太郎则说："总而言之，主观是幼稚的，但正因此，其朴实的脸貌更显得突出。它没有其他应募作品所看到的叫人反感的造作。打动人心的力量也大。"龟井胜一郎表示，"我认为《送报夫》很好。没有虚假的造作，而显露着不得不写的真情直逼人心。我所看过的十四篇中，它是顶好的。文章的不顺畅与结构的不够成熟也许是有的，但就这篇作品而论，它无需改写，这未完成之美更是值得欣赏的。"另外一个评委藤森成吉说："不能忽视的事实与表达了它的情意是优点，形象化的不足是缺点。要是对工农的作品放宽尺度，对于殖民地的这些更应该宽大。"最后一个评委洼川稻子说："作为一篇小说，它难说是完整的，但作者的真情硬逼读者的心。送报的生活与乡里的故事吸引着我的心。最后一段感情似有几分低调。"

1973 年，当《文季》重刊《模范村》时，竟也对杨逵小说的"艺术性"问题有所保留，该刊"编者按"说："本文的作者杨逵先生是台湾早期文坛上颇负盛名的作家，他的这篇小说《模范村》在处理上或许有许多不能尽如人意的地方，因此或者不能算是他最成功的作品，也不能作为日据时代台湾文学的充分代表，但是他所表现的精神与内容，却直接继承了当时祖国在长期反抗日本侵略所表现的坚毅不屈、沉着勇敢的伟大传统，这种精神与内容和今天台湾文坛到处充满着颓废、逃避的现象有着明显的差异。因此本刊乐于刊出这篇小说。一方面希望借此能使读者对日据时代的台湾文学有所认识，一方面也希望能借此给目前的台湾文坛一些参考。"

三十年代日本文坛对《送报夫》、七十年代台湾文坛对《模范村》的评价，让我也联想到胡风的评价。胡风翻译《送报夫》时，原有一则"译者序"，该序《世界知识》版置于文前，《弱小民族小说选》版置于文后，至《山灵》版则被删除。胡风写道：

> 　　台湾自一八九五年割让以后，千百万的土人和中国居民，便呻吟在日本帝国主义铁蹄之下。然而那呻吟痛苦的奴隶生活究竟到什么程度？却没有人有深刻地描写过。这一篇是去年日本《文学评论》征文当选的作品，是台湾的中国人民被日本帝国主义统治了四十年以后第一次用文艺作品的形式将自己的生活报告给世界的呼声。当然，缺点是有的，例如结构的松懈和后半的安逸的感情调子，但那深刻的内容却使人不能不一气读完。据说台湾的华文报纸曾连载过很长的介绍批评，但因为对于读者的刺激力太大，中途曾被日本当局禁止登载。爱特译出，以便读者窥知殖民地台湾人民的悲惨。读者在读它时，同时还应记着，现在东北四省的中国人民又遇着台湾人民的那种同样的命运了。

　　从这些类似的评价看，"文学杨逵"的形象好像都是由于其作品所表现的"非文学"意义而得以牢固地建立起来的。但这一点并非证明，杨逵的作品真的缺乏"艺术性"①，毋宁说，所有欣赏和介绍杨逵的评论家、作家，更关心的是他们所面临的日益急迫的时代课题，而杨逵的"殖民地意识"以及对生活于底层的人们的关怀和描写，正好形象地表现了帝国主义时代的殖民地这一重大课题。杨逵让德永直闻到了"美国资本主义征服红人当时的血腥气味"，也让已经意识到了"亡国"危险的胡风看到了殖民地生活的真实景象。对七十年代的台湾文坛来说，重新"出土"的杨逵，不仅是唤起了"历史"的记忆，让他们发现了日据时代以来就一直有的一条左翼的、抵抗的、反殖民主义的传统，而且对当下脱离现实的文学，具有"疗

---

① 　关于杨逵小说的艺术性，吕正惠教授有颇为深入的分析，参见吕正惠《论杨逵的小说艺术》，原载台湾《新地文学》1 卷 3 期，1990 年 8 月，收入吕正惠《殖民地的伤痕》（台北：人间出版社 2002 年版）。

救"的作用。从 1973 年林载爵的论文开始，一直延续到 1985 年 3 月杨逵逝世之后，关于杨逵的介绍、评论、研究，不仅成为两岸学者的共同事业，而且跨越了国界。"杨逵问题"不仅是单纯的"文学问题"，而且是第三世界的"殖民地/现代性"的共同问题。因此，是否可以这样认为：杨逵之所以不断地被评论、解读，乃是由于杨逵用他的文学作品所形象化表现的关于现代资本主义、帝国主义和"殖民地"诸问题，至今仍然在发展着，而仍然没有得到很好的解决？

个人时间·政治性时间·殖民地意识

"时间"是研究"现代性"问题的非常重要的纬度。我们大致可以把"时间"区分为三种：首先是属于个人的时间，从生到死，都与每个个体所具体感觉到的时间息息相关，正因如此，人才会有"生年不满百，常怀千岁忧"的感慨。这种生与死的时间，对于每个个体而言，是最真实的自然时间；其次是属于某一族群的公共时间。每个个体的自然时间（其生卒年），都会被定位在一个"公共时间"之内，这个"公共时间"的制定是相对的，每个民族都在其文明发展的条件下制定不同的历法，比如中国人的夏历，印度人的佛历，欧洲人的公元历法等。鲁迅从出生到去世，享年五十六岁，这 56 年就是属于鲁迅个人的"自然时间"，这一自然时间用公元历法（西历或新历）来标记就是 1881 年至 1936 年。

在研究"杨逵问题"中的"殖民地意识"时，有三个年头非常重要。其一是 1895 年，其二是 1915 年，其三是 1945 年。从 1895 年到 1915 年，中间相距二十年；这时候的台湾的"政治时间"经历了"清代光绪"到日本"明治"和"大正"的变化；从 1915 年到 1945 年的三十年间，则经历了从"大正"、"昭和"到"民国"的变化，在这三十年的时间中，杨逵走过了他最重要的童年、少年和青年时代。在杨逵的回忆录或关于自己的生平、创作的回顾性文章中，我们比较少看到他提及"1895"这个时间，但是，1915 年这个时间却经常出现在杨逵的记忆中，1945年台湾光复，这个时间也多次出现在他的记忆中。这是否仅仅是个人关于"时间"的记忆问题呢？

1895年，丘逢甲（1864—1912）三十一岁，连横（1878—1936）二十七岁，赖和刚满一岁……无论少长，1895年这个年头对他们来说都不只是属于"个人"的时间，而且是"国破家亡"的时间，是中国在甲午战争中输给日本，使台湾沦为日本殖民地的时间。这个让国人"屈辱"时间，把他们与民族、国家的命运绑在了一起。这个时间，在"中国"历史上，是一个迫使"古典"与"近代"发生强迫性断裂的时间。但若从"世界性"的"资本主义发展史"看来，1895年则似乎是"必然如此"的年头。这一年，英国有一个殖民主义者谢西尔·罗得斯这样说：

> 我昨天在伦敦东头（工人区）参加了一个失业工人的机会。我在那里听到了充满"面包，面包"的呼声和粗野的发言。回家时，我把看到的情形思考了一番，结果我比以前更相信帝国主义的重要了……我的神圣的主张是解决社会问题，就是说，为了使联合王国四千万居民避免残酷的内战，我们这些殖民主义政治家应当占领新的领土，来安置过剩的人口，为工厂和矿山的出产的商品找到新的销售地区。我常常说，帝国就是吃饱肚子的问题。要是你不希望发生内战，你就应当成为帝国主义者。①

在谢西尔·罗得斯这样说的时候，日本已经在这样做了。因此，这不是哪一个个别的帝国主义者的思想的问题，而是从十九世纪四十年代开始资本主义向世界扩张所必然产生的资本主义发展的"逻辑"。列宁在《帝国主义是资本主义的最高阶段》对这一扩张的趋势有过非常深刻而精辟的分析。在该文第六章"列强分割世界"中，列

---

① 转引自《列宁选集》第二卷，第798—799页，人民出版社1960年4月出版，1972年10月二版，1973年1月一印。

宁分析了英国当权的资产阶级政治家在殖民地问题上从"反对"到"赞成"的变化，从列宁的分析中可以看到，不论是开始的"反对"，还是后来的"赞成"，资产阶级都是站在自己的利益上的。列宁说：

> 在十九世纪四十年代到六十年代英国自由竞争最兴盛的时期，英国当权的资产阶级政治家是反对殖民政策的，他们认为殖民地的解放和完全脱离英国，是一件不可避免而且有益的事情。麦·伯尔在1898年发表的一篇论述"现代英国帝国主义"的文章（《新时代》杂志1898年第16年卷第1分卷第302页）中指出，在1852年的时候，像迪斯累里这样一个一般说来是倾向于帝国主义的英国政府要人，尚且说过："殖民地是吊在我们脖子上的石磨。"而到十九世纪末，成为英国风云任务的，已经是公开鼓吹帝国主义、最无耻地实行帝国主义政策的谢西尔·罗得斯和约瑟夫·张伯伦了！
>
> 值得注意的是，这些当权的英国资产阶级政治家早在当时就清楚地知道最新帝国主义的所谓纯粹经济根源和社会政治根源之间的联系了。张伯伦曾经特别指出目前英国在世界市场上所遇到的德国、美国、比利时方面的那种竞争，而鼓吹帝国主义是"代表真理的、英明的和经济的政策"。资本家说，挽救的办法是实行垄断，于是他们就创办卡特尔、辛迪加、托拉斯。资产阶级的政治领袖也随声附和地说，挽救的办法是实行垄断，于是他们就急急忙忙地去夺取世界上尚未瓜分的土地。①

杨逵就生活在这个已经被亚洲的殖民者日本帝国主义瓜分的土地上。在他关于这个土地的记忆里，有两个年头是难以忘记的。一个是1915年，另外一个是1945年。对杨逵来说，1915年是他童年亲身经

---

① 《列宁选集》第二卷，第798—799页，人民出版社1960年4月出版，1972年10月二版，1973年1月一印。

历的日本的"大正三年",也是后来浮现在"记忆"之中的"民国四年"。从 1977 年 7 月 7 日为东方文化书局翻刻《台湾新文学》所写的"推荐意见",至逝世后发表的《我的回忆》(1985 年 3 月 13 日至 15日《中国时报》),杨逵不断地、反复地在不同的文章里讲到发生于这一年的噍吧哖事件对于他日后走上文学和社会运动道路的深刻影响。他几乎像祥林嫂谈到自己的儿子被狼叼走的忧伤往事一样,不惮其烦地屡次提到他从门缝里"偷窥"到日军镇压部队拉着大炮轰隆隆经过家门的情景,又多次提到他所看到的日本人撰写的《台湾匪志》与历史事实的相悖性,因而立志通过小说写一部不同于殖民者的历史的"庶民史"成为他文学活动的重要的原动力之一:

在台大历史系教了几十年的书,当要退休在告别演讲时,杨云萍教授说了一句"骗来骗去"的真心话,值得赞扬。我虽然没有教过书,但对他这句话颇有同感。

值得赞扬的当然不是"骗来骗去"这个事情,而是终能把经过抖出来的勇气。这说明了他最后这句话的真实性,也就是说"骗来骗去"这句话是实在的,不是骗人的。

历史就是这样,每一个朝代的当权者都会粉饰门面,把罪之过归于对方,把功劳写在自己脸上,以混淆是非。

我十岁时噍吧哖事件发生,日军炮车轰隆隆经过大目降我家门前,到噍吧哖去轰击噍吧哖、南庄、南化等几个村庄。那个时候我的大兄杨大松被抓去当军夫,替他们搬运粮食与弹药,回来后向我们描述了许多惨无人道的虐杀情景,我也从我父母及邻居父老听到了很多"走蕃仔"(日军进驻时的逃难)的故事,印象非常深刻。因此,为弄清楚这些事情,我一上中学就到图书馆、古书店去找有关这段历史的文献。找了好久,终于找到了,书名却是《台湾匪志》,把我们的新民写成了土匪。

有一个时期,我们经常听人家说:"台湾人受了日本五十年的奴化教育,都变成奴隶了。"这又是另一种说法。

到底，台湾人民是土匪呢？还是奴隶呢？

希望研究历史的人，从那些被埋没了好久的第一手资料中去挖掘出真实证据，正确描述日本侵占下五十年历史的真实面貌，让我们接棒人不要再被牵着鼻子走。①

杨逵"偷窥"到了历史真相，这个真相与统治者记载的"历史"出现了巨大的裂缝。这是"杨逵问题"萌芽阶段，是"殖民地的儿子"亲眼看到自己的母亲被蹂躏、父兄被屠杀的永难忘记的心史。杨逵在少年时代的读书活动，青年时代东渡日本半工半读，都是为了解决他为自己提出的这个巨大的问题。这也是一个作家/艺术家用自己的创作来对抗强大的异族资本主义殖民体制的方式，是独特的"文学权力"对"政治·经济权力"的斗争。在最早发表的作品《自由劳动者的生活剖面》（1927）②，杨逵就提出了这样尖锐的问题："为什么农民勤勉劳动却依旧不得温饱甚至日益贫困？"、"怎么办才不会饿死？"他用他在日本、台湾参加社会运动（农民组合等）来回答这个问题，也用他的小说来探讨这个问题：从《送报夫》（1932—1934）、《灵签》（1934）、《死》（1935）到《水牛》（1936）、《模范村》（1936）、《无医村》（1942）、《鹅妈妈出嫁》（1942）。杨逵不能忘怀的另外一个年头，是台湾光复的1945年。在杨逵本人的回忆文章中，谈台湾光复前后的文学·社会活动也是非常之多的。台湾光复对杨逵等台湾知识分子来说，本来应该是消除其"殖民地意识"的重要契机。但随之而来的二二八事变，却使"杨逵问题"有了深化和发展。徐复观说他是"日治下非常热爱祖国的一位了不起的作家。但他所热

① 见东方文化书局翻刻的《台湾新文学》前言。

② 《自由劳动者的生活剖面——怎么办才不会饿死？》（有日、中文两种版本，日文原载东京记者联盟机关杂志《号外》第二号，一九二七年九月，昭和二年，东京。中文系清水贤一郎、彭小妍根据《文学台湾》第十三期（一九九五年一月）叶笛之译文校译，黄英哲校订。

爱的祖国到了他的乡土时，却又和他万分生疏，只好在一个孤岛上和人间世隔绝了十年的岁月"。① 1949 年，杨逵因"和平宣言"事件而被捕入狱，一关就是十二年。1961 年出狱时，他已是五十六岁的"老者"了，用徐复观先生的话说，曾经是"什么主义者"的杨逵，在经历了一场"炼狱"之后，已被"消毒得干干净净"，成了"人欲尽去，天理流行"的"圣人之徒"了②。对于这样历尽劫难的作家，徐复观先生有着非常深情的理解，他指出："假定把台湾由日治时代奋斗下来的作家，和由大陆来到台湾的作家，作比较，在气质上，在作品上，便有如杨（逵）先生胼手胝足，辛勤垦殖的一块花圃，和中央市场里的花摊上的花两相比较一样。"在七十年代关于杨逵的介绍、评论文字中，徐复观大概是第一个很明确地用杨逵的"花圃"与中央市场里花摊上的花来比喻日据时代的抵抗作家和大陆来台作家的人。徐复观的文章发表两年后，杨逵自己也用了类似的比喻来自况，他说：

> 爱国、爱民，在我是心有余而力不足。我不敢请功，但爱花
> ——不是北投等舞厅、酒家的假花——倒是实在的。东海花园已
> 经有十五年的历史；若从创建首阳农园开始学种花算，至今已经
> 四十年了。这些年，我都用锄头代笔，在大地上写诗，写故事；
> 施用了臭的大小便与粪土，培养过不少的既美又香的花卉，因而
> 我老早就有一个幻想：如在这百花齐开的园子里，盖了几栋小山
> 房，让大家有空时到这里来一面学种花，一面学写作、绘画、雕
> 塑、唱歌、演戏等，把这一块从前是不毛之地的花圃，变成新乐

---

① 徐复观《由一个座谈会记录所引起一番怀念》，1975 年《大学杂志》第 81 期，二二八事变后杨逵曾被捕入狱，释放后继续从事两岸文化交流的工作，积极投入重建台湾新文学的运动。1949 年因起草《和平宣言》再次被捕，判刑十二年。

② 徐复观《由一个座谈会记录所引起的一番怀念》，原载 1975 年《大学杂志》第 81 期。

园，那该多好。①

　　这个以"老园丁"自况的杨逵，并未因系狱十二年而走上"分离主义"的道路，反而加深了他的左翼的、社会主义的思想。他说："我生长在日本的异族统治下，我成人以后从事的无论是实际行动的文化运动、农民运动或工人运动，以至后来的文学创作，无不是跟我整个反侵略、反帝国殖民政策、反阶级压迫的根深蒂固的思想有关，直到今天，我的文学观依然如此。"②

　　以《压不扁的玫瑰花》在 1976 年进入中学课文为标志，杨逵成为解读日据时期台湾人民抗日精神的象征。八十年代中期以后，杨逵开始进入两岸的文学史。从研究的内容看，关于杨逵和杨逵自己的，都在强调其抗日、爱国的民族主义精神，而其真正的左翼的、马克思主义或社会主义的色彩，却被有意无意地遮蔽掉了。实际上，杨逵从一开始就以自己的方式探讨关于"帝国主义"和"殖民主义"的问题，而这些问题至今并没有随着时势的变化、时间的流逝而"过时"，否则反映了这些时代课题的杨逵的作品就会失去其意义和价值。从以上的分析，可以看出，今天我们研究杨逵，应该不是为了让杨逵在博物馆或文学史里找到一个位置，而是重新挖掘杨逵"文学课题"和"思想课题"的意义。不论是"花圃"，还是各种各样的"花"，还是"园丁"，都应该作为解读"杨逵问题"的文学、生活和人的象征，也许只有这样，在文学场域里，也才不再出现把杨逵的生活与艺术、杨逵作品的艺术与精神割裂开来的现象。

2004 年 1 月 30 日于北京

　　① 1977 年 10 月 16 日杨逵在青年公园文艺茶花会致词《老园丁的话》，发表于《新文艺》第 261 期，1977 年 12 月。参见《杨逵全集》第十四卷第 6—7 页。

　　② 《台湾新文学的精神所在——谈我的一些经验和看法》（原载《文季》第一卷第一期，1983 年 4 月）

细读的烦恼

——从《家变》评论看海峡两岸台湾小说之研究

　　罗兰·巴特在《文本的快乐》中写道:"快乐的文本就是那种符合、满足、准许欣快的文本;是来自文化并和文化没有决裂的文本,和舒适的阅读实践相联系的文本。极乐的文本是把一种失落感强加于人的文本,它使读者感到不舒服(可能达到某种厌烦的程度),扰乱读者的历史的、文化的心理的各种假定,破坏他的趣味、价值观、记忆等的一贯性,给读者和语言的关系造成危机。"①王文兴的小说《家变》就属于罗兰·巴尔特的"极乐的文本",它问世之初,即成功地创造了小说阅读史上的奇观:关于它的阅读和评论,曾经有过喜厌两极分化甚至喜怒哀乐恨怨烦等多级的情绪倾向,因为它用奇崛怪异的文体和悖逆伦常的故事,确实"扰乱读者的历史的、文化的心理的各种假定,破坏他的趣味,价值观、记忆等的一贯性,给读者和语言的关系造成危机"。这一切是怎么发生的呢?从关于《家变》的早期评论,我们可否看出两岸读者、评家相似的趣味、价值观或"历史的、文化的、心理的"各种"假定"?是否透露出海峡两岸台湾小说研究在思维模式或意识形态上的差异?是否两岸读者、评家都不是很耐烦地面对"怪异"的文学文本,不约而同地逃避对于"怪异"文本的细读的烦恼?

　　由博返约,执一御万,思维喜欢化约,而不愿花费太多的工夫去

---

　　① 罗兰·巴特《文本的快乐》,第14页,转引自特伦斯·霍克斯的《结构主义和符号学》中译本第118页,上海译文出版社1987年版。

细察对象的繁复与差异之处。阅读小说的习惯虽然因人而异，但像小说家那样，每写一字都经过斟酌，每个人物、细节都要放在小说的整体结构中来安排的细心的读者，毕竟不多。阅读过程中对小说每一场景、细节、人物命运、语言的细微丰富的体验，一旦写成文章表达出来，往往变成了某种观念，而且小说的故事也从它的文本亦即其语言结构里被抽出来，作了化约：艺术的意境化约为艺术的意义。细读的过程很少被再一次用理论或批评的语言表现出来。关于王文兴的长篇小说《家变》之主题的种种叙述，都是这一类化约的结果。比如，大陆较早关于《家变》的评论，有这样的话：王文兴"在长篇小说《家变》中写的是父子冲突的家庭悲剧，是写家为什么变和变的过程。家为什么变呢？因为儿子在成为大学历史系助教的过程中，完全接受了资本主义社会的金钱崇拜的价值观念，嫌贫爱富，鄙视和虐待小职员出身的父亲，使得其父不得不从家里出走。金钱崇拜摧残了传统的伦理道德的基础，家就这么'变'了"。[1] 王文兴花了七年心血苦苦写出来的小说，在剥离了结构，语言文字等构成小说之意境韵味的"中介"之后，几句话就给概括出来了，这是免除细读之烦恼的一种简便易行的化约读法。还有一种读法类乎此，但侧重对小说之主角进行道德伦理上的审判，而且由于忽视了小说有"叙述观点"这个特色，把主角和作者混淆起来，放在一起公审："在现代派作品里，大多数人在本质上是极端自私自利的，互相妒忌的，勾心斗角的，批判现实主义文学中人道主义者怜悯之心，博爱思想，在他们身上已荡然无存。比如，王文兴的长篇小说《家变》的主角范晔，就是一个自我中心意识很强的人。……（例略）不错，中国的家庭制度，封建色彩十分浓厚，急需改革，甚至是很大的改革。但是，在现阶段，能否因此就提出不要家庭，彻底砸烂家庭呢？不能，王文兴有一次在大学里做报告，当有人提出一些令他难堪的问题时，他气急败坏地嚷

---

① 陆士清《汉魂终不灭，林茂鸟知归——序〈台湾小说选讲〉》，见复旦大学出版社 1983 年 10 月版《台湾小说选讲》上册。

道：'我的老婆不见了，我要回家找我的老婆'。可见，他还是要家的。他笔下的范晔宣称不要家，对父亲竭尽虐待之能事，用逼走父亲的办法砸烂家，表面上是因为家人性格各异，合不来，真正的原因却是这个家特别是父亲穷困卑微，有损他的利益和尊严。如此之灵魂世界，多么刻毒、自私、狂傲。这就是他的'新观点'。"① 封祖盛先生所持的道德标准和他高度的社会责任心，是令人敬佩的。但问题在于对范晔的这种判断是否符合作品实际？况且从上面的引文中，我们却也证实了王文兴与范晔不是同一个人（王文兴至少需要家）。为什么又非要把作家和他的人物混为一谈呢？我觉得这是误读的结果。因为，正如颜元叔欧阳子等人已正确指出的那样，《家变》虽用第三人称写成，却多半采取范晔的视点，借用范晔的眼睛观看，并进入他的意识，这就极易使人误以为范晔的意识就是作者的意识。

事实上，作者的意识或视野要大于他的人物的意识，他要"保留较大自由，隔断距离，兼用'万能者观点'，客观叙述范晔寻父的经过；除记录范晔的思想外，亦描写他的外形，他的动作，他走路时之背景，甚至叙述全然超出他意识之外的事"。② 人物的观点只是有局限的观点，受制约的观点，尤其是像《家变》这类人格塑造小说（Bildungsroman），有意揭示主人公在不同年龄发展阶段上的情感、心态和理性的成熟程度，揭示其早年所受的影响（主要是家庭的影响）对后来发展的关系，把人性放在一个特殊的环境中来考察，他的观点更是在随时地变化发展，几乎任何时候都不能说是"成熟"的。陈典义在他稍晚于颜元叔的一篇论文《〈家变〉的人生观照与嘲讽》（《中外文学》杂志第二卷第二期）中已经注意到了。他批评了颜元叔的"天真"的读法："颜元叔在苦读《家变》之余，竟然还相信范

① 参见封祖盛《台湾小说主要流派初探·台湾现代派小说》，第198—200页。福建人民出版社1983年10月版。

② 参见欧阳子《论〈家变〉之结构形式与文字句法》，《中外文学》杂志第一卷第12期（1973年5月号），第51页。

母的话，以为毛毛的大哥根本未出现的原因是他住宿学校。（这种天真的读法有如相信李尔王大女儿及二女儿对李尔的指控，而以为李尔的受苦受难乃罪有应得。）范家大哥之始终没回家，在象征意义上与最后范父之消失，有异曲同工之妙。范晔心智稍长后也怀疑大哥是怎么从家里离开了去的，他父母是怎么结合的？一个成熟的文学读者亦当如是谨慎，宁可把自己的看法视为一种假定与接近作品的途径，而不死抱着一种僵故的看法不变。例如113章二哥新交女友，范母说那女人当过酒女时，不可据以为真（范母在人背后往往是另一副面孔）。要到123章我们才敢比较确定这女人似曾当过酒女；然而，同是'酒家女'三字，在范父范母与二哥心目中的意义又有多么不同！范父以人的外表、职业而把人分品类的荒谬看法，在二哥看来范父简直不及那酒女的'品类'一半。"① 陈氏的阅读稍微细致一些，付出的"烦恼"也多一些，但他的发现和自信也比别人多一些，可以说比较能够理解作者的文本，把它看作以范晔变化的心智和视点为主，间以其他人物有限视点的比较复杂的对话性文本，几乎类似巴赫金所提出的"复调小说"。作者的写实的意图就恰恰从这种多视点交融相间的结构中显现出来。陈典义由此而指出："作者对范家父母的嘲讽并不意味着一面倒向支持范晔一边。例如125章。作者借用范晔观点来探讨传统家庭伦理观念乃至儒家观念，一方面也调侃了范晔这一类思想还不太成熟的青年人的肤浅看法。"——这大概就是何以范晔一味否定家庭而王文兴却需要家庭温暖的原因吧！

有的学者已经指出，大陆早期的台湾小说研究，由于种种原因，深受台湾一些乡土派批评家的观念的影响。② 在《家变》的评论上似乎也看出这一点。尉天聪先生对他所熟悉和喜爱的作家作品（例如陈

① 陈典义《〈家变〉的人生观照与嘲讽》，原载《中外文学》第二卷第二期（1973年七月号），第158页。

② 参见刘登翰文章《台湾文学研究十年》（1989），收入《台湾文学的走向》一书（海峡文艺出版社1990年版）。

映真）的分析，往往体贴入微。从观念上说，他们坚持一贯的社会学或意识形态批评的风格，把文学现象作为独特的社会现象从其社会性意义上、伦理道德的层次上或者政治上给予评估；从方法上却也颇能苦读细品，条分缕析，很有远见卓识。但对于所谓"现代派"或"学院派"作家作品，尉氏的评论却奇怪地简单，颇符合思维化简的原则。

尉天聪从分析作者的立场出发来评论《家变》的。他说："大学教授的栽花与花匠的栽花的情趣绝对不会一样，赶脚夫骑驴也根本不会有同样的心情，这是谁也能够分辨出来的。这倒也罢了，最糟的是有些竟认为大学教授与诗人高过花匠与赶脚夫的作为，这就未免难以叫人首肯了。不但我们不能首肯，而且还可以从其中看出造作和伪善出来。"① 从阶级分析的观点，尉氏坚决反对有什么"共通的人性"，认为"爱、同情、人道主义一类的名词，与当时的社会相印证也只不过是抽象的概念而已，甚至这些漂亮的名词被用来作为犯罪的掩饰"。"我们不谈人性则已，要谈就必须先检查它是产生自哪一阶层，哪一立场"。② 他尤其憎恨"站在自我优越的地位妄论美丑"，要求作家必须首先在"老老实实地看看自己生存的社会，对自己作彻底的反省"，否则将无助于"整个社会的建设"。

王文兴显然被尉天聪认为是比较糟糕的那种个人主义作家之一。尉天聪认为，范晔作为儿子所以能够虐待父亲，"并不是父亲有太多改变，而是做儿子的已经长大，自觉比父亲强了。两相对照之下，以往令他感到温暖的父母亲，便一下成为他眼中的愚蠢对象了。对于高级知识分子的儿子来说，这实在太有伤尊严了"。③《家变》中父子冲

---

① 参见尉天聪《个人主义文艺的考察——站在什么立场说什么话，兼评王文兴的〈家变〉》，原载《文季》第二期，收入赵知悌编《现代文学的考察》一书，远景出版社 1976 年初版，第 34 页。

② 同上，第 38 页。

③ 同上，第 43 页。

突之表面化，发生于儿子长大，而且是做了 C 大历史系助教之后，这个事实足以使尉氏为自己前面的阶级分析找到文学上的根据。然而，类似性质的变化，早在范晔未成为助教之前就已发生了。《家变》第67 节写童年范晔十岁与二哥相约去看话剧《岳飞》，男女主角是他们所爱慕的夏佩丽和储正伟。舞台上的夏佩丽"鹅蛋模子脸儿，擦拭粉脂，非常美丽的女人，她说话的声色清晰闪亮"，惊人的美丽把范晔"吸摄"住了，不可摆脱地爱上了女主角。"他深深地为她的眼风，她的银声，她的举手和投足所震慑。他的眼睛追随着她的一举一止"。但那毕竟是理想的、舞台上经过美化了的夏佩丽。散场之后，由于神魂颠倒的二哥忘了把雨衣搁在剧场里，兄弟俩有机会看到脱下戏服的现实中的夏佩丽。"她穿着一件旧的黑乌毛衣，脸上出现黄浮色，显得年老很多。接下来的情景让毛毛顿时大梦初醒，顷刻间觉得刚才的爱踪痕都无，觉得仿佛和没来看这个戏时一似，觉得浑身负载很轻的走向家的道途。"——夏佩丽的胃痛，打哈欠，擤鼻涕到地上，用粗话抱怨受到老板的经济剥削，作为一个凡人的种种苦恼向范晔作了一个无形之中的"启蒙"。童年范晔其实此时已经在面对现实之后有幻灭感了。这个小故事就是《家变》整个大故事的缩影，一个充满嘲讽意味的隐喻：对范晔朦朦胧胧的爱之迅速消失是嘲讽，对现实之严酷是无奈。就是说，范晔后来倘若不当上助教，从他的环境和性格看，也会走向与父亲发生冲突的道路。正是在这一点上，《家变》具有残酷的写实性。

杨牧（叶珊）注意到王文兴小说的命运主题。他说："不论他的题材是什么，角色是什么，贯穿他的材料是根命运的线……尽管命运的面目和它加诸小说人物的方式不一，王文兴小说里的人物总围绕在一种阴暗的气流里，各种方式的突出，往往只能跌入各种方式的悲伤。"① 在《家变》中，王文兴似乎想把他关于命运的思考放在一个

① 转引自夏祖丽的文章：《命运的迹线——王文兴访问记》，见《台湾作家创作谈》，第 189—190 页，海峡文艺出版社 1985 年版。

命定的格式里，比如让范晔生于一个他摆脱不开的卑微平凡而贫穷的家庭里，看看这样一个特殊的环境对人性及其发展究竟有多大影响力。所以他把范晔从童年少年至成年的极其细微的经验都给予冷静地真实地描写。他有理由断言他的小说讨论的是放在"任何一个时代都有可能发生的问题"。① 因为没有一个人能预选他的家庭和父母。但正如弗洛伊德研究的只是变态的精神病人一样，他极端的泛性论最终会引出荒唐的结论。王文兴的小说似乎也没有他所期待的普通性，因为它所讨论的只是一个特殊的家庭。在这一点上，尉天聪的质问也有自己的理由："假使《家变》中的父亲在法国一直待下去，弄得个博士的头衔，而且回国以后做了总经理或部长之流的职位，还会不会发生如此的儿子与父亲的冲突呢？"我想还会有冲突。但需要另外一个王文兴来写另外一部《家变》了。比如白先勇的那些"怀旧"之作。

由于受到乡土派观念的影响，大陆早期所谓"现代派"小说的评论也与对"现代主义"的批判紧密相连。对《家变》的评论，几乎是为这种批判寻找根据。而缺乏对它的文本的细致的解读。对祖盛先生曾把现代派（包括台湾的现代派）分为广义的和狭义的两种，认为狭义现代派文学的特点，就是令人想到"荒诞、堕落、颓废、变态、乱伦"，尤其令人想起"晦涩难懂、稀奇古怪的观念和形式"的那些东西；而广义的现代派范围要大得多，"除狭义的现代派文学外，近二三十年来所产生的那些对资产阶级正统文学既有背离的一面，又有继承的一面的文学，试图把现代主义和现实主义融会在一起的文学，都被列入这个范畴"。在台湾，凡"在较大程度上背离了中国思想文化的传统，倒向西方狭义的现代派文学"的，都属于狭义的现代派，王文兴、欧阳子、七等生都属此类。而聂华苓、於梨华、白先勇则被归入广义现代派。② 其实，假如聂华苓的《桑青与桃红》被看作

---

① 转引自《现代台湾文学史》，第 493 页，辽大出版社 1997 年版。

② 参见封祖盛著《台湾小说主要流派初探》，第 175—176 页，福建人民出版社 1983 年 10 月版。

广义的现代派，而且还因其中的写实性质受到褒扬，那么为什么王文兴的《家变》却必须要归入另册？

陈映真因为看了贝克特的《等待戈多》深受震动，重新反省了自己对现代主义作品所持的极端态度，而肯定了现代派作品的写实成果，他说："'现代主义'文艺在反映现代人的堕落、悖德、惧怖、淫乱、倒错、虚无、苍白、荒谬、败北、凶杀、孤绝、无望、愤怒和烦闷的时候，因为它忠实地反映了这个时代，是无罪的。"① 当然，作为一个社会批评家，他坚持从道德的立场对作品所反映的诸种精神状态进行严厉的批判。但这与作家写下这个时代特有的精神特征——无论以什么形式——毕竟是两回事。颜元叔经过四整夜苦读细品，发现了《家变》的价值，称之为现代中国小说极少数的杰作之一。"你细细读去，字里行间都是真实生命，真实人生……文学能'真'，夫复何求！"② 王晋民在稍后的评论中，也发现《家变》是"时代感、现实感极强"的作品。③ 他付出的"烦恼"大概要多些，因而他的批评比陆士清的具体，比封祖盛温和。尤其值得注意的是，他与黄重添一样，把王文兴的这部作品与王拓这位被公认为乡土派重要作家的作品并置，放在台湾共同的社会背景下来考察，是比较有见地的。但王晋民价值判断的尺度与尉天聪、封祖盛等人的尺度并无两样，基本上是社会的、道德的尺度。他不同意刘绍铭把贾宝玉与范晔相提并论，认为"范晔的虐待父亲是一种反历史的行为，因此，范晔与父亲的冲突，不能看成是新兴的社会思想与旧的社会文化的冲突，从长远的观点来看，尊老爱幼，养男育女，赡养父母，恐怕都是人类共同的美德。总之，贾宝玉是个进步人物，而范晔基本上是个反面的人物，不

---

① 陈映真《现代主义的再出发》（1967），收入赵知悌编的《现代文学的考察》一书。第25页。

② 颜元叔《苦读细品读〈家变〉》，《中外文学》第一卷第十一期（1973年4月号），第61页。

③ 王晋民《台湾当代文学》第186—187页，广西人民出版社1986年9月初版。

能相提并论"。① 王晋民认为《家变》的成功，"在于作者真实地反映出在资本主义思想道德观念的毒害下，一个纯洁可爱的青少年如何逐渐变成一个刻毒、自私、狂傲的知识分子，这对我们认识台湾社会的变化，以及西方资本主义思想文化的危害性，增加我们的民族观念，从而民族文化的优良传统，都是很有帮助，很有教育意义的"。② 王氏能把王文兴《家变》的价值的评估与对范晔本人的价值判断区分开来，免于大陆早期评论的简单化，值得称道。但对范晔变化的原因、"堕落"的程度的分析，仍然是不能令人满意的。

黄重添指出："对这部小说的争论的焦点并不在于它是否反映现实生活，而是对道德的评价和文字表达方面的问题。"③ 关于《家变》的写实性，他说："如果像《家变》这样的作品不算是现实主义文学，那么，在乡土派小说中，类似《家变》反映道德倒错之作，如王祯和的《来春姨悲秋》，王拓的《金水婶》，季季的《拾玉镯》和杨青矗的《成龙之后》等，也不是现实主义作品了。这显然不符合乡土派小说创作的实际情况。"④ 用作品的写实性来为被目为正宗现代派的作家辩护，更容易被爱好现实主义作品的学者所接受（同时恰好证明"乡土派"与"现代派"的拟分泰半是人为的，与作品的实际往往不符）。后来的论者几乎都认可了《家变》具有的这一认识台湾现实的价值。⑤ 不过对范晔虐待父亲之事都进行了严厉的道德谴责，而且归咎于受西化思潮的影响。即使是欧阳子这位最不惮其烦地深入解剖并理解了王文兴的作品的人（她也是被列入正宗的"狭义现代派"的），也不禁忧心忡忡地反躬自问："年龄与知识，确是污

---

① 王晋民《台湾当代文学》，第187—190页。

② 同上。

③ 黄重添《台湾当代小说艺术采光》"现代派小说的得与失"，第56—57页。

④ 同上。

⑤ 参见白少帆等编的《现代台湾文学史》第20章，第491—495页；古继堂《台湾小说发展史》第6篇第7章，第240—243页。

染纯洁童心的罪魁吧？难道意识领域之扩展，真能减弱甚而腐蚀儿童特具的直觉与爱心？理性与感性，应如何达企适度之协调？我们该如何爱父母，爱家人，却保持'自我'之独立，以免被罪咎感与暧昧之感情羁绊终身?"①（她的细读发现范晔的内心充满了"罪咎感"与"暧昧之感情"，可谓范晔的知心）但也有人想消除这种沉重的忧虑，从另外一个角度提出问题，当然依旧与"道德"有关："我个人觉得《家变》也提出严苛的家庭教育问题，人情味，公德心（范家游阳明山时把花生壳都丢在地上；坐公交车时毛毛蛮暴地推开其他乘客，范母竟颇为得意；公家机关职务的调配），乃至退休制度，公务人员待遇等问题。同时我认为我们在大谈如何孝顺父母之余，是否也可以面对现实地顺便注意到如何当父母，如何爱孩子，如何择偶，如何看待他人或尊重别人，乃至如何改善或选择生活环境等问题。"② 看来，注重作品的写实性，它对现实的认识意义，它的社会的道德的效果，正是两岸小说评论不约而同的倾向。

此外，我们注意到，大陆的《家变》评论，虽然解读到它的独特的结构和引发争议的文字运用的问题，却并没有对《家变》这独特结构和文字风格与主题、与人物性格的关系进行认真的、深刻的、卓有成效的艺术分析。至少没有将这方面的思考反映在论文上。如果不是认为"形式"问题可以忽略不论的话，便似乎是小心翼翼地回避这一类的细读。然而台湾评论家在《家变》发表伊始，就在这方面作了比较令人信服的解读。可惜他们的批评实绩在十年后的大陆评论里得不到应有的反映。

《家变》完成于1972年7月21日，它的写作据说前后费时7年之久，恰与乔伊斯创作《尤利西斯》的时间相同，用心良苦。《家

---

① 欧阳子《论〈家变〉的结构形式与文字句法》《中外文学》第1卷第12期（1973年5月号）第66页。

② 陈典义《〈家变〉的人生观照与嘲讽》，《中外文学》第2卷第2期（1973年7月号），第160页。

变》于 1972 年 9 月至 1973 年 2 月在《中外文学》杂志第 4 期至第 9 期连载之后，众目睽睽，不少评论家卷入关于它的解释和争议。据颜元叔说，其实早在连载期间，《家变》就已引起了"众怒"，"百分之九十九"都是"拇指朝下"。有趣的是，就题材论，如黄重添已指出的，与《家变》类似的作品，前有季季的《拾玉镯》（1964），王祯和的《来春姨悲秋》（1966），杨青矗的《成龙之后》（1967），后有王拓的《金水婶》（1975），都反映了在新的社会条件下由于人们地位的变化而引起家庭成员之间关系的裂变，传统的伦理观念在现代条件下经受挑战的现实，却没有引起过如此广泛的关注；就小说的类型论，像在《家变》那样的人格塑造小说（Bildungsroman）① 在台湾也并非没有前例，比如吴浊流的《亚细亚的孤儿》，钟肇政的"浊流三部曲"等，但也没有激起过这么大的争议。其中原因，除了人们高度的道德意识不能容忍范晔虐待父亲这一"反历史"行为之外，与王文兴独特的文本有关。它首先在文字和句法的层面上干扰和破坏人们流行的常规化的阅读习惯，其次是以自己独特的结构在所谓"观念"上制造各种假象，迷惑和激怒一部分不耐烦的读者。一些评论家对范晔虐待父亲的不道德行为的愤怒使他们忽略了范晔对此行为的忏悔历程。

《家变》的结构，亦即寻父的过程，难道不就是暗示着范晔在道德上充满罪咎感的痛苦历程么？

对《家变》这一独特文本的细品苦读，其实开始得很早。《家变》连载完毕，隔了一期，《中外文学》第 1 卷第 11 期就出现颜元叔

---

① 德文 Bildungsroman，意为成长或教育小说（Novel of formation or education）。其特点为集中描写主人公性格发展的历史，尤其注意揭示其早期所受的影响与后来发展之间的关系。歌德的《威廉·麦斯特的学徒时代》（1795—1796），狄更斯的《大卫·科伯菲尔德》（1845—1850）和乔伊斯《一个青年艺术家的肖像》（1916）都属此类。王文兴显然深受乔伊斯的影响，他的《家变》几乎融合了乔伊斯的《尤利西斯》与《一个青年艺术家的肖像》两种风格，而独创中文文体的成长小说。

的论文《苦读细品谈〈家变〉》；第 12 期又立即发表了欧阳子的《论〈家变〉之结构形式与文字句法》和张汉良的《浅谈〈家变〉的文字》。第 2 卷第 1 期有林海音、张系国、傅禺、张健、罗门、朱西宁、张汉良和颜元叔等人关于《家变》的座谈记录，第 2 卷第 2 期又出现陈典义的文章《〈家变〉的人生观照与嘲讽》，这些早期的评论，尤其是颜元叔、欧阳子和张汉良的论文，比较注意对《家变》的文字肌理和结构的艺术分析，而且将这种分析与主题之表现、人物性格之发展联系起来，从分析的侧重点看，颜元叔关注作品中人物之间关系的揭示；欧阳子从结构和叙事观点的分析发现了范晔性格成长史中丰富复杂的内心世界；而张汉良对文字肌理的洞察和敏感为人们了解《家变》的文学性提供了最好的指南。限于篇幅，我这里只略略谈一谈张汉良的细读式评论。①

张汉良认为《家变》最成功的地方便是文字的应用，他指出，王文兴更新语言，恢复已死的文字，使它产生新生命，进而充分发挥文字的力量；他把中国象形文字的特性发扬光大；为了求语言的精辟性（主要是听觉上的），他创造了许多字词。张汉良最有价值的贡献当然不是对《家变》里的文字作纯粹语源学和语义学意义上的分析，而且对这些文字的表现力、美感、它们与人物心态的关系作细致的价值分析。比如王文兴的这段文字：

> 于七月末秋季新伊的夜央，从枕上常可听得远处黑风一道道渡来宝其空气的铁路机车车轮轮响，时响时遥，宛似秋风吹来一张一张的乐谱。

---

① 细读式的批评，往往是文学性比较强的批评。台湾学界从事这种批评实践的，大都是接受了欧美学术训练的学人。从他们的批评方法上，可以看出英美新批评，结构主义，叙述学等理论流派的方法的影响。从五十年代的夏济安始，至六七十年代的颜元叔、欧阳子、张汉良，八十年代的龙应台，基本上都在实践着这一细读的传统。

张汉良作了细致的分析：对文言词"伊"和"夜央"的运用，由于新而特殊，便迫使人们中断阅读来细加体会，中断的瞬间美感活动便开始了。"伊"和"夜央"双声，照从前的念法还叠韵；底下的双声词"一道道渡来"，不但指事，而且绘声，这拟声本身又是一个暗喻（渡来）。妙的是"宝其空气"也是建立在美感活动（听觉印象）和思维活动两个层次上，一方面拟火车开动声，另一方面指出一件事实：要靠"空气"作媒介，才能"渡来""铁路机车车轮轮响"，才能"吹来一张一张的乐谱"。张汉良说，这段文字是王文兴"发挥文字的空间性与时间性，融合视觉意象与听觉意象，充分发挥文字拟声、绘形、指事等作用的最佳例证，我相信这也就是他在《家变》运用文字的理论基础"。① 张汉良注意到《家变》文字既激发美感活动（通过运用新奇而精确又能在文句中产生歧义与暧昧的古今一体的文字）有创造鲜明生动的审美意象的双重功能。

另一方面，张汉良发现范晔的心智发展过程，主要是美感经验的培养，也与意象语的发展有关系。比如，毛毛四五岁时开始观察周围的事物，由于许多感官能力尚未成熟，作者使用几乎纯客观的描写，无所谓明喻、暗喻等意象语可言［例如："母亲寝室窗顶气窗上的彩色玻璃"（3）］。毛毛进学堂后，对外在事物的观察细致起来，颇能使人产生美感：例如第十八节：

> 黄金的阳光照在厅房各处，有一印手光动游在顶壁上。
>
> 绿楼舍分在光和影的多面割划中。
>
> 他们站到，叶子影和花影画在壁原上。

《家变》一些生涩而冗长的语言往往与作者表达人物的内心状态有关。比如，为了试图表现范晔无以言说的内心状态与欠缺清晰表达

---

① 张汉良《浅谈〈家变〉的文字》，《中外文学》第 1 卷第 12 期（1973 年 5 月号），第 131—132 页。

思想的能力，作者写道：

> 于是他就令谕是一刻他的父亲立际予他自己以行执守行禁封囚锢的处分。……而且他的父亲的活动的仄小范围只局限于他的那间卧房的房居之内，而且他并兹是之外另行不与许他吃是一昏的晚饭和第二个早辰时分的他的早饭。（156）

张汉良写道："这种文字的'即临感'如何，吾不得而知，至少它很需要地，绘出一个反叛的，无法妥协的，受苦的，处身于矛盾与尴尬状态下的，青年范晔，画像。"[1] 从王文兴的造字，用字，到他的句法，张汉良一一探幽烛微，这种不厌其烦的读法，表现出力图摧毁横越在这一审美世界之前的各种中介和障碍，去深入理解从而正确地批评《家变》的勇气。在大陆的评论中，看不到这种细读的批评，或者是"省略"了这种细读。然而同时也就忽略了"受苦的，处身于矛盾与尴尬状态下"的范晔了，而只看到他的"自私"和"狂傲"了。

值得一提的是，细读式的批评，还注意到《家变》这部作品与其他文本的关系，例如张汉良指出，范晔的寻父经验，类似史蒂芬·迪达拉斯在《尤里西斯》（Ulysses）中寻找漂泊的布鲁姆的情形（虽然关系完全不一样）[2]；《家变》也象征着无父（传统）的现代中国人的精神漂流；和《尤里西斯》不同的是，史蒂芬和布鲁姆的遇合，象征着父子的重聚，而范晔的"是一个父亲仍然还没有回来"；范晔始终未找到他。事实上，他舍弃了传统，逐渐习惯了无父的生活。张

---

① 张汉良《浅谈〈家变〉的文字》，《中外文学》第 1 卷第 12 期（1973 年 5 月号），第 141 页。

② 大陆学者，如古继堂先生也谈到此，说："范晔寻父有西方名著《尤里西斯》（Ulysses）中寻找漂泊的布鲁姆的影子，虽然结果不同，但却不能排除其中的启迪和影响。"见古继堂《台湾小说发展史》第 240 页。

汉良还说，《家变》中意象语的频繁性稠密度，以及句构（Syntax）的简短繁长，都与主角范晔的心智成长过程有关，这点又与乔伊斯的《青年艺术家画像》的情形类似，这两本书是可以成立的"类比"（analogous）的题材。陈典文则指出，《家变》的人生观照与嘲讽与两个当代美国文学典故有关。第一个是54章头段"车子若经过则灰尘满天。路旁的槟榔树都蒙上了一层灰尘"。可参看海明威《告别武器》第一章。第二个是111章范母隔壁人家把晒衣杆架在范家的竹篱上，用台湾话骂人的一景，可参看美国诗人佛洛斯特的一首诗"Mending"（"补墙"）。①虽然这些论者没有进一步分析，但他们注意到了《家变》的文本与文学传统思想的联系。这对于研究像王文兴那样深受外国文学影响的作家，并且进而研究中国当代文学在西方文学影响下的新的形态，是很有意义的（例如与五四时期的浪漫主义作品巴金的《家》《春》《秋》相比，王文兴《家变》的风格恐怕更具有现代主义影响下的冷静、嘲讽、"客观"的色彩——这种"客观"是从貌似很"主观"的文字风格来加以呈现，也是十分吊诡的做法）。

如前所述，从《家变》的评论，可以看到两岸的台湾小说研究大致有两种模式：一种是社会学的或意识形态的批评，一种是细读作品的艺术批评。前者侧重把创作现象看作独特的社会现象，结合现实的社会与道德问题对之加以评估，表现出借助文学来干预生活、改造社会的极大热情，其严肃认真，可敬可佩；后者吸收了欧美新批评、精神分析学、结构主义等流派和思维的方法，比较注重细剖作品文学、结构等构成文学意味的肌理，从中引发意义。其热爱文学，殚精竭虑，感人殊深。他们的批评实践，无论成败如何，都说明了理解的可贵与艰难。同时，也暴露出台湾小说研究的某些盲点。譬如，从研究的视点上说，对类似《家变》这样的比较重要的创作现象缺乏文

---

① 陈典义《〈家变〉的人生观照与嘲讽》，《中外文学》第2卷第2期，第159—160页。（1973）

学传统的纵向观照，没有把它放在中国现代文学的发展史中加以考察，例如与五四时代类似题材的作品（如巴金的《家》等）相比，它在主题、结构、表现方法和风格上的变化；在吸引外国文学影响方面，它又有了哪些特点等等。其次，缺乏两岸文学的横向的比较（当然这受制于当时海峡两岸的现实条件），日本学者松永正义先生曾注意到两岸文学不同发展形态，他在读到七十年代台湾的写实主义文学（在接受了西化影响的前提下）对现实的介入与七十年代末八十年代初大陆的"现代主义"对现实的怀疑和批判时，指出："在大陆成为问题的是写实主义潮流中如何导入西欧现代文学中意识流等的成就，而相对的，台湾是已容纳这潮流上的写实主义成为问题。简言之，双方在围绕'近代'上以倒立的形态站在同一点上。"① 事实上，《家变》正是台湾的"现代主义"或"新写实主义"的典型。如果把王文兴看作正宗的台湾"现代派"，那么是否可以研究作为"现代主义的作品"《家变》的反浪漫性质和"写实"的风格呢？倘说七十年代的台湾文坛由于厌恶西方现代主义的颓靡风气而忽略这一点，那么时隔十年之后的大陆批评界应该能够比较客观地看到这一点，这样或许可以总结文学创作现象的某些规律，为我们的创作和理论提供一些足资借鉴的经验。遗憾的是，我们对道德问题的关注和热情使我们悄然回避了细读的烦恼，把这个颇具意义的文学课题给忽视了，延搁了，甚至放弃了。这究竟应该归咎于《家变》呈现的道德难题，还是归咎于它那苦涩难读的文本？抑或其他？

王文兴曾声称，文学的目的，就在于使人快乐，仅此而已（《乡土文学的功与过》）。然而他的快乐是通过把某种失落感强加给人，使读者感到"不舒服"甚至厌烦来达成的，如巴尔特所说，他的文本扰乱了读者"历史的，文化的，心理的各种假定，破坏他的趣味，

① 松永正义《台湾文学的历史和个性》（1984），参见叶石涛著《没有土地，哪有文学》一书的第四部，第290—291页。远景1985年版。

价值观，记忆等的一贯性，给读者和语言的关系造成危机"。① 颜元叔说"《家变》的文字最是令人冒火，也最令我着迷"；所以他"越苦读越觉得有甘味，越苦读越觉得可以细品，越细品越令人拍案惊奇"!② 林海音称王文兴的写作"实在太自由了，但是他也太不给我们自由了"，对付的办法是以读者的自由去对抗作者的自由："看到最别扭的地方，我自然不免要停下来推敲推敲，后来我索性不管它文字的变化了，因为我急欲了解的，是它的人物，它的动作，这样一来，这些怪文字对我来说就有些视若无睹……有人说看不下去，我说那有什么关系？你就用你的文字，你的造句法来看!"③ 无论怎么对抗，只要被迫停下来推敲，就中了作者的诡计，他似乎正需要这种中止或打断阅读活动的策略，来激发读者被日常活动所麻痹了的审美感受力。他要诱发细读，虽然也承诺了最终的快乐，却以频频导致烦恼的代价。这是属于王文兴的风格。但欧阳子说得对，这种风格倘被频繁模仿，也就立刻丧失新鲜，失去功能。但是《家变》现象，包括它的创作和评论，却为我们提供了理解作品如何艰难可贵的图景。

1990 年 10 月 16 日未刊稿

---

① 罗兰·巴尔特《本文的快乐》第 14 页。转引自特绘斯·霍克斯的《结构主义和符号学》中译本第 118 页，上海译文出版社 1987 年版。

② 《中外文学》第 1 卷第 11 期，颜文，第 78 页，第 61 页。

③ 《中外文学》第 2 卷第 1 期，《家变》座谈会上的发言，第 165—166 页。

两种现代性？

——冷战初期两岸小说初论

两岸三地文学在 1949 年以后的发展，究竟是"分道扬镳"，还是近代以来中国人所选择的不同的现代性路线的开展？这是一个很值得探讨的问题。迄今为止的文学史论述，几乎都侧重于前者，即在"分道扬镳"的分析模式下，以己之是非为是非，因而无法在一个相对"完整"的历史视野中观察彼此的异同。本文试以最具有近代政治色彩的五十年代小说作为观察的对象，从"现代性"在两岸开展的角度，揭示出表面上充满了差异的两岸小说所隐藏着的内在的关联。五十年代小说所反映或构建起来的新的历史与文化结构，恐怕只有在近代的时空脉络中，才能看得比较清楚。本文借陈纪滢、周立波、张爱玲和丁玲创作的四部长篇小说，对这些问题做初步的讨论，以期引起批评界更加深入的关注。

一、是分道扬镳，还是不同的现代性实践方案？

阅读八十年代中期以来问世的两岸文学史论述，读者会发现，论者所预设的立场或自觉不自觉所选择的位置（Position），会很深刻地影响到他对文学现象、文学思潮、文学史发展方向的判断。以两岸关于台湾文学史的论述为例，一般而言，关于古代文学（明清时期）、日据时期，只要从史料出发，双方的论述都能找到许多交集点。然而，从台湾光复开始，尤其是 1949 年以后，这种交集就越来越少了。尤其是对五十年代兴起的"反共小说"的评价，分歧最大。而正是从这些分歧中，我们看到了被政治和意识形态刻意呈现、同时也可能被无意遮蔽的"非文学"的问题。例如，皮述民、邱燮友、马森和杨昌年等学者合著的《二十世纪中国新文学史》（1997）似乎是台湾出版的首部以"二十世纪"视野来整合两岸新文学发展史的集体著作。该书从1901年以前危机四伏的中国及其文学开始其文学故事的叙说，第五、六编以"分道扬镳"为题，分别叙述台湾和大陆1949年至七十年代中后期的文学状态；第七、八编也在"当代文学"的标题下分别叙述台湾1980年至1997年、大陆1977年至1997年的文学。这一文学史架构，开拓了许多可供观察和讨论的文学领域，尽管目前还仅是开始，但其拓荒性的意义，实不容忽视。问题是，两岸文学在1949年以后的发展，究竟是互不相干的"分道扬镳"，还是只不过是在实践和延续晚清以来就在不断选择中的不同的现代性方案？

从八十年代以来关于五十年代的台湾"反共文学"的不同论述中，我们就大致能感觉到，处于不同立场或位置的学者对最引起争议的、政治色彩最浓厚的"反共文学"的评述，在其异同之中，大致反映出某种延续不断的"态度"。既然"反共文学"是国民党政府五十年代所倡导，那么，对它的赞赏或批判，就不仅与文学自身的鉴赏有关，而且与人们对国民党、国民党对自身的态度有关。大致说来，这些论述，至少有三种不一样的观点：

一是以叶石涛为代表的"本土派"观点。叶石涛《台湾文学史纲》（1987）第四章"五十年代的台湾文学——理想主义的挫折与颓废"，把战后来台的移民分为两拨，第一拨是光复后来台的移民，有陈仪的班底、国民党先遣队、企业家等非政治人士、隐姓埋名的伪满洲国和汪伪政权汉奸和闽籍人士等六种人；第二拨，则是1949年冬天随国民党政府的溃退，大迁徙而来的将近两百万军民。他说：

> 五十年代因避共而来台的移民，却是曾在大陆享有统治实权的有关军政、党务、财务、财经、学术界的精英分子。尽管惊惶

未定，但他们有统治的实际经验，以及基于三民主义的政治理论的共识，所以很快地又建立了一套统治模式，以台湾民众的血汗劳动收获为滋养，迅速确立了统治体制。①

因此，叶石涛认为，五十年代的台湾文学，"几乎由大陆来台第一代作家把持，所以整个五十年代文学就反映出他们的心态"，由于他们的文学没有"扎根于人道主义的肥沃土壤"，所以"五十年代文学所开的花朵是白色而荒凉的"②。延续这种观点的，可在彭瑞金《台湾新文学运动四十年》（1991）看到③。这一态度，看起来像是站在"台湾民众"的立场，对国民党建立起来的新的"统治体制"持批评的态度。

二是以尹雪曼为代表的观点，这应该就是叶石涛所认为的"大陆第一代作家"观点，他看到的情况似乎与叶石涛不一样。尹雪曼在写于1983年的文章《近三十年来的我国小说》中断定，从1949年以来的台湾文学，"一直呈现着一副万花竞艳的状貌"，"堪称是我国小说的复兴时期"，他认为1917年新文学运动以来的前三十二年的发展，"远比不上今天的后三十四年的成就"，在前三十二年中的前数十年，"新诗有进步，戏剧也有进步；只是小说的进步不大，也不显著。论原因，自然是在此一阶段当中，共党文艺教条盛行。当时大部分的小说作者，不是共产党员，就是共党同路人；因此，当时大部分的小说，都跳不出共党倡导的'革命浪漫主义'窠臼。"④ 而近三十四年

---

① 叶石涛《台湾文学史纲》，第84页，高雄：文学界杂志社1987年初版。

② 叶石涛《台湾文学史纲》，第88页，高雄：文学界杂志社1987年版。

③ 参见彭瑞金《台湾新文学运动四十年》，台湾自立晚报社1991年初版。其中第三章"风暴中的新文学（1950—1959年）"论及"反共文学"。

④ 尹雪曼《中国新文学史论》，第364页，台北：中央文物供应社1983年版。

的小说创作，"不只充满了生命力，更是多彩多姿，美不胜收，获知了前三十二年从未曾有过的大丰收!"① 尹雪曼把1917年开始的新文学，都纳入自己的视野中，不过，他更高度肯定1949年之后台湾文学创作的成就和艺术价值，认为反共小说并非如有些人所想象的那样"无啥可观"。他把"反共小说"与"战斗小说"分为两个部分，被尹雪曼用以代表"反共小说成就"的，有王平陵的《幸运儿》、谢冰莹的《雾》、陈纪滢的《音容劫》、徐文水的《东门野蛮及其伙伴们》、张爱玲的《秧歌》、姜贵的《旋风》等。他还特别提及自杨逵以降至黄春明等台省作家三代作家的兴起，认为"台省自从民国三十四年光复，回归祖国怀抱，在短短的三十几年当中，能有这么多台省集年长、年轻的小说作者兴起，一方面说明了我国教育工作的成功；另一方面说明了血浓于水，民族的情感确乎超越一切"。② 1997年初版的《二十世纪中国新文学史》（皮述民、马森等编撰）认为五十年代初的反共小说"不乏佳作"，"不宜以'反共八股'一语抹煞"③。显然，尹雪曼在意和强调的，是在台湾的成就，而否定同一时期大陆的文学成就。他没有切割两者，只是扬此抑彼。除了尹雪曼，齐邦媛、王德威、龚鹏程、应凤凰等学者都有意还原五十年代台湾文学生态，重估"反共文学"，如王德威把反共文学看作是"伤痕文学"的先声，以此重估其意义和价值；而龚鹏程、应凤凰则试图呈现五十年代的复杂性，强调"反共文学"之外的"多元化"④。这些学者的论述，与叶石涛等本土派的论述形成对话的空间。

　　三是大陆学者的观点。刘登翰主编的《台湾文学史》下册第二

---

　　① 尹雪曼《中国新文学史论》，第365页，台北：中央文物供应社1983年版。

　　② 同上，第378页。

　　③ 皮述民、邱燮友、马森、杨昌年编撰《二十世纪中国新文学史》，第395页，台北：骆驼出版社1997年初版。

　　④ 参见齐邦媛《千年之泪》；王德威《一种逝去的文学?》；龚鹏程《台湾文学在台湾》；应凤凰关于五十年代文学史料整理的系列文章。

章"文学的极端政治化和非政治化倾向对它的离弃",只有很少的篇幅来处理五十年代"战斗文学"的问题,而且侧重对当时时代背景和国民党文艺政策的说明,对以"反共复国"为基本主题的新诗、小说只简略地介绍,但对他们基本采取否定的态度。大陆学者对反共小说的批评,主要基于这些作品"歪曲历史与生活真实","严重的模式化和概念化"①。事实上,这里暗含着自己对于"历史"和"生活"的真实性的理解。有论者(如王德威、应凤凰)已注意到叶石涛关于反共文学的批评与大陆学者的批评异曲同工,遥相呼应,这是确实的,然而,他们的重点和方向并不相同。

阅读那些论述,我发现,无论是肯定还是否定,论者对五十年代出现的"反共小说"均缺乏更为深入的历史分析(仅仅罗列一些资料来描述现象似乎是不够的)。此外,论者肯在作品本身的细读上下功夫的不多,如果有,那就是夏志清《中国现代文学史》第十五章对张爱玲《秧歌》的分析,以及附录三对"姜贵的两部小说"的解读(叶石涛、尹雪曼关于张爱玲和姜贵的论述均未能超越夏的认识),王德威《一种逝去的文学?》中提出的"伤痕文学"说,容再商榷,但也是少数细读作品的成果。而所有关于五十年代台湾文学的研究,迄今都没有能超越"非此即彼"的思维模式。这些遗憾的产生,可能与立场有关,也可能与他们都没有把五十年代祖国大陆的相关作品纳入讨论的范畴有关。而如果我们能够做到:一、对与文学写作相关的历史和中国思想的转折之前因后果做深度的分析,二、对被认为是"经典"的五十年代代表性作品进行"细读",三、把同一时期的祖国大陆的文学作品纳入自己的视野,那么,我们就不会仅仅停留在彼此的否定上,而来看看,彼此所理解、选择和实践的"现代性"方案,究竟是什么?

这就是我们今天来重新思考五十年代文学问题的主要原因。

---

① 参见刘登翰主编《台湾文学史》下册,福州:海峡文艺出版社 1993年初版。

二、现代制度与中国农村的根本变革的不同呈现
——《暴风骤雨》（1948）与《荻村传》（1951）

"小说"可能是最能体现"现代性"的文学体制之一。自从梁启超有意把小说作为"新民"的工具之后，小说就担当了做现代人"启蒙"者或精神牧师的角色，或者如巴尔扎克自甘做法国社会生活的书记，把小说作为历史的替代，用小说写下历史、风俗、民情的变迁。

近代以来中国文学的最大特征之一，就是在传统中视为街谈巷议之小道的小说，代替诗、文，成为最重要的文体。小说固然擅长英雄传奇，但更精于摹写凡人俗事。因为小说叙述的人物、故事有声有色，活泼生动，入人之深，可移转性情，它成为近代知识者首选的启蒙利器。也因此，小说往往喜欢越俎代庖，明明虚构是它的专长，却总爱扮演历史的角色，历史学家来不及记录的事件，或不便记载的趣闻逸事，甚至不屑记述的人物，小说总会抢先报道。因此，它可能是报告文学，也可能是散文，为了与历史争一短长，小说最怕别人说它不真实。把故事讲的真实可信，是小说家追求的目标。

五十年代台湾的反共小说最早的当属陈纪滢的《荻村传》（1951）。这部长篇开始是在自由主义者雷震主编的《自由中国》上连载，后来由重光文艺出版社于 1951 年 4 月初版。《荻村传》问世时，它的作者陈纪滢在《傻常顺儿这一辈子——代序》中，就特别地讲述了抗战胜利后从父母口中听到的家乡的故事。这是已被共产党解放的乡村。这个乡村发生的巨大变化，是从小说的主人公傻常顺儿的戏剧性的命运中表现出来的。这位让作者时时想到鲁迅笔下的阿 Q 的贫雇农，曾参加过义和团，抗日战争期间当过伪军，荻村解放后当上了村长，最后却在工作队所操纵的残酷的权力斗争中下台并被活埋。陈纪滢深知，像傻常顺儿那样的人能够翻身，"代表着一个时代，好一个惊天动地的喜谑残酷的时代！喜的是劳动者应该享受他应得的

权益，我们站在人类平等的立场，不但不反对，而且举手赞成；谴的是连他们自己都没法子受用他们那一身荣耀。"① 陈纪滢有足够的敏感，从傻常顺儿翻身的事件中，观察到中国农村几千年以来的最大变局已然出现，这不仅是低层农民的翻身做主，而且是制度性的根本变革。然而，很显然，他对这样的变革持保留态度。他承认傻常顺儿的平等权益，"主张以民主自由为出发点"，"拥护真正劳动大众实行参政，但是代议制的"②，但他难道不知道吗？即使是从民国成立以来，像傻常顺儿这样的"真正劳动大众"，怎么能够跨入那种"理想"的、"现代"的"代议制"议事堂呢？他关心的显然不是傻常顺儿的平等权益，而是他背后的"操纵者"。这一点，可从他对傻常顺儿那帮人物的评判看出来："荻村这班人物和中国任何农村人物并没有两样，他们随着时代的轮转，踏入每一阶段行程，他们的遭遇虽不尽同，但在基本性质上没有什么差别。他们保守、愚蠢、贫苦、狡诈、盲昧，永远是被支配者；然而他们中间也有智慧，忠实和乐天知命的大众。他们是大愚和小愚、大贫和小贫的差别。"③ 这样一些保守、愚蠢、贫苦而狡诈的人，怎么有可能参与作者理想中的代议制民主呢？

　　陈纪滢为了强调他的小说的真实可靠，在"代序"中特别讲述他的童年经验里的农民形象，尤其是从母亲那里亲耳"听到"了这些惊心动魄的农民翻身故事，以突显"小说"的非虚构成分（这是让虚构的"小说"代替"历史"的一种方法）。在他之前，有个左翼作家或共产党作家，周立波，则不是"听说"，而是直接到东北农村参与了让农民翻身的土地改革运动。问世于 1948 年的长篇小说《暴风骤雨》，是周立波 1946 年深入农村搞土改写出来的成果。周立波似

<hr />

① 陈纪滢：《荻村传》，第 10 页，台北：纯文学出版社 1985 年版。
② 同上。
③ 陈纪滢：《荻村传》"代序"，第 11 页，台北：纯文学出版社 1985 年版。

乎也立志以"小说"为"历史"，在小说中构建其史诗般的结构，虽然他描写的只是斗升小民的生活。他详细记述了东北松江县元茂屯土改的过程，贫苦农民、地主、富农、中农等不同阶层的农民，在这场触及中国最基本的制度改革风暴中的不同表现，刻画得栩栩如生。在他的笔下，主角也是一位贫苦的农民赵玉林，然而他的结局，却与傻常顺儿截然相反。读者看到的也是一幅"暴风骤雨"般的景象，然而，那些像傻常顺儿那样的农民，在周立波的笔下，却不只是拥有了自己的土地，还有了新的"精神面貌"，不止是在经济上"翻身"，而且在"精神"上也翻了身，他们不是"被支配者"，而是"支配者"。一种理想主义的色彩，弥漫于周立波的小说之中。

陈纪滢和周立波一样，观察到了中国农村制度翻转的过程。然而，由于他们所处的位置不一样，得出的结论也截然不同。读者却可以从两部小说中，看到"非小说"和"小说"，或者"非虚构"和"虚构"的部分。在他们的交集点，也许就有所谓的"真实"存在，而所有的评论者或读者最关心的，好像就是小说的"真实性"问题。

陈纪滢的最早评论者之一，是被视为新儒家代表人物的牟宗三。1951 年 5 月 14 日，他以书信的形式写了一篇《虚伪的年代让它过去》，认为这部作品"是××以来第一部好作品。读起来不碍眼、不碍口、不碍心。从文章方面说，里面确有极佳极妙的句子。从人物方面说，都是真实的。从历史方面说，可以作从义和团到今日的乡村社会变化史看。从深一层的内容方面说，里面确有人间的真性情真是非，也荡漾着作者的真性情真是非。"① 牟宗三信里的"××"不知是否"五四"，如果是，是否五十年代初时连"五四"这样的历史名称也不能提？在"虚伪的年代里"生活的人最厌恶"虚伪"，因此，"真"乃是必然的追求；以"历史"般的真实来要求"虚构"的小说也是必然的。但即使如此，一生以"求真"为目标的鲁迅，却被牟

---

① 牟宗三文写于 1951 年 5 月 14 日，收入陈纪滢《荻村传》附录，第 221—222 页，台北：纯文学出版社 1985 年 9 月版。

宗三先生贬得一文不值。牟宗三先生认为："文艺第一要真实，第二要不隔。三四十年来的新作品，没有不隔的，也没有一篇是真实的。阿Q正传不是真实的（此话人们或许不相信）。鲁迅不能正面看人生，也没有真性情看人生。完全是尖酸刻薄，妄肆夸大。索隐行怪，以惑愚众。他以不真之心抓住一点人类的脾性，横撑竖架，投射成阿Q正传，视为中国社会文化之典型，人亦以此目之，亦常通过阿Q观中国。这就叫作狂狗逐魂，愈引愈远。其为隔而不真乃显然者。"①

然而，鲁迅小说最具有现代性的部分，却正是他的直面人生，许多制度化（政治制度和文化制度）的虚伪造成的人性和精神的疾病，难道不是鲁迅所要"疗救"的对象吗？

可见，若以己之是非为是非去阅读周立波、陈纪滢等不同类型的小说，就正如处于不同位置的人去阅读鲁迅一样，所诠释和呈现出来的"真实"其实是非常值得质疑的。但读者若能"合观"这两部小说，我们就能发现：试图以"小说"来记录"历史"，似乎就是现代知识分子的共同特点。小说成为历史甚至政治的一种形式，也是中国文学之"现代性"的特殊表征。然而，从这样一种相似的现代文学形式所呈现出来的虚构化的"历史"，却让读者看到相当不一样的历史记忆、真相、人物性格和命运。因此，读者关心的，可能就不是"小说"是否可以取代"历史"来发言，而是一场社会制度的巨变究竟是为何发生、如何发生、对每个具体的历史中的"人"（如陈纪滢《荻村传》中的傻常顺儿、周立波《暴风骤雨》中的赵玉林）具有怎样的影响？这也许是阅读小说者更应用力之处吧。

----

① 牟宗三文写于1951年5月14日，收入陈纪滢《荻村传》附录，第221—222页，台北：纯文学出版社1985年9月版。

三、中国知识者的"现代人"方案?

——《太阳照在桑干河上》(1948)与《赤地之恋》(1954)

在关于五十年代"反共小说"的评论中,谈论的最多的,是小说所反映的历史和生活是否"真实"的问题。谁都知道,小说不同于历史,然而从小说诞生之日起,它就在使用历史的叙事方式,使人产生它就是历史的幻觉(真实感)。近代以来,小说脱离英雄传奇的路线,越来越倾向于表现于凡人的日常生活和这些日常生活中的悲剧。传奇令人着迷,然而也让人感觉到它的虚幻不实。因此,小说告别传奇,就是试图制造虚构的真实。为什么"真实"会在现代小说中占有这么重要的地位?

曾以《传奇》小说集闻名天下的张爱玲,在涉及到她创作的《赤地之恋》时,竟也特意地谈到"真实"的问题:

> 我有时候告诉别人一个故事的轮廓,人家听不出好处来,我总是辩护似的加上一句:"这是真事。"仿佛就立刻使它身价十倍。其实一个故事的真假当然与它的好坏毫无关系。不过我确是爱好真实到了迷信的程度。我相信任何人的真实的经验永远是意味深长的,而且永远是新鲜的,永不会成为滥调。①

张爱玲看似无意的话:"故事的真假当然与它的好坏毫无关系",其实更能说明小说艺术的真相:真的故事可能写得很坏,假的故事也可能写得很好。然而,张爱玲要特别地强调她"爱好真实到了迷信的程度",是因为她关心的是人的(任何人的)"真实的经验"。她对写于五十年代的长篇小说《赤地之恋》有特别的说明:

---

① 张爱玲《赤地之恋》"自序",台北:皇冠出版社1991年初版。

《赤地之恋》所写的是真人实事，但是小说究竟不是报道文学，我除了把真正的人名与一部分的地名隐去，而且需要把许多小故事叠印在一起，再经过剪裁与组织。画面相当广阔，但也并不能表现今日的大陆全貌，譬如像"五反"，那是比"三反"更深入地影响到一般民众的，就完全没有触及。当然也是为本书主角的视野所限制。同时我的目的也并不是包罗万象，而是尽可能地复制当时的气氛。这里没有概括性的报导。我只希望读者们看这本书的时候，能够多少嗅到一点真实的生活气息。

　　张爱玲似乎很少这样在小说的前言里来强调自家作品的真实性，因此，这样简短却反复再三的关于小说"真实性"的苦口婆心，就不禁让人思考：《赤地之恋》是否在"真实"的意义上意味着更多的东西？

　　《赤地之恋》（1954，英文本1956）一开始，张爱玲就写了一个很特别的场景："黄尘滚滚的中原。公路上两辆卡车一前一后，在两团黄雾中行驶着。"张爱玲善用电影场景，她很快把镜头摇到车上欢笑的人群中，小说的男女主人公刘荃和黄娟依次出场，特别是黄娟的出现，张爱玲用"人丛里有一个美丽的女孩子"就非常醒豁地衬托了出来，接着，作者用刘荃看到黄娟后的不安，再次写出黄娟的美："也是因为这人实在太美丽了，偶尔看她两眼，就仿佛觉得大家都在注意他，他别过头去，手里拿着帽子当扇子，在胸前一下一下的扇着。扇了一会，自己又觉得这是多余的，车子开得这样快，风呜呜的直吹过来，还要扇些什么。于是把帽子戴到头上去。但是跟着又来了第二个感想，这样大的风，帽子要吹到汽车外面去的，赶紧又摘下来。看看别人，谁也没戴着帽子，自己的帽子本来是不是戴着的，倒记不起来了，越想越觉得恍惚起来。"这样的细节，是张爱玲所擅长的。就这样，作者让这两位充满了理想的青年在前往农村参加土改工作队的路上相遇，相恋，并从此把他们自己的命运与新生的共和国的命运结合了起来。然而，恋爱故事不是张爱玲的重点。一个纯洁善良的青年学生历经土改、三反运动、抗美援朝、沦为战俘的命运，才是《赤地之恋》的主线。

小说最让人动容也最"真实"的地方，我认为是在刘荃、黄绢参加土改的部分（前四章）。他们在农村所遇到的考验，不是彼此爱情忠贞，而是在一场他们自己也无法主宰的运动大潮中，如何去面对那些弱小无助的人，如何面对自己的良心。小说刻画的唐占魁一家，尤其成功。刘荃的房东唐占魁是个老实厚道的农民，女儿二妞，淳朴美丽，却眼睁睁看看自己的父亲沦为批斗镇压的对象，她唯一能做的就是向她所敬爱的刘荃求救。然而刘荃无法给予二妞以任何的希望，他只能选择逃避。小说第四章写刘荃离开这个让他经历了太多良心拷打的村庄前，他借口方便，跑去看了他最放心不下的二妞：

> 他往回跑。跑到平原上，转到一棵树后面，向大路上张望了一会。没有人在侦察他。
>
> 二妞仿佛吃了一惊，远远地看见一个穿制服的人向她飞跑过来。她本能地把破烂的短衫拉扯着掩在胸前，半站起身来，像要逃跑似的。
>
> "二妞！是我！"刘荃第一次叫着她的名字。"你怎么样？还好么？我一直惦记着。"
>
> 二妞又蹲到地下去掘红薯，漠然地。
>
> 他在她跟前站住了，望着她用手指在泥地里挖掘着。
>
> "我现在马上就要走了，不回来了。"他默然了一会之后，这样说着。
>
> 二妞依旧没有说什么，却抬起一只手来，把手指插在她那灰扑扑的涩成一片的头发里，艰难地爬梳着。然后仿佛又醒悟过来，一手的泥土，全抹到头发上去了，于是又垂下了手。
>
> "我很不放心你。"刘荃说。
>
> 她似乎又忘了，又用手指去梳理头发，低着头，十只手指都插在乱头发里，缓缓地爬梳着。

"二妞，你……"他想说"你恨我吗？"但是又觉得问得太无聊。她当然恨他的。一方面他又直觉地感到她并不十分恨他。"你跟你母亲说一声，"他接着说下去："说我走了，我没能帮助你们，心里非常难受。"

太阳出来了，黄黄地照在树梢上。

中国知识者如何做一个真正的"现代人"，是《赤地之恋》最突出的主题。这个主题，也在另外一部左翼女作家丁玲的长篇小说《太阳照在桑干河上》（1948）出现，虽然它是以次要的旋律贯穿在小说当中的。

阅读过丁玲的《太阳照在桑干河上》（1948，1951年获得斯大林文学奖三等奖），可能都会记得这部长篇小说的开头也有类似《赤地之恋》开头那样的镜头，那就是，农村里最常见的有泥浆的道路上，出现了一辆马车，不过，这辆马车不像《暴风骤雨》开头出现的四轱辘大车那样，车上坐着十五个身穿灰军装的土改工作队员，也不像《赤地之恋》那样是汽车载着的一帮参加土改的青年学生。四五十年代农村的这一幕，留下了那个历史转折关头最重要的镜头：那就是知识者走到了农村之中。丁玲的《太阳照在桑干河上》开头出现的马车，不是知识者，而是作为知识者的作者所关注的农民——顾老汉顾涌。小说就从顾老汉从八里桥亲家胡泰弄来的好马开始，把顾老汉一家人、顾老汉与本村地主钱文贵等人的关系，一一展开。这是知识者试图去理解农村、农村的阶级关系、农民和他们的土地的故事。丁玲尽最大可能地用小说来诠释她所理解的土改政策，但作为一个作家，她又本能把"人"的复杂性、"人"在社会变革之中的性格和品质写了出来。在这一点上，她与张爱玲可谓殊途同归。小说里写了一个次要的人物黑妮，是地主钱文贵的侄女，她家的长工、后来翻身成为农会主任程仁的恋人。黑妮在小说中的地位，与二妞在《赤地之恋》中的位置差不多，她的存在，是对程仁的政治正确与人性之间的矛盾的考验。

　　表面上看，《赤地之恋》和《太阳照在桑干河上》，是政治意识非常不同的小说，然而，如果我们细读这两部作品，我们会在这两位个性、政治倾向、出身、文学风格很不相同的作家笔下，看到一个非常共同的地方，那就是中国现代知识者应有的品格，是"现代人"在面对国家、政治、民族、社会时它所应有的义务、个性、尊严。

　　现代制度的建立，现代人建构的方案，两者是紧密相关的，这都是现代性所包含的内容。而中国的"现代性"，从近代以来，虽然有其内在的发展脉络，但人们更多看到的，则是呈现在表面上的欧美现代性的影响。事实上，所谓"现代性"（Modernities），就是用汉字写的洋文，若在二三十年代的上海，当称为"摩登性"。"现代"若是表示时间的名词，那么"现代性"这个名词究竟是什么意思？是具有单纯时间属性的"东西"呢，还是"现代"社会（包括其政经法制度、文化型态、价值观等）所具有的抽象的、统一的标准属性？既然"时间"是变化和流动的，那么，作为"标准"的、"统一"的现代属性是否也是变化的？如果它们也在随时间的变化而变化，那么，所谓"标准"的、"统一"的现代性（我们往往习惯于用本身也在变化之中的欧美的"现代性"当作一种放之四海而皆准的标准的不变的现代性样板）究竟是一种理想，还是一种现实存在的东西？我之所以提出这些问题，是由于在阅读五十年代台港两地的所谓"反共小说"时，我实际上是在面对着相当不同的"现代性"想象：从陈纪滢《荻村传》（1951），我想到的是周立波的《暴风骤雨》（1948）；从张爱玲的《赤地之恋》，我想到的是丁玲的《太阳照在桑干河上》，这些作品实际上都在描写中国社会，特别是农村所发生的根本性变化，然而，他们所采取的却是相当不同的观察的角度和态度。抛开彼此的政治意识形态不论，仅以文学作品观之，这些作品综合起来阅读，难道不正呈现出文学所应具有的不同责任吗？

　　在关于五十年代的两岸小说都没有得到客观公正评估的状态下，重新呈现这些小说，是否对我们理解不同的"现代性"想象有所帮助？事实上，如何评估五十年代台湾的"反共小说"，涉及到许多文学内外的问题。按"非文学"的标准，这些作品既是当时国民党政府"政治正确"的"反共抗俄"大政方针下的产物，又承载着战后从大陆流离到台湾的一代人的复杂的历史记忆："反共"的意识形态与这一代人的抗战、内战、流离的记忆，形塑了战后台湾社会对"红色中国"的描述与想象。因此，研究这一时期的"反共文学"，实际上也就是研究战后台湾社会迄今为止的"中国想象"的形成的过程。从这个意义上说，把祖国大陆同一时期的小说也作为观察的对象，以便参照，我想应该不无意义吧。

2005 年 10 月 26 日于台湾"清华大学"

从边缘返回中心
——关于华文文学的文化价值与历史价值

上世纪七十年代末对中国来说，是个转折点。结束了十年动乱的大陆，开始了以经济建设为中心的社会主义的改革开放运动。在台湾，以1977—1978年的乡土文学论战为标志，也逐步走向现实主义的民主化运动。处于战后国际冷战结构当中的两岸关系出现了缓和。鸦片战争以来中国在外力干涉下造成的民族分裂的局面，有了弥合的可能。文学交流与文学研究在这里扮演了重要的角色。大陆的台港文学与海外华人文学的研究，正是打破两岸关系坚冰的先锋。也是在这个背景下，海外有了建立"中国文学的大同世界"的极富挑战性的"战略设想"。

1986年6月30日—7月5日，在德国Schloss Guenzburg召开了一次"现代中国文学的大同世界"会议（"The Commonwealth of Modern Chinese Literature"），会后，美国威斯康辛大学东亚语文学系的刘绍铭教授与德国汉学家马汉茂（Helmut Martin）教授一起，主编了上下两册的《世界中文小说选》，在"commonwealth"这个概念下把大陆、台湾、香港、马来西亚、菲律宾和新加坡的华文文学放在一起，这是一个创举。commonwealth（这里被译为"大同世界"）这个词，原指具有政治或经济上的共同利益和共同目标的国家组成的共和联邦，然而，刘绍铭从具有共同的文化根源这个层面上赋了了它广义的内涵，他称之为"灵根自植"，意味着历经内忧外患而流寓海外的中华儿女虽如"花果飘零"，然而凭借血肉里面的中国文化之"灵根"，依然能在不同的异域里开花结果①。"华文文学"就是中国文化在不同国家地区的文化·社会环境中结出的新的花果。这是超越既定的"政治·意识形态"边界来观察华文文学的一个重要视野，正如马汉茂指出：这一"文化统一"的宏观视野，"跨越了当前存在于东亚与东南亚华人社区之间的政治鸿沟与疆界"，它之强调文化统一能够先于政治和解而进行，"实在是一种很富挑战性的想法"。② 现在，十一年后，随着 1997 年 7 月 1 日香港的顺利回归，历史似乎已展现出在 commonwealth 意义上的"大同世界"降临的图景。

因此，"世界华文文学"这个概念，从其产生之日开始，就具有非常丰富的内涵：首先是它所具有的文化价值，包括它的文化根源以及它与其他文化冲突、融合之后所衍生出来的现实的价值形态和意义。其次是催生了这一文化价值的历史语境（context）以及由此延伸出来的历史价值，这两个方面共同描述了华人及其文化近代以来在世界历史与文化体系中如何被边缘化，以及怎样可能返回中心的历程。

---

① 参见《世界中文小说选》附录的刘绍铭的论文《灵根自植——写在现代中国文学大会之前》，该书第 892 页。台北：时报文化事业出版公司 1987 年 10 月初版。

② 马汉茂《"文化统一"与"世界化"》，参见《世界中文小说选》上册，第 11 页。在大陆，从 1986 年底，才在深圳举行的第三届"全国台港及海外华文文学研讨会"开始使用"海外华文文学"。

一、华文文学的文化价值

由"华文文学"与"华人文学"① 构成的"文化联邦"或"文化的大同世界",它的基础是华人所共同继承的中华文明。那么,中华文明究竟是什么呢?这里我们不妨用生于马来亚槟榔屿的辜鸿铭的论述来说明二十世纪初的"归国华侨"关于中华文明的理解。他认为,要估价一个文明,根本的问题并不在于"它是否修建了和能够修建巨大的城市、宏伟壮丽的建筑和宽广平坦的马路","也不在于它是否制造了和能够制造出漂亮舒适的家具、精制适用的工具器具和仪器,甚至不在于学院的建立、艺术的创造和科学的发明",而在于它能够产生什么样的人,男人和女人。"一种文明所生产的男人和女人——人的类型,正好显示出该文明的本质和个性,也即显示出该文明的灵魂。"② 在他看来,中国文明的灵魂,是从中国人的性格和中国文明的三大特征显示出来的,那就是:深沉、博大、纯朴和灵敏(deep, broad, simple and delicacy)。美国人虽然"博大、纯朴",但

---

① "华文文学"与"华人文学"这两个概念是重叠的。"华文文学"侧重于"华文"这一承载中华传统文化信息的媒介以及它所诉诸的华语读者对象,它可以包括其他民族使用华文创作的作品,在这个意义上,华文文学是"国际主义"的,也便于与其他的语种文学相比较,例如与英语文学,犹太人的意第绪语(Yiddish)文学等等。"华人文学"则侧重于"华人"这一特定的民族创作的文学作品,它包括华文作品,也包括非华文作品,因而它是"民族主义"的。事实上,即使是使用英语创作的华人作品,也并不影响他创造一个极富于民族文化色彩和个性的艺术世界。在这个意义上,日据时期台湾作家使用日语创作的作品,就不能排除在中国文学史外面,因为他们所描写的生活,还是地地道道的中国人的生活。因此不能因其使用"日语"而归入"日本文学史",相反,它构成中国台湾沦为殖民地时期的文学史的重要部分。本文更多是在"华人文学"意义上来阐述其价值。

② 辜鸿铭《中国人的精神·序言》,《辜鸿铭文集》下卷,第5页。海口:海南出版社1996年8月初版。

因不"深沉"而无法理解真正的中国人和中国文明；英国人虽也"深沉、纯朴"，但不"博大"，德国人"深沉、博大"，却欠"纯朴"，都无法理解真正的中国人和中国文明，唯有法国人，虽然没有德国人之天然的深沉，也不如美国人心胸博大和英国人心地纯朴，但他们拥有其他三个民族所没有的非凡的天分"灵敏"而最能理解中国人，因为"灵敏"对于认识中国人和中国文明是至关重要的①。

刘伯骥先生 1970 年为旧金山华埠牌楼撰写了一副对联："华埠想南徐，侨寓百年犹晋郡；牌楼当雁塔，乘槎万里见唐风。"令人想见华人在异域坚持维系民族文化传统的骄傲。对于华人而言，中华文化是自炎黄尧舜、夏商周秦、汉魏六朝、隋唐五代、宋元明清以至今天，代代相传，融化在血肉里的精神血脉，是其生活的方式。因而经史子集都不过是总结了这种生活方式与经验的文字上的东西。不止《易经》里"天行健，君子以自强不息"、"地势坤，君子以厚德载物"的干坤大义，儒家的"仁学"和"礼"，道家主虚静、重自然的阴阳互补而不是对抗的哲学，是中国文化的重要内涵，而且富于宗教性格的墨家的"兼爱"、"非功"思想，《礼记》中已经暗含了"社会主义"倾向的"大同"思想，也同样是中国传统文化的精神血脉。它不仅构成社会、国家的政治、伦理的基础，也是个人、家庭的必要修养。

如果考虑到辜鸿铭的著述（大部分是用外文写作）在当时世界

---

① 辜鸿铭《中国人的精神·序言》，《辜鸿铭文集》下卷，第 7 页。海口：海南出版社 1996 年 8 月初版。

所引起的巨大反响①，就可以反证西方人在鸦片战争前后关于"野蛮"的中国文化的傲慢论述完全是基于商业利益和政治霸权。以鸦片战争为例，英国对中国的兴趣其实并非在于"文化"，而在于经济利益，在于当时最强的资本主义工业国家需要拓展市场的内在的渴求。这一点，我们不妨重读马克思在鸦片战争期间关于中国问题的一系列论述②。譬如他在《中国革命和欧洲革命》中指出，国际冲突的根本原因在于各国之间的经济利益："无论欧洲列强间的冲突怎样尖锐，无论外交界上空的乌云怎样浓重，无论某个国家的某个狂热家集团企图采取什么行动，一旦空气中散发出经济繁荣的气息，国君的狂怒和人民的愤恨同样都会缓和下来。战争或革命，如果不是工商业普遍危机的结果，都不能深刻地震撼欧洲，这种危机的到来总是由英国先发出信号，因为它是欧洲工业在世界市场上的代表。"③ 马克思还揭露英国鼓吹"自由贸易"的主要目的在于垄断中国的鸦片市场："英国

――――――――――

① 德国利奇温撰写的《十八世纪中国与欧洲文化的接触》（1925）曾谈到辜鸿铭的著作在德国引起的深刻印象（参见中译本，第10页，商务印书馆1962年初版）。第一次世界大战前后的德国，曾有人在大学里组织"辜鸿铭研究会"，成立"辜鸿铭俱乐部"。二战期间，辜鸿铭在日本讲学三年，也曾掀起一个"辜鸿铭热"。俄国的托尔斯泰曾与辜鸿铭通信讨论抵御现代物质主义文明的破坏力量的问题，法国的罗曼·罗兰、英国的毛姆、瑞典的勃兰兑斯、印度的泰戈尔和甘地等都直接或间接地谈到了辜鸿铭的学说的价值。参见黄兴涛的"译者前言"，收入《中国人的精神》，第2页。海南出版社1996年4月初版。

② 鸦片战争期间，马克思曾在美国的《纽约每日论坛报》上发表了一系列的社论。深刻分析了这场由英国的"文明人"对中国的"半野蛮人"的肮脏战争背后的经济原因。参见《中国革命和欧洲革命》、《俄国的对华贸易》、《英人在华的残暴行动》、《鸦片贸易史》、《中国和英国的条约》、《新的对华战争》、《对华贸易》等文。收入《马克思和恩格斯选集》第二卷，人民出版社1972年版。

③ 马克思：《中国革命和欧洲革命》（写于1853年5月20日，刊于同年6月14日的《纽约每日论坛报》），参见《马克思和恩格斯选集》，第二卷，第7—8页。人民出版社1972年版。

政府公开宣传自由买卖毒品，暗中却保持自己对于毒品生产的垄断权。只要我们注意考察英国的自由贸易的性质，我们几乎可以处处看到，它的'自由'的基础就是垄断。"① 由此可见，"资本"从一开始就具有了无限扩张的魔力，资本根本无视所谓"文化"的存在，它永远饥饿的本性要求它必须不断吞噬和开发新的市场。阻断它的，都会被看作"野蛮文化"加以讨伐。

然而也正因拜"资本"的扩张和罪恶之战争之赐，由于这些"非文化"的原因而使中国自鸦片战争后被"边缘化"的命运，使得中国得以重新反省自己的传统文化，并试图改革图强。几乎所有关于中国文化的论述，无论是西方的，还是中国本土的，无论是保守的"国粹派"，还是开明的"维新派"，温和的"改良派"，甚至激进的"革命派"，都在"东西文化或文明优劣"对比的框架下来探讨和反省中国文化的问题。中西文化冲突在中国内忧外患的现实处境和历史实践当中展开。华文文学也经历了从传统形态到现代形态的蜕变。

五四以后的华文文学的文化价值，已不能仅仅从其"共同的文化根源"那里进行评估。事实上，移植自西方的现代"科学"观念，"民主观念"，"个性自由"观念等等，随着表达工具的变革——从文言文到大众白话文——而在形式和精神上都产生了新的文化观念，它对传统的君权、父权、夫权思想和相关的家庭、社会结构，都造成了强烈的震荡和冲击。另一方面，流寓海外的中国移民及其后代，也在与当地文化的冲突与融合当中，顽强保持自己的文化特性，在抵抗"边缘化"的过程当中，融入"本土"的特色，从而产生异彩纷呈的海外的中华文化。因此，"华文文学"也蕴含着由于移民的"本土化"而产生的文化特性。这对于研究中国文化在流播海外的过程当中与不同民族、地区的文化形态的交流、融合而产生的"变异"与形

---

① 马克思：《中国革命和欧洲革命》（写于1853年5月20日，刊于同年6月14日的《纽约每日论坛报》），参见《马克思和恩格斯选集》，第二卷，第29页。人民出版社1972年版。

态，是非常有意义的。

从中国移民的分布看，几乎世界各地都有华人。根据陈达的研究，比较重要的中国海外移民，大致分为三个时期：即七世纪从福州、厦门、宁波、汕头、广州和海南岛等沿海城市前往澎湖列岛和台湾开拓垦殖的移民；十五世纪随着郑和下西洋回国，福建、广东沿海掀起了向"黄金国土"移民的巨大浪潮，大量的中国移民到了南亚和南洋各国进行贸易；鸦片战争以后，中国日益衰败，大约从1860年开始，随着苦力贸易的合法化而开始了第三次海外移民。中国作为一个巨大而廉价的劳力市场，被西班牙、葡萄牙、荷兰、英国和其他欧洲列强用"契约"或拐卖的方式运往他们的殖民地和领有地。①

有华人的地方，就有华文文学。这些由移民的后代撰写的文学作品，自然会带有各自地区的"本土"的文化价值。如新加坡作家王润华所说："譬如橡胶树，我们华人就跟它一样，在同一个时候被英国人移植到南洋这块土地上，然后往下在泥土里扎根，还向上开了花结了果。而我就是一棵生长在马来西亚吡叻州近打区的第三代橡胶树。"② 王润华是在八十年代初说这番话的。也是这个时候，在北美的刘绍铭已经在陆续翻译介绍使用英文写作的华裔作家的作品，特别是在北美土生土长的第二、三代华人的作品，那些处于美国主流文坛之边缘的"少数民族"文学，虽然不像"黑人文学"、"犹太人文学"等同是"少数民族"文学那样引人注目，但也已经开始用迥异于前代华人的"美国"视点和观念来描写"唐人街"的生活，譬如赵健秀创作于1962年的《牺牲》（Food for All His Dead），塑造了一个渴望独立，不愿遵从父训继续生活于唐人街的土生华裔青年。他的"叛

---

① 陈达《中国移民——专门涉及劳工状况》（1923年华盛顿版，彭家礼译），参见陈翰笙主编的《华工出国史料》第四辑，第3—4页。中华书局1981年3月初版。

② 王润华《南洋乡土集》，台北时报文化事业出版公司1981年11月初版。第4页。

逆"，乃激于成长的焦虑，不愿总是生长在父亲的权威的阴影与谎言之中。但即使如这样的"逆子"，也只是在内面"心理"上滋生着反叛的话语，其外在的行为方式也还是基本遵循着中国的传统①。

很显然，除了大陆本土和台港澳地区，南洋、北美、南美、东亚等地区的华人文学（包括华文文学与非华文文学），在以共同的文化根源作为基本的联系纽带之外，都会因本土文化环境的差异而自然而然地蕴含着各不相同的文化品质。在这个意义上说，华文文学为研究中国文化流播海外过程中与其他文化的交流、冲突、变化、转换等提供了形象的范本。它们是研究中华文化之创造性与包容性的重大资源，并将不断充实着中华文化，使之因吸纳世界文化的精华而更加丰富完美。

二、华文文学的历史价值

"世界华文文学"既然是一个历史的具体的概念，自然有着其特定的历史语境（context）。如果要为"华文文学"找到一个"原点"，我们便会很自然会回到"古典中华文化"的"自足"状态以及它曾在中国甚至东亚历史上的"不可挑战"的"中心地位"。然而，如果要为流播世界各地的"华人文学"找到一个"原点"，也就是说，寻找华人及其文学流寓异域的源头，那么，我们便无法抛开近代史，因为海外的华文文学是在中国走向衰败、在中华儿女脱离故土的近代当中产生的。事实上，"世界华文文学"正以其独特的文学视野，以"分裂的形态"为我们呈现出一个完整的中国近代的历史。

古老的中华文明曾经遗世独立，并以其强大的影响力成为东亚地区的"中心"，然而，当它被迫"融入"世界资本主义强国为核心的"近代文明"时，却是以"沦落"的或者"野蛮"的身份被边缘化

① 详见刘绍铭译著的《唐人街的小说世界》，第53—73页。台北时报文化出版事业公司1981年5月初版。

的。这使得这一文明从骄傲变成了屈辱。中国人，包括大陆本土、台港澳地区的华人和被唐君毅形容为"花果飘零"的十九世纪中叶以后的海外华族移民，共同经历了近代中国这段走向边缘、走向衰落的历史过程。这是包括大陆、台湾、香港和澳门以及移民海外的华人的经验在内的历史，是中国从统一的封建国家走向屈辱的割地赔款的半封建半殖民地国家的历史。

由于中国的"近代化"过程是在被迫的殖民化过程当中实现的，而华文文学，作为这一过程的产物和文学形式，从一开始就负载着中国传统文化因被迫进入西方的近代化历史而产生的一切骄傲与屈辱的经验，也因此而形成了有别于中国传统文学的独特形态。因而，民族主义、古老的中国农业文明与近代西方的工业文明的冲突、现代化社会形成过程当中的人性冲突与阶级矛盾，渗透在近代以来的华人生活的方方面面。描述华文文学的发展历程，其实也是描述中国近代历史的发展历程。因为近代华文文学的文本（text），就滋生于这一历史的、现实的语境（context）之中。它的复杂而多元的价值，也应由此而得到充分的评估。

另一方面，西方文艺复兴以来，随着资本主义的兴起、发展、强盛而出现的"世界历史"的"跨国性"，也可以从中国历史的"近代化"找到见证。我们可以从西方关于中国的"论述"里清理出一些线索，证明把中国看作"野蛮"的国家加以"边缘化"，恰是十九世纪中叶以英国为首的"自由贸易"进入中国之后。在此之前，西方的论述曾经塑造过一个辉煌的中国形象。这也说明："文明"和"野蛮"的分野往往在国家或种族的"权力"影响下被扭曲，这种具体的历史的论述很大程度上取决于现实利益；而"文化"的新旧优劣问题，更是在资本的强有力支配下派生的①。

由于这一历史背景，我们看到，当代的华人文学更多表达着中国人面对自己的历史和文化时的复杂情绪。刘绍铭在八十年代初研究美

————————

① 参看150页注②中马克思有关论述。

国的华人文学时，首先注意到一个很重要的事实："唐人街"不仅是一个地区，而且是一种心态。他从新一代华美作家赵健秀的作品《牺牲》和《龙年》当中看到，土生土长的第二三代华人，都急于离开他们的父辈经营起来的"唐人街"，譬如《龙年》里的弗雷劝告弟弟离开唐人街时，说："你在这里住下去，只会恨自己，更不用说去爱别人了。"但这些人物离开了唐人街之后，也并不快乐，因为他们的心态仍然受到"唐人街"后遗症的折磨，他们无法否认自己中国血统，却更强调自己是美国公民①。华人的这种"心态"，这种身份或文化认同的危机，即使是祖国大陆本土也不能幸免。在其他地区的华人那里也能找到。这固然与当地的种族歧视有关，也与中国本土的衰落，也就是近代以来民生凋敝的国情有关。刘绍铭写道："在中国受了大学教育出来的华侨，心理出了'故障'时，随时可以举头望唐山。"有时候，几千个方块字，就足以解除他们的"身份危机"了，然而，假如下一代的土生华人所认识的中国文化，不幸的是古老相传的那类"二十四孝"的封建故事，那就是另外一个事情了②。刘绍铭还提到一位用英语写作的华人作家洪婷婷（Maxine Hong Kingston），她出版于 1975 年的非小说《女斗士》（The Woman Warrior），颇受当时媒体的青睐。刘绍铭套用了她的《女斗士》中的一句话来分析华人作家何以想象力还是离不开渺渺唐山风貌与唐人街的鸭笼鸡棚味："即使到现在，中国仍像缠脚布一样裹着我的双足。"华人的这种心态，与同为移民的犹太人、黑人似乎是不一样的。刘绍铭说："如果黑人作家有这种缠绵不绝的脚布，他们说不定不会认为是一种负担，而是一种值得骄傲的遗产。"③而犹太人，不论流落在什么地方，也不论环境多么艰难，都顽强坚持自己的传统，虽然也不乏怀疑其所信

<hr>

① 刘绍铭《望渺渺唐山》，第 60 页。台北九歌出版社 1983 年 1 月初版。

② 刘绍铭《唐人街的小说世界》，第 10 页。

③ 同上，第 12 页。

奉的传统教典甚至"上帝"的人，却并不以自己的民族、文化身份为耻。

其实，如我上述分析，这种无法坦然面对历史的自卑心理和自我矮化现象，正是中国近代以来在"非文化"压力下被迫边缘化的结果。它是近代西方帝国主义列强挟持着资本的扩张欲望，凭借傲慢的炮舰政策，对一个异己的文明进行摧残的结果，而不是单纯的"文化优劣"的问题。正是在这种长期的压抑中，滋生着两种极端的情绪：自卑与自大，前者很容易产生民族和文化的"虚无主义"，后者将演化成盲目排外的沙文主义。

英国的历史学家汤因比把不同文明、社会、甚至个人的生长过程描述为一个"退隐与复出"的循环。这种循环，若用"边缘"与"中心"的相互转化来看也不无道理。从八十年代以来的发展看，中国作为一个经济成长最快的发展中国家，似乎有了"复出"或"从'边缘'返回'中心'"的迹象。于是有了"中华民族复兴"的呼声，这恐怕也是"文化复兴"、"文艺复兴"的重要历史契机。面对这样的景象，美国有人撰写"即将来临的对华冲突"①，把中国设为自己的假想敌；然而，同样是美国，也有学者提出：未来的社会发展模式，不应是以对抗为基础的统治关系，而是以合作为基础的伙伴关系②。在更早的时候，即第一次世界大战之后，西方也已经有人意识到了"东西之间更密切的联系的无限重要性"（Rudolf Eucken），认为"今日奄奄一息的西方，重新面向涌现神灵的阳光之处，人类及人所有的关于上帝和神灵弘伟梦想的真正诞生之地——即东方。"（Nathorp），被西人认为是"一位通情达理的孔子的信徒"的辜鸿铭，也

---

① 参见 "The Coming Conflict with China by Ross H. Munro and Richard Bernstein.

② 参见理安·艾斯勒《圣杯与剑》（*The Chalice & The Blade*，1988），中译本，社会科学文献出版社 1995 年 11 月再版。

向欧洲提出了最后向中国"君子之道"学习的忠告，用以解除"暴力崇拜"和"暴徒崇拜"①。看来，中国文化将面临如何返回"中心"的新的前景。

然而，中国文化之"复兴"究竟是事实，还是一种想象或者期待？还是很值得探讨的问题。中华文化与华人是否从近代的普遍的"悲情"里走出来，把中华文化固有的"仁爱、和平、崇尚自然"与"深沉、博大、纯朴和灵敏"，融入自由、民主的观念，走向"自信""自尊"，在很大程度上需要华文文学的参与。世界华文文学的创作以及它在当代不同文化区域里的不同形态，将有助于用更加宏大的气魄建设华人自身的新文化和更加健康的心理，作为一种"历史"及"心态"之表征的华文文学，它的价值，也许就在这里。

1997 年 11 月 6 日于北京

---

① 同 151 页注①。第 3 页。

族群、文化身份与华人文学
——以台湾香港澳门文学史的撰述为例

　　为什么要在这个时候来谈论"族群"、"文化身份"和"华人文学"的问题？它们之间相互的关系如何？这是本文希望讨论的问题。我想说明的是，这不是一个追求时髦的题目，也不是一个"民族主义"的议题。而是一个或许可以用来叙述一部整合的华人文学史（an integrated history of Chinese Literature）的可能的方案，因为这个"整合的华人文学史"之区别于"古典的中国文学史"的地方，就在于它的现代性是通过中国人和中国文化在近代以来的"飘零"（包括身体和精神上的漂移）来表现的。

　　"华人"首先是一个"族性"（ethnicity）的概念。在人种学的意义上，所谓"华人"应该泛指"炎黄子孙"的后裔，不论其目前仍在中国这个地方生活还是在世界任何地方生活；"华人"也是一个"文化"（culture）的概念。在"文化"的意义上，"华人"指的是在长期的族群生活中，共同奉行相同的行为准则、享有共同的历史记忆、语言风俗和思想传统的族群。关于"文化"的概念当然有许多种定义和诠释。但总的说，"文化"是一个包括有思想传统、民俗习惯和流行观念这么一个同心圆的多层次的概念，其中"思想传统"是其核心部分，经过这一思想传统的长期的熏陶、影响而外化为民间普遍接受的习俗，这是这个同心圆的第二层，它是思想传统"移风易俗"的结果；处于"文化"同心圆最外层的，是流行观念或时尚，处于具体时空之中的活的且流动着的政治观念与意识形态都在这一外层，它不太稳定的部分会随时被淘汰，而相对稳定的部分有可能渗入

"民俗"的层面，甚至有可能化为"思想传统"的有机组成部分。这三个层面相互影响，构成充满活力的互动的文化内涵。具有相同文化传统（特别是其思想传统、民俗习惯）的华人，可以形成一个超越具体时空的政治与意识形态分歧的"族群"，因此，"文化身份"是区别"族群"的重要指标。就"华人"这一族群而言，他们内部的分歧，往往发生于这个文化同心圆的最外层，即呈现为"流行观念"部分的不同的政治主张、意识形态差异等（这些差异更多因现实的阶级利益不同而引起），而在"习俗"与"思想传统"这两个层面上，则常有许多相同之处（譬如儒道释三教合一的传统，尊祖敬宗老老幼幼的习俗等），也就是说，在同一族群的"文化"内部，就已经包含了相当歧异的经验（文化同心圆的"外层"）与可以共享的传统（思想传统与民俗）。在"族群"的意义上，有可能把使用汉语写作或非汉语写作的华人作家在不同时空中的文学经验（包括其在不同区域中的政治经验和文化经验）做一个整合的描述。而这个"整合"的描述，从大的方面说，恰恰可以呈现出华人文学的"流动的""现代性"特征，以区别于相对稳态的"中国古典文学"；从具体作家而言，也可以合乎逻辑地描述其流动性和经验的变异性。下面试简论之。

一、提出问题的原因

翻开一些比较有影响的中国现代文学史和台湾、香港文学史，会发现一个有意思的现象：同一个作家，会出现在这几种不同的文学史中。典型的例子如上海作家张爱玲，她是夏志清在其英文版《中国现代文学史》（1961年初版）中论述的重要对象，他甚至声称张爱玲是他的重要发现之一。而这位女作家最早出现在"台湾文学史"中则是拜叶石涛之赐，他的《台湾文学史纲》在第四章涉及"五十年代的台湾文学"时，把张爱玲放在"反共作家"姜贵之后，称"张爱玲是四十年代杰出的作家之一"，他特别评述了张爱玲的"反共小说"《秧歌》（1954），认为这部作品"着重描写农民生活的日常性，以女作家特有的细腻观察描写农民琐碎的生活细节，当然也没有口号式的夸张批判，却反而把共产统治下的农村现实写活了"。叶石涛是否受到夏志清的影响，我不敢妄断（夏志清在他的小说史中，特别推崇的反共文学代表就是姜贵）。但很明显他把张爱玲当作较好的"反共作家"来看待，以便为"五十年代"荒芜的台湾文学增加一点亮色。如果这部"史纲"写于今日，以强调"台湾意识"著称的叶石涛是否再把张爱玲放入他的书，是颇可质疑的。在叶石涛之后，大陆的古继堂先生在其《台湾小说发展史》（1989 年初版）中，也把张爱玲放在介绍五十年代台湾小说的章节中，不过，古先生有一个很特别的说明：

> 张爱玲本不应该算是台湾作家，因为他既不是出生在台湾，双脚也没有踏进过台湾的土地；既不关心台湾的现实，也从未描绘过台湾的生活。如果把她算作台湾作家，或把她的小说放进台湾小说发展史中叙述，有点不伦不类，既不符合她的身份，也不符合事实。但是，有一点却是任何一个研究台湾小说学者都无法回避的，那便是张爱玲的小说竟然成了台湾许多作家创作的楷模。尤其是台湾比较著名的女作家，不少人都以张爱玲为师表，自称是张爱玲的门徒。……不管是乡土派评论家叶石涛，或是学院派评论家齐邦媛，在他们探讨台湾小说的时候，都无一不把张爱玲囊括在台湾作家的阵营中。如此这般表明，这个与台湾泥土从未发生过任何缘分的张爱玲，不是她要跻身台湾文坛，而是台湾文坛离不开她。这种现象在文学史上可能是绝无仅有的，但却为我们提出了一个不得不面对的问题，不得不作为特殊的特殊、例外的例外来对待的问题，那便是把一个不是台湾的作家算作台湾作家；把一个不属于这个地区的作品，放在这个地区的小说史中来叙述。

这个说明透露出两点信息：其一，古先生很可能受到叶石涛、齐邦媛的影响。明知张爱玲不是严格意义上的"台湾作家"（但他说张爱玲没有踏上过台湾的土地却是不正确的，张爱玲曾访问过台湾，王祯和即负责作她的导游），却仍然把她当作"特殊的特殊"、"例外的例外"来处理，他所评述的不仅包括张爱玲五十年代写于香港的"反共"作品《秧歌》，而且把重点放在她四十年代写于上海的作品上，如《倾城之恋》、《怨女》和《金锁记》等。其二，如果把张爱玲这样一个"不是台湾的作家算作台湾作家"来叙述，只是由于她对台湾的作家产生过深刻的影响，那么，我们是否可以按照这个逻辑，把曾经深刻影响过中国现代作家的外国作家放在中国文学史中加以叙述？例如果戈里等人之于鲁迅，歌德之于郭沫若，狄更斯之于老舍等等。仅仅局限于"台湾"而不是外延更大的"华人"这个视野来谈论张爱玲现象，就会出现上面的问题。

除了在"台湾文学史"中成为论述的对象，张爱玲也是"香港文学史"不可或缺的人物。譬如刘登翰先生主编的《香港文学史》（1997年初版）下卷第六章第二节"第三拨南来作家的小说创作"中特别评述了张爱玲的《秧歌》和《赤地之恋》。把张爱玲收入香港文学史中的理由可能是最充足的，一是因为她的确有过在香港的生活经验，并把这些经验写入了上海时期的小说之中；二是她在五十年代写反映大陆土改生活的小说《秧歌》和《赤地之恋》就写于香港。但是如果把"台湾文学史"、"香港文学史"看作纯粹"地域性"的文学史，并仅仅根据作家的出生地、生活经验、小说所描写的题材等方面来确定他们的归属，那么，像张爱玲这样经历复杂的作家的身份就比较难以确定，譬如是否也可以根据她晚年在美国生活这样的经历而把她写入"美华文学史"或"海外华文文学史"？按照以上几种文学史的逻辑，当然也是可以的。

问题在于，我们究竟怎样才能对像张爱玲这样流动性很大、背景和身份比较复杂的现代作家作出比较恰当的定位？像她这样的作家，在中国近代以来的文学史中，可以找到很多，例如五四时期的许地

族群、文化身分与华人文学

山，三四十年代的刘呐鸥，他们的"台湾"身份并没有在中国现代文学史中被突出出来，而他们竟然也没有被"台湾文学史"所重视；林海音在北京的生活经验实际上构成了她的整个文学世界的丰富内涵，她是典型的"京派"作家之一，然而中国当代文学史却恰恰忽略像她那样的作家的存在，她的创作活动因为是在台湾展开，所以是属于"台湾文学史"的；余光中、施叔青同时得到"台湾文学史"和"香港文学史"的青睐，因为他们在这两个地方写作的作品都使得这两个地方因他们而有了荣耀。但余光中是福建永春人、生于南京、早年在大陆的厦门即有过创作的经验等事实却没有使他获得进入中国"当代史"的资格；正如陈若曦按照惯例可以同时成为台湾文学史和加拿大"华文文学"史叙述的对象，但她"文革"期间生活在南京、在香港以"文革"经验写成的小说集《尹县长》也没有作为"伤痕文学"的滥觞被大陆的文学史所叙述，当然香港文学也从未对她给过青睐。

我这里并非吹毛求疵地批评迄今为止的文学史叙事，我只是从这些逻辑混乱的文学史叙事中提出一个问题：仅仅从"地域"的角度去撰写"文学史"是否能完整呈现中国近现代文学史的复杂面貌？我们已经习惯使用的"华文文学"、"台湾作家"、"香港作家"或"大陆作家"是否存在问题？（譬如日据时代的台湾作家曾有许多人使用日语写作，他们从未被当作"日文文学史"或"日本文学史"的研究对象，如果仅从"华文文学"这个角度去研究这些台湾作家的作品，显然也无法准确呈现殖民地时期的台湾作家的复杂心态和社会环境；而像白先勇、余光中那样的作家，能否简单以"台湾作家"来界定？如果是，那么按照目前的"台湾人"定义，则白先勇、余光中都很有可能会被彼岸的"台湾文学史"和此岸的"当代文学史"排除在外。"台湾"到底暗含着怎样的政治或意识形态内涵，仅仅是"地理"的意义吗？此外，怎么理解把茅盾、郭沫若、许地山、萧红等写入"香港文学史"？等等）如果说我们需要对中国近现代以来的文学史进行真正"整合"的研究，那么，目前这种被分割得很七零八落的文学史叙事，能否达到我们的目的？有没有可能从理论上、史料上去清理这些问题？

这里我想首先回顾一下这个领域的学者已经做过的一些有意义的工作，举出一些例子，去说明从"理论"的层面和"史料"的层面对中国近现代以来的文学史进行"整合"研究的可能性和目前的困境。然后再重提"华人文学"及其相关概念，如"族群"想象、"文化身份"等，用以解决以上问题的想法。

我首先要举的例子是刘登翰先生的理论想象以及他的实践如何初步完成了建构一个整合的"中国文学史"的设想；其次，是朱双一先生的史料研究，如何使得这样的设想具有坚持的史学基础，而这两者都是建立一个成熟的学科所必须要做的基础工作。

二、改写历史的理论想象与史料挖掘

我首先要说明的是刘登翰先生的理论想象如何改变了台港澳文学研究的格局。

以 1982 年在暨南大学召开的第一届台港文学研讨会为标志的大陆台港文学研究，从一开始便确立了一条非常重要的研究道路，这就是在大陆的当代文学之外，开发挖掘与大陆当时的文学品质相当不同的另外一条文学的传统，从而使得中国文学有可能重新呈现出一个比较完整的风貌。换言之，在 1949 年以后生长发展起来的大陆当代文学，延续着近代以来以梁启超为代表的"政治文学"的路线，文学的现代性呈现为强烈的社会、文化、思想批判的功能，文学被知识者当作文学启蒙运动的重要部分，是建设现代民族国家之国民意识（"新民"）的重要工具，中国现代文学史甚至成为建国史的一部分。而同时期发展起来的台港文学，则更多地延续了以王国维为代表的"审美文学"的路线，文学更多用以表现人的内在意志、情感和命运，其政治的、启蒙的诉求相对淡化。这两条文学路线，都是在近代以后西方文学的影响和中国文学原来的传统的基础上延伸出来的，这两条文学传统以及处于两者之间或二者兼之的各种类型的其他文学传统，包括通俗文学（例如张恨水式的与金庸式的），实际上构成了中国（在文化意义上）文学的相当完整的生态。偏向哪一种路线，都无法完整说明整个中国文学的发展史。从中国当代文学的研究领域"游离"出去研究"台港文学"的一群"默默无闻"的学者，当时实际上已经改写了中国当代文学研究的历史。但他们对自己的行为所具有的这个意义，开始时似乎并不很自觉。直到 1986 年，这一意义方才被当时似乎还没有占据台港文学研究之中心地位的刘登翰先生首先阐发了出来。他提交给第三届"台港暨海外华文文学国际学术研讨会"的论文《特殊心态的呈示和文学经验的互补——从当代中国文学的整个格局看台湾文学》，是第一篇从"当中中国文学的整体格局"去考察台湾文学的价值的论文。我以为，这篇富于理论想象力的论文，促使祖国大陆的台港文学研究从"自为"走向了"自觉"，开始有了比较确定的研究方向，并为自己找到了较为宽广的视野和比较明确的理论基础。刘登翰先生此后担纲主编的上下两卷《台湾文学史》（1991—1993）、《香港文学史》（1997）乃至《澳门文学概观》（1998），似乎就是试图去实现在他这篇论文所提出的完整呈现中国文学的抱负。

从刘登翰先生主编的第一部《台湾文学史》上卷（1991）到他主编的最后一部《澳门文学概观》（1998），时间几乎横跨整个九十年代，如果从 1986 年他的那篇杰出的论文算起，也有了十二年的时间。正是在这个长达十二年的时间里，中国先后完成了香港、澳门的回归，国家经历了百余年的分裂之后，彻底结束了被外国殖民的历史。而这个时期，大陆的社会、政治、经济的变革也促进了文学界、思想界的深刻变化。也就是说，刘登翰先生从提出他的研究构想到完成这一构想，花了将近十余年的时间，这十余年又正是中国发生了深刻变化的历史时期，这一变化反过来也印证了他的"整合"研究中国文学的版图的设想，具有一定的前瞻性（从方法上说，刘先生的理论特色似乎也在把"文学研究"与"文化研究"结合起来，这一点显然比许多人先走了几步）。这一事实具有双重意义：首先，它说明学科的建设需要洞察力、远见和胸襟，并且需要许多人花费许多时间去踏踏实实地完成。刘先生个人的理论洞见和实现其研究构想的能力固然是非常重要的因素，但如果没有他的许多合作者去参与，包括对资料的收集、整理、分析和最后的辛苦地写作、修改，这一庞大的学术工程也是不可能完成的。八十年代初，台港文学成为"热门"的时候，这个领域曾经拥挤着许多热情、好奇的学人，但随着"台港热"的降温，许多人又纷纷离开了这个热闹的市场，由此可见刘先生及其同仁坚持其理想的可贵。其次，"文学史"的撰述是在一个变化的社会·政治·文化语境当中进行的，因为"文学史"虽然需要有相对稳定的知识系统（包括理论与史料）作为支撑，但并不意味着这一知识系统是"普遍的真理"。因此，任何文学史著作都可以单独作为一个研究对象，被后人加以研究，并用以认识甚至部分呈现撰述当初的特殊的社会·政治·文化语境。为此，研究总结一下"文学史"的撰述史，譬如总结一下"台湾文学史"、"香港文学史"或"澳门文学史"这些并非单纯具有"地域"意义的文学史的撰述史，既有助于我们认识它们在各自的"理论"和"史料"建设方面的特色和贡献，也有助于我们理解在形成"文学史"观念、方法的背后的一些具体社会、政治与文化语境（为此本文将在第三部分对台湾、香港、澳门的文学史的叙事过程作一点"历史"的描述。借助这一历史性的描述，来揭示"台港澳"文学史形成的过程与目前面临的困境）。

我的第二个例子是朱双一的史料挖掘工作。朱双一先生在 1995 年曾发表一篇重要文章《余光中早年在厦门的若干佚诗和佚文》（香港岭南学院主办的《现代中文文学评论》1995 年 6 月第三期）。他是第一个通过翻查 1948 年 9 月至 1949 年 10 月厦门的《星光日报》和《江声报》等原始资料而发现当年转学寄读于厦大的余光中的早年评论、诗和译文的人。朱双一从余光中的这些早期的佚文、佚诗，他发现了大陆时期的余光中具有相当进步的现实主义文学观念，"这时的余光中并不特别排斥左翼的和社会主义的文学，对五四以来新文学也相当熟悉与喜爱，其文学观念和创作方法总体来说倾向于现实主义。而这是和当时大陆文坛（包括厦门文坛）的主要潮流紧密相关的"。在这篇文章之后，朱双一还用同样的方式发现了姚一苇在厦门时期的佚文。我以为，朱双一这些史料挖掘的工作，至少具有以下两方面的意义：其一，他用最有说服力的第一手史料来补写了被"中国现当代文学史"和"台湾"、"香港"文学史都遗漏掉的章节，而正是这些看似不太重要的章节，说明了仅仅用"台湾"或"香港"这样的地域名称来界定一个流动性很大的现代作家是不够的。要勾画出比较完整的中国现当代文学的版图，已经需要更新原有的概念。其二，朱双一用自己的辛勤劳动建立了一种应该学习与提倡的学风，这种学风对于年轻、热闹然而荒芜的台港文学研究界具有尤其重要的指导意义。大陆的台港文学研究自七十年代末发展起来，虽然已经产生了大量的"研究"文章，甚至出现了不少的"台湾文学史"著作，对那些在台港文学研究界创立了一套"话语权威"的前辈来说，朱双一大概属于"后辈小子"。但他的这篇文章，依我看，却使他站在了这个领域的前列，从方法上说，他甚至应该称为这个领域的真正的开山祖师之一，因为是他的史料挖掘工作，使得这门学科获得了应有的活力和尊严。我们知道，大陆的台港澳文学及海外"华文文学"研究最致命的缺陷就在史料的建设上，因为学者们没有条件获得第一手资料，而导致人云亦云，以讹传讹，使得这门学科不仅因为"理论"的贫乏而显得无力，而且因为史料建设没有到位而缺乏坚实的基础。

我觉得，刘登翰先生的理论想象力和朱双一先生的史料建设工作，使得他们有条件来改写这门学科的研究历史。"理论"与"史料"，正是使得这门学科能够转动起来并继续向前奔跑的两个轮子。如果我们需要讨论本学科的未来的发展方向和动力的话，恐怕必须在这两个方面再下一点功夫。

下面，我希望对台湾、香港、澳门的文学史的叙事过程作一点"历史"的描述，借助这一历史性的描述，来揭示"台港澳"文学史形成的过程与目前面临的困境，并说明使用"华人文学"这个概念的范围、应用价值和局限性。

三、台港澳文学史的撰述历程及其存在的问题

有关台湾的记载，最早见于三国。自清代始有专门的台湾地方志（台湾府志），1895年甲午战败，台湾被迫割让给日本，从此关于台湾的记载有了日文版。也是从这个时候开始，对台湾历史的叙事，便不止是一件纯粹的史学问题，而且是具有凝聚与传承"民族精神"这一近代意义的文化政治行为。对此，最早完成了《台湾通史》的台湾史学家连横有着十分清醒的认识。他在写于1918年秋的《台湾通史·自序》中明确宣称："夫史者民族之精神，而人群之龟鉴也。代之盛衰，俗之文野，政之得失，物之盈虚，均于是乎在。故凡文化之国，未有不重其史者也。古人有言，国可灭，而史不可灭。"因此他把台湾无史看作"台人之痛"。因而撰写台湾的历史，对于这位中国的史学家而言，便具有一种文化抵抗的意义。此外，从他的"自序"中也可以看到，叙述台湾自郑成功开疆辟土三百多来的历史，也是针对中国旧史对台湾地位的不当忽视，暗含"罪""旧史氏"的意义。他写道，台湾这块土地，"荷人启之，郑氏作之，清代营之，开物成务，以立我丕基，至于今三百有余年矣"，然而"旧志误谬，文采不彰，其所记载，仅隶有清一朝，荷人郑氏之事，阙而弗录，竟以岛夷海寇视之。乌呼，此非旧史氏之罪欤！"可见，把从郑氏开始的台湾三百年史当作一个整体来叙述，推倒中国旧志中以"岛夷""海寇"修辞台湾的做法，尽管采用的依旧是中国传统的"纪传"体和文言文表述方式，对他却意味着多重的现代性意义。

从"文学史"的角度看，自清代开始编纂的《台湾府志》即已开始有"艺文志"，记载清代台湾士人的诗文和当地土著居民的民谣。但早期的台湾地方志，尚未把"文学"当作记载的重点。如蒋毓英《台湾府志》甚至没有"艺文志"，康熙三十五年高拱干等编撰

的《台湾府志》始有"艺文",而所记载者,主要是清代士人写的有关台湾的文章,如奏议、序、传、记、诗、赋等,其中"诗"的部分,从《海澄志》选入的唐人施肩吾的《澎湖》,是唯一一首非清代的作品。到了连横的《台湾通史》,始把台湾文学的起点定位在明末太仆寺卿沈光文之渡海来台上(第24卷"艺文志"),"一时避乱之士,眷怀故国,凭吊河山,抒写唱酬,语多激楚,君子伤焉",明显把台湾文学与"故国遗民"的情怀结合起来观察。但"通史"的"艺文志"正文只有两页,非常简略地介绍了沈光文影响下台湾诗社的兴起以及入清之后在科举考试影响下的诗文写作情况。大部分内容则是有关台湾方志、台湾本土文士著述和内地宦游人士著述的目录,只能提供进一步研究的线索。

20世纪的40年代,开始出现台湾知识者用日文撰写的介绍"台湾文学史"的文章。1942年10月(日本昭和十七年)日文版的文学杂志《台湾文学》第二卷第四号(冬季号)刊出黄得时的论文《挽近台湾文学运动史》,主要论述1932年(昭和七年)以降的台湾的文学运动和主要作家的创作活动,分析了这一时期台湾文学崛起的四个主要原因:其一是日本内地文坛的文艺复兴的刺激;其二是中国新文学运动的影响;其三是新闻媒体的勃兴;其四是知识分子—流浪者对现实的逃避。文章主要介绍了留日台湾学生创办的文学杂志《福尔摩莎》(1933年7月创刊),台湾文艺联盟机关刊物《台湾文艺》(1934年11月创刊)以及日本侵华战争爆发后问世的日人西川满主编的《文艺台湾》(1940年1月创办)和台湾作家张文环主编的《台湾文学》(1941年5月创刊)等文学杂志上刊登的作家作品。1943年7月,《台湾文学》第三卷第三号再次刊出黄得时的另外一篇日文文章《台湾文学史序说》,第一次比较全面地考察了台湾文学史的研究范围和对象,把台湾历史划分为"无所属时代"、"荷兰时代"(共38年,1624—1661)、郑氏时代(共22年,1661—1683)、清领时代(共212年,1683—1985)和日据时代(1895至论文写作时间的1942年共49年),把这三百十年间在台湾的文人、作品作为一个整体来研究。这篇文章分析了可能作为台湾文学史研究范畴和对象的五种情况：一、作者出生于台湾，其文学活动（包括发表作品及其作品所发生的影响）都在台湾者；二、作者非出生于台湾，但在台湾永久居留，其文学活动也在台湾者；三、作者非出生于台湾，然在台湾生活一定时间，其文学活动也在台湾，此后又离开台湾者；四、作者出生于台湾，其文学活动却不在台湾者；五、作者在台湾以外出生，曾到台湾宦游，并写下有关台湾的作品，其文学活动在台湾地区以外者。对象界定之后，作者从"种族"、"环境"和"历史"三个方面论述了台湾文学的独特性。黄得时的这篇文章，给人印象比较深刻的，是藏在这些文学史序说背后的作为"台湾人"的情结，他试图论证台湾文学既区别于清朝的文学，又不同于日本的明治文学的"特色"。然后依次介绍郑氏时代，康熙、雍正时代，干隆、嘉庆时代，道光、咸丰时代，同治、光绪时代，以及日据时代等不同时期以上五种人的创作情况。这篇文章被叶石涛称为"日据时代唯一的有关此领域的重要论文"，事实上正是它对叶石涛后来的文学史叙事产生重要的影响。我这里需要强调的是黄得时文章出现的时间，即 1942 年—1943 年，正是太平洋战争爆发之后，台湾处于日本殖民当局的战时高压统治之下，"皇民化"或"皇民炼成运动"正开展得如火如荼。在这种条件下去叙事一个完整的台湾文学史，或者有意强调台湾文学的本土特色，是有很强的针对性的。换言之，关于"台湾"的"主体意识"的出现，乃是源于异族统治的压力。在这里，尽管黄得时使用的日语这一"异族"的语言，但"族群"、"文化身份"的自我确认——黄得时借助对明郑以来的台湾文学史的叙事来完成这一确认——却是他把在台湾的"华人文学"区分于日本文学的重要策略，作为华人的"文化身份"实际上帮助台湾的这位知识者消解了他作为"日本国民"的"政治身份"。台湾光复以后，黄得时发表了《台湾新文学运动概论》，这其实是对他的第一篇文章的改写和补充。这两篇文章大致勾勒出明末清初至 20 世纪 40 年代台湾文学发展的基本轮廓。如果说这时候发表的台湾文学史叙事有什么特别"重要"的意义的话，那么，很可能是针对有些官僚作派的大陆人不了解台湾文学的历史而作。黄得时的这一文学史概要序说，以及其中包含的重要观念，深刻影响了后来的台湾文学史叙事。叶石涛的《台湾文学史纲》即建立在黄得时奠定的基础之上。

叶石涛的《台湾文学史纲》于1983年开始收集资料，写于1984年—1985年间，1987年2月始由出版问世。叶氏著作在观念上基本沿袭了黄得时。譬如，他一方面说明"从遥远的年代开始，台湾由于地缘的关系，在文化和社会形态上，承续的、主要是来自中原汉民族的传统"，对"旧文学"方面的论述也始于明末沈光文的来台播种，基本材料（包括满清部分）主要参考和引用杨云萍、黄得时两位教授的相关论著；另一方面，他也特别强调台湾这个"汉番杂居"的"移民社会"如何在历史的流动中发展了自己的特色，台湾文学也因而发展了它"强烈的自主意愿，且铸造了它独异的台湾性格"（见叶氏"序"）。叶石涛所谓"自主意愿"或"独异的台湾性格"，看起来是对黄得时关于台湾文学既区别于"清朝文学"又区别于日本的"明治文学"的论断的"继承"和"发展"，其实却与黄得时的观念有所不同，因为他此时的潜台词是试图要把"台湾"这个地域的文学区别于所谓的"中国（大陆）文学"，他的基本根据就是台湾的汉人在与"番人"杂居的过程中，形成了独特的经验。可以作为他的论据的，是荷兰、日本人所带来的那些经验。但他有意或无意地忽略了，即使在日据时期，日本的政治统治乃至文化渗透，并没有能改变汉人民俗社会里的基本信仰和家庭结构，而这些基本的民俗社会的结构恰是华人的文化传统得到保存的基础。叶石涛企图用"地域"的差别来瓦解同一族群的"文化身份"，与黄得时用同一"族群"与同一文化身份去瓦解异族的政治同化与地域的同构企图，有着相当大的区别。

如果说叶石涛的"史纲"有什么超出黄得时的地方，那就在于他所收集的材料更为详尽。倘说第二章"台湾新文学运动的展开"和第三章"四十年代的台湾文学"仍未能超出黄得时上述文章的范围，那么，从第四章"五十年代的台湾文学"开始，到第五章"六十年代的台湾文学"、第六章"七十年代的台湾文学"以及第七章即最后一章"八十年代的台湾文学"，则基本是按照每十年一个阶段的框架来安排他所掌握的新的文学史料的。我们注意到，从第三章概述"四十年代的台湾文学"开始，叶氏在每一章下都用一些副题来突出他所理解的台湾文学史的发展特色。譬如四十年代的副题"流泪撒种的，必欢呼收割"是对光复后的台湾文学（1945—1949）从日文向中文转换、知识者从日本转向祖国大陆这一骤变过程的一种复杂的情绪感知；叶石涛复用"理想主义的挫折和颓废"来概括五十年代的台湾文学特色、"无根与放逐"作为六十年代文学的关键词、"乡土乎？人性乎？"用以描述七十年代乡土文学论战背景下的文学生态，而"迈向更自由、宽容、多元化的途径"则成为八十年代台湾文学的主题。其实，真实的文学状况与对这一状况的叙事之间，并不一定完全契合。如果"台湾"的文学史真像叶石涛用文字所建构的那样以十年为一个转折，而且恰好按照"反共文学"、"现代主义"、"乡土文学"、"多元化"那么层层递进，那么这个历史是否太简单了？大概是为了弥补"史纲"过于简略的不足，叶氏在书末附上了历史学者林瑞明编写的"台湾文学史年表"，便于读者进一步研究和查证。

这里之所以特别介绍叶石涛的这部"开拓性"的文学史著作，不止是因为他继承并发展了黄得时的台湾文学史序说所铺垫的观念和架构，而且也在相当程度上影响了大陆的台湾文学史著作。大致而言，"台湾文学史"的叙事都经历了这样一个类似的过程：首先是对作家作品的介绍、评论，其次又从介绍或评论文章形成各种"概观"性的论著，最后从"概观"性的论著，如"史纲"、"简述"、"概要"等类著作进化为"文学史"。叶石涛的"史纲"经历了这样一个转化的过程。在大陆出版的台湾文学史著作，也同样经历了这样的过程。差不多与叶氏的"史纲"同时写作、但出版稍晚的是大陆福建学者包恒新著的《台湾现代文学简述》（1985 年 9 月 9 日完稿，1986

族群、文化身份与华人人文学

年 10 月改定，上海社会科学院出版社 1988 年 3 月出版）。该书虽未以"史"为名，却是对 1919 年至 1949 年的台湾现代文学的简要史的概述，书末附有 1919 年至 1949 年"台湾现代文学大事记"。这本书实际上是个人写台湾文学"史"的较早尝试，虽然简要，但材料引用比较准确，对文学思潮、运动和作家作品的品评，也点到即止。在包恒新的"简述"之后出版的，是广州中山大学王晋民的《台湾当代文学》（1986 年 9 月广西人民出版社初版）。这本书体例并不统一，但从内容上看，却是他后来撰述的《台湾当代文学史》（1994）的基础。他也依次介绍了日据时代、五十年代、六十年代、七十年代和八十年代的作家作品，中间许多章节则用于评述他认为重要的作家。从时间上衔接了包恒新的"简述"。

为了适应大学的教学需要（更重要的背景则是两岸关系进一步发展的要求），从 1987 年末开始，大陆出现了集体撰述的专著。最早的成果是白少帆等人主编的《现代台湾文学史》（1987 年 12 月初版，辽宁大学出版社）。这部七十三万字的书，是大陆最早以"史"名书的台湾文学集体论著。从内容上说，它应该是包恒新的"台湾现代文学简述"和王晋民的"台湾当代文学"的一个综合，或者说是叶石涛"史纲"的大陆版。在"现代文学"部分（1919—1949），该书尚按"开拓期"、"发展期"、"战争期"来论述（这一分期与叶石涛的"摇篮期"、"成熟期"和"战争期"三阶段说大同小异），中间插入一些作家作品作为专章评述。进入五十年代之后，转而按"战斗文艺"、"乡愁文学"、"现代主义"、"乡土文学"等主题来叙事，其中小说占据了全书叙事的主体，诗和散文似乎只是作为点缀穿插其中。它试图详尽介绍现代台湾文学发展的状况，却因急于介绍，匆忙点将，而显得凌乱驳杂。由于没有掌握第一手资料，并对之认真进行清理和思考，它在别人已经错误的地方也跟着错了，但作为两岸关系解冻初期，大陆第一部问世的现代台湾文学史，它本身，包括其庞杂的史料和混乱的体例，都具有了不可忽视的历史价值。

在白少帆等人的集体著作之后出现的另外一部集体著述，是刘登翰主编的《台湾文学史》（上卷，1991 年 6 月初版，下卷，1993 年 1 月初版。福建海峡文艺出版社）。这部著作是海峡两岸唯一一部囊括了古代、近代、现代和当代文学的比较完整的地域文学史，也是目前为止写得比较好的、最富有大陆版特色的台湾文学史。主编刘登翰在总论里用大量的篇幅，从理论和史料两方面论证台湾文学在中国文学中的位置和意义、台湾文学发展的文化基因和外来影响、中国情结和台湾意识产生的历史背景、台湾文学思潮的更迭和互补、文化转型与文学的多元构成等，从地缘、血缘、史缘和文化诸方面论述台湾文学与中国文学不可分割的关系、台湾文学呈现的独特历史经验和审美经验等重要问题。全书的体例和结构，虽然免不了集体著述所具有的一些弱点（如上卷 49 万字，需要囊括自远古神话开始至明郑、满清时期和日据时期的文学史，而下卷 72 万字，只用来叙述 1949 年光复以后至 1980 年代 30 年的文学史，可谓厚今薄古；在体例上，时而以时间为序，时而以文类为本，显得有些随意），但总的来说，确是一部难得的地方性文学通史著作，特别是上卷的古代、近代部分，写的相当扎实。下卷的当代部分，也避免了"小说"一家独大的状况，而兼顾诗、散文、戏剧、文学批评等多种文类，显得比较均衡。

　　台湾文学史方面还值得一提的，是八十年代末问世的个人著述的专史系列。古继堂陆续出版了《台湾新诗发展史》（1989 年 5 月人民文学出版社出版）、《台湾小说发展史》（1989 年 11 月辽宁教育出版社、春风文艺出版社出版）、《台湾新文学理论批评史》（春风文艺出版社 1993 年 6 月）。古远清也出版了他的《台湾当代文学理论批评史》（1994 年 8 月武汉出版社出版）。这些个人著述从文类入手，可以避虚就实，加深读者对某一文类在不同时期的写作与传播状况的认识。在这么短的时间内推出这么多"史"的著作，当然说明了作者对台湾文学的研究已经具有了相当的积累和认识，也反映了这个时期大陆学者对台湾文学史的著述的热忱。但现有的著述是否就是对台湾地区文学史发展流变的准确描述？仍令人质疑。譬如在《台湾小说发展史》中，仍能看到一个模式：日据时期的文学，依然用"萌芽期"、"初步发展期"和"发展期"来描述；五十年代以后，则以十年为期依次叙述，分别出现了"反共小说"、"女性小说"、"乡土小说"、"现代小说"的主题词，而八十年代又必然是"多元"的。这些分类在逻辑上很混乱，恰恰说明人们对文学史本身究竟要描述的是什么东西并没有很真切的认识。事实上，许多名为"史"的著述，更多的还是关于"作家作品的介绍和批评"之结集和关于"批评"以及"批评的批评"这类"理论著作"的介绍，只是这类介绍恰巧按照时间的顺序排列了起来罢了。

作为中国文学的双翼之一的香港文学，也与台湾文学一样，因为其特殊的政治性而从七十年末开始引起大陆学者的关注，同时也因为香港问题的解决而逐渐淡出学界的视野。香港文学史的著述，也是脱胎于作家作品论或各种概观性的评述。譬如潘亚暾、汪义生先有《香港文学概况》（厦门鹭江出版社1993年12月初版），后有《香港文学史》（同上，1997年10月初版）。从著述的主体划分，香港文学史的写作最早是个人行为。香港学者如卢玮銮早就从事香港文学史料的收集整理，她的《香港文学散步》（香港商务印书馆1991年8月初版）搜集了有关蔡元培、鲁迅、戴望舒、许地山、萧红等现代文学作家在香港的文学活动的资料，这些都是从事文学史研究的第一手资料之一。但卢玮銮对撰写文学史持非常谨慎的态度，一直在整理史料，却不轻易动笔。大陆的学者也因此占了先机。较早以"香港文学史"问世的，当是王剑丛的《香港文学史》（1992年撰，1995年11月江西百花洲文艺出版社初版）。该书以1949年为界，把香港文学的发展划分为前30年和后40年，前30年又分为所谓"萌生期"（20年代中期以前）和"拓荒期"（20年代中期到1949年）；后40年也以十年为一个周期，被作者分别冠以"自立期"（50年代）、"现代主义传播期"（60年代）、"通俗文学繁荣期"（70年代）、"多元化义学时期"（80年代）。从这个划分当然存在许多问题，而作者在接下来的章节中，也不再按这些分期去叙述，而是用"第一代本土作家"、"老一代南迁作家"、"现代主义"、"写实主义"、"学院派作家"、

"新一代本土作家"、"新一代南迁作家"、"通俗文学"等逻辑混乱的分类来叙述：与台湾文学史的叙述颇为类似。

个人著述的香港文学史，比较好的有两种，其一是1997年5月问世的古远清的《香港当代文学史》（湖北教育出版社）；其二是1999年3月初版的袁良骏的《香港小说史》（第一卷，海天出版社）。前者的分期不那么混乱，资料也收罗得比较丰富，尤其注意到香港文学批评与大陆同期文论的比较和彼此的互动互补关系，比较真实反映了香港文论的真实生态。后者从体例到结构，都体现了作者良好的学术训练：没有那种逻辑混乱的分期，而更多是实事求是的研究。它给人最深的印象就是从第一手资料出发，绝不人云亦云。譬如作者根据他亲自发现的第一手资料《英华青年》（1927）而推翻了向来把香港新小说的产生定位在《伴侣》（1928）的旧说。目前出版的第一卷始于20世纪20年代，终于60年代，不仅有文学史料的较为清晰的梳理，而且对作品文本有比较细致的品评，是同类著作中质量较高的一种。但如何把作家作品论与文学史区分开来，仍然是该书有待解决的一个问题。

由于集体撰述文学史出现了不少问题，因而有学者倡导私家著述，以为个人编撰的著作，可以避免体例驳杂、内容重复、风格不统一之类的瑕疵。其实个人著述也受到著述者史德、史识、史才等主观条件和史料等客观条件的限制，而使得成果质量参差不齐。因而由有眼光和胸襟的学者担纲主编，把受过良好学术训练的学者联合起来集体编写文学史著作，仍不失为一种有效方式。在这方面，尤其值得一提的是刘登翰先生。他在成功主编了《台湾文学史》之后，又组织有关学者编写了《香港文学史》和《澳门文学概观》，这些著作实际上体现了主编意图把"两岸三地"的文学当作一个整体来研究的气魄和远见。刘登翰主编的《香港文学史》（1997年香港版，1999年4月北京版）也是"通史"性质的著述，时期跨度从香港开埠到1997年回归之前；论列的作家也不限于新派，而且兼顾旧派，不止于"雅"的或"严肃文学"，而且涉及"俗"的或"流行文学"；论述的作品有小说（包括通俗小说、言情小说、历史小说等）、诗歌、散文、文学批评等。虽然前后篇的体例不完全统一，基本上反映了香港文学的真实状况。譬如该书的近代部分，非常重视从报纸副刊、文学期刊这些直接影响着香港文学生态的媒体入手，叙述香港文学发生、发展和变迁，具有很高的史料价值。如他提到中国内地出版的第一家英文报纸《广东记录报》，1827 年 11 月在广州创刊，1839 年迁往澳门出版，1843 年 6 月迁往香港后更名《香港记录报》，1863 年停刊。这份明确宣布为英商服务的报纸，却刊登了大量译自中文的中国作品，曾全文翻译连载了《三国演义》等。如果我们无法否认近代媒体的发展与资本主义传播的关系，那么，这一资料，为我们进一步研究鸦片战争前后港澳与广州地区中西文化交流状态提供了有趣的线索，它至少把"现代性"论述在中国的出现推到鸦片战争以前。此外，在香港出版发行的大量的英文报刊，不止是了解当时香港地区舆论状况的重要资料，也是了解英国人关于"香港"这个地方的文化想象的重要史料。如果把这些资料与叶灵凤《香港书录》所提及的各种英人关于香港的著述结合起来研究，例如 E. J. Eitel 所著《在中国的欧洲：香港自开始至 1882 年的历史》（1895），G. R. Sayer 所著《香港的诞生、童年和成年》（1937）以及十九世纪《泰晤士报》上刊登的中国通信等，我们会对"殖民者"关于殖民地的想象，殖民地的行政结构和市场体系及其对人们的深刻影响（从而对文学的影响）有更深的了解。再认真研究该书提及的香港差不多同一时期的中文报刊，如《遐迩贯珍》（1853 年 8 月创刊）上关于西方社会科学、自然科学以及东西方文学的介绍和论述的文字，我想，香港在 19 世纪甚至到 20 世纪所能提供给我们的思想资源的重要性就不言而喻了。可惜，这些史料只是被提及，未能得到深入的研究。现已被看作"香港作家"或"香港学者"的曹聚仁曾说："一部近代文化史，从侧面看去，正是一部印刷机器发达史；而一部近代中国文学史，从侧面看去，又正是一部新闻事业发展史。"由于近代中文报刊发源于香港，因此，从文学生产与媒体的关系去研究香港文学发展的全部历程，并由此研究文学的"香港性"（包括其文化性、地域性与近代性），似乎较能揭示香港文学潜在的动力和浮出地表的特征"所以然"的原因。从这个角度看，另一部合作的香港文学史就很值得一提。这就是施建伟、应宇力和汪义生合著的《香港文学简史》（1999年10月初版，同济大学出版）。该书的一个特点也是重视对原始文学资料的掌握，特别花不少笔墨于"文艺刊物"的生态和"文学社团"的文学活动，比较能丰满地呈现文学史的复杂、丰富的状态。限于篇幅，就不一一详述了。

刘登翰主编的《澳门文学概观》（1998年10月鹭江出版社初版）没有以"史"名书，但这种概观类的著作，很可能也是将来澳门文学史的基础。该书共十章，分别由大陆学者和澳门学者撰写。第一章"文化视野中的澳门及其文学"，理论性较强，属于导论性质，强调从"文化视野"去研究澳门文学及其特性；第二章概述了自16世纪末至20世纪前期澳门的文学，属于"古代、近代文学"的范畴，侧重介绍在澳门的"遗民"诗文；第三章概述澳门"新文学"的发展历程，把这一历程分为三个阶段，即艰难起步的三四十年代、孤寂摸索的五十至七十年代，走向自觉、繁荣的八九十年代。从第四章开始到第九章，分别介绍澳门的新诗、散文、小说、戏剧、旧体诗词和文学批评。最后一章专门介绍葡裔澳门人创作的"土生文学"。从这些章节结构可知，该书确实有意为"史"的撰写搭起了一个初步的架构，而具体的深入的"史料"发掘和研究，则有待来日。需要指出的是，不论是台湾文学史，还是香港、澳门地区的文学史，编撰者在结构安排、史料叙事、作品分析诸方面，都无不强调这些地区的文学发展的特殊性，同时也始终把它放在中国文学史的整体背景下进行论述，而不割裂它与中国文学传统的血脉联系。

从以上简略的回顾，可以看到文学史的叙事其实有一个发展的过程。浮在表层的内涵与隐藏在背后的另外的诉求，有着密切的关系。而不论是以"台湾"来命名，还是以"香港"或"澳门"来命名，这些文学史都贯穿着一个有时未必明言的原则：它们是当作中国文学的一部分来叙述、总结，并由此获得其呈示"特殊经验"的价值的。也就是说，虽然文学活动发生在不同的区域，但基本上仍然是华人在近现代所形成的特殊经验。从文学"学术史"的角度看，作为一种"专史"的文学史一开始便具有独特的"任务"或目标。首先它是文学"独立"之后的产物，它要么为了这一独立而摇旗呐喊，要么是为了论证某一理论而问世。五四时期的胡适的《白话文学史》和郑振铎的《中国俗文学史》都是如此。其次，从文学史的种种类型，可以了解人们关注文学史的不同角度。文化上看，台湾、香港、澳门与中国其他地区的人们并无特别的不同，但由于长期以来横在彼此之间的"政治畛域"和相异的历史经验，"台湾文学史"、"香港文学史"、"澳门文学史"的叙事显然比其他地域性的文学史叙事有更多的意味。因此，能够把这些区域的文学史贯穿起来的，并且有可能被大家所接受的，我认为，可能还是"华人文学"这个概念。

最后，让我回到本文开头提出的问题。我们究竟有无可能用"华人文学"的概念来写一部完整的现代文学史？我的回答是肯定的，但需要对这个概念的内涵与外延作出界定。鉴于中国的近现代史就是华人"花果凋零"的历史，是华人在原乡与异域，在战乱和和平时期都承受着与其他文化、文明相冲突、融合的历史，用超越现实的"政治畛域"和"意识形态"分歧的"华人文学"的概念来叙事华人的在近现代的文学经验，有助于呈现与近现代史相互辉映的华人的心灵史。譬如我们是否由此分析鲁迅、周作人兄弟和郭沫若、郁达夫等人的日本经验对于他们创作的影响？是否可以分析老舍的英国经验对于他的作品的影响？拿张爱玲来说，作为华人文学史的研究对象，我们可以分别对她在上海时期、香港时期和美国时期的文学经验进行清理和描述；对许地山、白先勇、余光中、施叔青、林海音等现当代作家也是如此，可以分别清理和研究他们一生在不同时空中的生活阅历，而分别突出他们在北京、台湾、香港、厦门等不同区域创作的成果，把这些不同的北京经验、台湾经验、香港经验或厦门经验纳入作为文化意义的华人的完整的现代经验之中。对于"华人文学"与"华文文学"互相重叠的部分,把重点放在华人(以祖国大陆、台港澳地区的华人为主,也包括海外其他地区的华人)的华文与非华文(例如日据时代台湾作家的日文创作、当代一些重要作家的英文创作,如林语堂、谭恩美、汤婷婷、哈金等人的英文创作等)创作上,对于非华人的华文创作(如韩国许世旭的汉文作品),可以关注,但对这些非华人的华文作品的研究,其实另有其他价值(例如研究儒家文学圈内的不同族群使用华文表达的不同的现代文学经验),与研究现代华人的现代性经验还是有所区别。用"华人文学"这个概念,始能比较完整地对"族群"、"文化身份"等重要问题进行系统的研究,而这一研究具有多重的意义:作为历史研究的主要组成部分,它呈现出现代华人在文明冲突与对话时代的重要历史经验;作为文化研究(包括族群研究、媒体研究、性别研究和区域研究)的对象,它们可以为我们建立具有本民族特色的文化理论提供重要的资源;作为反映与表现最深刻的人生体验的文学形式,它提供了华人这一族群的特殊的审美·文学经验,并为建构华人的文学理论与文学史奠定基础;作为现实研究的对象,它可以及时表现不同地区的华人相异的政治经验和意识形态等等。只有具备"华人文学"这一立足于"族群"的心灵建设的"文化视野",才有可能把从空间和时间上把中国近、现、当代文学与台港澳文学(包括具有重要意义的海外华人文学)打通。这是充满了挑战性的课题,也是需要所有的文学研究者都来关注与参与的课题。

2001 年 10 月 23 日于北京

第二辑　随　笔

是莱谟斯，还是罗谟鲁斯？

——从海峡两岸"走近鲁迅"的不同方式谈起

英国有"说不完的莎士比亚"，中国则有"说不完的鲁迅"。有人把鲁迅封作"现代的圣人"，也有人把鲁迅比作"中国的高尔基"或"中国的伏尔泰"。在中国内部，还会听到"台湾的鲁迅"这样的说法。瞿秋白则说鲁迅是"莱谟斯，是野兽的奶汁所喂养大的"。但"野兽的奶汁"喂养大的不只是莱谟斯，还有他的兄弟罗谟鲁斯。不同的是，罗谟鲁斯建造了罗马城，最后还升天作了军神；而莱谟斯因敢于蔑视罗马城被自己的兄弟杀害了。1936 年，好像有预感似的，鲁迅谈到了"死"和"死后"的话题。他说自己属于"随便党"，死后就"赶快收殓，埋掉，拉倒"（《死》）；但他对庄子所谓"在上为乌鸢食，在下为蝼蚁食"大可随便的看法，却又似乎不以为然，说"假使我的血肉该喂动物，我情愿喂狮虎鹰隼，却一点也不给癞皮狗们吃"，因为"养肥了狮虎鹰隼，它们在天空，岩角，大漠，丛莽里是伟美的壮观，捕来放在动物园里，打死制成标本，也令人看了神旺，消去鄙吝的心"，然而若"养胖一群癞皮狗，只会乱钻，乱叫，可多么讨厌！"（《半夏小集》）鲁迅曾自称是"牛"，吃的是草，挤出来的是"奶"。不管从鲁迅那里"吃"了什么，也不管喝的是"狼奶"也好，"牛奶"也好，一代代人确实在鲁迅的喂养下成长了起来。半个多世纪以来，在中国，大概没有哪个作家像鲁迅那样获得过这样庞大、这样持久不衰的阅读群。但"同一种稻谷养百样人"，凡是"吃"过鲁迅的，有的是狮虎鹰隼，有的却未必然。

无论如何，有了"吃"不尽的鲁迅，阅读和诠释鲁迅也就成了最富有挑战性的行为。在中国，曾像莱谟斯那样蔑视"罗马城"的鲁迅，死后却被罗谟鲁斯们建成了一个"罗马城"。"阅读"这种原本属于个人经验范畴的活动，演变成了某种政治性的行为。我想生造"阅读政治学"这个词儿，来说明这种变化形成的原因。这本来与鲁迅没有什么关系，然而，从鲁迅生前到逝世以后，关于鲁迅的阅读史，构成了最为复杂的政治行为。在中国现代文学史上，好像还没有哪一位作家的作品，像《鲁迅全集》那样有着最详尽的注释和索引，"鲁学"已经堪与"红学"并驾齐驱，这一点，不只说明鲁迅作品的"经典化"，也证明着阅读鲁迅也已"体制化"了。从鲁迅成为大学中文系的必读科目开始，鲁迅这位生前曾表示"我自己尚且寻不着头路，怎么指导别人"（1926 年 6 月致李秉中信）的人，已成为莘莘学子博取学位的重要"靠山"。说到"经典化"，我想到 1925 年 2 月 10 日，鲁迅为"京报副刊"提供的"青年必读书"，"必读书"或者就是"经典"吧？鲁迅说他"从来没有留心过，所以现在说不出"。但又在附注里解释说，"中国书虽有劝人入世的话，也多是僵尸的乐观；外国书即使是颓唐和厌世的，但却是活人的颓唐和厌世。""我以为要少——或者竟不——看中国书，多看外国书。"（《华盖集》）这话即使放在今天，恐怕也仍然会伤害在名片上印着"导师"名号并倡导读中国经典的教授们的自尊心。其实，像鲁迅这样饱读中国书的人，真没有留心这个问题？据许寿裳《亡友鲁迅印象记》载，鲁迅就曾为许先生的公子开列过一份书单，并做了简要的说解，他推荐的书目都是"中国书"，其中包括王充的《论衡》，刘义庆的《世说新语》，葛洪的《抱朴子外篇》等。鲁迅不愿在媒体开列"必读书"的意思，大略不过是："现在的青年最要紧的是'行'，不是'言'"。而阅读鲁迅，最初确是出于"行"的考虑，因为从他那里借点"狼奶"喝，确实令人"神旺"，但到后来，就越来越变成"言"的竞赛了。从海峡两岸的鲁迅阅读史，或者说，两岸知识者"走近鲁迅"的不同方式，是大概可以看见这样的演变的。

与鲁迅在大陆的情形相比，鲁迅在台湾是十分幸运的。这首先是因为鲁迅从未在台湾形成"钦定经典"，因而鲁迅才免于被神化的命运。在五十年代以后，鲁迅甚至被看作"左翼作家"的代表受到当局的禁读，因此，对鲁迅的阅读颇像二三十年代大陆的情景，更容易激发思想的活力。台湾知识界从日据时代"走近鲁迅"开始，就都出于"实用"的"启蒙主义"目的。正是在这一点上，台湾学者杨云萍认为当时的台湾知识者比大陆的更为理解鲁迅。他在《纪念鲁迅》一文中说："我们纪念伟大人物，当然不是为满足我们个人的'英雄崇拜欲'，更不是为假装纪念伟大人物，而来夸示我们是个伟大人物的'理解者'。我们纪念伟大人物，当然是要继承那伟大人物的未竟之志，以尽后死者之责；以他们的决意为决意，以他们的勇气为勇气，以他们的憎恶为憎恶，以他们的行动为行动去实行，去干。不消说，我们的纪念鲁迅，也是如此！"杨云萍的文章写于鲁迅逝世十周年前一日。当时台湾刚光复后不久，台湾文化界新成立的"台湾文化协进会"于1946年9月创办了《台湾文化》杂志，这是两岸因内战而分裂之前，由两岸知识分子共同耕耘的刊物，因此弥足珍贵。该杂志创刊伊始，就在第二期刊出"鲁迅逝世十周年特辑"。这是台湾首次也是最后一次用"特辑"的形式纪念鲁迅。这个特辑除了杨云萍的文章，还发表了许寿裳的《鲁迅的精神》，高歌翻译的《斯沫特莱记鲁迅》，陈烟桥的《鲁迅先生与中国新兴木刻艺术》，田汉的《漫忆鲁迅先生》，黄荣灿的《他是中国的第一位新思想家》以及雷石榆《在台湾首次纪念鲁迅先生感言》等文章，此外还刊登了鲁迅的最后一张相片，那是1936年10月8日鲁迅在上海第二次全国木刻展览会中与青年木刻家们坐在一起亲密聊天的情景。特辑还特意将鲁迅的笔迹，鲁迅旧诗，鲁迅曾编辑出版的珂勒惠支的木刻《牺牲》，也一并刊出，以增加鲁迅的实感。鲁迅曾引用罗曼·罗兰的话说，珂勒惠支的作品"是现代德国的最伟大的诗歌，它照出穷人与平民的困苦和悲痛。这有丈夫气概的妇人，用了阴郁和纤浓的同情，把这些收在她的眼中，她的慈母的腕里了，这是做了牺牲的人民的沉默的声音"。对于曾沦落在日本手里五十年的台湾人民而言，当最能理解这些话所传达的苦痛吧。为此杨云萍特别谈到了鲁迅对台湾二十年代"启蒙运动"的巨大影响，《阿Q正传》就是那时（1925）转载在《台湾民报》上，杨云萍写道："现在我们还记忆着我们那时的兴奋。其一原因，是因为我们当时的处境；其另一原因，是因为当时的本省青年，多以日文为媒介，得以和世界的最高的文学和思想相接触，获得相当程度的批判力和鉴赏力；所以对鲁迅先生的真价，比较当时的我国国内的大部分的人们，是比较正确的切实的。"这个纪念特辑，是战后台湾走近鲁迅的特殊方式。当时他们已经感觉到台湾光复后面临的危机，因而也相信，鲁迅如果地下有知，一方面必为台湾光复而欣慰，另一方面也为光复后的政治黑暗而"变为哀痛"，"变为悲愤"了。果然，五个月后，台湾爆发了二二八事变，台湾由此进入五十年代的冷战架构下的"白色恐怖"时代，再一年之后，在台湾传播鲁迅最力的许寿裳被杀身亡，台湾知识分子对鲁迅的纪念，转入了地下，转入了内心。

在鲁迅生前，台湾就曾有许多人，特别是青年人，用种种方式试图"走近鲁迅"：阅读他的著作，慕名拜访，写信求教，从他身上吸取灵感和思想的力量，用于当时的启蒙运动的实践。与鲁迅接触的台湾青年，曾想方设法让鲁迅了解日据下的台湾的真实情况。《阿Q正传》转载于启蒙主义报纸《台湾民报》后不久，在台湾发起"新文学运动"的主要健将张我军就到北京拜访了鲁迅，并将《台湾民报》四本送给了鲁迅（见1926年8月11日《鲁迅日记》）。1927年4月11日，鲁迅在广州为台湾青年张秀哲翻译的《劳动问题》作序，即提到他在北京遇见张我军（误写为"张我权"）时的情形，鲁迅写他当时听到张我军说"中国人似乎都忘了台湾了，谁也不大提起"时心里的痛苦："我当时就像受了创痛似的，有点苦楚；但口上却道：

'不。那倒不至于的。只因为本国太破烂，内忧外患，非常之多，自顾不暇了，所以只能将台湾这些事情暂且放下。……'但正在困苦中的台湾的青年，却并不将中国的事情暂且放下。他们常常希望中国革命的成功，赞助中国的改革，总想尽点力，于中国的现在和将来有所裨益，即使是自己还在做学生。"鲁迅与台湾青年的相遇，从一开始即由启蒙与改革这些严肃的大问题联系起来。1934年，带有左翼色彩的《台湾文艺》曾用四期连载增田涉的《鲁迅传》，这是鲁迅生前就见诸台湾媒体的较早的鲁迅生平介绍。鲁迅于1936年10月去世后，杨逵主编的《台湾新文学》11月号立即刊登了两篇用日文写的悼念文章，其一是杨逵执笔的卷首语《悼念鲁迅》，左翼的杨逵将鲁迅与高尔基并列，提到蒋介石统治下中国知识分子苦斗的艰辛；其二是黄得时写的《大文豪鲁迅逝世》，回忆了他在东京开始接触鲁迅著作的经过，介绍了鲁迅文学生涯和主要作品。这是日本发动全面侵华战争前夕台湾最后一次介绍鲁迅。

五十年代以后，台湾文坛全面禁止阅读"鲁匪迅"的著作。然而，鲁迅仍然是有社会主义倾向的知识者吸取养料的思想资源。陈映真曾提到鲁迅的小说集《呐喊》所给予他的影响："随着年岁的增长，这本破旧的小说集，终于成了我最亲切、最深刻的教师。我于是才知道了中国的贫穷、愚昧、落后，而这中国就是我的；我于是也知道：应该全心全意去爱这样的中国——苦难的母亲，而当每一个中国的儿女都能起而为中国的自由和新生献上自己，中国就充满了无限的希望和光明的前途。"他认为鲁迅的小说集使他成为一个"充满信心、理解的、且不激越的爱国者"，鲁迅使他获得了"免疫力"："鲁迅给我的影响是命运性的。在文字上，他的语言、思考，给我很大影响。然而，我仍然认为鲁迅在艺术和思想上的成就，至今没有一位中国作家赶得上他。鲁迅的另一个影响是我对中国的认同。从鲁迅的文字，我理解了现代的、苦难的中国。和我同辈的一小部分人现在有分离主义倾向。我得以自然地免于这个'疾病'，鲁迅是一个重要因素。"鲁迅是伟大的，鲁迅也是不易学的。学鲁迅而不得，容易失其温厚，流于刻薄。而陈映真的慧心独具之处，恰恰是他看到了鲁迅那最不易学的温厚。在创作与思想上受鲁迅影响的还不只陈映真，曾获台湾文学大奖的黄春明，他的塑造的人物，如《锣》里的憨钦仔，就被有的论者称为"台湾的阿Q"。鲁迅的影响其实并非只在这些细枝末节上，而是融汇在他的"托尔斯泰"与"伏尔泰"精神上。

在台湾，虽然有权力的压制与阻挠，但知识者与鲁迅之间，在精神的联系上，的确是紧密而未曾间断的。对鲁迅的阅读，构成了一种民间的思想资源和"在野"的力量，因而也可以说鲁迅精神得到了"复活"。鲁迅原是属于旷野的。也许只有在现在，当所谓的"报禁"被解除，人们不再因言论获罪之后，鲁迅的自由精神才会转移到对当代社会文化的审视与批判上，而稍稍淡化它在现实政治中的"制衡"作用。

二

在大陆，由于鲁迅曾一度成为钦定的经典，对他的解读便呈现比较复杂的情形。一方面，"鲁学"获得了"合法性"；另一方面，如何在"语境"相似的状况下，对鲁迅"文本"固有的批判力量进行转移，又成为一个问题。鲁迅对"资产阶级"、"正人君子"的批判自然没有问题，何况他们有的早已"迁移"到了台湾；鲁迅对已经在掌权的当年左翼翘楚如周扬等人的批评，又当如何处置？一方面，鲁迅因有毛泽东的高度评价而身价百倍，结果很自然地也被"神化"了，以至于后来的人评价曹聚仁的《鲁迅评传》时，最看重的似乎就是他的"平视鲁迅"的态度。另一方面，"鲁学"因为牵扯到不少敏感人事关系而被政治所利用。权力的介入，使人们在阅读鲁迅时，失去了平常心。结果，"鲁迅圣殿"造成了，而被供的鲁迅塑像因过于完美而显得冷漠，失去了生气。"走近鲁迅"问题的提出，仿佛就暗示了我们已"远离"鲁迅。为什么当鲁迅著作不再是"禁书"，而变为纳入体制的不可质疑的经典后，反而令人产生"鲁迅已死"的感觉？

其实鲁迅早就知道，人一旦上了"庙堂"，文字便无足取。在写给台静农的信谈及诺贝尔文学奖的事时，他说："我眼前所见的依然黑暗，有些疲倦，有些颓唐，此后能否创作，尚在不可知之数。倘这事成功而从此不再动笔，对不起人；倘再写，也许变了翰林文字，一无可观了。还是照旧的没有名誉而穷之为好罢。"（1927 年 9 月）原本就习惯于在野地里游走彷徨，反而能从容面对国民党权力的压制，在压力下他能像安泰匍匐在大地上，获得极大的力量。事实上，后来被抬上神坛的鲁迅，他的野气，他的活力，确实在频繁的仪式性的诠释和诵读当中，被悄悄地"瓦解"了。鲁迅 1932 年 11 月 7 日写给增田涉的信中，曾谈到把他的著作翻译为日文的井上红梅，实际上与他"并不同道"："井上红梅翻译拙作，我感到意外，他和我并不同道。但从译书上说，也是无可如何。看到他以前的大作《酒、鸦片、麻将》，令人慨叹。然书已译出，只好如此。今日拜读《改造》刊登的广告，作者（指鲁迅本人）被吹得很了不起，也可慨叹。你写的《某君传》（指《鲁迅传》）也成了广告课题，世上事总是那么微妙"。以鲁迅的敏锐，对这类借机"炒作"之背后种种，是相当清楚的。

我们这一代是在"文革"中与鲁迅"相遇"的。凡是成长于"文革"的人们大抵都有过早晚读毛著的经验，甚至在购物、过马路等非常普通的生活里，都要靠背诵领袖语录来当作必要的"签证手续"，使得阅读毛著成为日常生活中最重要的"仪式"。领袖像，"红宝书"，"红袖章"，革命歌曲《东方红》与《大海航行靠舵手》，是使这种"仪式"显得神圣并产生"快感"的必要组成部分。在这种情形下，经过领袖褒扬的鲁迅，也就连带具有了"神圣性"、"经典性"，很自然地成为政治性的"阅读体制"里的重要部分。鲁迅的平头，深深凝视的目光，很"酷"的面孔，配上黑体字的毛主席"三个家"的定论和总是被选入高中课文里的诸如《"友邦惊诧"论》、《论"费厄泼赖"应该缓行》、《"丧家的""资本家的乏走狗"》等杂文，渐渐构成了鲁迅的固定形象。在只能阅读鲁迅的年代，我们确实借助他才走近了五四时代，走近二三十年代的中国文坛，但借助他的叙事，也只能窥见一群"资产阶级"的"正人君子"被当作"落水狗"痛打一顿的狼狈相。通过这种政治性的阅读，我们也不知不觉地在心里"参与"了建造"鲁迅圣殿"的工作。但当我们自以为在走近鲁迅时，鲁迅的面容却好像越来越模糊。我不只一次地听到有人假设：假如鲁迅仍然健在，他能否躲过"反右"、"文革"的惊涛骇浪？现在，我更听到另外一种假设：假如鲁迅仍然健在，他看到他的著作已成为大学中文系的必读经典，"鲁学殿堂"门口站着许多面目严峻的权威，一代学子精心制作的"敲门砖"都需要经过他们严格审核之后，才能确认能否盖章签证，不知他是喜是忧？

像我这样只能从相片上看到他的形象，又在"文革"的神化浪潮当中开始阅读鲁迅的人，也只有"文革"结束之后，才有过小心翼翼地"走近鲁迅"的经验：除了阅读他的文字，还想在他的伟大著作和平凡的"写真"中找到一种平衡，这位身材矮小，留着平头和日式胡子，爱抽烟，喜欢穿中式衣服的世界性文化伟人，说起方言来是什么样的？他讲"国语"时有什么口音？他走路的姿态，与亲戚或各类朋友聊天时的不同情景，在社交场合"应酬"与在家里放松的不同神态……是否如那些曾亲承謦欬的回忆文章所说的那样？为此我曾独自去绍兴这个"报仇雪恨之乡"，瞻仰大禹陵（有学者研究鲁迅深受大禹这样的实干家与墨家学说的影响），参观陆游的"沈园"、秋瑾的故居，然后走进鲁迅的三味书屋。听绍兴人讲的方言和普通话，到虚拟的"孔乙己"经常光临的"咸亨酒店"吃一两碟茴香豆，喝几两黄酒——这些细枝末节，看来都与鲁迅的"文本"无关，也与"启蒙大义"无关，但我却自以为是在用心去寻找和感受产生鲁迅文本的语境，我试图想象鲁迅作为一个"人"与他呼吸的空气，他生长的土地和人民的亲缘关系。对我来说，"走近鲁迅"，不仅是从字面上"解读"鲁迅，也是还原鲁迅"这个人"的"实感"从而深入他的内心的过程。

这种"走近鲁迅"的方式，纯粹是"个人"的阅读经验。我知道这与摆在台面上的阅读鲁迅的方式迥然不同。诚然，鲁迅著作之成为人们百看不厌的"经典"，恰由于鲁迅的写作从一开始带有"挑战"传统文化的启蒙主义姿态，因而阅读鲁迅，便必然地总是与批判中国社会现实、批判保守的文化心态、建设"新文化"、塑造新一代"真人"的心灵这样一些具有"启蒙"意义的大问题结合在一起。但当"权力"介入了阅读鲁迅的行为之后，在中国的特殊环境下，与其说是"走近鲁迅"，毋宁说是参与某种"集体仪式"，正如走进教堂，在牧师指导下领受某种"圣餐"。而当一种阅读行为变成"集体仪式"时，原本带有浓厚"个人性"的"阅读"就演变成"政治行为"，失去了它原有的意义和趣味。

鲁迅著作之"经典化"，本来是读书界自然选择的结果；而阅读鲁迅的"体制化"——半个世纪来已演化成为某种"集体仪式"——却似乎是"权力"介入的结果，后者才是最具有中国特色的。所谓的"权力"介入，有两个含义。其一指的是在"权力"干预下的政治性阅读行为；其二指的是当某人被权力神圣化之后，他的作品也随之成为"钦定经典"而纳入体制，远的譬如孔子，近的则如鲁迅。当某人的著作被"权力"惦记上的时候，不是遭到禁毁的命运，就是被巧妙地收编，对他的作品的阅读诠释也因而成为"权力"运作的重要方式，简单地说，争夺"诠释权"和获取"敲门砖"，这两个方面是相互联系的。由于鲁迅在"文革"期间及以后基本上成为"权力解读"的唯一对象，因此，种种"走近鲁迅"的方式，其实都颇有点借鲁迅而获得权力（包括知识权力）而不是获取思想资源的意味。对鲁迅的解读，一方面当然说明了鲁迅对于批判中国旧文化意识、建设"现代人意识"的意义，另一方面，也展示了鲁迅被"利用"的过程。而一旦被利用，"走近鲁迅"似乎便不可能了。

三

《后汉书·马援列传》记载，伏波将军马援在交趾征战时，得知他的两个侄子马严马敦，颇喜讥议，又爱与侠客交游，特意给他们写了一封信，告诫他们"闻人过失，如闻父母之名：耳可得闻，口不可得言也"，不要"好论议人长短"。他特意用当时人龙伯高和杜季良做了比较："龙伯高敦厚周慎，口无择言，谦约节俭，廉公有威。吾爱之重之，愿汝曹效之。杜季良豪侠好义，忧人之忧，乐人之乐，清浊无所失。父丧致客，数郡毕至。吾爱之重之，不愿汝曹效也。效伯高不得，犹为谨敕之士，所谓刻鹄不成，尚类鹜者也。效季良不得，陷为天下轻薄子，所谓画虎不成，反类狗者也。"据说杜季良后来果然被仇人密告免官，而谨慎如马援者，虽然生前功高一时，死后却仍被人陷害，不得安葬，"故人莫敢吊会"。马援能"戒人之祸"，不可谓不智，却"不能自免于谗隙"。读史至此，常感心寒。因而也就常想到我最敬重的也是"颇喜讥议"的鲁迅。刘半农曾用"托尼精神，魏晋文章"来概括鲁迅。而人们所注意的，更多是鲁迅身上的"尼采"的味道，或者所谓旷野上的"狼"的气息。我却想，耶稣也曾在旷野沉思过的，但并非就一定有"狼"气。鲁迅的本根还是他所深含的托尔斯泰的精神，这是阅读过《祝福》、《药》、《故乡》的人们都深有体会的。我的一些性情激愤的朋友常说，他之所以如此，是因为读了鲁迅。这理由当然不是太靠得住，但我也因此想到，如果要让我为自己的孩子选择应读的书，我当然要选鲁迅，但也必不愿他过早读鲁迅，而宁愿他先读《新约》或托尔斯泰。因为学耶稣与托尔斯泰不得，仍不失其温蔼，学鲁迅而不得，恐怕只落得"画虎不成反类狗"了。

其实，鲁迅早就知道他所感到的寂寞有很强的"传染性"。1924年9月24日他在给认识不久的青年李秉中写信时就非常坦率地说："我喜欢寂寞，又憎恶寂寞，所以有青年肯来访问我，很使我喜欢。

但我说一句真话罢，这大约你未曾觉得的，就是这人如果以我为是，我便发生一种悲哀，怕他要陷入我一类的命运；倘若一见之后，觉得我非其族类，不复再来，我便知道他较我更有希望，十分放心了。""我很憎恶我自己……我也常常想到自杀，也常想杀人，然而都不实行，我大约不是一个勇士。……我自己总觉得我的灵魂里有毒气和鬼气，我极憎恶他，想除去他，而不能。我虽然竭力遮蔽着，总还怕传染给别人，我之所以对于和我往来较多的人有时不免觉到悲哀者以此。"面对一个真的"走近"他的青年，鲁迅的这番话像是拒人门外，其实是肺腑之言。他对来人说，如果你"甘心传染，或不怕传染，或自信不至于被传染，那可以只管来，而且敲门也不必如此小心"。

鲁迅似乎很有预见性，否则就是他太了解中国的环境了。凡是传染上鲁迅的"寂寞"或"毒气和鬼气"的人们，大多是英特卓识之士，然而从他们后来的命运看，几乎很少有因为鲁迅"肩住了黑暗的闸门"而终于能跑到"宽阔光明的地方去""幸福地度日"，"合理地做人"的。在大陆，曾经与鲁迅并肩战斗的瞿秋白、胡风、冯雪峰……下场都不是很好。在台湾，凡是感染上鲁迅的精神的，不是遇上牢狱之灾，就是四处碰壁。被称为"台湾新文学之父"和"台湾的鲁迅"的赖和，曾因反日两度入狱；在鲁迅去世时，最早在自己创办的《台湾新文学》杂志上刊发悼念鲁迅文章的杨逵，也曾因在1947年二二八事变后发表"和平宣言"而被捕入狱；自称深受鲁迅影响的陈映真，同样被投入国民党的牢狱达七年之久；即使背后曾有蒋经国做靠山，却从自由主义的立场接受鲁迅的柏杨，也难逃劫运……为什么"走近鲁迅"——不论是以何种方式——总是带来不幸？

实际上，在某些现实条件下，从来就无法在纯粹个人经验的层面上去阅读与谈论鲁迅。因此一谈鲁迅，必然触及敏感的权力关系。因而不论是压制也好，崇仰也好，只要进入"阅读政治"体制的魔圈，鲁迅的效应就产生了。鲁迅的老师章太炎在谈到孔子时，曾引用日人

是莱谟斯，还是罗谟斯？

193

远藤隆吉在其《支那哲学史》中的话说："孔子之处于支那，实支那之祸本也。夫差第《韶》、《武》，制为邦者四代，非守旧也。处于人表，至严高，后生自以瞻望弗及，神葆其言，革一义，若有刑戮，则守旧自此始。故更八十世而无进取者，咎亡于孔子。祸本成，其胙尽矣。"（《訄书·订孔第二》）太炎先生评论道："凡说人事，固不当以禄胙应塞。惟孔氏闻望之过情有故。""闻望之过情"，必然使原本具有革新意义的思想，反过来成为十分保守的思想，孔子原非"守旧"，但因后人过于崇拜他，不仅"神葆其言"，令人"瞻望弗及"，而且使之成为禁锢思想的新的借口，"革一义，若有刑戮"。年轻的鲁迅在《文化偏至论》中也曾论及教皇获取权力之后，如何使本来带有改革倾向的耶稣思想"制御全欧，使列国靡然受圈"，结果"益以枯亡人心，思想之自由几绝，聪明英特之士，虽摘发新理，怀抱新见，而束于教令，胥缄口结舌而不敢言"。这也是用"权力"去解读"思想"造成的必然结果。然而具有讽刺意义的是，鲁迅本人的著作在大陆近五十年的阅读史中，竟也几乎遭遇到类似的命运。

因此，要"走近鲁迅"，似乎意味着摆脱"阅读政治学"的纠缠，把阅读鲁迅重新还原为个人行为，而不再是一种"仪式"。鲁迅如果真是蔑视偶像的莱谟斯，那就让他在旷野里，不要把他建成一个新的"罗马城"。

2000 年 3 月 20 日于北京

历史清理与人性反省： 陈映真近作的价值
——从《归乡》、《夜雾》到《忠孝公园》

　　许多年以后，住在台北县中和市的人们也许会在他们经常活动的三介庙后面的公园立一块碑，纪念经常出入那儿的一个作家，就像人们常常为那些为丰富人类的精神作出卓越贡献的作家所做的那样，因为这位作家是属于他们的，他以这个地方为背景写下的小说，可能需要积累许多年的经验才能被人们所了解。现在，当这个作家每日都生活在他们当中的时候，他们可能对他视而不见，甚至也许会嘲笑他，指责他。有人也许会奇怪，在这个讲求实际、重利忘义的时代，在这个"文学"已经被宣告死亡的时代，他为什么还写小说？而且怀着感伤去挖掘、同情、疗救被各种阴暗的意识所掩盖和侵蚀的灵魂——这是我读到陈映真的新作《忠孝公园》时冒出来的想法。

　　我想到了 1999 年的深秋时节的一天下午。那天，我趁到台北参加一个学术会议的机会，拜访了陈映真先生。我记得当时已是下午四点多五点左右，陈先生领着我到他家附近溜达，穿过一条小巷，来到一个名叫"三介庙"的道观面前，他找了个地方坐下。这个道观，其实儒释道兼而有之，是相当典型的中国民间寺庙。庙前有一些老人在活动，或者闲聊，或者拉着民间的乐器。据说寺庙后还有一个公园，也是人们，特别是老人们常去的地方。在有些微弱的西斜的阳光下，坐着休息的陈先生，突然显出了疲惫，浓密而有些随意的花白头发在微风中掀动，向来和蔼而不失严肃的面庞，在宁静下来的瞬间，显得有些忧郁，这神态猛地让我想起，他也已经过了花甲之年，可是我向来没有想到陈先生会是一个"老人"。但很快这些都被随之而来的谈话冲淡了。这一幕，让我恍惚间也走入了他的生活世界。我对这个我至今仍记不确切的寺庙、公园和陈先生走过的那些小巷，跟他生活在这个区域的人们，第一次有了一种没有被文字所阻隔的亲切感。

也是这年的秋天，陈先生主持的"人间思想与创作丛刊"《噤哑的论争》出版，其中刊载了他在沉默了许多年之后重新执笔创作的小说《归乡》（写于 1999 年 5 月）。我发现，小说所描绘的场所，一开始就是"卓镇三介宫"后面的"公园"，这很自然让我联想起那个我只听说却未曾涉足的他家附近的公园。当陈映真在他最近刊于《联合文学》七月号的小说《忠孝公园》里再次涉及到"公园"的意象时，我又没来由地想起了他家附近的那所公园。当然我一点也没有想到要从"公园"或者"公园"的名称"忠孝"那里找到什么隐藏其中的"象征"意义。对我来说，陈映真如果不去描写他所熟悉、所关怀的环境、生活和人，那一定是令人惊讶的事情。事实上，从《归乡》开始，到《夜雾》（2000 年 3 月），再到现在《忠孝公园》，重现"江湖"的陈映真，再一次把他深刻的思考能力以小说美学的形式展现了出来。与黄春明九十年代的小说创作一样，陈映真也开始倾力去描写出现在"公园"这样的和平环境中"老人"族群。然而，假如说黄春明的老人关怀涉及的是被消费社会所冷落甚至破坏的乡村、环保、亲族离散等当代社会问题，那么，陈映真则更着墨于不同的老人族群所承载的沉重的历史重负，他有意地在这看似和平的现实坏境中释放出长期压抑在人们潜意识中的历史记忆，也正是这些不同的个人记忆，影响着人们关于现实、关于政治和意识形态的不同认知。陈映真让读者看到的，不只是当代现实生活的急遽变化，而且更刻意于揭示被这种急遽变化所遮蔽、然而实际上与这一变化息息相关的潜在问题，借此而清理、反省历史和现实之间的互动关系。黄春明收入《放生》集中的老人题材的小说，在亲切幽默的叙述中流露出对富于人情味的乡土生活的怀旧和感伤，而陈映真上述三篇小说中的老人们的"怀旧"，始终无法摆脱整个中国现代史的困扰，潜在于人的意识底部的历史记忆，在现实的刺激下，被作家再现于个人的感情生活层面。陈映真看到的是被充满罪恶的历史所压抑着的人性的阴暗面和冲破这层阴暗面的人性的亮光，他敏锐地感觉到，在现实中的政治认同、文化认同等令人困惑而焦虑的问题，背后其实关系到不同族群的相异的历史记忆。对他来说，写人的内心世界，人的灵魂，就是写塑造了人的内心世界和灵魂的社会历史。反之亦然。从这一点看，陈映真的近作，不止在描绘或刻画人性的真实这一美学层面上有着特殊的价值，而且在描写历史和现实的深度和广度上，有着时下小说所没有的格局和气魄。

其实，在人物的潜意识里清理和反省历史，一直是陈映真小说的重要特色。我们在他早期的小说里就已经熟悉他这种融思想于诗之中的风格。因此，阅读陈映真的近作时，我更希望寻找这些作品与他的从前的小说在风格上、内容上、语言与技巧上不同的地方。但是我发现，除了在题材上有着更为深刻、宏大的开拓和思考，陈映真还是保持着他独特的风格。譬如在不道德的历史中如何"做人"的主题一直贯穿他前后的作品；而"忏悔"、"死亡"的母题也一再重现。从不愿在技巧上媚俗的陈映真，依然严守他的写实主义的叙事法则，尽量使用干净的语言来刻画人物内在心灵与社会生活。他的人物的心理活动更多地与无法摆脱的历史记忆连在一起。阅读《忠孝公园》时，我自然地想到此前的《归乡》和《夜雾》。

"人不能不做人。……别人硬要那样，硬不做人的时候，我们还得坚持绝不那样，坚持要做人。这不容易。"这是陈映真写于1999年5月的小说《归乡》中的主人公杨斌说的话。杨斌是1947年被国民党征兵入伍的台湾人，他所在的国民党部队被派往大陆参加内战，战败后被解放军俘虏，之后便留在大陆，一住就是四十多年。这四十多年他也像大陆人一样，历尽沧桑，经历了"文革"的风风雨雨，见证了战后五十多年大陆从战乱到建设，从动乱到重新崛起的历史。然而等他终于有机会返回魂牵梦绕的故乡台湾，希望找到可以温暖人心的亲情时，他所看到的台湾早已面目全非：曾经是一个淳朴的农民的胞弟林忠，靠着做房地产生意变成了暴发户。为了独占田产，不愿认

历史清理与人性反省：陈映真近作的价值

197

亲，还把他看作冒充台湾人前来谋夺财产的"共产党"的"外省人"。感慨之余，杨斌再度离开了台湾，返回他的另外一个故乡大陆。临走他对唯一关心他的侄子说了上面的话。陈映真的小说取材于史实，他在1988年12月出版的第38期《人间》杂志曾做过关于"70师的台湾兵"的专题报道，第一次提到"家族离散"不仅仅是在台湾的"外省老兵"，1950年海峡封断之后，曾被驻防台湾的国民党军队第70师连蒙带骗弄到大陆打内战的五万台湾人也滞留大陆不得返台。而这些台湾人，不只受到了国民党当局的不负责任的漠视，也未得到当年在野的号称关心"台湾人"的"民进党"和"民进党系""人权组织"的注目。小说《归乡》里的杨斌便是其中的典型。陈映真是第一个涉及到类似题材的当代作家，不只生活在台湾的作家没有关注这个问题，大陆的作家也鲜有涉及者。陈映真的意义在于他首先挖掘了这个题材，使他的小说具有广阔的两岸视野，而且借助小说的人物，写出了两岸复杂的历史关系和社会发展对于人性的深刻影响。他再次提出了"做人"的问题。这个"人"是超越了"外省人"与"本省人"、"大陆人"与"台湾人"这种地域或"族群"差异的"人"，是超越了"动物性"的"人"，也是超越了单纯的"政治性"、"经济性"的"人"。陈映真近年的小说所描写和回答的，似乎还是："做人"究竟意味着什么？

这一反省人性的主题在陈映真的近作中，是与清理历史的主题结合在一起的。在《归乡》里出现时，这两个主题围绕着杨斌返回故乡台湾的经验来展开。陈映真一方面呈现出在台湾的外省人老兵和在大陆的台湾人老兵的互相叠合的历史记忆，试图通过沧桑变化的个人的命运来清理整个中国的现代史；另一方面，则刻意于人性的反省，对于社会发展中日益恶化的人文环境，采取超越和批判的态度。在另外一篇作品《夜雾》（2000年3月）中，陈映真也因痛感台湾社会缺乏反省的精神，有意从人性的扭曲中去再现一段阴暗背德的历史。他描写了一个本性善良的青年如何因为天真而执着地相信"领袖、国家、主义"这三大支柱，献身于国民党的情报工作，最后因为参与了太多的刑侦、逼供、逮捕无辜者的活动，而患了严重的精神焦虑症，死后留下类似"狂人日记"一般的忏悔录（这篇小说的风格令人想起他早期的《我的弟弟康雄》）。陈映真对于人性中的最纯良的"不忍"、"恻隐"之心，有相当细腻精确的体验，因而，对于"罪恶感"、"负疚感"也就有非常敏锐的洞察。正是这一点，促使他笔下的人物，要对历史上以"国家暴力"为主要形式来残害无辜者的罪恶承担起严厉的自我反省、清洗和忏悔的责任。他所提出的问题似乎是：在特务如夜雾般笼罩着沉睡的人们的背德的世界，个人能否保持"做人"的原则以保证自身的清洁？

今年问世的小说《忠孝公园》，陈映真更进一步深化了这一主题。我们既从小说的两个主要人物——马正涛和林标——不同的历史记忆中看到了中国近现代史的两条相关线索，即中国被日本侵略与殖民化后沦为殖民地半殖民地这一惨痛历史，也看到了这惨痛历史对同为中国人的马正涛和林标所造成的巨大的精神伤害，虽然他们出身不同，身份不同，地域不同。从陈映真带有讽刺的笔墨中，读者可以感觉到，最令人痛心的，是受害者的精神麻木。陈映真从马正涛这个人物，写出了日本殖民者、汉奸和国民党之间的相互联系，而这种复杂的相关性及其背后的利害关系，并未得到深刻的清理（在《夜雾》里，陈映真甚至点破了"变天"以后的现政权与他们的前任之间的继承关系）。至于林标，他早已忘却当初是如何被日本人当作炮灰拉去当所谓的"志愿兵"的，为了索取"台湾人日本兵"的赔偿，竟以相当扭曲的方式来再现曾为"日本臣民"的台湾老兵对于"天皇"和"日本国"的忠诚。倘说《夜雾》里年轻主人公的死亡，还有自我忏悔的因素，那么，马正涛的自杀，则纯出于绝望，他的死似乎宣告了一个时代的结束，但并不意味着精神创伤的治愈和终结。《忠孝公园》要描写的副线，是林标与他的儿子欣木、孙女月枝之间的关系。这是台湾的"现代化"或社会转型所造成的"家族离散"的典型。林标寻找儿子的过程也呈现出战后第一代台湾人放弃土地到城市去寻梦的苦涩历程，月枝离家出走到都市寻找父亲，则是战后第二代台湾人的另外一种苦涩经验。三代人所拥有的不同的历史记忆，似乎正表现出已经内化为人们的情感生活的台湾历史。而陈映真让我们感受到温暖的地方，不是这三代台湾人所追求的那些"梦"，而是他们彼此间的相互寻找所凸显出来的作为"人"的最宝贵的"爱"和"亲情"，这些东西都远比老林标重新穿上日本的海军服，欣木的发财梦，月枝的没有保障的婚姻，要珍贵得多。陈映真用自己的方式来解读了"台湾经验"的"现代性"。

"做人"究竟意味着什么？世界上难道还有生活在乌托邦里的纯净而神圣的人吗？离开了动物性、政治性、经济性、社会性这种种复杂属性，"人"还会是什么东西？对于陈映真来说，这些恰是关键的问题。虽然在历史中，每个人未必能保证完全的清白，但至少应该有基本的反省的能力。他认为人不可能没有理想，不可能不去寻求建立作为人类之理想和终极关怀的"乌托邦"。"乌托邦"可以作为改革社会的动力，也应是促进人性反省与改善的源头。而"乌托邦的丧失，就是终极关怀的丧失"，因此放弃做人，就是放弃理想和终极关怀。如果知识界放弃了这一点，正是"整个知识界的悲伤"（见郝誉翔的访谈录《永远的薛西弗斯》，《联合文学》2001年七月号）。如何做人，特别是在"所多玛和峨摩拉"的时代如何坚持"乌托邦"的理想，是陈映真小说的一个潜在的主题，从《归乡》、《夜雾》到《忠孝公园》，他一面以批判、讽刺甚至愤怒的态度清理和反省历史，一面不无悲伤地再现"做人"这个主题。陈映真的悲伤，也就是陈映真的价值。

2001年10月20日于北京

谪仙白先勇及其意义

近来看法国人制作的关于日本导演小津安二郎的影片，看到小津安二郎的墓碑上，只留下一个汉字："无"，颇惊讶于小津安二郎对于东方文化精髓的认识之深。能从"有"悟出"无"的当代作家中，我首先想到的，就是曾在一片花木丛所围绕的"无"中独坐的白先勇。

1999 年夏到加州大学圣塔芭芭拉分校开会，曾有机会参访白先勇先生的隐谷后花园。当时，花事虽不甚盛，但四周的林木，郁郁葱葱。庭园花树之中，放着两把靠椅，白先勇引众人赏花之后，笑吟吟地坐在其中一把靠椅上，说他平时无事，便在那里闲坐观景。就在刹那间，我没来由想到，"谪仙"两个字，用在他的身上，竟有说不出的贴切。接下来的另一个念头，也是突如其来：好像看到了大观园里的宝玉再生。这些联想，自然因为读过令人唏嘘不已的《谪仙记》，也知道《红楼梦》对他的影响之深，《金大奶奶》和《玉卿嫂》里的叙述者容哥儿，说什么也让人想起那位挂着通灵宝玉的公子，只是荣宁二府风光不再，大观园也早变成了废墟。此前仅靠阅读白先勇的文字世界，却从未把"谪仙"、"宝玉"与白先勇联系起来，然而到了他的后花园，盛夏临秋，草木扶疏，那念头猛蹿了出来。我想，写出"五花马，千金裘，呼儿将出换美酒，与尔同销万古愁"（《将进酒》）和"仰天大笑出门去，我辈岂是蓬蒿人"（《南陵别儿童入京》）的"谪仙"李白，其豪放洒脱，迥异于白先勇，然而若论孤傲高洁，或与白先勇千古同调。当白先勇写出"尹雪艳总也不老。……尹雪艳有她自己的旋律。尹雪艳有她自己的拍子。绝不因外界的迁异,影响到她的均衡"(《永远的尹雪艳》)的时候,当他写道:"在我们的王国里,只有黑夜,没有白天。天一亮,我们的王国便隐形起来了,因为这是一个极不合法的国度:我们没有政府,没有宪法,不被承认,不受尊重,我们有的只是一群乌合之众的国民。"(《孽子》)他的文字被赋予了高度的象征意义,从叙述者微讽的语调里,读者看到了他们面对困境的尊严和优雅。谪仙李白与白先勇,用的都是汉字,风格却不相同,经验的差异也不小,然而其潇洒脱俗和独走天下的勇气,未尝没有相似点。只是,诗人写的是世界中的自己,小说家写的是自己眼中的世界。在诗里,我们看到诗人和我们自己;在小说中,我们看到自己以外的世界。

另类的现代经验

1958 年,白先勇在《文学杂志》发表第一篇小说《金大奶奶》时,就已展露他透视中国社会生活的能力和独特的艺术才华。年方弱冠的白先勇,让他的故事的叙述者容哥儿,跟着奶妈顺嫂出入金家,用孩童的眼光,把上海近郊虹桥镇大户人家金宅的复杂的人际关系层层剥开,最后竟看到了表面富丽堂皇的金家内部黑暗不堪的角落。金大奶奶按中国传统的辈分,理当在家里占有重要的位置,不料却过着连佣人不如的生活,连金家二房的小孩小虎子都没把这个大伯母放在眼里。白先勇让容哥儿、顺嫂以旁观者的身份,把金大奶奶被骗尽钱财之后沦为金家贱奴,最后在金大先生的婚礼之夜自杀身亡的境况,写得不露声色。金大奶奶的懦弱,金二奶奶的跋扈,金大先生的虚伪,都用侧写、对比的方式烘托出来。人物的语调和性格,叙述、对话、场景的描写,相当客观节制,善于叙述故事,尤其是善于穿透表面上的热闹而深入人物内心的无言的孤独和寂寞的特色,也从这篇少作开始展露。白先勇一出手,就写出了中国旧式家庭伦理的彻底崩溃。金钱,美色,情欲,支配着人物之间的关系。作者的讽刺、批判是借着顺嫂对金家的不齿表现出来的。洞悉中国社会人际关系、细察人物内心幽微、敏感于人的命运变化无常，是白先勇艺术才华最宝贵的地方。

这篇描写战后上海生活的作品，让人想起鲁迅的第一篇白话文小说《狂人日记》（1918）。《狂人日记》发表于《新青年》第四卷第五号时，鲁迅三十七岁，年届不惑，家道中落，世态炎凉，让参透人情凉薄的鲁迅，以《狂人日记》这样"先锋"的现代小说形式揭破礼教社会之虚伪及其对人性的戕害。鲁迅的小说，使用了两种文体，一种是放在序言里的传统文言，这是在当时礼教社会的精英分子中仍然流行的语言，鲁迅用叙述者的口吻，看似平淡地讲述了他的良友"某君昆仲"之一患"迫害狂"时留下日记的背景，他特别提到，病人痊愈以后已"赴某地候补"，原来狂人的反叛思想，似乎早已消失，且与现实社会妥协了。另外一种语言，是现代白话文，鲁迅用这种当时还算是"另类"的民间口语，以日记体的方式，把狂人"患病"期间"语颇杂无伦次，又多荒唐之言"的情形"一字不易"地呈现出来，以"供医家研究"。学医的鲁迅以文学治病，然而在小说中，他只是把病状客观展现出来，并不开处方，结果读者都可成为所谓的"医家"。晚清以来内忧外患的情境，固然让人觉得整个社会处处患了重病，也自然使人觉得自己都可能成为医家，因此，患病之根源，祛病之良方，引发各种保守的、改良的、革命的不同世代人物争相探究、献计，从政治、社会而至于文化，无一不成为重新反省和批判的对象。鲁迅的《狂人日记》适时发表，以其形式之特别和忧愤之深广，震撼人心，鲁迅以此奠定其一生文学的基石，势所必然。

比诸鲁迅，白先勇以弱冠之年创作的《金大奶奶》，一方面仍延续五四以来的文学传统，着力于揭破"礼教社会"对于人性的戕害，另一方面，白先勇已开始在探索新的文学表现的形式和精神领域了。从语言上说，白话文的应用早已不是问题，但白先勇的白话文，暗藏着多种语调和语体，以《金大奶奶》而言，小说中每个人物都有自身特殊的语调和语体。少年容哥儿，小虎子，奶妈顺嫂，金二奶奶，金大奶奶，一种语体即呈现一个内心世界。《狂人日记》以第一人称写作的日记体直接呈现"狂人"对外面世界的疑惧，《金大奶奶》也用第一人称观察外面的世界，倘说鲁迅的小说以社会批判和文化批判为宗旨，意欲抛弃"过去"所留下的沉重的历史包袱，因此，其冷峻的批判多于温情的安慰，那么，白先勇的风格，与其说是"批判"，毋宁说是"嘲讽"，他虽也深受现代主义思潮之反浪漫滥情之美学观的影响，但在讽刺的同时，更多地注入了同情。有趣的是，"过去"对于白先勇而言，未必是必须抛弃的沉重包袱，反而是一再令人怀念的美好时光。这大概是因为，白先勇的"过去"不仅与国族的荣耀有关，而且关系着他对青春和美的身体记忆。

白先勇对中国社会的认识，从少年时代起，来自"民间"。他在《蓦然回首》中已提到从家里厨子老央那里听到的生动活泼的鼓儿词，他所阅读的中国古典文学和通俗文学的影响，从早期的《金大奶奶》和《玉卿嫂》看，容哥儿是从奶妈那里获得一套了解中国社会的眼光和感受的。因此，奶妈与女仆、男仆这些角色，在白先勇小说中占据非常重要的位置。白先勇的命运观，冤孽观，轮回观，白先勇文学世界中的经验的和超验的部分，与其说来自学院训练，毋宁说来植根于他童年时代就贴身熟悉的民间生活。这是白先勇现代主义小说的"现代性"中，非常特殊的、具有救赎性的部分。

白先勇在写他眼中的世界时，为读者提供了许多既熟悉又陌生的经验世界。这些经验，分析起来，不外两种：其一是外在的历史经验。这些经验具体落实于家国的巨变上，深刻影响白先勇对历史、现实、人生、人性、命运的感知。白先勇小说在表现这些历史经验时，不是从"宏大叙述"入手，而是从经历过这些历史沧桑的大、小人物的日常生活的改变入手。他采取了不同的视角或观点来切入历史。正是在这一点上，他的小说被夏志清比拟为"民国史"。然而，事实上，小说不等于历史，小说只是具有认识历史的功能，因为书写历史不是小说的目的，而是历史学的目的，小说的虚构性质，使之区别于历史，也使它的最终目标并不是以客观史料来讲述历史，而是表现在历史运动中的人的命运和人性，对此，白先勇有非常清楚的认识。他的"历史"小说的落脚点，往往不是大事件的回溯，而是大事件对于小人物命运的深刻影响。另外一种是内在的个人经验或身体经验。白先勇不止一次提到小时候因患肺病而被隔离疗养的故事，这对白先勇的个人生命而言，是非常重要的转折点之一（另外一个转折点是他的三姐罹患精神疾病和母亲的去世）。生命中不能承受之轻和重，酝酿于身体的变化，也来自与身体有至深至亲关系的生命的变化。白先勇敏感于自己内心感情的变化，也敏感于别人的情感的变化的能力，可能深受他非常独特的"身体"感觉的影响。因此，早期的小说，竟有大部分，是涉及身体的觉醒，可把早期写作看作"身体写作"的滥觞。到《孽子》以后，同志书写使白先勇成为这个领域的最深入大胆的探索者，与他早期的身体感觉有密切的关系，也是在这一点上，白先勇把最"另类"的个人经验做了富于现代意义的表现，大大扩展了人性探索的领域。第三种所谓的"现代经验"，也许不可以称为"经验"，因为它是"超验"的，属于白先勇所领悟的宗教的层面。越到后来，白先勇的写作就越突显出这种宗教性的救赎性质。2002—2003 年问世的《Danny Boy》和《Tea for Two》，就具有救赎的性质，应该看作《孽子》的尾声。与此同时，2003 年开始，白先勇策划制作青春版《牡丹亭》，在我看来，也是另外一种更具有普遍性的救赎，只是他以"美"来作为现世的"宗教"，以"情"改造了政治和礼教。

艺术实践与文化活动

白先勇的作品是中文世界独特而迷人的文学风景。从 1958 年的金大奶奶、1959 年的玉卿嫂开始，二十出头的白先勇就出手不凡，用相当简洁明快的现代中文，精雕细刻了一系列充满历史沧桑感的人物世界。如果我们硬要为白先勇的艺术实践活动做一个分期的话，至今为止，我们似已清楚看到，白先勇走过了三个阶段：

谪仙白先勇及其意义

第一个阶段是文学创作，包括小说和散文写作。从 1958 年发表第一篇小说《金大奶奶》到 2002 年和 2003 年发表纽约客系列的两篇短篇《Danny Boy》和《Tea For Two》，前后跨越四十四年，且这一创作过程仍未终止，《纽约客》系列还在等最后的篇章才能完整问世。这个纯粹的文学写作的阶段，是白先勇艺术实践的主体。白先勇以他自己非常独特的感受世界的方式，完成了他最重要的文学功业，或者说，完成了将自然生命向艺术生命转化的过程。从早期小说（《寂寞的十七岁》系列）到成熟期小说（《台北人》系列以及长篇小说《孽子》），以至晚期的小说（《纽约客》的最后几篇），白先勇都是非常前卫却又相当传统的"先锋派"。他之前卫，既表现于题材的开拓，又突出于形式的探索：家国由盛而衰，与个人青春不再，是他一再表现和凭吊的题材。他与传统的关系，最突出者竟然是形式上的，白先勇之"现代主义"的艺术形式——例如他使用得相当娴熟的意识流、象征手法和各种叙事观点的运用——恰是结合了中国传统小说的语言技巧的。人们可在他的小说感受到《红楼梦》的文字节奏和颜色声调，正是这种特有的文字风格，赋予他作品的叙事写人状物写景以难以言传的亲切感（《台北人》尤其如此），也可在那里看得出来卡夫卡式的心灵的囿限和无以言说的痛苦。白先勇描写的人生悲剧既是政治的，也是历史的、命运的。他不仅为战后小说注入了深厚的历史沧桑感，使得现代小说在社会批判的功能之外，更多了一层历史的厚度和人性的深度，而正是这一点，创造了白先勇多年来众多的读者群，他们在白先勇作品中，看到了人及其命运的迹线。

第二个阶段是与他的作品有关的舞台实践。1979 年，香港大学戏剧博士黄清霞率先把白先勇的《游园惊梦》和《谪仙记》改编成戏剧搬上舞台，促使白先勇后来亲自加入了改编其作品的历程。以 1982 年夏《游园惊梦》舞台剧在台北国父纪念馆公演十场为标志，文学版的《游园惊梦》进入剧场。1988 年《游》剧在广州上演，随后在上海演出，1999 年，美国"新世纪"业余剧团版的《游》剧在美上演。从 1979 年到 1999 年二十年，昆曲的旋律与白先勇小说人物命运的盛衰浮沉，成为非常重要的艺术风景，小说的戏里戏外，和现实人生的戏里戏外一样，构成一部真切感人的人生戏剧，激发成千上万观众的共鸣。这个阶段，是白先勇走向第三阶段的过渡，是他在2003年开始策划青春版《牡丹亭》的演出的预备。

而第三阶段，即青春版《牡丹亭》的策划制作，白先勇虽然是在幕后，却是非要重要的主脑人物。正如率军打仗一样，文将军白先勇率领他的艺术军团，走进校园，以昆曲艺术特有的美，一一攻破年轻一代的心灵的城墙，不仅启动了一部古老的戏，而且重新唤醒了新生代对我们自身的传统文化的自信心。对于美的向往和喜爱，非但不会演变成为政治性的民族主义浪潮，反而有可能给趋于干枯的传统重新注入温润的现代活力。

这三个阶段有一个越来越清晰的特征，那就是从侧重描写毁灭于时间的"美"的沉沦的悲剧，到试图用"美"来抵抗时间的侵蚀，以瞬间的美为永恒，从而重铸属于性情和灵魂的历史。前者是文字的，后者是舞台的；前者是悲悼的，后者是救赎的；前者是悲怆哀婉的，后者是庄重喜悦的；前者是过去的，后者是现在和未来的；前者是告别的仪式，后者是复兴的典礼。

从这三个阶段看，白先勇的艺术实践和文化活动，前后有两个面向：一个面向是通过作品来表现的，其主题，如欧阳子和他本人所言，是"时间"及其造成的各种悲剧；从《台北人》、《纽约客》到《孽子》，无不如此。因此，白先勇小说的"时间"有不同的层次，一是最根本的个人的时间；二是家族的时间；三是国族的时间；四是文化的时间。这四种时间，相互纠缠，互相影响。每一种时间，都有其悲剧的色彩。白先勇最了不起的地方，是细腻描绘了时间变化与个人、家族、国族和文化之命运变迁之间的关系。他观察到，所有的美的东西都毁灭于时间，在这个意义上，白先勇是千古的"伤心人"之一。这是白先勇文学世界向读者展现的最基本的情调。但白先勇的意义不仅仅在此，从他八十年代以后的文学或文化活动看，白先勇还扮演了文化使徒的角色。七十年代中期，白先勇就开始提出"文化复

谪仙白先勇及其意义

兴"的说法，这当然与官方的说法有所不同，因为，白先勇的文化复兴说，乃基于对官方的文化、教育实践的批评。如果说，白先勇的文化复兴说在七十年代中期还只是一个理念，那么到八十年代以后至二十一世纪头十年，则是一种具体的实践活动。我把从《游园惊梦》的舞台剧到青春版《牡丹亭》的策划演出，看作是白先勇文艺复兴实践的重要例证。所谓的文艺复兴，表面上看，似乎是昆曲的复兴，是明代汤显祖《牡丹亭》的重现舞台，是白先勇个人青春梦的再现，但实际上，从昆曲，到青春版《牡丹亭》，我们看到白先勇和他的团队所呈现的艺术世界之外，还有更多的启示意义。这就是昆曲背后的中国传统艺术的价值；《牡丹亭》所呈现的世界的意义。这些都指向对中国传统文化、文化哲学、美学的重新认识。要强调的是，白先勇所理解的传统文化，并不是其中保守、僵化的部分，而是其充满了活力、开放精神、精致的部分。因此，总的说起来，白先勇的文学创作和文化实践，有两个相反的方向，文学中，他描绘了某种文化价值、美的必然的衰亡；而在文化实践中，他试图走出这种悲剧，力振中国文化所曾有过的辉煌。在他对古典文化的重新诠释之中，暗示了现代创新的文化的可能方向。

白先勇小说以"台北人"和"纽约客"命名，显见他对空间的敏感，而他所呈现的"空间"，小到家庭，大至国家，都有具有"历史性"，是所谓"历史的空间"，即一个流离、变动的空间。白先勇青少年时代所曾目睹的风物，空间，例如桂林、上海、重庆、香港，都不复往日情形。白先勇的写作是以这种流动性的现代经验为基础的，具有同样这种流动性的现代经验的中国作家，除了他，往前溯，还有鲁迅，张爱玲，沈从文等，欧美作家，典型则如乔伊斯、亨利·詹姆斯。白先勇写作的特色，与他们不同的是始于台湾，扩及世界，有非常明显的离散写作的特点。他的存在，既突显了台湾经验对他的重要性，但也突破了台湾的局限，因为白先勇的"台北人"和"纽约客"系列，都必须要放在世界现代史的脉络里才能看清楚。

白先勇现象及其意义

1969 年 3 月号的《现代文学》以白先勇作封面人物，该期除了刊登白先勇的小说《思旧赋》（台北人之八）和《谪仙怨》（纽约客之二），还同时刊出颜元叔《白先勇的语言》、於梨华《白先勇笔下的女人》，大概可以看作以白先勇作为杂志专号的滥觞。在此之前，魏子云、隐地、尉天骢、姚一苇等作家、评论家都曾就白先勇的作品做过评论。同年 12 月，夏志清在《现代文学》第 39 期上发表《白先勇论》（上），如胡适撰述《白话文学史》之缺乏"下卷"一般，夏志清的《白先勇论》也没有"下"文。这对于勤奋著述的学者夏志清而言，可能是一种偶然，可能他等着白先勇的新作，或者寻找新的诠释方式。但这也未尝不可以看作一种不期然而获得的"象征"，仿佛在预示着，关于白先勇的评论，自 1969 年颜元叔、夏志清迄今，不论如何热闹，涉及的面有多宽，构建了多少从白先勇的文学作品得到启发的"论述"和"知识"，它们都可能还是"上"部，白先勇论的"下"卷永远等着未来一代人来写。这是不易做定论的作家论，是没有终点的旅行。

的确，当代中文作家中，白先勇大概是鲁迅、张爱玲、沈从文之后，受评率最高的作家之一。围绕着白先勇所展开的评论、译述、研究以及作品改编（舞台剧、电影、连续剧），衍生出另外一种文学和文化现象。从魏子云、姚一苇、隐地，到颜元叔、夏志清，中经欧阳子、龙应台、袁良骏、王晋民、陆士清、刘俊、林幸谦，到晚近的江宝钗、曾秀萍，还有数不清的论文论著，汇为饶有趣味的"白先勇现象"。"白先勇现象"让关于白先勇的话题日益深化和广泛，也让后来人再去论述他的作品的主题、题材、语言、形式时，变得日益困难。

关于白先勇的研究、评论如此众多和持久不衰，"白学"之说似也呼之欲出。也许，"白先勇"这个专有名词，有一天会变成普通名词或形容词，用以指称漂流的文化乡愁，怀旧的文学，悲天悯人的生活态度，追求完美的审美趣味，或者，"最后的贵族"与"边缘人"的悲情，一个不断突破各种陈规旧套的文学场域。这个普通名词可能具有明星、时尚的特质，但却未必随着时间的消失而消失——事实上，从 20 世纪 60 年代初开始至今的白先勇评论、研究，在台湾、祖国大陆和海外，不断衍生关于青少年问题、女性问题、阶级问题（"最后的贵族"）、历史与社会意识、文化认同、国族认同、身份认同、同志议题、后殖民与离散、现代主义与现实主义、传统与现代、昆曲复兴和文化复兴等各种相关的文学内外的话题，成为浮现于媒体、大学课堂的重要讨论对象，是知识生产和理论创造的资源，文艺沙龙与社会运动的助力。作为普通名词或形容词的"白先勇"之所以有意义，最重要的，是源出于专有名词白先勇笔下那个虽然不是很庞大，却非常精致质感十足的小说世界，是由金大奶奶、玉卿嫂、尹雪艳、金大班、沈云芳、娟娟、钱夫人、朱青等女性人物和王雄、阿青、龙子、阿凤、杨师傅、傅老爷子等一干人物组成的艺术画廊；是 1960 年白先勇领着一班人马创办的《现代文学》杂志，这份杂志现已成为台湾文学史不可或缺的环节之一。当然，还有从小说文本衍生出来的舞台剧、电影、连续剧，以及白先勇作为制片人和策划者、也颇能体现其美学理想和人生追求的传统艺术的呈现，即青春版《牡丹亭》的演出，后者看似借用传统的昆剧来表现四百年前汤显祖的青春梦想，然而，白先勇及其创作团队对这个青春梦想的呈现方式，却引发新生代重估传统艺术和人文价值的浪潮，在这个意义上，昆剧青春版《牡丹亭》的舞台实践，既可看作"昆曲"的复兴，更应看作一种深具新意的文化现象，这是昆曲背后的传统人文价值（包括戏剧、音乐、文学、绘画、书法和哲学）的反省和更新，当代条件下可能的新的文艺复兴。

　　这是白先勇这个名字所具有的意义，它不仅会让人联想到白先勇脸上常挂着的招牌式的微笑，他的为人和为文的风格，它还会让人联想他那曾在北伐和抗日战争中叱咤风云的将军父亲，他们从大陆迁徙到台湾之后的落寞和孤独——就像巴顿将军一样随着战争的结束，所有的战神都归于寂寞，他们不再运筹帷幄之中，而悄然归隐田园山林寺院，与云游高僧笑谈世事风云变幻。这个名字来自一个显赫而神秘的家族，他们与一段中国现代史有着密切的关联，然而，历史悠然远去矣，英雄遍地下夕烟。妙的是，白先勇用他的方式，在这段历史和英雄们即将消逝之际，拍下了不朽的镜头，写下了令人难忘的悼词。那位一身素白雅静的神秘尹雪艳，戴着一对大耳环的玉卿嫂，从家逃向新公园的一群"青春鸟"，无不在用白先勇的方式诠释着历史的宿命和摆脱这宿命的方法，是白先勇为历史作注，为流离失所的人们做救赎的方式。

有朋友听到我以"谪仙"形容白先勇，笑曰：那白老师是不是犯了天条被贬谪了？这一点我真是始料未及，原欲赞美其虽飘零而有仙气，却不曾想因何被贬谪？然而细思，中国历史上凡被贬谪者，其"罪"其实大半是子虚乌有，倒是入人于"罪"的"天条"和"天条"背后的一套规训制度，扭曲了许多正常的人性，因被放逐反而获得"精神自由"的"被贬谪者"，从屈原到苏轼，却留下灿烂永恒的文学。以此而称"谪仙"，有何罪哉？

2006 年 2 月 24 日于北京

闻弦歌而知雅意
——从昆曲青春版《牡丹亭》开始的文艺复兴

　　孔子周游列国，看似爱玩，其实意在政治，不在观光。据说他到了武城，听到了弦歌之声，便莞尔一笑，说："割鸡焉用牛刀！"这没头没脑的话，不了解孔子的人，听了会觉得莫名其妙，不知所云。但武城的父母官，却是孔子的学生言偃（子游），他知道孔子是在笑他治理这么一个小地方，竟然也用礼乐大道。想当年，武城不过区区小城，并无赫赫政绩，如今却弦歌之声，达于四境，如此气象，向来倡道礼乐教化的孔子非但不称道，反而说风凉话！因此，子游方才雄起自辩，说："我过去听您说过的，君子学道则爱人，小人学道则易使。"孔子听了，连忙对随从的人说："言偃的话是对的，我刚才不过是开玩笑罢了。"

　　这事记在《论语·阳货》。能从武城的弦歌之声，听出子游以礼乐大道教化民众的雅意来，孔子对于音乐的妙赏，可见一斑。孔子不仅是个乐迷，曾因闻韶乐而三月不知肉味，并且很善于从音乐中听出政治、文化的味道来。不过，善于闻"弦歌"而知"雅意"的，孔子并不是第一人。在孔子刚六岁的时候（公元前544年），吴国的公子季札到鲁国观周乐，鲁国的乐工为他一一演奏各国的民歌（国风）、雅歌和颂诗，季札每闻一曲，或赞或叹，或评或议，由音乐诗歌而体验人心向背和人情之喜怒哀乐。音声感物动人，而在季札耳里，美哉美哉的乐声之中，莫不呈现治乱之微。这事记在《春秋左传·鲁襄公二十九年》。

　　历史记载的这类"知音"故事，像伯牙与钟子期的高山流水，像嵇康《广陵散》的曲终人散，令人感慨不已。而小说中，就更多。其中有一则看似无意的"闲笔"，最令人难忘。那是曹雪芹《红楼梦》第二十三回"西厢记妙词通戏语，牡丹亭艳曲警芳心"的最后一段文字。小说写林黛玉正欲回房，刚走到梨香院墙角上，"只听墙内笛声悠扬，歌声婉转"，原来是戏班子的十二个女孩子在演习戏文。林黛玉平常不太喜欢看戏文，便不留心，只管往前走，这时，"偶然两句只吹到耳内，明明白白，一字不落，唱道是：'原来姹紫嫣红开遍，似这般都付于断井颓垣。'林黛玉听了，倒也十分感慨缠绵，便止住步侧耳细听，又听唱到是：'良辰美景奈何天，赏心乐事谁家院。'听了这两句，不觉点头自叹，心下自思道：'原来戏上也有好文章。可惜世人只知看戏，未必能领略这其中的趣味。'想毕，又后悔不该胡想，耽误了听曲子。又侧耳时，只听唱道：'则为你如花美眷，似水流年……'亦发如醉如痴，站立不住，便一蹲身，坐在一块山子石上，细嚼'如花美眷，似水流年'八个字的滋味。忽又想起前日见古人诗中有'水流花谢两无情'之句，再又有词中有'流水落花春去也，天上人间'之句，又兼方才所见《西厢记》中'花落水流红，闲愁万种'之句，都一时想起来，凑聚在一处，仔细忖度，不觉心痛神驰，眼中落泪。"

这一"闲笔"，牵出多少千古心事！闻弦歌而感慨缠绵，而如醉如痴，而心痛神驰，林黛玉也可谓善知音乐者，不过，她倒没有政治的敏感，也不关心文化的使命，但她听出了随着笛声与歌声婉转起伏一往情深的生命的律动，听出了汤显祖写于一百五十多年前的戏文里所表现的繁华易歇的落寞。这偶尔一"听"，满园春光的美的热闹和寂静，游园人青春的亮丽气息和妙赏自然的态度，浮生若梦，人生无常，时间流逝，青春不再的无奈和苍凉，全都呼之欲出。黛玉听出了从"有"到"无"的无形的变化，更听出了写戏人通过唱戏人"表演"出来的对于这变化不羁的无限天机的爱恋、惋惜、感叹和凭吊，这才是林黛玉所领略到的戏文的真正趣味。汤显祖曾说："人生而有情。思欢怒愁，感于幽微，流乎啸歌，形诸动摇。或一往而尽，或积日而不能自休。"他的杜丽娘，不正是如此吗？是在黛玉心痛神驰，眼中落泪的刹那间，笛声和歌声，把汤显祖和曹雪芹之间，或者杜丽娘与林黛玉之间，那种千古相通的心事，勾连了起来。

这一"闲笔"，又牵出多少千古记忆！是黛玉对杜丽娘的记忆，曹雪芹对汤显祖的记忆，汤显祖对"天机"，从而对描写了"天机"的庄子、列子的记忆，而所谓"天机"，乃是对人与自然的最真实最活泼状态的顿悟和审美化的描述，如汤显祖说："列子庄生，最喜天机。天机者，马之所以千里，而人之所以深深。机深则安，机浅则危，性命之光，相为延息。"对"性命之光"的这些记忆，恰是对追逐物色的最俗常的竞奔的日常生活的抵抗，是截断众流之后的自由，是随波逐流的突然终止，而重新找回清新自然的"自我"。二十世纪初以来的中国，或因外患，或因内乱，或因忙于追逐西方式现代生活方式，大多数掌握着文化传承与创新命脉的知识分子却早就丧失了这一部分的文化记忆了。

汤显祖断没有料到，《牡丹亭》问世 156 年后出现的曹雪芹的这一"闲笔"，竟牵出了 368 年后白先勇的《游园惊梦》。白先勇的"闻弦歌"，是在他九岁那年（1946 年），偶然得闻梅兰芳的昆曲《游园惊梦》，便也像黛玉一样，对于那悠扬的笛声，婉转的歌声，那背后蕴含多少沧桑心事的戏文，再也无法释怀，终于蚌病成珠，写成小说《游园惊梦》。1979 年 8 月，根据这篇小说改编的首部舞台剧开始在香港上演，这激发了白先勇改编旧作的兴趣，果然不久，1982 年、1988 年，白先勇亲自参与改编的《游园惊梦》舞台剧分别在台湾和大陆上演。渐渐地，小说人物钱夫人（蓝田玉）曾清唱的昆曲《皂罗袍》，开始脱离了钱夫人命运的轨迹，而成为读者进入昆曲世界，了解中国传统艺术精华的"快捷方式"。以 1992 年在台北制作的华文漪版《牡丹亭》为标志，白先勇的意兴，转而放在昆曲《牡丹亭》的制作上。但这些艺术传承的工作，还是局限在"昆迷"的"圈子"内部，鲜为社会所周知。一直到 2003 年制作、2004 年问世的青春版《牡丹亭》，才真正在以青年人为主体的校园内，掀起了一场欣赏昆曲的高潮。

白先勇是如何成功地把年轻人带进昆曲剧场的？仅仅有"让年轻一代分享我们传统中最美的艺术"的理想就够了吗？他依靠什么去劝说这些现代、后现代的年轻人去欣赏和接受这样一个古老的传统艺术？他九岁时在上海美琪大戏院听到的梅兰芳的《游园惊梦》能打动他的心，但能打动这一代年轻人的心吗？VCD里梅兰芳饰演的杜丽娘，俞振飞饰演的柳梦梅，垂垂老矣。他们的昆曲不论多么动听，化妆掩饰不了的老态，只会让青年人看伤了心。让遗老遗少去自得其乐地欣赏昆曲吧，让懂得昆曲的专家去责备年轻人的耳朵粗糙吧，他们确实喜欢好莱坞电影，喜欢摇滚，喜欢快节奏生活化的连续剧。那又怎么样？

谁又能说现在的年轻人不懂古典文学？在中学大学课堂，教文学课的老师们，早已把汤显祖，曹雪芹讲得头头是道，《牡丹亭》、《红楼梦》的故事"老掉牙"了，谁不耳熟能详？白先勇试图用年轻人所陌生而轻视的昆曲所讲述的"老掉牙"的"浪漫故事"来吸引年轻人回到剧场，静静地欣赏昆曲，简直是天方夜谭。文化部领导下的多少昆剧团，这么多年做了多少工作都做不到的事情，白先勇如何做到！

很奇怪，白先勇做到了！但这也不奇怪，因为白先勇复兴昆曲，犹如言偃治武城，怀抱有大的文化使命，其目的都在使弦歌之声，达于四境。他率领两岸三地最优秀的专业人才精心打造出来的"正宗、正统、正派"的青春版《牡丹亭》，就是实现他的理想的最佳途径。杜丽娘为了梦中的柳梦梅一往情深的古老的浪漫故事，正是靠了优美绝伦的昆曲，把大学里的年轻人吸引到剧场来足足坐了无怨无悔的三个晚上九个小时！人们在青春版《牡丹亭》里遭遇昆曲，遭遇汤显祖四百多年前所描写的"为情所苦"的浩叹。不可思议的是，青春版《牡丹亭》竟在年轻人当中成为一种流行时尚。也许，他们如当年娄江女俞二娘一样，"闻弦歌而知雅意"，幽思苦韵，为之情伤：

"画烛摇金阁,真珠泣绣窗。如何伤此曲,偏只在娄江!"(汤显祖《苦娄江女子二首》之一),也许,他们只是在追赶时尚,对于昆曲和《牡丹亭》,竟都莫知所云,如汤显祖当年所感慨的那样:"玉茗堂开春翠屏,新词传唱牡丹亭。伤心拍遍无人会,自掐檀痕教小伶。"(汤显祖《七夕醉答君东》)但是假如一部经典能成为"时尚",犹如历史学家陈寅恪的著作竟能流行一时,对"经典"真实意义,究竟真知道,还是不知道,似乎又不是太重要了。

这或许真的会像歌剧《猫》那样成为一种流行的时尚,但其意义远非"时尚"所能概括。白先勇多次在关于青春版《牡丹亭》的演说中,提到他的"人文教育"的理念。事实上,我更倾向于把青春版《牡丹亭》看作他和他的团队的一次"文艺复兴"之旅。这是带有文化使命感的漫长的旅途。对白先勇来说,也许早在他六十年代创办《现代文学》时期就开始了。只不过那时候,白先勇和那些大学才子们更乐于引进西方的圣火,驱赶冷战时代的寒意、黑暗和他们内心的寂寞,因而反传统的"现代主义"会成为那一代人思想和艺术的启蒙。但即使是在六七十年代创作的高峰期,白先勇的作品都一直保持着与中国传统艺术的内在呼应,即使是最现代的"意识流"技巧的运用,所呈现的都是最地道的现代中国人的经验;而现在,当全球化迎来的以西方为标准的现代社会日益显现出它的弊端时,重新回到中国古典文化的世界去寻找新的当代文化赖以更新的资源,就成了几乎是所有有识之士的选择。在这一点上,白先勇又走在前列,他与众不同的地方,还在于他的"文艺复兴"的理念,不仅仅是理论的论述和"呼吁",更重要的是具体的"复兴"的实践。

文化复兴或文艺复兴,从五四以来就成为知识者最关心的现代问题之一。五四知识者用以复兴中国文化的方式,不是"继承"和"发展"的方式,而是"断裂"和"引进"的方式;即截断我们固有的人文传统,而从异域输入有活力的"异质"的文化。然而,经过了将近一个世纪的实践,我们终于发现,西方的东西虽然是可爱可学的"时尚",却随时流转变化,始终未能转化为中国民间的"习俗",

并成为知识者新的"思想传统"。因此，所谓"文艺复兴"，不再可能是亦步亦趋地复兴西方的文艺和文化，而应是重新认识、反省、批判性地复兴内在于我们血肉的文化与文艺传统。

从戏剧入手，是文艺复兴的有效手段。西欧历史上的文艺复兴，何尝不是凭借戏剧的力量使文艺复兴的重要理念深入民间？白先勇如子游一般，志在"礼乐"大道，却从小处入手。子游治武城，白先勇打造青春版《牡丹亭》，手法不同，目标一致，都是以"现代"再造"古典"，以弦歌之声，再现"性命之光"。让"昆曲"这样的精致艺术重新陶冶被西方"物化"价值观弄得日益粗糙的心灵，是白先勇追求的目标。昆剧青春版《牡丹亭》超乎"时尚"的意义就在这里。

从演出的效果看，青春版《牡丹亭》成功刷新了我们对中国传统思想与艺术的认识。其价值至少有三：

第一，青春版《牡丹亭》最根本的价值在于关于"人"或"个人"的价值的思考。汤显祖关于"人"或"个人"价值的这个思考，以往都放在"反礼教"的层面去评估。但我却觉得，"礼教"，"政治"，"理"，"道"，这些看似"概念性"的东西，恰是中国人所生活于其中的"人世风景"的重要组成部分。这个戏一开场，杜宝夫妇的相敬如宾，杜宝希望女儿"多晓诗书"，他日嫁一人家，"不枉了谈吐相称"，这理想，与杜丽娘希望嫁一个体贴多情的英俊才子，不能说有什么深刻的矛盾。杜丽娘在春光明媚的时光，为父母进三爵之觞，就是在"离魂"一场，杜丽娘临终嘱托春香、拜别母亲的一幕，感人肺腑，这中国人世人情的礼乐风景，一直维持着，并未构成戏剧性的冲突，反而是增加杜丽娘之动人美丽的重要细节。"硬拷"的冲突，与其说是杜宝反对女儿私奔，不如说是反对柳梦梅"掘坟"（此举根据习惯法是违情逆理的），因为人死不可复生，这是杜宝认定的"死理"，这"死理"却敌不过汤显祖的"情至"，因情至、情深、情真方能死而复生，"情有者理必无，理有者情必无。"（汤显祖《寄达观》）这才是汤显祖最想通过《牡丹亭》说出来的话。杜丽娘、柳梦梅所追求的，不过是把父母为他们所安排的一切，变为自己来安排罢了。而杜丽娘最深刻的痛苦，不是来自父母和礼教的压迫，而是因春伤情，为情所苦。在这个意义上，《牡丹亭》是审美的，哲学的，而不是政治的，社会的，它为人们呈现了全新的时间观：这是属于个人的时间观，它彻底排除了把个人时间依附在家国时间上的可能性。杜丽娘的郁郁而终，象征着以"死"来中断现存的时间，重新找到属于她自己的时间，只有这样，她才能摆脱"情苦"的桎梏。

在《牡丹亭》中，"礼教"并不构成"压抑"人性的迫害力量（贼王李全夫妇尚且遵守其夫妇之礼），相反，汤显祖通过《牡丹亭》是让我们意识到，在所有"礼教"、"政治"、"理"、"道"所构成的人世风景里，最不能缺少、最关键的、最核心的部分，乃是"情"，是"情"让所有的礼乐、政治、理和道，都变得生动起来，活跃起来，亲切起来。没有"情"的"礼教"、"政治"、"理"、"道"，都会变得"空洞化"。因此，整个《牡丹亭》，似乎并非鼓吹反"礼教"、反"政治"（中国式的政治即奠定在"礼乐制度"之上）、怀疑"理"和"天道"，而是揭示了人的最深的痛苦乃是"情苦"，人的最高的价值，乃是情深、情至、情真，情是最个人化的、最根本的价值，所有的"礼教"、政治、理、道，都以这个根本的价值为基础。这是汤显祖最伟大的思想所在。在这个意义上，汤显祖是明代的中国式"宗教革命"——这是对于程朱"理学"的"革命"——的重要人物之一。五四以来，所有关于《牡丹亭》的诠释都站在"反礼教"的立场去解读汤显祖，是对汤显祖的最大的误读。把汤显祖的本意凸显出来，这是白先勇青春版《牡丹亭》在当代重现的最大的意义所在。

其次，青春版《牡丹亭》是以中国最精致优美的艺术方式——昆剧——来表现的。戏曲史家周贻白先生曾说："往昔论剧者，审音斠律，辨章析句，所论几皆为曲而非剧。"又说，"盖戏剧本为上演而设，非奏之场上不为工。不比其他文体，仅供案头欣赏而已足。是则场上重于案头，不言可喻。"从青春版《牡丹亭》的演出，可知周贻白的论断的确是至论。青春版《牡丹亭》，似乎应该分为两个层次去分析：一是"曲"的层次，一是"剧"的层次。前者需要"听"，后者需要"看"。昆曲自然是核心，但对大多数当代的观众来说，欣赏《牡丹亭》，是不太能像昆曲专家那样闭着眼睛、仅靠"听"去审音斠律的。我们不仅要"听"，还要"看"，正是通过"听""看"并重，我们才有可能真正领略中国艺术的纯粹的美。这种美，以写意、抽象、简约而丰富的美感，通过演员的唱、念、做（身段表现），表现了中国最优美的抒情诗，最优美的音乐，最优美的舞蹈和书法。在"曲"的层面，我们欣赏到传统昆曲的唱段，这些唱段，如"皂罗袍"、"山坡羊"等，令人荡气回肠，缠绵难解，因此，"听"曲似乎可以超越舞台的局限，但如果只有"曲"的表现，没有"剧"的呈现，我们恐也无法完整感受汤显祖及其世界的丰富性。因为正因有"剧"的因素，舞台、剧情的发展、演员在现场的表演所营造的气氛，才能把昆曲无歌不舞的特色发挥得淋漓尽致，让这部以纯美表现纯情的诗剧臻于完美。青春版《牡丹亭》最令人印象深刻难忘之处，就在年轻演员们的表演上，特别是饰演杜丽娘的沈丰英和饰演柳梦梅的俞玖林和其他配角的默契配合，服装、舞蹈、灯光、音乐的运用，相当完美圆熟地把中国人情和美学的精微之处，演绎得令人意乱情迷。也许观众可以忽略演员们可能还不太成熟的"曲"（对我这样的外行而言，俞玖林的浑厚悠扬和沈丰英的清丽婉转，几乎已是完美），但却深深陶醉于他们的"剧"的表演之中，这是这部作品终于成为年轻大学生们最喜欢的"时尚"的理由之一。

第三，青春版《牡丹亭》被看作是"高雅"的"精英"的艺术，这应该是不错的，但何以对昆曲所知甚少的普通观众，都如此喜爱这个版本的《牡丹亭》呢？它受欢迎的程度，如白先勇所说，正好说明它不是"曲高和寡"，而是"曲高和众"。这似乎可以从这个版本浓厚的青春气息得到解释，也可以从名人效应得到解释。但更重要的，还是它所蕴含的内在精神，启动了、唤醒了沉睡在人们内心深处的生命渴望，这种生命渴望恰与文人参与创作"传奇"和对昆曲的改造有密切的关系。文人的参与，使传奇或戏曲，不再仅仅是自发的民间社会的娱乐形式，而且构成前媒体时代所特有的自觉的"公共空间"。明清传奇的一大特征，就是文人创作。由于文人的加入，才使得扎根于民间的"戏曲"成为非常重要的沟通"士"（精英阶层及其所代表的"上层文化"）和"民"的世界（民俗礼乐世界）的重要的媒介和"公共领域"。穿越于"士"和"民"之间的文人，扮演了塑造新的精英文化和民俗文化的重要角色。中国文化中最具特色的家国历史沧桑之感往往与少男少女的怀春悲秋、民夫民妇的柴米油盐悲欢离合融合在一起，可亲可感。这是中国知识分子的很大的特色：身处庙堂之中则忧其君，退处江湖之上，则忧其民，无论在朝在野，他们都是"民"的一员。这种身份，事实上很难用"阶级"观点去做僵硬地分析硬套。

中国人谈论"文艺复兴"已经有一个多世纪了。但回过头来看，五四时代的"文艺复兴"，不过是拿过去西方的观念和文化（例如"科学"与"民主"），来做启蒙的工作；抗战和战后，都有过"文艺复兴"的呼吁和实践，当时倒是把"文艺复兴"作为"抗战建国"的重要的工作来对待，但中国的内忧外患环境不可能使"复兴"的梦想实现；弦歌之声，很难兴于乱世。六十年代的台湾，也有新一轮的文艺复兴的运动，然而，西化的自由主义（它也是某种意义上的西方思潮在中国的复兴），实际上遮盖了中国文艺复兴的呼声。现在，昆曲已成为"世界非物质遗产"，通过它，我们可以上探唐宋，下观明清，从"义取崇雅，情在写真"的《长生殿》到"借离合之情，写兴亡之事"的《桃花扇》，从"微词奥旨，未易窥测"的《西厢记》到"生者可以死，死者可以生"的《牡丹亭》，我们有可能回到数百年前甚至数千年前，从那个年代的艺术世界，了解其社会生活、政治生活和精神生活，重新找回曾经丢失或被遗忘的人文遗产，这不是复古，而是如孔子之改制，如子游之行礼乐大道，如白先勇之治《牡丹亭》，是挖掘那些仍有活力的至大至美的精神资源，转为当代之用。我想，只有作为"活"的遗产，"昆曲"才能发挥现代艺术的陶冶教育作用，实现文化复兴的功能。为此，应该让它成为生活中的时尚，而不是放在冰冷的博物馆里。

经常会怀着奇异的心情，想着曹雪芹在《红楼梦》里的那一"闲笔"。这也可以看作《红楼梦》的点睛之笔，它赋予《红楼梦》大观园以真切的弦歌之声，但这弦歌之声，却不是世俗的礼乐教化之声，而是天籁之声，它会穿透市声进入人心而流传久远。现在，这天籁之声，已从白先勇那里扩散到一些校园，化为一些新的声音。有时候，一条古老而新颖的文艺传统，就是这样，从"闲笔"中诞生，并从此源远流长。这是传统中的故事新编，"新"和"故"，从来都难解难分。而所谓文艺复兴，其实也就是各种形式的"故事新编"吧？

2005 年 8 月 18 日

痛失燿德

　　1996 年 1 月 12 日上午，像往常一样，收到了杨匡汉先生的传呼电话，以为又是关于工作上的事情。然而，杨先生低沉地告诉我说："刚刚接到一个不幸的消息，"他顿了一顿，那短暂的停顿让我觉得心寒，好像有什么令人喘不过气来的悲哀，卡在话筒的那边了，"……林燿德因心肌梗塞去世了！""啊?!"我疑心自己听错了，待这个消息得到证实，立刻像被什么东西猛击了一下，陷入一片虚无的感觉之中，天道难测，人生无常，我抓住话筒，一丝丝寒气从脊梁上慢慢蹿出，好比一条冰凉的蛇蜿蜒爬过。转瞬之间，公共电话亭外嘈杂的汽车之流，仿佛突然哑了，凝固成冰。天阴沉得可怕，冷风迎面吹来，我仿佛掉进了一个黑暗的冰窖。林燿德写过一个剧本《和死神约会的 100 种方法》，我虽没有看过，但我总觉得很奇怪，他怎么会有这样怪异的念头？更令人不堪的，是他自己这种猝然与死神约会的方法，未免太过分了！太不可思议了！难道老天的心胸果然狭小，对于燿德这样才华横溢的青年，充满了无端嫉妒的心理？还是因为他把自己绷得太紧，把自己的生命给透支了？死神的诡秘与阴险，实在令人茫然失措！

　　仅仅是一个多月前，我们还在北京与他畅谈了一次，真没有想到这是我第一次也是最后一次见到林燿德。他与新婚不久的太太陈璐茜女士策划了一个电视节目，试图通过追踪我国文学大师的足迹来连接两岸的文学传统，这是一个很富于创意的设想，很具有现实意义的工作。以他的年轻，而对中国文学传统有这样深入的认识和亲密的感情，并勇于在目前的台湾媒体策划和承担这样具有远见卓识、功在千秋的沟通两岸人文精神的事业，实在令人敬佩。

那天，在中国社会科学院文学所的外宾接待室里，他只穿着一件毛衣，脖子上挂着一条围巾，显得温文儒雅。彼此见面，我问他是否就是燿德先生，他站了起来，微微鞠了一个躬，笑道："是。"语气温和，态度谦恭有礼，这与我从他的作品所感觉到的实在很不相同。他谈到了台湾的时事和文坛的近况，分析了种种势力的关系，见解独特，他那种在众声喧哗中保持清醒的识见，尤其令人印象深刻。我们见面总共不过一个小时吧？而真正开怀畅谈的，只有几十分钟，我们谈起了许地山先生的作品，谈到了现代主义在两岸的发展，谈到上海三十年代的都市文学和当代台湾都市文学……我感觉他对许地山的作品的美和宗教情怀似乎有特别的兴趣，当时他曾经提到许地山的一篇散文《鬼赞》。我心想，他何以对这一篇情有独钟呢？而我谈得更多的是许地山的小说，特别是那些描写女性之坚韧的小说。我关于燿德的感性印象，只有这短短的时间所留下的那一点音容笑貌了。——现在，这一幕却最令我不堪，它时时浮现，让我永远难以相信这位神采飞扬的年轻作家会与"死"有任何关联。我可以想象，与燿德朝夕相处的他的父母妻子以及所有熟悉他的人们是怎样地哀恸了！

燿德回到了台北，很快就给我惠寄了他的几部作品集以及他近年来连续获奖的几篇散文佳作，并来信称他正在筹备一次关于当代台湾文学的学术研讨会，热情地邀请我也撰写一篇论文。我回信感谢他的盛意，又于12月下旬给他和璐茜女士写了一封贺年卡。这些日子，我正想着，应该收到他的回信了吧？在北京的时候，他曾说今年春天将偕同父母到北京来，看看万里长城，我也在盼望着届时能够见到他，好好聚谈，不想仅仅月余的时间，却传来了他的噩耗！谁会想到，燿德竟连1月底开会的时间也等不到就匆匆走了！偕同父母登临万里长城的计划也成为他永远的梦幻！他像一颗划过天际的灿烂耀眼的彗星，在人们惊异的瞩目中倏乎消失在幽幽的暗夜。——这是燿德告别这个世界的方式吗？就如当他出现之时，他给它造成的耀眼的印象一样?

我以前读燿德的作品,惊异于他的繁复的想象,诡异的构思,以及出乎意表的大胆的表达。惊异于他的充沛的精力和透视世纪末都市人精神荒原的方式,他居然在短短十年之间涉足了诗歌、散文、小说、戏剧和文学评论的领域,而且在每一个领域都留下自己独特的声音,独特的世界,他构造了一个奇异的"纸的迷城",他自己也成为一块独特的文学风景,点缀着中国台湾的文坛。但是,开始时,我并没有太留意,以为种种的惊世骇俗,可能只是一种"玩世"的策略,这是一个并不值得敬重的年代,燿德以自己的方式来为它作传,为它制作属于它也属于他自己的特别的"文学商标"。

后来,我日益关注他的作品,除了他的诗歌和散文,还有他的小说。我从中感到了一种比诸他以往的作品更加冷静而深刻的东西。正如燿德自己在《大东区》的自序中所说的:"我开始明白自己的限制以及只有自己一个人可以深入的神奇领域。……""我的心灵视野开始开展,知道如何在现实中找到无数通往梦幻和恶魔的通道,如何在世人的想象力中看到现实和历史被扭曲的倒影,如何进入他者的内在或者穿越集体的幻象,如何表达卑鄙与崇高并存的自我。"是的,他的确在寻找并用年轻的智慧来照彻一些别人无法探测或不敢探测的黑暗的人生或人性的领域,他还故意用他的狡黠和智慧来挑逗感觉迟钝的评论家们——那些制造"保险箱"的人们。我在给燿德的一封信中十分称赞他反抗"保险箱"制造商者们的"阴谋"的勇气和机智,把那比作类似于西班牙斗牛士的勇气和机智,然而……就在这位"斗牛士"专注于谋划下一场与勇猛激烈的公牛的斗智斗勇时,死神却悄悄站在他的身后……死是永远的静默。除了他已经写下的所有以往的文字,我们已经无法等到他的任何回音了!

他是一颗灿烂耀眼的智慧之星,照亮了世纪末的台湾文坛。他犹如唐代的李贺,曾以不倦的探索和创新,带给人们不断发现诗与人性奥秘的惊异之感……我宁愿相信,他的"陨落",仅仅是消失于世人的视线,他也许只是飞到茫茫宇宙的另外一个星球,去照亮那里的暗夜吧?

临风想望,无限哀思。愿耀德的灵魂安息!

2014 年 9 月 16 日于北京芳草地

第三辑　序跋与书评

"走出国境内的异国"

——《台湾的忧郁》人间版自序

借着人间出版社惠允在台湾出版拙著《台湾的忧郁》之机，我重读了一遍陈映真先生的著作，竟然产生了十分不安甚至悲观的念头。十年前我曾非常希望出版这本书，现在却没有这种急切的心情了，我倒想把它彻底修改一遍，或根据我对陈映真与台湾社会的新认识重新撰写另外一部新书。记得这本小书出版后的第二年，即1996年，我曾向在北京举行的"台湾文学研讨会"提交一篇论文《被抛入历史的人们——重读陈映真、黄春明和王祯和的小说》（后发表于北京《台湾研究》1996年第二期），文中用"先知的困窘"来形容陈映真在当代的处境：

陈映真属于那些需要时间来证明自己的洞见的作家。1959年他发表第一篇小说《面摊》时，他并没有表现出以小说为"预言"的能力，然而他却隐晦地表现了台湾光复以来老百姓的困境。《面摊》不只是一种善良愿望的诗意表达，而且从一开始就表露出陈映真的政治情结，经历过1947年2月28日屠杀事件的人们，也许会理解这篇小说的意旨：警察对穷人的艰难处境应该存有一种人道主义的体谅，而不是借助体制的暴力来摧毁穷人的唯一求生的希望。1960年，当《我的弟弟康雄》出现时，陈映真开始探讨了理想和现实的难以调和的矛盾问题。他以日记的独白的方式，让读者介入了最终导致小知识分子的康雄自杀的精神苦闷，一方面，"贫穷本身是最大的罪恶……它使人不可避免的，或多或少的流于卑鄙龌龊……"，另一方面，"富裕"又"能毒杀许多细致的人性"，无论贫富，都与罪恶有着难以摆脱的关系，这种两难困境以及追求道德理想的纯洁性与无法抵御的物欲诱惑之间的灵肉矛盾，正是 60 年代初的康雄和 80 年代的蔡千惠（《山路》女主人公）走向死亡的原因。而这未尝不是近代中国在长期积弱之后，在专制条件下从赤贫陡然走向依赖性的"现代化"道路的精神象征。

陈映真以艺术家的敏锐和思想者的深刻而使自己的作品具有"先知"和"启示录"的意义，从而使他被抛入了中国的当代史和文学史……在率先触及战后的台湾人精神挫败的《乡村的教师》（1960）里，他叙述一位曾经被日本人拉去当兵的青年吴锦翔，光复之后满怀改革社会的热望回到家乡任教，然而曾经毁灭过知识与理想的"定命"的战争、爆破、死尸和强暴及精神的创伤（吃过人肉的经历），在冷战环境中对于改造中国这样一个古老而懒散的国度的绝望，终于使之精神崩溃了。较早洞察了国际势力影响下台湾的分裂意识的《加略人犹大的故事》（1961），借助《圣经》故事，塑造了在国土分裂状态下精神苦闷的人物犹大，他游离于狭隘的奋锐党人和博爱的耶稣之间，错误估计了"民众"的力量，最后在无限的痛悔中自杀。深刻反省中国现代历史罪恶之《文书》（1963）以及用悲悯博大的人道主义胸怀和阶级观点来描写"省籍矛盾"的《将军族》（1964）等作品，也表现了六十年代的陈映真以"市镇小知识分子"身份面对历史的方式，对他和他的人物来说，历史是一种罪恶的力量和沉重的包袱。国际性的意识形态冷战把刚刚回归祖国的台湾再次拖入了分裂的深渊，而这正是几十年来台湾问题的症结所在。

……

陈映真、黄春明和王祯和都是受评率很高的当代"乡土文学"作家，而且已经以他们作品的独创性和思想性，审美性和批判性，为中国社会在现代化进程中的深刻变化留下耐人寻味的丰富的艺术世界。虽然"乡土文学"这个不确切的概念并不足以对他们作品的内涵进行全面的概括和评估，但是，作为一种具有"历史"意义的文学话语，它仍旧可以唤起人们对60—80年代台湾文学的生动记忆。因此，对其作品的重新解读，意味着对台湾文学史上那段重要历史阶段被称为"乡土文学"的"经典"作品的深入理解……他们的作品所揭示的不仅仅是台湾的问题，而且也是正在走向"现代化"的大陆的、乃至发展中国家的问题，具有普遍的意义。对这些问题的揭示，正是以陈映真、黄春明、王祯和等为代表的当代中国"乡土文学"的重要功绩，它们具有别的文学类型——例如现代主义、后现代主义等作品所无法取代的审美的和文化的价值。

与我写于八十年代末的相关评论不同的是，九十年代以后，我是越来越强调陈映真写作的"先知"色彩和"预言性"。这是因为祖国大陆真正的社会转型不是发生于七十年代末，而是九十年代初。七十年代末只是宣告了"文革"的结束，之后将近十多年的时间，都属于"摸着石头过河"的尝试"改革开放"的阶段。1992年邓小平发表南巡讲话之后，大陆在对姓"社"还是姓"资"的问题不做争论的状况下务实地搞经济建设，并突破原有理论框架而提出"社会主义市场经济"，知识分子开始出现分化迹象，原来的"左"与"右"区分变得模糊，代之以市场经济条件下的"人文精神"讨论和更为深入的"新左派"与"新自由主义"之争。在这种政治、经济和思想条件下，陈映真早在六十年代就开始思考、讨论和表现的问题意识，对于大陆知识者而言，就不再只是"思想"或"知识"层面上的问题，而是必须面对的日益真切的、现实的、实践中的问题。"先知"是陈映真不期然而获的身份，"预言性"则是陈映真所有写作最迷人的特色。正是陈映真的先知性格和他的写作的预言性，引起了我强烈的共鸣，甚至改变了我观察当代社会的视野和方式。

作为一种批判性资源的台湾研究

回顾起来，《台湾的忧郁》一书写于 1989 年，1991 年夏完稿，1994 年才有机会得到刘世德先生的推荐，列入"三联—哈佛学术丛书"出版。当时，我真的非常希望此书能引起读书圈的注意，不是因为自己做了多么了不起的工作，也不是为了吆喝卖书，而是觉得台湾问题太重要了，陈映真那些风格独异、富于诗意和思想品质的小说以及他那一系列具有预见性与批判性的文化、文学、社会、政治批评也太值得大陆学界重视了。假如我的小书能多少引起那些高明的精英们对台湾问题的关注，我就心满意足了——哪怕由于我本人学养的肤浅和见解的幼稚而引来激烈的批评，因为我深信，以我对台湾文学的粗浅的认识，对台湾社会的浅薄的了解，远不足以让我洞察陈映真小说的微言大义，也不足于让我深刻认识到他所有写作的价值。但假如人们能因此书而对台湾问题（包括政治、经济、文化、社会和文学诸问题）感兴趣，这本书也就达到了它的目的，因为发现台湾、认识台湾，也就是发现和认识大陆自己的历史和未来——台湾不是"他者"，而是另一个"自我"。然而，我发现，我觉得重要的，高明的精英们似乎都不以为然：1996 年这本书曾因其议题的新颖被推荐参加一次评奖，却因其研究对象的"小"而落选。当我被告知有评委认为此书谈论的"只是""台湾问题"而未能入选时，我为这理由感到无奈，也因此感觉到了做这一研究的寂寞。其实我并不想得到什么奖项，因为我深知自己做得远远不够。问题是：难道台湾文学及其相关的议题真的很"小"吗？

从大陆大学教育体制设置的"学科"上看，"台湾文学"是被置于文学类的"中国现当代文学"下，应该属于三级学科，看来似乎是有点"小"。根据流行的学科偏见，治古典文学的等级最高，治现代文学者次之，治当代文学者又次之，治台湾、香港文学者复次之。这种荒唐的等级划分，使得研究当代文学与台港文学的人似乎难于与研究古典、现代文学的人进行平等对话。因此，一般自以为有才华的人都不太愿意进入这种"次等"的研究领域，生怕被人歧视。但据我所知，自甲午战争以来，谈论台湾问题，不只是知识分子关注台湾的方式，更是他们观察中国问题的重要的视野之一。台湾问题激发了公车上书，启动了"戊戌维新"运动。光复初期，台湾问题的重新呈现，也是大陆知识者试图在战后重建自由、民主的中国社会的一种形式。在我看来，在学院或学术的范围之内讨论与台湾文学研究相关的学科建设之类的议题固然也必要，但更重要也更有意义的乃是台湾文学研究究竟在多大程度上能够为当代中国知识界提供审美的批判性的资源。我研究台湾文学并不是为了填补体制内的"学科"空白，或与精英们做智力上的竞赛，而是为了寻找这种审美的、批判性的"资源"。因此，我从 1986 年进入台湾文学研究领域后便甘心于这一领域，而在此之前，我对台湾问题几乎一无所知。

那时候，我感兴趣的是文学理论和英美文学。七十年代末到八十年代的祖国大陆流行的关键词是"改革开放"。对内"改革"，对外"开放"，这两项大的变革，需要有"实事求是"的作风和"解放思想"的胆略，因此这个时期酝酿着的种种变革思潮，并不主要是个人的行为，而是得到官方支持的全社会的行为。文学理论的变革思潮是这个时期很重要的精神现象之一。为了摆脱长期以来被政治化的庸俗社会学、机械唯物论的影响，曾经被当作资产阶级思想来批判的"无边的现实主义"和"现代主义"概念被重新诠释，人道主义、人性论、精神分析学、人类文化学、语言哲学、结构主义、解构论、现象学、存在主义、荒诞派、象征主义、超现实主义、未来主义、达达主义等各式各样新的旧的西方学说，突然之间被重新发现，颇有"文艺复兴"的势头。商务印书馆、三联书店、人民文学出版社等重新出版或新译的一系列世界名著名译，包括文学作品、文学理论、史学、哲学（美学）、政治、经济学等领域的经典作品，成为刚从"文革"的阴影里走出来的学子们如饥似渴地争相购买和阅读的对象。而这一切是与"文革"期间只能阅读马克思主义一家的学说有着密切的关系的。马克思主义基本原理一向是钦定的教科书。人们厌恶的是几十年来的教科书把原本很有活力的马克思主义给教条化了。马克思主义文艺理论已经不是被当作有生命力的理论，而是"权威"的理论，因此它长期以来只在两个方面团团转：一是诠释马克思、恩格斯、列宁等经典作家关于文艺问题的论述；二是把这些论述纳入教科书"原理化"，体制化和教条化，并试图把这些变成文艺政策，用于指导文学创作，结果导致文学写作的模式化、僵化。在这种状况下，上述各种西方学说和思潮的涌入和重新解读，实际上是对僵化的"马克思主义"的冲击，尽管从一开始这些"西方思潮"的介绍和引进大部分都以"马克思主义"为指导，并未脱离"批判借鉴"的轨道，但仍有人把这些借鉴和介绍看作是"资产阶级自由化"的表征之一。

而这个时期对马克思主义本身的阅读也出现了新的气象，人们摆脱了教科书条条框框的束缚，更侧重于结合实际对经典原著的解读。1985年人民出版社出版的马克思早期著作《1844年经济学哲学手稿》更是引起了阅读和诠释的热潮。青年马克思对"异化"问题的论述，不仅是思想界用于反省"文革"时期的反人道主义政治的武器，也是哲学界、美学界展开新一轮思想解放的基础。"异化"理论与"人道主义"问题，曾经是这个时期很敏感的哲学和政治问题。但几乎所有的讨论都只能局限在"思想"的或"意识形态"的层面上，虽然这个层面的变革也会直接影响到政治实践和经济改革，但后者还只是相当谨慎地摸索着，并没有发生根本性的变化。曾是大陆五十年代美学大争论的主将之一的朱光潜、李泽厚等人的美学论著和译著一时之间成为畅销书，不是人们喜欢怀旧，也不仅是他们的"复出"具有象征意义，让人感觉到"文革"时期的消失和五十年代百家争鸣风气的复兴，而是因为他们富有文采和激情的美学论述，一扫教条化"理论"的沉闷空气，激活了人们久已压抑着的思想。朱光潜在翻译柏拉图、维柯、莱辛等人的著作之外，试图重译马克思主义的经典论述，其《西方美学史》拓展了人们观察西方的美学史的眼界；李泽厚的美学论著融合了三种在当时相当激动人心的因素：青年马克思异化理论、康德的主体性哲学和台港暨海外新儒家的思想。总之，在八十年代的大陆学界曾处于中心位置的文学理论、美学在某种程度上就是人们思想与政治生活的风向标，文学理论与美学如何更新，如何吸纳异域的思想资源以建立自己的新的论述体系，就不仅是所谓"学科"建设内部的单纯的"学术"问题，而是"解放思想"的问题，这也是人们之所以热衷讨论这类问题的主要原因。正是在这一背景下，我的导师何西来、杜书瀛先生让我去研究台湾的文学理论，因为五十年代以来，大陆学界对这一领域几乎没有什么了解。

我开始在这一陌生领域踽踽独行。在没有任何研究成果可以作为参考的条件下，我泡在北京图书馆查阅自晚清以来的台湾资料，除了阅读相关的史料，例如清代以来的《台湾府志》之类，还收集了有关诗话的著作以及晚明沈光文以来的各种文体写作，作为必要的文学史知识的储备。最后才把主要的关注点放在 1949 年以来的文学理论的发展上。1977 年的乡土文学论战激发了以陈映真、尉天骢为代表的现实主义文学理论的活力，由他们开出一条在台湾来说算是"另类"的文论路线，这条文论路线所挖掘出来的问题意识，涉及到许多与现实世界密切相关的文学以及社会、文化、政经问题，本来应该是我研究的重点，但因为大陆学界对现实主义文论比较熟悉，我当时的兴趣并没有放在这一派文论上，而更关注五十年代以来从"学院"里发展出来的"纯文学"理论。我试图把"学院派"（王梦鸥、姚一苇、夏济安、刘文潭、颜元叔、龚鹏程等）的"纯文学"理论区分于官方的三民主义文论（如张道藩、李辰冬、王集丛的相关文论），从他们对"语言"的共同关注出发，虚拟了一个所谓的"语言美学"共同体，对这个共同体形成的历史过程和内在逻辑做了初步的梳理。现在看来，由于资讯的缺乏和对彼岸状况的不了解，我把学理背景相当不同，政治观念颇为迥异，美学理念充满差异的不同世代的学人的相关理论论述（theoretical discourses）强行糅和在一起，以论证一个有意无意间形成的"语言美学"共同体的存在，是相当勉强的。例如，王梦鸥先生早在四十年代就在李辰冬主编的《文化先锋》（重庆）上发表过文章，并参与了张道藩关于"文艺政策"问题的讨论。李辰冬除了他的"三民主义"文论，四十年代也曾出版过红楼梦研究的论著。如果忽视了这些文论家在四十年代的大陆的学术活动，就无法准确描述他们的学术活动在"台湾"的延续和变异的形态。而仅从"政治"的视角或他们与"官方"人物的关系去断定其文论的性格，显然失之偏颇。然而，我之所以特别关注王梦鸥、姚一苇、夏济安等先生的文论，是因为王梦鸥先生在七十年代最早提出了"文艺美学"这个概念，这一概念启发了八十年代的大陆文论界和美学界，他们把"美学"与"文艺学"结合起来，强调文学的审美性，创建了一门在基本范畴、方法论、逻辑上别开生面的文艺美学学科，打破了"反映论文论"和"客观派"美学一统天下的格局。姚一苇先生《艺术的奥秘》一书对一系列文艺学、美学问题的论述，夏济安在其主编的《文学杂志》上发表的兼具古典主义趣味和新批评方法的论文，尤其是反对把文学当作政治宣传的工具的观念，都非常适合大陆八十年代中期文论的口味。

我研究台湾的文学理论，虽然也在追求"客观"呈现其历史发展的面貌和理论的基本性格，但更重要的还是有意识地把祖国大陆的文学理论"共同体"（假如也有这种虚拟存在的"共同体"的话）当作潜在的对话对象。我希望从台湾文论的发展的历程和经验中，找到汉语世界的文论的丰富形态，看海峡彼岸的学人在吸收西方文论的精华以创造自己的论述体系方面，究竟有何值得借鉴之处。这正是八十年代中期的大陆学界所特有的问题意识。这个时候，两岸在相隔了三十多年之后突然相遇，彼此的形象好像互换了一个位置：台湾因经济上的成就而被媒体描述为"亚洲四小龙"之一，不太像是处于水深火热之中的样子；大陆对文革的拨乱反正，披露出了许多"血腥"的内幕，1949 年以后社会主义的"另类现代性"的实践究竟得失如何，备受争议。"台湾经验"对大陆急于实现"四个现代化"的大部分人而言，是被当作正面的、积极的"现代性"形态来解读和接受的。我早年对台湾文学理论的研究，其实也是从正面去解读"台湾经验"的一种尝试。

遭遇陈映真

1988 年，我考入中国现代文学和鲁迅研究专家唐弢先生的门下攻读博士学位。唐弢先生在八十年代初关于重写文学史的讨论中，已意识到中国现代文学史如果缺少对台湾、香港这两个地区的文学发展史和文学经验的总结，将是不完整的。我的台湾文学研究课题因此获得了先生的重视，被看作是中国现代文学研究的一个不可或缺的部分。我从理论的领域转向了文学史的领域，尽可能地收集第一手的资料，搜寻相关的文学期刊杂志，广泛阅读台湾文学作品。渐渐地，陈映真的写作进入了我的视野。他的写作，让我接触了非常珍贵的"另类"的思想和艺术，他恰恰不是从"正面"去解读举世称赞的"台湾经验"，而是对这种"台湾经验"的"负面"性进行了非常严厉的批判：

> 20 多年来，一个饱食的、富足的台湾社会的形成过程中，一个新的、大众消费社会诞生了。在这样一个社会里，享乐成了公开而广泛的生活目标。人的欲望，受到从未有过的、全面而彻底的解放，触觉、视觉、味觉、听觉……这些官能之乐，获得了最多、最繁复、最尖锐的刺激，从而形成了一套以官能的感受为能事的文化。

> 在这样的时代，映像的文化，空前强大。在印刷品上，在平面设计、在包装、在杂志、海报、电视荧光幕上，极度讲求技术和光影效果的影响充斥泛滥，在我们不知不觉间成为现代人思考和表现生活中一个极为重要的语言和符号。

> 但这作为现代重要的思维和表达符号的照片，在由无数消费人所形成的现代大众消费社会中，成为生产和再生产现代资本主义工业意识形态的最有效的工具。在我们极目可见之处，充斥着

表现进步、舒适的都市生活、丰富过剩的现代商品、洋溢着青春和健康的肉体，发散着青春与幸福的美貌……的照片。在这些照片中，生活永远是满足、宽敞、舒服、方便和富裕的；人永远是青春貌美、健康幸福的；社会上充满着欢笑、机会、爱情和欢愉。而人的环境则永远是那么现代化、便捷、繁华的商业城市和高等住宅与公寓……

这样的映像，大量、密集、长期地生产和再生产，终至构成了一个虚构的世界。但这个虚构的世界，却因紧密附着的现代化大量生产和大量行销、大量消费的经济建制中，成为一种强迫性的观念，使人们习于迎见这虚构的、幸福的人生，而拒绝被视觉商品长期排斥的、真实却比较阴暗、比较乡下、比较衰老、比较"粗鄙"……的，却是真实的世界。

因此，当阮义忠的"人与土地"系列作品中，出现在习玩于由一系列虚构的、商品的行销符号所构成世界中，那些农村、农民、庄稼老汉和农妇，那些台湾山地少数民族、那些田园和山野，那些勤劳而没有生产性、没有利润的劳动，那些纹刻着岁月和劳动的脸上的皱纹，对于现代读者，竟而散发出某种异国情调。大众消费的、行销的图像文化，使他自己的土地和人民成为异国。辽阔的土地，广泛的劳动人民，成为现代的国境内的异国……

这是陈映真为台湾报道摄影家阮义忠的作品集《人与土地》所写的序文，发表于他自己创办的杂志《人间》1987 年 2 月第 16 期上。就如陈映真 1978 年发表的《贺大哥》中的叙述者"我"被贺大哥的奇异的思想所吸引一样，我也被陈映真的写作所迷住了。这个时期的大陆，由于刚告别七十年代不久，对于资本主义、市场经济、商品社会、大众消费等的认识都限于"理论"的或"知识"的层面，譬如大陆思想界关于"异化"理论的讨论，实际上是基于"文革"时期的政治教训，而缺少资本主义社会的生活体验的，而陈映真从七十年代末开始发表的一系列关于跨国公司题材的小说，就已经敏锐地触及了全球化资本流动与资本体制下人性异化的实际问题，这不仅是"台湾"的问题，而且是跨越了疆域限制的全球性"大众消费社会"的问题。在大陆，市场经济、工商社会、大众消费这些东西在现实生活仅仅有一点"萌芽"立刻引起诸多争论。等到这些"萌芽"逐渐生长壮大并"合法化"，广为人们所接受后，争论开始退隐，它们被当作前景美好的"现代"或"现代性"来看待甚至讴歌。在整个八十年代，大陆的文学作品把所有关于现代化的追求看作进步的趋向来歌颂，借助大众媒体日益强大和深远的影响力，影视剧、广告等的映像生产和再生产也开始了。到了九十年代，陈映真所批判过的由"一系列虚构的、商品的行销符号所构成的世界"已然出现，一个由资本支配的映像符号所构成的幸福的现代王国，已经在有条不紊地扩展它的疆界，征服和培养它各个层面的"臣民"，与此同时，那个被大众媒体所遗忘或边缘化的真实的、辽阔的"国境内的异国"也渐渐淡出人们的视野。

阅读陈映真，对我而言也是很复杂的内心反省和自我批判的过程，因为我也曾是西方"现代化"的迷恋者。但在"遭遇"了陈映真之后，我有机会重新反省了西方模式的"现代化"问题，也较早地看到了大陆社会转型过程中的隐忧，因为，从某种意义上说，资本主义的发展，也是"资本"不断"流动"、不断"复制"其社会形态和文化的过程。陈映真写作的预言性，似乎就表现于他对这一过程的揭示和批判上面。因此，我没有从"乡土派"与"现代派"／"现实主义"与"现代主义"这样相互对立的价值评估体系去解读自赖和、杨逵、吴浊流、钟理和至陈映真、黄春明、白先勇等日据时期至战后台湾作家的作品，而这是七十年代末以后大陆的台湾文学研究的一般做法。我也没有仅仅从"人道主义"这个维度去评述陈映真的所有写作。虽然陈映真是主张"现实主义"的，虽然他对亚流的、模仿的、内向的抱守"自我"的软弱的台湾现代主义持批判的态度，但他的作品并不拒绝运用现代主义的技巧，他也能理解《等待果陀》

式的现代主义所具有的批判的能力和性质；他作品的人道主义的博爱情怀令人感动和温暖，但这些都只是陈映真的一个方面，而不是陈映真的完整的人。作为一个秉受启示的完整的人，陈映真与其说是一个作家、思想者，毋宁说是一个先知。正因为具有"先知"的性格，他才会不断地对现世的状况进行批判和否定，不论使用的是什么样的知识武器，而试图建立一个真正充满了爱、正义、平等、自由和民主的理想社会，即使因此而陷入孤独之中，甚至备受磨难也勇往直前。

1988 年阅读陈映真新出版的一套十五卷的作品集时，我即预感到他所有写作里涉及的许多问题都将成为大陆社会转型所必须面对的重要问题，我因此断定陈映真的写作具有"预言"的性质。我可以列举许多他的具有预言性的作品、论述，不仅对于台湾，而且对于大陆都令人深思。例如，他写于 1959 年的最早的一篇小说《面摊》，不仅在语言形式继承了鲁迅的风格，而且是以"春秋笔法"涉及二二八事变的较早的作品之一：从民众的角度、人道主义的立场去在文学中重写这段历史，从而颠覆官方撰述的"大历史"，并且是在五十年代的戒严体制内发表，已经显示出其过人的勇气；1960 年发表的《我的弟弟康雄》非常敏锐、诗意而忧伤地呈现了理想与现实的矛盾对人的内心所发生的冲突和影响，他早慧地洞察了"贫穷"与"富裕"对"人性"的双重扭曲，这种扭曲在当前祖国大陆几乎已经成为常态；1961 年《加略人犹大的故事》很早就分析了"独立意识"萌芽的国际条件和可能的悲剧性，四十多年过去了，他的问题非但没有解决，而且越演越烈；1964 的《将军族》最早从阶级的立场去透视省籍矛盾的症结，对小人物之尊严的关注使之超越了地方主义的偏见；1967 年《唐倩的喜剧》对读书界人格和精神上的"殖民性"的讽刺和对台湾现代主义缺乏主体性的批评，这两部作品虽然没有出现目前很时髦的"后殖民主义"、"族群"研究之类的概念，却是台湾最早的"后殖民主义"和"族群"研究的典范作品；1967 年的《六月的玫瑰花》、1978 年的《贺大哥》等越战题材的小说表现了"国家恐怖主义"与"人性"、"人道主义"之间的不可调和的冲突，他的思考不仅没有过时，在各种形式的"恐怖主义"日益猖獗的今天，尤其具有现实意义；从 1963 年的《文书》到 1967 年的《第一件差事》等作品，延续了他对中国人所背负的历史重担和"根"的失落的深刻反省，他的这些作品，是迄今为止台湾文学关于"记忆"以及"记忆"之政治性、道德性、历史性等诸多因素相互纠缠影响的最生动的表现。尤为重要的是，从七十年代末开始的一系列关于跨国公司之反省和批判的"华盛顿大楼"小说，是当代中国文学最早的反映全球化时代跨国资本及其组织形式对人的异化的小说；而《铃铛花》(1983)、《山路》(1983) 等关于五十年代"白色恐怖"历史的挖掘出土等等，不仅开启了对"民众史"的研究的风气，更触及了具有世界意义的"社会主义"理想是否已经幻灭的、是否走到了历史的尽头的问题。在台湾，几乎没有哪一个作家像陈映真那样有意识地通过小说这种感性的艺术形式来深入思考上述一系列重大的社会、历史、思想和文学的问题。而陈映真小说世界的广袤深刻也因此在当代中国文学中占有不可动摇的地位。

在小说的写作之外，陈映真的一系列文学、文化、社会、政治、经济评论，也都具有那种"批判性与否定性"的先知性格。1967 年陈映真发表的《现代主义的再出发》可能是他最早的文论，早在此时，他就反省了自己关于"现代主义"的观念，肯定了西方的现代主义出现的必然性及其积极意义，但对台湾本土的"模仿"的"现代主义"持批评的态度（同年 1 月创作的《唐倩的喜剧》已经用小说的形式嘲讽了台湾读书界对西方流行思潮的模仿）。也就是说，他从一开始便非常重视所谓"主体性"的问题，而对丧失民族"主体性"的"思想的殖民化"持强烈的怀疑和批判的态度。1975 年出狱之后，他所撰写的两篇文学评论［即《孤儿的历史·历史的孤儿——试评〈亚细亚的孤儿〉》(1976) 和《原乡的失落——试评〈夹竹桃〉》(1977)］既通过对新出土的日据时代台湾文学的重新评估赓续台湾的新文学传统，为当时的"乡土文学"或"现实主义"文学摇旗呐喊，也延续了他六十年代中期的反殖民思想，对"人格殖民化"问题做了新的深刻的观察和批评，这应是台湾"后殖民主义"理论的滥觞。他的这一"反殖民"思想与犹太传统中的先知的反异邦文化的思想也是相通的。陈映真的两岸视野和第三世界立场，也使他既站在民众立场对两岸体制化的问题进行批评，又保持着对第一世界霸权政治、经济和文化的尖锐的彻底的批判态度。在陈映真自传性随笔《后街》中，他曾把 1966 年至 1967 年写作《最后的夏日》、《哦，苏珊娜》、《唐倩的喜剧》和《第一件差事》时的风格的变化，归因于受到"激动的文革风潮"的影响，让人们注意到即使在这种两岸"隔绝"的状态，精神上的沟通仍可激发出不同品质的文学创作。而从 1980 年开始他关于潘晓、刘青的问题的讨论，也是最早回应并融入了大陆"后文革"思想讨论的文章。出狱后的陈映真所看到的台湾社会之变化与思想的裂变，与潘晓们经历了文革之后的思想的幻灭、沮丧之感，在陈映真的写作里变成了重新探讨两岸知识者出路的忧郁的热情。最值得一提的是陈映真关于大众消费社会的批判和解构"大众传播"的实践（即创办"人间"杂志和提出"民众传播"概念），是当代大众消费社会中最具有抵抗意义的行动，这个最具先知性格和预言性的丰富资源，至今，至少在大陆，仍然没有得到充分的认识和挖掘。总之，反殖民论，两岸视野和第三世界立场，民众立场，对大众消费社会的否定和批判，民众史和民众传播的倡导，这些都是陈映真在他非小说论述中为人们提供的具有远见的、目前已为许多有识之士所接受和运用、但远未得到充分挖掘的丰富的精神财富。

旷野的呼喊

王晓波先生 1988 年 4 月为《陈映真作品集·政论批判卷》作序时写道：

> 作为一个文学家，陈映真是以小说的方式来表达自己的思

想，但他也经常不吝以论述的方式来直接表达他的见解。甚至，他还是一个使用"肢体语言"的作家，在救援原住民的行列中，在救援政治犯的队伍里，在抗议日本军国主义和美国农产品倾销的示威行动里，在呼吁保护环境的游行街头上，高大壮硕的陈映真的身影亦经常出现。

这是对至 1988 年《陈映真作品集》出版为止的陈映真先生的写作活动和社会活动概略的描述。然而我在 1989 年阅读陈映真时，对他的兴趣还主要局限于他的文学写作，包括小说和一些文艺评论。我用"诗"与"思"来概括陈映真写作里的诗性和理性两种相互依存、相互矛盾的话语特征。至今我仍认为，陈映真的写作基本上都是属于"正在进行"之中的、尚需诠释和验证的"诗"、"观念"和"事件"，而只有较少的部分成为"已经完成"的"观念"和"事件"，即成为"哲学"和"历史"。这并不仅仅是意味着陈映真的写作属于"应然"的范畴，带有浓烈的理想主义激情和乌托邦色彩，更说明在陈映真的写作的环境之中，有一种日益疏离的力量和气氛，使他的所有写作，宿命式的，永远成为一个焦虑的、不得其解的问号。这种力量一直并正在不断地推开陈映真，让这位台湾战后最富于思想的诗人和先知的呼喊，永远沉沦在旷野之中，随风飘荡。

受限于自己的阅历、经验、知识和视野的粗浅，我不能很深切地体会到陈映真的非文学的政论与文化批判以及他的那些"肢体语言"所潜藏着的深刻的意义和价值。而陈映真所写下的文学作品、政治、文化评论世界和他在各种社会运动中用"肢体语言"表达的思想和人格力量，恰恰为人们呈现出一个丰富复杂、激越清醒、忧愤深广同时也颇为落寞孤独的思想家、文学家的形象。对我来说，这个形象一开始并不是很清晰，但也能朦胧地观察到，我曾在《台湾的忧郁》"后记"中说，陈映真的存在本身，"几乎说明着'冷战·民族分裂'时代的台湾的各个方面的精神纠结"，他"将成为只有放在历史之中才能真正理解的人物"。写这些文字的时候，我只是从陈先生的著述中去认识他、接近他。时隔十四年，在有了多次机会当面请教陈映真先生，在对台湾的了解逐渐加深，获得的资讯已不是那么困难之后，如今重读陈映真的所有文字，特别是那些文化评论和政论文字，我确信自己以前的断言远不够全面。事实上，自 1992 年大陆的政经改革和社会、文化发生了巨大的变化之后，陈映真这个完整的世界的存在的意义，就已经跨越了"台湾"这个地域上的疆界，而成为祖国大陆乃至第三世界地区和国家的批判的知识界所可以共享的精神资源了。换句话说，陈映真在"国际性冷战"与海峡两岸"民族分裂"时代所观察、思考的问题及其所能达到的深度，随着"全球化"资本主义的"普世化"——这种"普世化"被福山描述为所谓"历史的终结"——而日益呈现其批判与抵抗的价值。如何认识"大众消费社会"这个"普世王国"及其在国境内造成的"异国"现象，似乎应是两岸知识者共同的议题了。

现在，人间出版社愿意赔本出版拙作《台湾的忧郁》，让我既高兴，又惭愧。高兴的是这部论述台湾文学的书在祖国大陆出版已将近十年，如今快绝版的时候，竟有机会漂过海峡，"绝"后"重生"，似乎也算"得其所哉"。惭愧的是，这本小书的写作、出版距今已将近十四年，这十四年间，世界格局、两岸关系、大陆与台湾各自的政治、经济和社会都发生了巨大的变化，两岸文学各自发展出了一条与自己的六十年代至八十年代文学迥异的道路，但两岸文学之间好像却已经不像六十年代至八十年代时期那样有明显的差异。此次借着台湾版面世的机会，我重读了陈映真先生的论著和自己的文字，更发现许多当论而未论的问题，或者虽然涉及却认识不深的问题，而我的旧作却未能及时修改，留下许多缺憾。作为弥补，台湾版增加了附录里关于陈映真、黄春明和王祯和的一篇合论，关于陈映真近作的读书报告和中国社会科学院文学研究所赵园教授的一篇书评。好在这毕竟是"少作"，虽然幼稚，却的确充满了八十年代特有的激情。这毕竟也是写于大陆的书，无论能否被台湾读者所认可，也多少投射出大陆知识者观看台湾的方式和自己的问题意识。我写此书的时候，仅从文字上认识陈映真先生。后来，我有了多次向陈映真先生直接请教的机会。多年来，一直得到陈映真先生的关心和鞭策，他的存在本身，就是一种标杆，使自己不敢在学问上和思想上有所懈怠。这次又承蒙人间出版社惠允出版，陈丽娜女士为校对本书劳心费神，心里的温暖和感怀，已非语言文字所可表达。其间因我的懒惰犹豫，给陈先生和夫人以及出版社增添了不少麻烦，心中愧疚，亦无由或释。在此，也仅能以致歉的方式来表达我的谢意了。

2003 年 11 月 20 日于北京

隐地的时间
——序《草的天堂》

若说隐地先生（以下礼称略）90 年代开始写的诗，是晚年酿造的 "酒"，那么，他从年轻时代一路写来至今未辍的散文，应该是精心调煮出来的 "咖啡" 吧。好酒需慢慢地品才能知其真味，不必人劝，也不宜贪杯，喝到微醺处，便被这水中的火醺烤得飘飘然，醉眼蒙眬中，仿佛获得了自由，暴露出自己的真面目，那到处都是面具遮掩的现实世界也被揭开，变得清晰生动。好的咖啡呢，味清苦而浓香，放点牛奶，加点糖，一边看报，一边静思。喝咖啡时，自己既是人世风景的一角，也是观赏世事人情变幻的眼睛，直至剩下一点微凉，满口余香，过往行人，街边风景，化为点点滴滴的记忆。喝咖啡醉不了人，也伤不了身，面具不妨还戴着，世界依旧朦胧，然而一杯喝过，神清气爽，倒也逍遥自在。

欧洲人爱喝咖啡，像中国人喜欢喝茶。不过，喝茶有时需要找一两个知心的茶友陪着聊天，喝咖啡则可以静默独处，无需别人相陪，也不会感到寂寞。喝咖啡的时间，是悠闲自在的。隐地是中国人，却爱喝咖啡。他有一篇文章《爱喝咖啡的人》，讲的却不是自己，而是他所喜欢的西班牙导演路易斯·布纽尔（Luis Bunuel，1900—1983）。布纽尔惊世骇俗的电影《自由的幻影》（*The Phantom of Liberty*），把世界颠倒了过来看，让人看到自己其实生活于偏见的咖馈当中。这种反向思考，也常见于隐地的哲理散文和诗。隐地特意地引用了布纽尔说的一句话："能够真正维护我们自由的，是想象。"不错，布纽尔是梦想家，他把梦境当作他的电影的叙事主体或情节，用电影的想象来追求和呈现他的自由；隐地则是热爱梦想的现实主义者，隐地的梦想都写在他的小说、散文、评论、诗歌中，1975 年创办尔雅出版社以来的文学出版与传播，是隐地实现其梦想的现实主义路线（布纽尔的电影给人的印象依然是梦幻般的制作，虽然电影制作所需要的投入更为"现实主义"）。

　　隐地对布纽尔的兴趣，让我们看到了他与布纽尔的相似点。热爱电影和咖啡的隐地，发现最吸引布纽尔的，除了电影，就是咖啡。也许电影只是布纽尔表现他对这个世界的梦想、嘲讽和批判的一种艺术形式，而咖啡才是他的最爱，因咖啡才是他与这个世界发生"现实"联系的媒介。布纽尔爱喝咖啡。坐在古老的咖啡馆里，静静地喝咖啡，是布纽尔沉思默想和享受生活的最好时光。在隐地所看到的《布纽尔自传》的最后部分，布纽尔甚至想象自己"每隔十年会从坟墓里爬出来"，买几份报纸，在另一段长眠之前，舒适地躺在棺材里，看看"这个世界这些年来到底发生了哪些灾难"。读报纸的时候，自然少不了喝咖啡。隐地何尝不是如此，爱喝咖啡的隐地似乎从布纽尔的身上看到了自己。他说："这是一本读来有趣的书，内容包罗万象，我从前面读到后面，从后面读到前面，突然从中间读起，这样的读法，在我以前读其他的书时很少发生。……这本书里有许许多多的人名、街名、电影片名以及巴黎著名的咖啡馆和餐厅的名字，我希望记住这些咖啡馆的名字，有一天如有机会第三次到巴黎，要去寻找那些古老的咖啡馆，我要像布纽尔一样，什么都不做，只是静静地独自坐在角落沉思默想。"（《布纽尔自传》第 151 页）

　　还没有人去谈过咖啡对于隐地的意义，除了隐地自己。在《荡着秋千喝咖啡》一文中，他由美国旧金山柏克莱电报街上的"回"字型书店咖啡屋说起，提到："台北有这样迷人可爱的咖啡屋吗？我们可有书店和咖啡屋合而为一的地方？"他谈台湾连锁书店与咖啡屋的关系，接着像布纽尔一样，把他曾经光临过的台北有品味的老咖啡室都一一介绍，如数家珍。文章快结束的时候，他写道：

金华街永康公园附近有一排很有意思的店，其中卖咖啡的
"永康阶"，女主人亲自调配加上一片新鲜紫苏叶的"山草咖啡"
别有风味；而忠孝东路四段巷子里的"山东小铺"，出名的虽是
花茶，而我喜欢喝他们的"山家特调咖啡"。此外，"山家小铺"
的玫瑰蛋糕，玫瑰面包以及玫瑰小饼，更是口感十足。它的魅力
无穷，可以吸引我从厦门街家里特地赶着路去买回来，我还为此
写过一首题为《玫瑰花饼》的诗：

　　出门的路
　　回家的路
　　一条简单的路

　　原先欢喜地出门
　　为了要买想吃的玫瑰花饼
　　让生命增添一些甜滋味
　　怎么在回家的路上
　　走过牯岭街——
　　一条年少时候始终走着的路
　　无端地悲从心生
　　黑发的脚步
　　走出白发的蹒跚
　　我还能来回走多少路？

　　仍然是出门的路
　　回家的路
　　一条简单的路

　　微苦的咖啡要配上一些甜点，才能喝出生命中的滋味。隐地为了
玫瑰花饼而欢喜出门，回家的路上却突然悲由心生，"黑发的脚步，
走出白发的蹒跚"。隐地让我们看到，在同一条路上，踢着石头上学

的黑发少年，竟走成了欢欢喜喜带着玫瑰饼回家的白发老人。这是隐地诗中电影镜头般的切换，而隐地在这瞬间的切换中把一声叹息，变成了一首感人肺腑的诗。电影让我们看到画面，诗则带我们进入人的内心世界。这是生活在现实中的梦幻诗人，他从"有"的繁华热闹和欢喜中，突然意识到了"无"的存在和悲凉。他的诗和散文的醉人之处，就在这些忽然出现的时间变幻引起的无限感喟与悲悯之中。

　　然而，隐地始终是欢喜的，因他知道享受这世界的好。人生的无常，对隐地而言，不是悲观的理由，而是彻悟的契机。他很少因无常而滥情感伤，却总能用机智和幽默的态度，化解对于时间的恐惧，调侃无时不在的"无常"。这文章最后一段说："如果有一天，棺材店也卖起咖啡来多好。至少，西班牙大导演布纽尔会来光顾。他曾希望每隔十年能从坟墓里爬出来，买份报纸读读，以便知道新的世界变成如何一种样貌。他一辈子爱喝咖啡，在未曾买报纸之前，当然要先喝一杯。喝咖啡的人愈来愈多，做了鬼，别的没什么好担心；（不是人人最后都会变成鬼吗？）让人担心的是，阴间可有充满情趣的咖啡屋？"

　　这是隐地的幽默。咖啡屋的兴废更替，对隐地来说，其意义不止于让他在时光的长河中徜徉怀旧，追念逝水流年，他似乎更有意借此写出一个城市和一个时代的变化，对于这变化，他感到惆怅，然而，既然看透了变化的必然，他乃抱有欢喜的心肠。也是在这篇文章的末尾，隐地特意地加上一个附注说："文中提到的好多咖啡屋，早已在台北消逝，但只要你有力量在台北四处闲逛，会发现台北巷弄里多的是风情万种的咖啡屋，仿佛夜空中的星星，让台北变得更美丽。"

　　"咖啡屋"连接着隐地个人的生命经验与台北半个多世纪以来的沧桑历史。这巨大的社会、政治、经济和文化变革的历史，原来竟如此牵动着每一个普通人的一生一世。隐地的《涨潮日》，就记载了柯青华变成隐地的历程，而隐地在台北五十多年的大历史中的苦难、追求和为了自己的梦想而不懈奋斗的历程，就不仅是他的成长故事，因为他走过的年代，也是一个文学的年代，电影的年代，艺术的年代，政治、社会和文化观念大翻转的年代。他关于时间的记忆，融化在一杯杯余味无穷的香浓咖啡中了。

隐地的散文，确如他煮的一杯杯浓咖啡。我甚喜其似苦实甘，如茶似酒的味道。一杯在手，未品而先闻其香，那暖意顺着杯子传到手中，看看杯中深褐色的清亮，令人想起周作人喜爱的药味或者苦茶，你可以根据自己的口味，或加点牛奶，或加点糖。这就是隐地的散文，永远有一种清新平顺、自然淡泊而富于感情的情调。他把个人苦涩的经验神奇地转化为对人生的优雅态度。他娓娓诉说着人世的爱恋和梦想。他坦率记叙着生活的真相，怨悱之情，没有化为戾气，却转成悲悯和宽容。他不是具有强烈社会批判意识的作家，然而他并没有放弃批评，他从城市和时代的变化中，暗寓其婉而多讽的春秋笔法，更重要的，是他始终在喝咖啡，而咖啡似乎是他所能看到的唯一不变的东西，不管咖啡屋如何易主或消失，也不管是否还能在诸如明星咖啡屋那里看到周梦蝶的书摊，听到罗门的大声说话，人去楼空之后，咖啡的味道，总是那么甘苦浓香，那么能让惆怅不安的人得到孤寂中的慰藉。

因此，似乎也可以说，咖啡似苦而甘，就是隐地散文的特色，它来自隐地的生活经验。隐地的作品，从初涉文坛的少作直至晚近问世的一系列篇章，虽不免有早期的青涩绚烂与晚期的成熟淡泊之别，但仔细读来，还是能感觉到他一以贯之的思考和风格，那就是对于人生、人性和人情的浓厚兴趣和细致入微的体验观察。他的文字，始时如清泉，明澈纯净，渐渐汇为乡间小溪，穿过山野，越过荒原，汩汩流淌，虽是涓涓细流，却滋润了一片片荒芜的心田。到最后，经作者精心而不露痕迹地再将这些清泉溪水收挑酿造，竟变为神奇的醇酒，可储之久远，余味无穷，常常会心一笑，却不知此心此情缘何而起，只觉得兴会之间，云淡风轻。

阅读隐地，是令人愉悦的。这种愉悦，来自放松了心情的妙赏态度。你无需在他那众多作品中刻意选择，区分高下，你不必担心你的理解是否符合作者的原意，更无需在意你的阅读兴趣是否符合那些高明的批评家所划定的标准。你宛如漫步山荫道上，迎面都是风景，一花一草，一树一叶，或山或水，应接不暇。你可能会笑他那"一朵小花"的自谦和认真，然而那初出书时的兴奋和对文字的虔敬，不由你不肃然；当他为"方向"所困惑，你会看到少年隐地的执着；当他把人生比作爬山，你会惊讶于他的少年老成；他读琦君《红纱灯》而感动于作者的"真情和善意"，琦君因有一位"慈蔼的母亲"而涵养出温柔敦厚的气质，能以祥和、宁静的心境面对充满了戾气的社会，何尝不是他向往和孺慕的境界？他喜看电影，不仅因为电影可以让他逃避现实生活的困顿，而且他把电影当作认识生活和反省人性的另外一种形式，这是他阅读人性的另外一个天地，因此，你会发现，从很早的时候开始，他的影评和书评成为他阅读和解释生活这部大书的重要方式，1967 年出版的《隐地看小说》留下了那个年代台湾文坛的风气和轨迹。1968 年出版《一个里程》收入的影评《大地儿女》和《破晓时分》，就可以看到隐地很早就关心电影与文学的互动，而对于电影作为一种艺术所具有的"寓教于乐"的特性，以及电影所揭示的人性的复杂性，电影所具有的人道主义的关怀，31 岁的隐地更是别有会心，其识见自不同于把电影仅仅当作"宣传"的权势观点。

隐地是外表温文尔雅而内心坚忍不拔的人。当你读到《读书·写作·投稿》时，你会为他对文学的锲而不舍的追求动容。在大家对文学都还在心存爱恋和敬畏的年代，一个为投稿的成功而欢喜，为退稿而黯然的少年，掩藏着多少鲜为人知的伤痛和梦想，直到多年以后，他才在《涨潮日》等一系列散文中，向我们——披露。而这些文章内外的伤痛和梦想，其实都是借助于文学写作来治疗和实现的。如果没有文学，我们日后不会看到这个侥幸在中国历史的转折关头，从昆山乡下来到台北的少年，从牯岭街、宁波西街、南昌街徘徊着走进台湾文学史的时间隧道之中，并从此使自己成为台北的眼睛，台北的

隐地的时间

251

脚，用他特有的观察和游历，留下永难磨灭的关于这个城市人生的记忆。

阅读隐地，你会发现，原来散文以及他的其他写作形式，包括早期的小说、书评和晚年突然出现的诗歌，并不只是仅供人们玩赏的"文体"而已，这些简直就是他特殊的生命存在的形式。他把自己的生活经验，都融化在这些作品当中，而这些经验，既是他个人的，家庭的，也是社会的、国家的，从"克难岁月"到"繁荣时代"，从"封闭保守"走向"开放变革"的台湾社会的变迁发展，都在隐地的写作中留下了难以磨灭的印迹。或者反过来说，隐地让他自己成了台北这个城市变化的证人，台北从五十年代以来的历史，因隐地的文字而变得具体、细致、有血有肉。

隐地大概也没有料到，当他以文字书写的方式成为台北的历史的见证者和书写者时，他从此也塑造了属于他自己的时间，这是用文字凝固起来的时间，这时间不再溜走，除非这些文字都被时间湮灭。隐地以文学艺术的方式存在，甚至从 1975 年创办尔雅出版社开始，以文学出版和传播的方式存在。用隐地的话说，文学成为了他的宗教，尔雅出版社成为他的庙。这种存在的方式，让"属于时间的柯青华"在文学史上从此有了"属于隐地的时间"。

"属于时间的柯青华"，是一位 1937 年诞生于上海，七岁时被父母送到江苏昆山乡下寄养，十岁时奇迹般地被漂洋过海到台湾任教的父亲接到台北，至今已在台湾生活了五十八年的人。他像常人一样，有过苦涩的童年、少年，有过充满梦想和理想的青年，有过坚韧奋斗而终获成功的壮年，而今已经进入晚景灿烂的老年。而"属于隐地的时间"，则开始于他的短篇《请客》问世那一年。若以书的正式出版为标志，则 1963 年初版的《伞上伞下》宣告了隐地的文学时间的开端，到现在为止，隐地已经出版的三十余部作品，构成了"属于隐地的时间"的文学之河，它们将从此汇入中国文学史的长河中，构成其中独特而亮丽的风景之一。

这风景所以特别，是因为你若仔细观看，会发现它从亮相文坛开始，就一直是青翠葱郁的一片充满了活力的文学树林。若以这本四十年的散文选集《草的天堂》为说明，则它就是一个"草的天堂"：

终于我们到了瑞士。一个完全不同的国家。清洁、美丽，人们脸上均挂满微笑，他们脸上没有战争的阴影。卢什内是草的天堂，树的天堂，也是鸟的天堂，一切动物们的天堂，自然也是人的天堂。放眼望去，是一坡又一坡的草皮，青绿的，嫩黄的，以及一丛又一丛的林木，老树，中年树，青年树以及幼树，你从它们叶子的颜色，可以看出它们的年纪，草们，树木之外就是花们，野花也好，家花也好，斗艳争奇，你喊不出它们的名字，然而一样的是，它们都有属于自己美的风姿，微风加上阳光，它们仿佛一群可乐的鸟儿，在低语，舞动着它们的身肢，有的像伞，有的像薄，有的像亭，真是一片美好的田园景色，湖光云影，令人沉醉。

这是隐地第一次欧游时到瑞士的观感。隐地曾把这一次欧游看作他人生的一次分水岭，是他"生命中的一页'传奇'"，因为异域旅游，让他"看遍了世界的九十九面"，使他的生活从四十年前的"黑白电影"变成了四十年后的"色彩绚丽"（《涨潮日·〈哥哥、欧洲和我〉》）。但也因为是第一次到欧洲，瑞士卢什内的美丽风景，也不免被他赋予了理想化的成分，他更愿意看到的是"人们脸上挂满微笑"，看到这个中立国家的国民"脸上没有战争的阴影"。隐地笔下没有去关心那些微笑底下的其他苦恼。这短短的散文，也可以看作是一种象征，它以节奏明快的短句，热情地呈现隐地所观察和想象的对象，这种热情，恰是隐地作品的普遍的特征：在艰难生活中仍追求人的尊贵，优雅，既揭示生活中的艰难困顿和丑陋的阴暗，更强调人应该而且可以"选择"和"享受"美的、人性的生活。这是隐地的理想，也是隐地散文的基本格调。

　　隐地是如何表现这一基本格调的呢？在我看来，隐地书写中有几个挥之不去的关键词，或许是进入隐地世界的钥匙。其中"人生"、"人性"和"人情"是隐地成长过程中最为集中的观察点。如果说，在第一个十年（1963—1970），隐地为之魂牵梦萦的，是对于一个青年而言最为重要的"人生"或"生活"的方向和意义问题，那么，第三个十年（1981—1990）他所关心的，就是更为内在的"人性"善恶多变的问题，而第二个十年（1971—1980）是从第一个十年向第二个十年的过渡。第四个十年（1991—2005），隐地对人生、人性的思考越发圆融，他把"人生"和"人性"的思考融合起来，化为一个智者对"人情"的圆融的体察。

　　先来看看"人生"。在这部四十年散文选中，第一、二个十年（1963—1980），隐地26岁至43岁。他此时观察和思考的重点，就是"人生"。人生是什么？人应该如何生活？是隐地这两个时期所集中表现和解决的问题。《生活在兴趣里》是回顾了他的编辑生活的自传，关心文坛掌故的，自然从中了解到他当年参与《纯文学》、《青溪》和《书评书目》的编辑工作的过程，而欲了解隐地的生活态度，当会更关心隐地如何通过自己的"兴趣"和"选择"来摆脱生活这面"网"。"选择"虽然也受制于各种偶然的因素，但有意识的"选择"才会改变人生的轨迹和意义。这篇散文不仅是自传，文坛掌故，而且还暗藏着"存在主义"的意味。《人生的魔舞》和《青苹果》，同样涉及如何人在被抛入己所不欲的环境中还能正确看待人生和选择生活的问题；《谁来帮助我？》让人想到挪威表现主义画家蒙克（Edward Munch）的名画《呐喊》（*The Scream*），"在都市的漩涡里，现代人的挣扎与呐喊，就像在大海上求救的声音。任你撕破了喉咙，吼得震天价响，也还是少有回音"。隐地洞察现代人的渺小和微弱无助感，看破人的命运的不可预测和天壤之别，他也看到了人对于名利的追求的无常和虚幻，"小小的头衔，却是我们穷年累月以一生的时间才争取到的。我们用白发、肾亏和心脏病，换来了金钱和权势。我们拥有一切，只是失去了健康"。

其次是"人性"和"人情"。第三、第四个十年（1981—2005），隐地44岁至68岁，已到了不惑和耳顺的境界。他探索得最多的，乃是最困扰人的"人性"和"人情"问题。如果说"人生"更多与外在的社会环境和现实生活的状况有关，那么，"人性"则更深入到人的内在性质问题。第三个十年（1981—1990）出版的"人性三书"（《心的挣扎》、《人啊人》和《众生》），以及第四个十年（1991—2005）出版的《人生十感》、《身体一艘船》，都是进入不惑之年之后写出来的彻悟"人性"的作品。从文体上看，隐地多以格言的形式来表现现代社会之人性的多面性和复杂性。《心的挣扎》往往以一句话来揭示二元的甚至多元的道理。比如说，"有时候，答应是喜剧的收场；有时候，答应是灾难的开始"；比如说，"爱情使人年轻，爱情也使人苍老"；又比如说，"活得有趣，老年人会变得年轻；活得无趣，年轻人会变得年老"《字母狂想曲》（《人啊人》），用二十六个英文字母代表形形色色的迥异的人生观，幽默地展示了人性的多变、复杂和不确定。但一直要到1997年1月发表的《身体一艘船》，隐地才回归到对"人情"的最精彩圆融的彻悟中。这篇文章让人想起鲁迅《野草》般的思绪和文体：

当年初航的勇猛，显然风一般地消逝了，他踽踽独行，还能在这逆风冷雨的海上支撑多久呢？我知道答案。人生的收尾还会有什么好戏？他最后会沉没，我也会沉没，随后赶来的独木舟、小帆船和纸船——都会沉没。但是我们怕什么呢？历史会记载我们的航程，虽然历史也将沉没，沉没才是这个世界最后的命运。

他穿越历史，阅世已深，了悟生死，参透有无，那希望中的绝望似乎也是鲁迅的：

我望着阳台上一双又一双的鞋，这些像船一样的鞋，它们载我走过大街小巷，让我成为城市的眼睛。我们的城在春夏秋冬里老了,我们的城也因为春夏秋冬而年轻。许多遗忘的老历史被翻陈了出来,另一些新绿,却盖上了黄土。这会儿的羞辱,曾经也是人们欢呼过的荣耀。一棵树的茂盛、憔悴,原来就是一座城的故事。

他像鲁迅般有深切的反省能力,然而,他因妥协而乐观的情绪,似乎又是鲁迅所没有的:

> 人要愈活才愈知道,世间的真相其实不容易看到。人是矫情的,城市是矫情的,连我这艘船也是矫情的,不是吗?我们从来不曾赤裸着站出来,有谁看过原木船?不管是什么材料的船,都要上漆。上漆对船身是保护,穿衣也是。我们用衣服保暖,也用衣服和朋友保持距离,保持我们的尊贵。

在隐地的作品中,有一个关键词"时间"是最不能忽视的。隐地非常敏感于时间对人的重要影响。《一条名叫时光的河》与其说是对时间的凭吊,不如说是对一个文学与艺术年代的怀旧,置诸已天翻地覆的当今环境,一代人曾共有过的美好时光,或许竟已令人不堪,这是令人唏嘘不已的事情吧。《时间陪我坐着》非常精彩有趣。时间这家伙是个无所不在却无从捉摸也难以打败的隐性人。它随时侍候在每个人身边,但意识到它的存在的,却不太多。意识到而不会产生恐惧感的,则是智者。"此刻,时间陪我坐着,我们互看互望,它对我还算仁慈,看着我喝咖啡,吃早餐,它只是有点妒嫉,妒嫉我的快乐,于是和我开起玩笑,把我想吃的食物弄坏掉。""时间对我微笑,我有点生气。你未免太凶了,我知道你在慢慢收拾我,以每天让我老一点来收拾我,对食物,你让它们发霉,一个斑点、两个斑点,无数个白斑点之后,是无数个黑斑点,直至食物腐化,而世上的人,你让他们临老,初老、渐老……老得像静物,最后还要带他们进入死亡。"(《时间陪我坐着》第296页)。

读了隐地的这篇文章，你是否会想到卡夫卡笔下那位在时间中慢慢变成一只甲虫，并从此不再恢复过来的老兄呢？

隐地文章的风格统一而多变。统一的是那平顺自然的文字，多变的是他的叙事情调和方式。你会时时从他的文章读到一点鲁迅的忧愤（如《身体一艘船》、《浓淡·明暗》），卡夫卡的怪异（如《时间陪我坐着》），你也会发现一点海明威的情绪，如《午餐时间》就令人想起海明威的短篇《一个清洁明亮的地方》中那位饱经沧桑的老者独坐咖啡馆时的孤寂。

回想起来，我读隐地先生的文章，也曾是很孤寂的。那是很久以前的事了。那时只能泡在北京图书馆的台港澳图书阅览室里借阅，通常都是一大早起来，乘坐地铁，改换公车，一个半小时后才赶到图书馆，找个位置坐下，然后安心借阅，午餐也要在图书馆餐厅里吃，一泡就是一天。那时最感兴趣的是《隐地看小说》，这本书初版于1967年，隐地时年三十，已出版了《伞上伞下》（1963）和《一千个世界》（1966），但这两本收入他最早的散文和小说的集子，我都找不到。这种先入为主的阅读，让隐地作为一个小说批评家，留在了我的印象中。现在回顾起来，1967年刚届而立之年的隐地撰写的批评文字，虽然颇揭示了当时台湾文坛艺术小说的精髓和问题所在，他所评论过的作家作品，已成为了解五六十年代台湾纯文学的一扇窗口，但对身处20世纪80年代中后期的大陆读者来说，隐地那种温文尔雅的批评，实在不如1985年问世的龙应台酷评小说那么激烈过瘾。不过，谁都会注意到，《龙应台评小说》这本书，恰是在隐地的尔雅出版社出版的，这似乎有点像是"借他人酒杯，浇自己块垒"。当然，《隐地看小说》和《龙应台评小说》，一"看"，一"评"，前后跨越十余年，形成两种不同风格的文学批评，也让读者循此而找到台湾文学批评及其语境的一条变化发展的轨迹。隐地在他似乎放弃了"文学批评"的八十年代，却转而用出版的方式，延续着他对文学和文学批评的持续不变的热情和理想。

　　我从来不曾想到，多年前的阅读也会不知不觉地变成一种机缘，让我在今年终于有幸认识隐地先生，有机会大量拜读他的几乎所有的作品。这是一次断断续续的阅读之旅，我很喜欢躺在沙发上，随手翻阅隐地的作品，尤其是他晚年突然变成一个年轻的诗人，在我看来，几乎是奇迹。诗如酒，越到老来越醇厚。散文如咖啡，只要喜欢，随时随地都可品尝。没想到，这种随意阅读的快乐被打断了，柯青华先生竟然冒险要让我为他四十年的散文选集《草的天堂》写序，我顿时跳了起来，从此不能再随意躺在沙发上了，我得把他所有的著作都排列起来，放在书桌前，为他制作一个写作年表，把他跟前后左右的作家作对比，尽可能按年表的前后序列一一阅读他的所有文章，而不是跳跃式地随意翻阅，想读什么就读什么。阅读变成了一种理性的行为和职业的习惯。

　　然而，隐地的散文是抗拒这种职业性的阅读的。他的散文和诗歌，都有一种力量，要把人从职业性的机械阅读中摆脱出来。因为隐地从未板着脸写文章，即使你在他早期的散文中发现关于"人生""方向"的思考，使他少年老成，你也不会笑他"幼稚"，你反而会惊愕于那个时代的少年的认真。他晚年写《涨潮日》系列文章之后，你才会发现，原来他也曾经历过那么多的伤痛啊。这是隐地吸引你的地方。一篇篇娓娓而谈的散文就是他的生活经验。他不事雕饰，率性而写。他写出了他父亲、母亲、哥哥、姐姐和自己的在那些流逝的时间中的不同命运。他是柯家的眼睛，也是台北的眼睛，为柯家，也为台北观看并保留下了五十年代至今的沧桑变化。

　　隐地还是一个文体家。他创造了散文中的格言体，他的日记体散文，不仅是属于他的"起居注"，也是台北日常文化生活、社会生活的"起居注"，台北是因有了人的多彩生活才有了它生动活泼的生命的。隐地擅长在散文中写诗，他的散文就是诗，直到最后，他终于忍不住把"咖啡"变成了"酒"。这么多变的文体，你如何用一种理论的东西把它们框住？他说人是一艘船，没有方向的船。没有方向便意味着有多种选择，他的文体也是如此。他这个人随意地在台北这个海中飘游。他的文体也在飘游中流动和变化。没有非常明确的方向就是他的方向，没有自锢于某一种文体才造就了隐地的特别。自从隐地用文字和书，不断地改写他的命运以来，文学史也因他的文体的艺术而腾出了一段属于隐地的时间。毫无疑问，柯青华的生活时空大于隐地的生活时空，然而，也许只有"隐地"创造的艺术时空，才会延长柯青华在漫长历史时空的生命的存在，除非如隐地所说，"历史也会沉没"。

　　阅读隐地先生，对我而言，是在阅读隐地"这一个"独特的散文家、评论家、诗人、出版家的生命历程，他出入风尘，或如金刚怒目，或如菩萨低眉，时而像山之远之坚毅之峻峭，时而像水之深之活泼之洒脱，他的行文，有时朴素，有时雅致，像喜亦喜，像忧亦忧，而无不简洁自然；他的情感，有困惑，有忧患，而更多的是生活的欢喜和爱恋；他对人性的观察，深刻细致彻悟却没有流于玩世不恭，在对人的感悟中，凸现人的庄严、优雅和美。阅读隐地，对我而言，也是在通过隐地笔下的特殊的观察和思考来阅读台湾战后历史、文学和社会文化的变迁史。这种阅读，让我看到了隐地个人的生命时间，是如何借助他的文体多样的作品，渐渐地融入台湾文学的时间，成为台湾文学史的一个部分，而这一部分，将促使人们不断地改变和调整台湾的，乃至整个中国的文学地图。

2005 年 9 月 21 日于台湾"清华大学"

"狐狸"文论

——序龚鹏程《文学散步》

英国当代哲学家以赛亚·伯林论托尔斯泰时，借用古希腊诗人阿基洛科斯关于"狐狸多知，而刺猬有一大知"的说法，以"刺猬"和"狐狸"指代两种思想方式，称"刺猬"型喜欢凡事归纳为某种中心识见，倾向于构建一个完备的体系，以其一般的原理、原则来诠释、理解他的世界；"狐狸"型则往往追逐许多目标，这些目标彼此之间并无一定关联，甚至是相互矛盾的，思想散漫无系统，捕捉各种不同的经验，而不是依靠原则来理解生活。伯林列举了许多代表人物，说明这两种类别的特征，例如，但丁属于刺猬，莎士比亚属于狐狸；柏拉图属于刺猬，亚里士多德属于狐狸；陀思妥耶夫斯基属于刺猬，巴尔扎克属于狐狸，而托尔斯泰则是想做刺猬的狐狸，等等。伯林所描述的两种思想方式，虽然未必泾渭分明，却的确常常见诸不同性格的思想家、哲学家、作家、诗人、学者，因而此喻一出，每为人所乐道。

若以伯林之说衡诸中国思想家，则孔孟荀为代表的儒家，倾向于讲求仁义礼智信诸原则的"刺猬"，其中"理学"为刺猬中的刺猬，"心学"是刺猬中的狐狸；老庄列子为发端的道家，更乐于当标榜"齐物"、崇尚"逍遥"的"狐狸"；而佛家学说，以破执为功，无相无住为德，是刺猬中的狐狸，其中密宗或近刺猬，禅宗或近狐狸；史家中，左丘明、司马迁为狐狸，班固、司马光为刺猬；诗家中，李白为狐狸，杜甫为刺猬；小说家中，罗贯中、吴承恩是刺猬，兰陵笑笑生、曹雪芹是狐狸，茅盾是刺猬，鲁迅是狐狸等等——这些自然是

"戏说"。不过，以"戏说"评骘人物的好处，是不必太一本正经，而换一种有趣的角度去观察。如是，谈到当代学人，也可用"刺猬"为纵坐标，"狐狸"为横坐标，两者构成的空间，或可一一定位活跃于思想人文领域的知识者。我这么说，乃是因为想到了一位不容易定位的当代学人——龚鹏程先生。

我大概是龚鹏程著作的较早的读者之一。那是 1985 年在北京读研究生时，在北京图书馆找到那一年刚出版的《文学散步》（台北，业强出版社），一下子唤起了八十年代初在广西小镇阅读宗白华《美学散步》时的愉悦的感觉。

1982 年 6 月，我在广西一个边远小城的新华书店里买到了宗白华的《美学散步》。这本书的初版本由上海人民出版社于 1981 年 5 月出版，定价仅人民币九角，印数却达到两万五千册！在这本有趣而重要的著作中，宗先生特意解释了"散步"的意思，他说：

> 散步是自由自在、无拘无束的行动，它的弱点是没有计划，没有系统。看重逻辑统一性的人会轻视它，讨厌它，但是西方建立逻辑学的大师亚里士多德的学派却被唤作"散步学派"，可见散步和逻辑并不是绝对不相容的。中国古代一位影响不小的哲学家——庄子，他好像整天是在山野里散步，观看着鹏鸟、小虫、蝴蝶、游鱼，又在人间世里凝视一些奇形怪状的人：驼背、跛脚、四肢不全、心灵不正常的人，很像意大利文艺复兴时大天才达·芬奇在米兰街头散步时速写下来的一些"戏画"，现在竟成为"画院的奇葩"。庄子文章里所写的那些奇特人物大概都是后来唐、宋画家画罗汉时心目中的范本。（宗白华：《美学散步》"小言"，上海人民出版社 1981 年版，第 3 页）

这段话，看起来平淡无奇，但在动辄讲究规律、逻辑、科学与完整的功利性计划的年代，宗先生却来谈其自由自在、无拘无束的"散步"理论，真有别开生面、令人耳目一新的效果。他实际上在倡导一

［狐狸］文论

种审美态度，这种审美态度也许与一个政治挂帅或追求经济功利的社会格格不入，然而，它却是人所不可或缺的生活情趣。宗先生所谓"散步和逻辑并不是绝对不相容"的看法，是试图把"没有计划，没有系统"的"散步"也"合法化"，为此，他特别提到被称作"散步学派"的亚里士多德，恰是在西方建立逻辑学的大师。他更暗示了人其实是在逍遥自在的散步和观照中，才会获得真正的自由，并呈现出更为丰富完整的人性。而生活里，过于坚持和看重"逻辑统一性"的人，也许太偏向某种机械的"工具理性"了，反而可能都是些"四肢不全、心灵不正常的"。

《美学散步》收入了宗白华先生从二三十年代开始至七十年代末撰写的有关中西美学、艺术的文章。这些文章，虽然不像康德、黑格尔的美学著作那样有严密的体系和架构，但却如高山流水，清越自然，山间漫步，飘逸随意。它们有的是短制，谈文论艺，点到即止，说东道西，深得奥旨，如《新诗略谈》（1920）、《美学散步》（1959）、《形与影——罗丹作品学习札记》（1963）；有的则是长篇，纵横古今，融会中西，抽丝剥茧，举重若轻，如《康德美学思想述评》（1960）、《中国美学史中重要问题的初步探索》（1979）；有的虽写于内忧外患、战火纷飞的年代，而不失其庄敬、从容和自信，如《论〈世说新语〉和晋人的美》（1940）、《中国艺术意境之诞生》（1943）；而在看似最"政治化"的冷战年代里，他依然怀有静穆纯净的审美情怀，讨论最迷人的艺术问题，如《中国古代的音乐寓言与音乐思想》（1962）、《中国书法里的美学思想》（1962）。《美学散步》结集出版于1981年，应该说，是时势使然，它的怡然超脱的审美态度，知性而抒情的论艺风格，让刚从文革的疲惫、空虚和恐惧中逃脱出来的读者，重新发现了中国古典艺术（诗、书、画、乐等）和西方艺术哲学（雕刻、美学思想）的美和力量。当然，此书收入的文章，写于从二十年代初到七十年代末将近六十年间，这六十年的内忧外患，风云变幻，也把读者带入一个既熟悉又陌生的历史时空——六十年前的青年宗白华所处的年代，反而因为曾经成为某种禁忌而让尘封之后的思想，变得陌生而亲切，这也是宗先生跨越时代的"美学散步"之魅力所在，期间的人世沧桑之感，人们大概也都能从文里文外感受得到。宗先生一方面似乎不经意间标举"散步学派"，另一方面，把写于不同时空的长篇短制都收罗结集，领着读者重拾历史记忆，穿越时空沧桑，从中国古代和西方世界的艺术和美学里，重新找到文学艺术之美和性灵之光，这是八十年代初《美学散步》出版时带来的惊喜，也是这个时期被赋予"新文艺复兴"之意义的原因之一。

《美学散步》的出版并非个案。从上世纪七十年代末开始到八十年代中期，祖国大陆掀起了一场从文学、文学理论、美学出发的思想解放运动或"新文艺复兴"，这场思想解放运动有一个特色，借助重读经典来批判甚至颠覆教条主义化的意识形态。这些被重新解读的"经典"，主要是马克思恩格斯的原著，尤其是青年马克思的充满了人道主义批判精神和活力的著作，此外就是商务印书馆、人民文学出版社、三联书店、中华书局等重要出版部门重印出来的中西哲学、美学、文学作品与文学理论经典，当然，也包括 1949 年以后至 1965 年文革前的文学作品和著述，1966 年至 1976 年十年"文革"期间，它们都曾被当作中外"资产阶级"的或"修正主义"的"毒草"被封杀禁读。"文革"十年的革命清教主义运动，不仅清扫了它所目为异类的一切"封、资、修"精神产品，而且也否定了它在革命中建立起来的一套新文化意识形态，这些"新文化意识形态"在 1949 年至 1965 年已初具雏形，其中包括马克思主义的政治经济学和美学、社会主义现实主义文艺理论和文艺经典，然而，这些东西到了"文革"期间，也一概受到批判和反省。因此，"文革"结束后的思想解放运动，就是从重新反省这些被批判的新文化意识形态开始，继而也渐渐恢复"新文化意识形态"之外的中外文化经典著作的整理和出版，以此为契机，推翻"文革"期间走向极端的反智、反文化的"革命清教主义"做法。

正是在这个大背景下，我从八十年代中期读研究生时开始系统阅读美学和文艺理论著作。也是从那个时候开始，大陆的文学理论界意识到，在我们向古代和西方寻找思想的资源时，竟然忽略了海峡那边的文学理论和美学。如果说，台湾的文学作品从七十年代末开始辗转绕道美国进入大陆读者的视野并引起读者浓厚的兴趣，那么，战后在台湾特殊的历史脉络中发展起来的文学理论和美学，却没有受到应有的关注。根据我的阅读所及，一直要到八十年代，才有零星的论文介绍台湾和海外发展出来的文论和美学。其中最早的，是北京大学的教授胡经之先生，1982年，他撰写的《文艺美学及其他》，率先呼吁建立"文艺美学"学科，他运用王梦鸥先生的"文艺美学"概念，在祖国大陆的认识论美学传统中，重新建构了以"审美"为核心的艺术理论，从而开启另外一条新颖而异质的路子。此后，关于"文学美学"的论著陆续问世于八十年代中后期，成为一门最具有中国特色的、融合了"文艺学"与"美学"的新兴学科。

但仅靠1976年版的王梦鸥《文艺美学》，是不能全面了解台湾战后文论与美学的发展趋势的。我们需要追问和探索的是，1949年以后的台湾文学理论和美学，究竟是何形态？为何和如何形塑了这样的形态？它们与台湾文学与社会发展有何互动关系？

为了回答这些问题，我曾有一个时期，泡在北京图书馆的台港阅览室，从一本书追到另一本书，尽可能搜集相关的资料。就在这样的追问和搜寻当中，我发现，在以张道藩、李辰冬、王集丛等人符合"官方"主流意识形态的"三民主义"文学论述之外，还存在另外一条由学院的知识分子开辟出来的文论和美学路线，从五六十年代的王梦鸥、夏济安、姚一苇、刘文潭，到七八十年代的刘若愚、高友工、颜元叔、叶维廉、柯庆明，最后聚焦于1985年刚刚出版《文学散步》的龚鹏程。他们具体方法和观念容或不同，但似乎都在不约而同地趋向一个共同点，那就是强调文学的"语言美学"特征，我因此借用库恩的"范式"更替的理论和方法，把这些不同世代的学院派"有意"或"无意"的论述，描述为一个逐渐被构建起来的新的理论范式或理论共同体，他们逐步地取代"文以载道"的教化传统，而试图建立一个具有现代意义、更能解释文学本性、特征、功能和文学发展史的以生命美学为基础的中国式文论。这些论述，后来都收入拙作《文学台湾》里了。

当然，用"语言美学"去描述和概括这些知识背景、美学观念相当不同的学者，并试图把他们硬生生放在一个所谓"理论共同体"中，是受了当时哲学和美学所谓"语言转向"的影响；而强调这种语言美学骨子里的生命情调，也正是为了呼应人道主义、人类学本体论、主体性哲学等八十年代在大陆热烈讨论的议题。现在看来，被我放在"语言美学"共同体中加以描述的台湾理论家、美学家或批评家，每个人其实都有不同于他者的特异的观念和立场，若强以某种共名去描述，也许勉强可以挪用"散步学派"来形容，因为台湾的大部分理论家和美学家，都不太在意去建构逻辑严密的美学体系。王梦鸥的《文艺美学》和刘文潭的《现代美学》，基本上都是在介绍诠释不同流派的西方美学中建构其理论的；姚一苇《艺术的奥秘》深受亚里士多德《诗学》的影响，但也未必算得上有严密的"逻辑体系"，而"散步"的特征比较明显。其中最典型的，我认为就是龚鹏程先生。

写于 1983 年、结集于 1985 年的《文学散步》，与其说是龚鹏程试图解决文学理论问题的少作之一（写这本书时龚先生二十七岁，此书出版时他二十九岁），毋宁说是表达其生命情调与美学的一种方式，也是他搅乱台湾中文系一潭春水的"戏作"。他不热衷于建构逻辑严谨密不透风的文论体系，不去探讨和追求看似"科学"的文学发展的"规律"，而是以相当自觉的方法论意识，去挖掘和发现作为生命之美的文学的独特魅力与独特价值。这部书问世于八十年代初的台湾时，因了其中三个特色而引起重视和争议。第一，他是台湾中文系年轻学人中最有意识地运用中外美学方法来讨论"文学内在"的"知识论规律"与"方法学基础"问题的，这对向来重视传统经学的台湾中文系不啻是一大跃进。在他之前，当然也早已出现过很有影响力的文论著作，例如王梦鸥的《文学概论》（1964）、《文艺美学》

"狐狸"文论

（1971），姚一苇的《艺术的奥秘》（1967），柯庆明的《文学美综论》（1983），这些著作也都来自中文系资深学者，他们也涉及中西美学，却因侧重知识论本身的建构，而缺乏对这种文学知识论所赖以建立的基础的批判性的反省，因此，这些著作试图给人以科学的、逻辑的系统知识"表象"，却似乎缺乏方法论的自觉；第二，他是最具有生命意识的文论。在这一点上，龚先生的文论，有意识地吸纳了中国哲学（特别是新儒学）中强调生命、心性的思想，由此而上接中国传统的精神史，使他的文论虽然看似具有非本质主义的特性，实际上却奠定在生命美学的基础上，而在表层上，则是回归文学本身所最基本的语言层面进行分析。

这是一部比较典型的、有趣的"狐狸"文论，它曾以其别具一格的论述方式吸引过我，其中原因，也大致有二：其一是它与《美学散步》的渊源关系。上海版《美学散步》1981年问世，台北的洪范书店同年也出版了宗先生的《美学的散步》。在蔡英俊为《文学散步》做的序言里，曾提到他们这几个朋友相聚在一起阅读哲学、美学的一段时光，阅读《美学的散步》也应是那个时候的事情。《文学散步》的自序提到，由于李瑞腾的介绍，他于1983年间为俞允平主编的《文艺月刊》撰写文学理论专栏文章，"瑞腾遂建议我仿宗白华《美学的散步》，来一趟文学的散步。因为散步虽有起讫，却无规矩；虽有章法，却不期于严谨精密；偶然适志，更不须如舞蹈之必博人欣赏赞叹"。此论与宗先生关于"散步"之道的说法，精神相通，因此，把龚鹏程归入"散步学派"，似乎也有理。而从《美学的散步》到《文学散步》，也可见两岸的思想文化交流，即使在1987年之前尚未正式开放的年代，也早就通过民间进行了；其二是《文学散步》谈论文学的方式，不但与大陆读者常见的方式（如当时坊间流行的蔡仪、以群等人编著的各种《文学概论》）不一样，与台湾岛内理论家王梦鸥、姚一苇、刘文潭、刘若愚、高友工、柯庆明等人的论述方式也有差别。对龚先生个人而言，前此虽然出版过关于孔颖达周易正义的硕论（1979）、关于江西诗社宗派研究的博论（1983）、《历史中的一盏灯》（1984）和《中国小说史论丛》（1984）以及一些古典诗文的鉴赏论著，但比较系统地思考文学理论的问题，这还是第一次；对以传统经学为根基的中文系而言，其年轻学人打破长久以来在文学理论和美学探讨和思考上的沉默，在外文系占据主导位置的文学理论方面"初试啼声"，而且一出手，就毫不留情地批判此前台湾坊间《文学概论》之陈词滥调，沉溺于假问题里却不能自省自拔，狠批其要么"盲人摸象"，要么"指鹿为马"，文不对题，陈陈相因，且指名道姓，毫不隐讳，虽有"同室操戈"之嫌，却的确轻车熟路，击中要害，为中文系在文学理论领域的真正发声，并与其他学者展开有效对话，开辟出一条生路。

阅读《文学散步》时，恰逢八十年代初祖国大陆美学与文论蓬勃复兴的浪潮。1988 年，当文学所理论室决定在福州举行文学理论的研讨会时，何西来、杜书瀛先生让我开出一份台湾学者的名单，我写上了王梦鸥、姚一苇和龚鹏程的名字，把龚鹏程看作八十年代台湾文论出现新的气象和转折的代表。后来，王、姚两位先生不知何故未能与会，而龚先生却抱着猛龙过江的心情单刀赴会。这是他第一次正式登陆，在一个想象里很熟悉、实际上却相当陌生的文化环境中，他怀着文化遗民般的愤激、感伤，"舌战群儒"，不料却从此开启了他遍游神州，广交天下英雄的万里鹏程之旅，成为两岸文化交流最活跃的人物之一。

想当初，只读其书，不识其人，虽欲以意逆志，终究书上得来，少不了龃龉隔膜。如今读其书渐多，要做到知人论世，势不免前后左右再三斟酌。这一斟酌，才发现难以为龚先生定位。譬如，他究竟是自由主义者，还是文化保守主义者？是新儒家，还是新道家，抑或禅道儒兼修？是传统意义上的"儒"，还是"墨"，或者是"儒墨兼之"？是在朝的"官"，还是在野的"士"？是朝廷的"谋臣"，还是民间的"游侠"？是政治的"异端"，还是文化的"辩士"？……实在难以界定。最后，我想到"漫游者"这个词儿。是的，他是漫游者，从民间漫游到上层，从教育漫游到政界，又从政界游离到民间，从

"儒"漫游到"佛""道",从经学漫游到文学、史学、文化学,也许只有用"漫游者"这个名词才好描述龚鹏程,而他的名字里恰好有一"鹏"字,似乎也注定了他的一生要与"漫游"或"飞翔"结缘。这是跨越了各种有形与无形之边界的漫游与飞翔,是一种流动不拘的长途冒险和游戏。恐怕只有从"漫游者"的身份去想象而不是定位龚鹏程,才能稍微看得清或理解他的文字和理念的世界。

但"漫游者"也只是描述龚鹏程治学越界的特征,还是无法说明他思想的特征。也许,要形容龚鹏程儒道佛并重,文史哲兼修的"杂学"的思想特质,还得借用"刺猬"与"狐狸"之喻,盖龚先生论学,虽不拘疆域,却每以养心为指归,他是刺猬中的狐狸,狐狸里的刺猬。当然,剿袭西人"狐狸"之喻来比拟龚鹏程,他或者也不太自在,他治学虽然并不排斥西学,但骨子里,还是服膺中国自家的传统。那么,如何形容这种兼具狐狸与刺猬特征的思想方式?我想到了中国式的"猴",以"猴气"来描述龚先生的治学特色,也很为恰切,这自然因为龚先生生肖属猴,猴固非林中之王,山中之尊,却是使林中有灵气,山中有活力的智者;更因为龚鹏程治学喜欢越界,举凡文、史、哲、宗教、教育都均有涉猎,且每立新说,不拘成规,虽未必有意自创门派,但其综合诸家,不避俗杂,仍自有其脉络理路,可谓学界之"迷踪拳"。龚先生性喜臧否,却鲜见虎狼之气,而处处弥漫着往还驳诘的猴气。这也许是另类之王,如美猴王一般,不受拘束,而精于解构——流行的成说,刻板的论述,僵化的体制,不论来自哪位权威,在龚先生那里,从来都是质疑、瓦解、破坏的对象。《文学散步》(1985)即是最早展现龚先生之猴气的典型论著。

《文学散步》简体版在大陆问世,龚先生嘱我作序,惶愧之余,花了不少时间重读。方知在《文学散步》之后,台湾似还都未能出现超越龚著的文论著作,而龚先生这数十年来,又早已沿着其"狐狸"式的思维方式,在美学、文学、宗教、思想史等各方面,建树更丰,令人产生瞻之在前,忽焉在后的感觉。此书于1985年问世之后,虽在台湾已出十来版，但一直未在祖国大陆出简体版。这次"登陆"，比初版本晚了二十一年，而一本书于初版二十一年之后仍能再版问世，已足见其魅力和价值。回想当年，不论是作者，还是读者，都正当少年气盛，而今已步入中年，人世沧桑，事如棋局，曾经相信文学哲学美学能救世契道立身淑世的人，不知如今是否还有？曾经相信语言文字之可形塑世界和人的意识之力量的人，不知如今是否还有？不管相信与否，试读一下这部《文学散步》，或可循着龚先生少年论文、发扬踔厉的踪迹，以漫游者的姿态，重新认识如今已面目模糊的文学的风景吧。

　　我原无资格为此书作序，然而龚先生再三嘱我略述书缘，只好以此书最早的读者之一的身份，谈谈它问世伊始大陆文论的生态和我被它吸引的故事。这大概也是人与人，人与书的一点际遇缘分吧。

　　　　　　　2006 年 5 月 14 日初稿，6 月 26 日修订于北京

毋忘香港
——读刘登翰主编《香港文学史》

1952 年，美国黑人作家拉尔夫·艾里森（Ralph Ellison）出版了一部小说《看不见的人》（Invisible Man）。在该书的"序言"里，他这样写道："我是个看不见的人。不，我并非那些在爱伦·坡的脑海里徘徊的幽灵，也不是好莱坞电影里出没无常的幻影。我是人，有形，有肉，有骨头，有纤维，有体液——甚至还拥有一颗心灵。我之没被人看见，明白吗？仅仅是因为人们不想看见我。"艾里森描写了一个来自南方的黑人在纽约那充满了种族偏见的环境里的遭遇。他发现"黑人"不过是别人的眼睛和意愿所创造出来的幻觉，他被看作是一个"角色"（爵士乐手或黑人喜剧演员），或一种功能（清道夫或佣人），或一种面具（诮笑背后隐藏着愤怒），却从未被当作一个有血有肉有灵性的个体来看待。这部小说表面上看好像是反种族歧视，其实也是象征主义的：生活中有不少处于"边缘"或非主流的人或族群，在某种环境里，就常常是"看不见"的。在谈到香港或台湾文学时，我总是没来由地想到艾里森的这部小说。事实上，在关于香港的叙事里不是常常听到"文化沙漠"的耳语吗？而台湾光复初期到台湾去的知识者，也曾把那里看成"文化沙漠"。这些"边缘地区"很容易沦为"看不见"的，沦为"他者"眼里的"幻象"。

幸而这些"看不见的人们"终于凭借其经济成就让人"侧目"，但倘若仅被其"经济成就"所吸引，而忽视表现了他们心灵的文学、文化等等，也很容易把他们看作某种"角色"或"面具"。正是在这一点上，研究这些"边缘地区"的文学、文化的学者，在触摸到了这些"看不见的人们"的复杂敏感的心灵之后,似乎格外谨言慎行。即使偶有所言,听者也是寥寥。于是,他们便很乐于借各种"东风",赶紧出版各种"史"的著作,好像写文章没有人理睬,干脆就用"史书"来吆喝。近十几年来,关于台港地区的文学史叙事之多,似乎就与这种状况有着密切的关联。在这些著作中,刘登翰先生主编的《台湾文学史》、《香港文学史》尤为引人注目。

《香港文学史》是第一部在香港境内由香港作家出版社于香港回归后一个月出版的(该书1999年4月复由北京人民文学出版社出版简体字版,以下引文均来自这个版本)。香港作家曾敏之为此书作"序"时,特别提到该书编纂的动机,是萌生于"中英《关于香港问题的联合声明》宣告香港结束殖民统治,回归祖国有期之后",特邀内地资深学者刘登翰先生担任主编,经过"一年多的努力",终于在回归之期出版了这部约六十万字著作。显然,这是具有纪念意义的"献礼工程"。这样一种修史的背景,应该说是具有中国当代文学学术的特色的。

文学史著述是一个浩大工程,邀集一些学有专长的学者,将他们长年累积的研究成果贡献出来,也许不失为一种"大声言说"的方式(我个人认为,一部书的价值并非仅仅取决于它是私人著述还是集体编撰,而在于它究竟是否能超越某种"体制"的压抑,贡献出学者的真知灼见)。但对在短期内匆匆赶出来的献礼式的著作,刘登翰却有着清楚的认识。他在"总论"里划分了两种不同类型的文学史,一种是对前人创造的文学经典及其文学发展规律的总结,它"必须建立在一代代研究者对文学史料、规律以及经典作家和作品的充分研究基础上",本身也具有一定的经典性。另外一种严格地说只是一种"概述",它"只是为了帮助读者了解我们尚属陌生的文学状况",是对"庞杂的文学史料和现象所进行的初步梳理和描述",对"在各个时期活动的作家和作品,给以初步的定位和评析,从而为读者和研究者提供一份整体观照的图像,成为他们更深入了解和研究的基础",刘登翰把目前出版的台湾文学史、香港文学史和大陆的当代文学史著作，都列入这一类，宣称这"是我们研究尚未成熟的标志，也是我们研究走向成熟的必经途径"。有了主编的一谦逊态度，我在谈论这部尚未成为"经典"的书的时候，也就不妨随便一些了。

我首先注意到，刘先生主编的文学史著作，每每冠以一篇长长的"总论"，近乎苦口婆心地论述了台港澳地区与中国母体的渊源关系，谈血缘，地缘，史缘，谈文化……从著述的角度说，这长篇大论，也许是"废话"，对于自明的前提，何苦要花费大量的笔墨？但从现实的角度说，这些或许是构成中国文学之"台湾性"、"香港性"或"澳门性"的必要论证，是蕴含具体的区域文学经验的所谓"文化研究"成果。确实，对大陆研究者来说，只要一涉及台港澳文学，就必然会遭遇到近代以来中国在帝国主义列强支配下形成的地缘政治问题，经济制度问题，法制问题，意识形态以及与民族主义相关的文化、语言与文学问题。从这个意义上说，中国的"现代性"所带来的"精神分裂"的创伤，实际上是由 19 世纪上半叶开始"花果飘零"的港澳台地区的一些敏感的心灵去承受的。因此，人们很难从"纯审美经验"的角度去讨论这些地区的文学。也因此，"总论"的那些前提论证，恰说明作为诗人的学者刘登翰"予岂好辩"的激情。而刘先生的这一研究思路，照我推想，至少始于 1986 年，那时他向第三届台港澳暨海外华文文学国际研讨会提交的论文《特殊心态的呈示和文学经验的互补——从当代中国文学的整体格局看台湾文学》，似乎即有意倡导"文化研究"与"文学经验"研究相结合的方向。他在论文中提出："认同确定归属，是研究的前提；而辩异是在确定其归属后，确认它在整体中的价值和位置，是研究的深入和对认同的进一步肯定。在这个意义上，特殊性的认识比普遍性更为重要"（刘氏《文学薪火的传承与变异》，第 91 页，海峡文艺出版社，1994）。在《香港文学史》中，他又强调，香港文学和台湾文学、澳门文学一样，都是我们民族一百多年来坎坷多难的一份文化见证。历史不幸的原因，使它们从中国文学中分流出去；历史的有幸结果，又使他们在不离中华民族文化的母体怀抱中随着时代的发展走向新的整合"

（"总论"，第40页）。可能正是在这一思想指导下，向以治学认真、立论周延著称的刘登翰先生才领衔率领台港澳研究界的部分优秀学者完成了对这三个"敏感"地区文学史的"圈地式的"的大叙事〔在此之前，他曾主编《台湾文学史》（1991，1993），在此之后，还主编了《澳门文学概观》（1998）〕。

刘先生的指导思想自有特殊的语境。这一特殊语境，又是研究台港澳这些"边缘地区"文学所不得不面对的。譬如，作为区域文学，"台湾文学"、"香港文学"与"澳门文学"分别与"福建文学"、"广东文学"具有相似的语言环境、民情风俗、历史和文化渊源，但它们之间的差别却也十分明显。对这些差别的研究，就包括了使台港澳文学的研究或文学史的叙事成为"必要"的东西，包括了对于"能说"的和"不能说"的问题的默认，涉及对台港澳文学的"文化身份"和研究者"叙事"的合法性进行定位。面对大陆读者，他们试图把台港澳问题从被历史"边缘化"的位置拉回"前台"，凸显这些区域文学所能提供的"现代化经验"对于大陆的正负意义；而面对台港澳读者，他们需要在"自我"和"他者"相互纠缠的问题上证明这些地区的文学、文化与祖国文学、文化的血缘关系，然后才在这一前提上论述其经验与地位的特殊性。这是台港澳文学研究必然与国内国际政治、意识形态与文化研究纠结在一起的原因。因此，刘登翰式的"总论"所包含的关于这些地区文学与祖国文学之地缘、血缘和史缘等的文化性论述，就成了理解、描述我们的语境以及这些特殊区域之文学的内涵及其源流变迁的题中之意。

实际上，刘登翰所擅长的，似乎不在于这些持论公允近乎"枯燥乏味"的前提抗辩上。他擅长的是对这些地区独特的文学经验的诗性体验与分析。譬如他在本书中关于五六十年代香港诗坛与诗歌创作的细微精到的阐释，尤其是关于力匡、何达的诗歌创作的评估，关于本土诗人舒巷城与南来诗人马朗对"现实主义"、"现代主义"不同创作方法的取舍的辨析，可谓知人论世，应为不易之论。当然那些总论不妨看作刘登翰根据三地文学史实概括出来的文学·文化理论，由于他的理论激情胜于史料的叙述、梳理，这一特点也似乎奠定了这些著作的基调，形成了本书叙述香港文学之故事的方式：上卷基本按照刘以鬯关于香港文学始于 1874 年《循环日报》的论断，讲述香港开埠到 1949 年的文学史，侧重史料和作家创作活动的梳理叙述；"下卷"（包括前篇和后篇）讲述 1950 年代至 90 年代的文学史，它的章节安排却与上卷不太统一，与其说是对文学史源流的细致梳理，毋宁说是根据不同文学体裁、不同时段组织和排列起来的作家作品论。同一本书，有两种叙述方式，亦可谓"一书两制"。

有意思的是，这部《香港文学史》也像 1991 年出版的《台湾文学史》一样，在其近代部分，都有不那么偏重理论的学者执笔，因而写出的，反而是相当有"史"的感觉的章节。我指的是杨健民主笔的上卷（香港开埠至 1949 年，第一至第四章）。他非常重视从报纸副刊、文学期刊这些直接影响着香港文学生态的媒体入手，叙述香港文学发生、发展和变迁，很能反映香港文学环境的实际情况，具有很高的史料价值。譬如，他提到中国内地出版的第一家英文报纸《广东记录报》，1827 年 11 月在广州创刊，1839 年迁往澳门出版，1843 年 6 月迁往香港后更名《香港记录报》，1863 年停刊。这份明确宣布为英商服务的报纸，却刊登了大量译自中文的中国作品，曾全文翻译连载了《三国演义》等。如果我们无法否认近代媒体的发展与资本主义传播的关系，那么，这一资料，为我们进一步研究鸦片战争前后港澳与广州地区中西文化交流状态提供了有趣的线索，它至少把"现代性"论述在中国的出现推到鸦片战争以前。此外，在香港出版发行的大量的英文报刊，不止是了解当时香港地区舆论状况的重要资料，也是了解英国人关于"香港"这个地方的文化想象的重要史料。如果把这些资料与叶灵凤《香港书录》所提及的各种英人关于香港的著述结合起来研究，例如 E. J. Eitel 所著《在中国的欧洲．香港自开始至 1882 年的历史》（1895），G. R. Sayer 所著《香港的诞生、童年和成年》（1937）以及十九世纪《泰晤士报》上刊登的中国通信等，我们会对"殖民者"关于殖民地的想象，殖民地的行政结构和市场体系及其对人们的深刻影响（从而对文学的影响）有更深的了解。再认真研究该书提及的香港差不多同一时期的中文报刊，如《遐迩贯珍》（1853 年 8 月创刊）上关于西方社会科学、自然科学以及东西方文学的介绍和论述的文字，我想，香港在 19 世纪甚至到 20 世纪所能提供给我们的思想资源的重要性就不言而喻了。可惜，这些史料只是被提及，未能得到深入的研究。现已被看作"香港作家"或"香港学者"的曹聚仁曾说："一部近代文化史，从侧面看去，正是一部印刷机器发达史；而一部近代中国文学史，从侧面看去，又正是一部新闻事业发展史。"（《文坛五十年·晚清》，东方出版中心 1997 年版，第 83 页）由于近代中文报刊发源于香港，因此，从文学生产与媒体的关系去研究香港文学发展的全部历程，并由此研究文学的"香港性"（包括其文化性、地域性与近代性），似乎较能揭示香港文学潜在的动力和浮出地表的特征"所以然"的原因。

可惜该书的这种叙事的方式没能贯彻到底，虽然这也许并未影响该书一些篇章对作家作品论述方面的力量，但给人的"史"的感觉始终淡薄了些。譬如费勇、钟晓毅主笔的第七章"通俗小说"对新武侠小说和言情小说诞生的社会背景、文体渊源、心理基础和其"新"的特质都有精彩而到位的分析，避免了论述这类文体时很容易落入的泛泛而谈的陷阱。但由于缺乏"媒体"分析这个维度，始终令人感觉缺陷，至少，香港古老的世俗社会如何因为有了西方泊来的媒体（政体）而变得华洋杂处，雅俗难辨，这一点似乎正是新文学研究者们所容易忽略的地方，也是他们以"新观念"读金梁新武侠小说时最易走眼的地方。在我看来，产生了明代小说的中国式的"世俗社会"，也就是滋长金梁武侠小说的土壤，而金梁小说之所以不是明代小说的简单"复制"，也是因为近代的媒体与市民的政经生活，已将这种俗民社会做了相当深刻的撼动的缘故。

我特别注意《香港文学史》叙述五六十年代文学的方式。该书用第五章做"前篇：当代香港文学的前期发展"的"导论"，主要谈时段划分、文化背景和形态特征，接着用第六至第十章分述"小说"、"通俗小说"、"诗歌"、"散文"和"文学批评"，这种叙述方式虽然使我们对不同文体的发展有较清晰的认识，但也往往要牺牲对近代文学史叙事而言十分重要的"同时性"原则。例如王光明执笔的第十章分别以三节主要论述林以亮诗歌批评、曹聚仁的文学批评和司马长风的新文学史研究，他高度评价林以亮1953年发表于《人人文学》上的论文《诗与情感》对于五四以来的中国主流诗歌的"滥情主义"和"感伤主义"诗歌的激烈批评，这正是同时的大陆批评界所忽略的。他还正确地指出，"林以亮对浪漫主义影响的批评，既有中国古代诗歌传统的阔大背景，又有本世纪西方现代主义诗歌的重要参照"（第371页）。但这一反浪漫主义的潮流，与同时期的大陆、台湾的文学思潮，与同时期创作的其他文体的关系究竟如何，未能深论。其实"反浪漫思潮"与"现代主义"和"新古典主义"恰也是同时期台湾倡导"纯文学"的学院派的理想。港台文坛在五六十年代的相互影响及其相似的背景，正是展开文学史叙述的绝好空间。在谈到曹聚仁的时候，他也正确评价了曹聚仁的鲁迅研究和"独具个人色彩的新文学史"著作《文坛五十年》的成就，但他与不少香港文学研究者一样，都没有注意到，五六十年代的曹聚仁，还曾经用"穆文子"的笔名，在《文艺世纪》开辟过一个"新文心"专栏，写了不少涉及小说、诗歌、戏曲、报告文学等的文学批评文章。《文艺世纪》创刊于50年代中期，历时最长，它刊登的不仅是在港作家的作品，例如阮郎、夏炎冰的小说，叶灵凤、曹聚仁等介绍外国文学的散文与批评，而且还刊登内地作家、画家的作品，如周作人、田汉、吴作人等，都有作品在该刊发表。由此证明，五六十年代香港文坛是上海三四十年代文坛的延续，它与内地文坛的联系并未像书中有些论者所断言的那样出现"断裂"。此外，《文艺世纪》杂志之所以值得重视，还因为它是较早的世界性"华文文学"园地，刊登了不少来自东南亚青年作家的作品和民间故事，以它自己的园地建立了华文文学的"大同世界"。可是这样一份重要的杂志，却没有在该书关于五六十年代的文学史叙事里占有一席之地。

我感觉该书"论"重于"史"，还有另一个证据：在叙述七十年代香港文坛时，就似乎忽略了一个很重要的史实：保钓运动对于部分知识分子的深刻影响。其实，正是在这一点上，港台两地文坛互通声气，掀起了探讨中国问题的热潮，后来复因文革内幕的披露，使理想幻灭和知识分子分化。这些因中国历史与政治制度以及国际政治格局问题而激发的具有思想史和文学史意义的问题，两地本有许多相似之处。因为执笔者没有对此寄予适当的重视，就造成了这样的结果：本来应该放在一起论述的诗人，如温健骝和古苍梧，被硬生生地放在"前篇"和"后篇"来分述。虽然在各自的论述里也提到"保钓运动"对他们创作和思想的影响，但这样分论，收入论文集则极是，作为史书，未免有"史"感分裂的缺憾。

台湾沦为日本殖民地版图时，反映了日本"亚洲思维"的特性；而香港曾被英国史家想象为"在中国的欧洲"，是否英国人的"欧洲思维"的扩展？从刘登翰先生已经完成的台港澳文学史的大叙述中，我们看到却是特殊的"华族思维"，这或许是从"花果凋零"走向"华族团圆"的美好想象？如果把刘登翰主编的台港澳文学史著作与其他人著述的大陆当代文学史、海外华文文学史结合起来做一个整体的观照，那么，关于"华文文学史"的大架构已经随着"中华民族大团圆"的期盼出现在读者的视野当中了。这个庞大的学术工程完成于香港澳门回归之际和跨进"新世纪"前夕，使汉语读者终于可以在中国领土上的外国殖民统治全部结束以后，带着新的想象去从容地阅读、思考、理解、反省这些成果及其它们所包含的种种问题了，这大概也是这部《香港文学史》的意义所在吧？然而，这些曾经"看不见的"边缘地区是否因这些学者认真热情的文学史叙事而从此被习惯于"中心思维"的人们完整地认知呢？我仍不那么乐观。

2000 年 1 月 13 日

（刘登翰主编《香港文学史》，1999 年 4 月北京人民文学出版社初版）

附 录

疗伤与救赎
——黎湘萍教授谈台湾文学研究

黎湘萍（中国社会科学院文学所研究员、《文学评论》编辑部主任、副主编，中国社会科学院研究生院文学系教授、博士生导师）

陈美霞（福建社会科学院助理研究员）

（一）终结冷战思维的台湾文学研究

陈美霞：黎老师，您好！台港澳暨海外华文文学在现有的学科体制里相对边缘，但是您对这个学科很有热忱。有人说您是"把台湾文学当作事业来经营"，除了自己的学术研究外，您还很重视学科建设与年轻人的培养，近年您更是发起了多场高品质的研讨会来推动两岸三地学术交流，您对这一学科的热情源自哪里！

黎湘萍：这真的是说来话长，要从我们为什么会去研究台湾文学说起。1985年读研究生的时候，我的专业不是台湾文学，而是文学理论。为什么学文学理论？1985年被叫作"方法年"，是改革开放后思想最活跃的时期。文学只是我们当时思考问题的介入点，凡是八十年代过来的人都有体会。在这样的氛围下，我们的反省是：西方之外，我们的周边状况是怎么样？特别是1949年后的台湾，它的理论状况是怎样？台湾那边的理论界是不是走一条与我们不一样的发展道路？会不会开出一个新的不一样的理论体系或者方法？我是抱着这样的问题去思考、了解台湾的。

我的硕士导师是何西来老师、杜书瀛老师，在思想解放运动中，他们经常合作在报纸上发表文章，5个研究生中他们就让我专门做台湾这一块。我的硕士论文是梳理1949年以后台湾文论的发展，得了这个任务后我就泡北京图书馆。我早上去那里，中午就吃馒头，泡一天，找到一本书之后，根据参考文献、出版广告等，从一本书追到另一本书，按照编年的方式，做了一些研究和排列，找到台湾理论发展的方式、模式或者趋向，我自己是这样去摸索的。一开始我就把台湾文学或者台湾研究当作一个思想或理论的资源去挖掘，并没有当作一个学科。

陈美霞：我有印象您在《是莱谟斯，还是罗谟鲁斯？——从海峡两岸"走近鲁迅"的不同方式谈起》里说过把台湾文学作为一种理论批判的资源。

黎湘萍：对。两岸虽然处在分断的状况，但这是民族内部不同区域的各自发展，内在的文化脉络没有分裂，甚至在政治分歧最严重的时候都有对话。叙述民族史、文化史，一定要有整体的视野。

读博士的时候，为何继续台湾文学研究？是因为我的老师唐弢先生，他在八十年代的时候已经在思考重写文学史的问题。"重写文学史"的口号虽不是他提出来的，但他八十年代去香港开会时，已注意到这些问题。如何来整合一个比较完整的有着丰富生态的文学史？他认为没有香港、台湾、澳门的中国文学史是不完整的。

另外，唐弢先生还有个思考：现代文学走了这么多年，从"五四"到1949年，甚至1949年后有很多不同阶段的变化，是到了进行总结的时候，特别是在理论上进行更好阐释的时候。从某种意义上说，唐弢先生没有精力做的事情我来继续，这既是学科的事情，也不是学科的事情，它涉及到对整个文学史的整体脉络的理解。有了这样的思考，我们做台湾、香港、澳门的文学文化研究，就有了一个基点，一种当作事业的热情和动力。

因为国际性冷战、两岸分断的结构，它使得我们民族的整体历史被切割得支离破碎，八十年代是重新来反省与理解的时候。这不是宏观的空洞的，而是需要扎扎实实地去做。我以前写过一篇短文，讲这个学科是最早终结冷战思维的，比冷战的结束还更早地展开了不同政治意识形态之间的文学对话。终结冷战思维的恰恰是我们这个所谓的边缘学科所做的先驱性的工作，光这一点我就为我们学科的人感到骄傲。

1986 年在深圳大学举办的第三届台港澳暨海外华文文学研讨会，有很多原来搞当代文学的研究者拥进来做港台文学，貌似在"赶时髦"，其实他们已经走在通往民族和解的道路上了，他们已经找到了一个藏有金矿的地方，只是还没有往深里挖。我们对那些前辈、先驱者，为什么充满了敬意呢？原因就在这里，这个学科的重要意义之一也在此。有些台湾朋友有误解，问早期的台湾文学研究是不是在做统战的工作？我说开玩笑，在冷战·内战结构里，谈台湾是禁忌的问题。有了七十年代末政治上较为开放的氛围，才能保证我们讨论台湾问题不再是禁忌，保证我们能够好好地在这条路上把冷战思维的残余给清除掉。

我们做的工作远远不是学科建设这么狭义，而且我一直很不喜欢"学科建设"这个说法，因为它可能会窒息这个学科所具有的活力，特别是它所具有的寻找文学文化思想资源的活力。

沿着你这个话题延展，大概是在 1988 年我们文学所成立了"台港澳暨海外华文文学研究室"，后来解散，我就回到现代室，之后又到《文学评论》编辑部。2004 年我又奉命出来创办新的"台港澳文学与文化研究室"，这时候我就必须关心学科的问题。我做的第一个事情是开会，我把在北京做台湾研究、关心台湾问题的人请来，包括台联、台盟、国台办的同行。2004 年正好大家对"文化台独"很敏感，我记得会上有朋友说："台湾有些人把台独当作一种事业来做，我们大陆如果没有人把反台独也当作事业来做，我们就没有办法把这个事做好。"这话我觉得非常有意思，虽然政治意味很强，但是说明要把台湾研究当作一个学术事业，一定要投入热情。

我们对台湾的关心与政治有关、有时也没有关系，因为台湾提供的资源是很丰富的，可是它被政治卷进去的时候也让人感到非常难受。那时候我经常说一句话"台忧亦忧、台喜亦喜"，这句话意味着大陆与台湾的命运是息息相关的。

《文学台湾》出版后，《南方都市报》做了一个介绍性的专辑，我曾提到孔子所说的，"鲁卫之政，兄弟也"，认为两岸之政，其实也是兄弟之政。因此，兄弟之间，或可因政见不和而相争，却不必因此而兵戎相见。如果你真把台湾研究当作一个事业的话，它还有个"疗救"、"疗伤"的功能。我常跟室里的同仁讲，要以"悲悯"的心情去介入。在理解这样一段民族分断的历史带来的伤害、悲伤与愤怒的时候，我们可以找到一个救赎的道路，以文学的研究为民族的悲剧史做救赎。要把因民族分裂而牺牲受难的人看作为两岸的和平统一付出的代价，这样我们做这个工作才会更有意义。

研究室既然成立，那就要做得更专业，在学科的方方面面打好基础。比如说史料，要真正面对最原始、最可靠的资料，然后同情地理解历史和现实，对之进行实事求是的研究。此外，我们要讲方法，要有良好的理论训练。理论会赋予你不一样的眼光，理论就像一束光，可以照亮那些黑暗中被遮蔽的史料。文学研究要三足鼎立，史料是一足、理论训练是一足、还有一足是文本解读能力。我们的工作很重要的一点是要对作家留下来的文本进行细读。这是我们和历史学者、哲学学者不一样的地方。要非常准确地把握到作品的味道风格、它夹在皱褶里面的那种血液，非常细微的东西往往就是作品中非常丰富的部分。作品的品鉴，涉及到对作品的好坏高下进行分辨和评估，这是文学研究者必备的能力。

进行学科建设的另外一个重要工作，就是年轻人的培养。我对本学科的发展现状并不满意，有时甚至很焦虑。因此，看到年轻人进来参与这一研究工作总是很高兴，这个学科需要新鲜血液的注入。我们每个人都处在"过渡阶段"。我们从前辈那里吸收了营养，我们也要有所推进；有些我们做到了，有些要让下一辈或者更年轻的学者来弥补。

另外我常开玩笑说我们是半外交性质的，这个学科一定会面临与自己的政治立场、意识形态、甚至学术训练都不一样的学术群体或者知识共同体，要与台湾、香港、海外学者进行对话。我提的要求是一定要有专业训练、一定要有对话能力、一定要有团队感。既然成立研究室，就必须把它做好；要做好，就必须注重年轻人培养。

你这个问题提得蛮好的，它涉及到我们为什么要去做，然后我们怎么去做，怎样才能够持续地去做，要有一个很大的视野才可能把事情做好。

陈美霞：以前听说您对不同意见者比较宽容，今天听您说疗救、疗伤，我感觉好像比较理解了。

黎湘萍：要有那么一个心情——"悲悯"，这样各种各样对你的误解都没关系。处境不一样，有时候我们要了解背后的因素，然后你才可能找到一个对话的方式，彼此疗救、彼此救赎的方式，我觉得这是很重要的，不要只从政治立场给人贴标签，因为在历史运动中的人是很复杂的。

（二）如何面对世界的整体性

陈美霞：黎老师，您富有传统知识分子的理想性与浪漫性，有些知识对于快速的论文生产并无多大助益，但您乐此不疲！比如，您坚持学习拉丁语与希腊语，这看似与台湾文学研究没有什么关系，你学这些知识是纯粹的兴趣吗？还是有什么动力？

黎湘萍：谁说与台湾研究没有关系呢？其实是有关系的。世界本来是很整体的，但是我们把它碎片化了。我们身在某一个碎片的时候，我们就自得其乐，就忘记它与整体的关系。

表面上看你是在做台湾文学研究，但要做好，要面临多少问题？刚才我说的三足鼎立：史料、理论、文本细读都需掌握。可是史料从哪里来？台湾问题的缘起在哪里？香港问题的缘起在哪里？澳门问题的缘起在哪里？或者中国之所以成为问题的缘起在哪里？这个多重要啊！你不解决这个问题，你做的东西就是零零碎碎的。你有没有这个意识和视野是不一样的。比如，闽台关系研究，"移民"是个大问题，但除了福建移民外，台湾更早时候还有荷兰移民。

说到台湾的历史，在这样背景下，如何处理？台湾史既是中国史很重要的一部分，台湾史又是世界史很重要的一部分。你要把台湾搞清楚，就要把台湾世界史的部分搞清楚，把台湾中国史的部分搞清楚。世界史的这部分就涉及到荷兰人，荷兰人的问题就涉及到西方地理大发现。没有地理大发现、没有宗教改革、没有文艺复兴，就不可能有荷兰向世界各地的扩张。应在这样一个背景下，了解荷兰人为何侵略台湾。我们现在需要研究的是荷兰什么时候进入澎湖、什么时候进入台湾，在多大程度上发生影响，荷兰人跟当时在世界称霸的西班牙人、葡萄牙人的关系如何？荷兰人怎么跟汉人交往、怎么跟原住民交往，留下了什么文化遗产，比如说基督教及其对原住民的影响，这是世界史面向的。只看中国的东西，不看西方的东西可以吗？这也是我建议年轻人学习荷兰语的原因。翻译都是有选择的，只有亲自摸索第一手资料才更有发言权。

从中国史的角度看是郑成功赶走荷兰人，这又涉及晚明的历史，郑成功父子与南明政权的关系。明亡后郑成功为继续抵抗清人政权寻找据点，为南明政权延续香火。如果了解外文，了解历史，其实它不是孤立的。我现在跟你说郑芝龙是天主教徒，你一定会很诧异，海盗怎么会是天主教徒？郑芝龙怎么还有个外国名字，你在外国文献里看不到郑芝龙，你看到的是 Nicolas Yikuan（尼古拉 一官），一官是他的小名。说到这里又和澳门有关系，他曾经跟他舅舅到过澳门，澳门为葡萄牙人所占据，他可能在那里受洗。你看，他跟日本有关系，又和澳门有关系。光是这个人物，他牵涉的面就很多。清人把他看作贰臣，因为他翻来覆去，我们把他看作海盗，都简单化了。又因为他娶了个日本女人，生了郑成功，怎么说都不好，按照中国的现在的民族主义思维，郑成功的妈妈怎么能是日本人呢？可是生活就是这样。我做日据时代史料，发现《台湾日日新报》很喜欢谈郑成功的故事，日本人也喜欢用这个做文章，因为郑成功的身上有日本人的一些血统，他用这个来笼络汉人。你说我做的这个工作（学习多门外语）难道是没有关系的吗？

为什么外语重要？比如澳门，传教士进入中国的第一个跳板。澳门的"圣保禄学院"是中国境内最早的现代化学校，移植了葡萄牙科因布拉大学的教育体制。"圣保禄学院"传授了西方的知识体系，比如说亚里士多德。传授语言是意大利文、拉丁文或者葡萄牙文，特别是拉丁文。你不了解拉丁文你怎么了解这段历史？怎么知道圣保禄学院发生的影响？包括利玛窦在内的很多传教士到澳门，再从广东肇庆进入江西再到北京。第一次中外文化交流是从他们带来的意大利文或者拉丁文文献开始的，特别是拉丁文。徐光启翻译几何原理，是利玛窦口述的，这是最早的几何原理的翻译，不是在战争的背景下，是在非常和平常态的交流里开始。

让你们读亚里士多德，其实我意在此。除了亚里士多德对柏拉图进行改造和扬弃，发展出他自己的东西这样一个哲学史的问题；其实还涉及到他是如何进入中国的，明代传教士就开始介绍他。最早汉译的文献，把亚里士多德论著翻译成汉语文言文，是从拉丁文的文本翻译的。

我看到年轻人，就主张他们去学点拉丁文，我是希望他们能够分享我的经验。我现在很懊悔，或者说很奇怪，为什么我像你们那么年轻的时候没人来提醒我怎么去学。只要你掌握了拉丁语，你就可以阅读拉丁语系的西班牙文、葡萄牙文、法文、意大利文的相关文献，从而了解中西文化交流的初始状态。虽然说基督教（景教）在唐代就进来、元代也有人介绍，但真正发生影响是在晚明。而晚明与郑成功、与台湾有没有关系？这背后有我的问题意识。

台湾问题、香港问题、澳门问题也好，都回到了中国的近代。中国近代不像日本人说的放到宋。宋代翻译佛经，新儒家（宋代）经过佛经改造，再把原来传统糅合起来，发展出像周敦颐、"二程"那路的新理学、新儒学，但这个东西还是以"我"为主，它的近代性还是很单薄的。可是到晚明就出现新的东西，如徐光启，很早就研究数学、历法、水利、军事。他给皇帝上过奏折，推荐"红蕃"（葡萄牙人）制造大炮的方法，想以此抵抗清朝入侵。徐光启的《农政全书》，除了中国的农业知识很丰富，他还吸纳西方农业知识。

我这样延展开来，你就知道要了解近代我们所需要的基础，多学几门语言，可以更好地掌握到我说的第一个条件，也就是史料。中国历史作为一个整体的发展，不能因为政治的隔断、朝代的更替而把它切断。这是个重要的视野，当然这是个背景，因为它涉及的面太广，不可能都铺到。但如果没有这个视野，绝对是就事论事，只见树木不见森林。这个就是求知的乐趣，延展开来，碎片背后是有联系的。

（三）理论与历史现场

陈美霞：我发现您的理论关注与一般人不同，比如《台湾的忧郁》、《文学台湾》，理论融入具体作品的分析；并非就理论谈理论，而是结合具体的语境，您在运用理论的时候很注重理论产生的背景脉络。您曾说过您从唐弢先生处获益最大的是"历史感"，这对您学术研究的最大启发是什么？

黎湘萍：以前赵园老师为《台湾的忧郁》写书评的时候，她对我鼓励有加。她的一个感觉是我太喜欢理论，她说《台湾的忧郁》理论概念不多，但似乎有理论的底色。我原来是学习文艺学的，虽然我不是很好的理论学习者，但确实非常迷恋理论。我的藏书一大块是外国文学、一大块是中外理论，我让自己尽量系统地了解整个西方文化的基础。从苏格拉底及他以前、柏拉图、亚里士多德、罗马时代、中世纪到近代，思想史哲学史发展的过程和脉络，在不同地方开出来的路径。比如说在德国，它已经到了一个非常繁盛的时期，黑格尔、康德……我都用很多精力阅读。虽然没有专门写这方面的文章，实际上那是我八十年代阅读的重要动力。

但是仅仅这样是不够的，必须要回到历史的现场。文学是情感的、虚构的，可以说是想象领域的历史。可是进去后，原来很多抽象的东西会具象化。我们在跟唐弢先生这样一个作家型学者学习的时候，会发现光有理论是很苍白的。

跟唐先生读博时，我主要是到他家听他谈话，我的一个感觉就是文学也是生活化的。文本化的文学世界或者文本化的历史，是由一篇篇作品组成的，或者变成期刊报纸上的资料，可是这些是谁写的？是人写的。一个个具体的人、一个个不同立场的人、一个个有不同利害关系的人，他们彼此之间互相有很多非常微妙的关系，唐先生很少跟我们谈具体的文学，但是他会跟你谈文学背后的人的故事，这样，我们就明白文学史对他们来说是活的文学史，是活着的流动的文学史。

我们年轻人很容易只看到文本，可是对唐先生他们来说，不是这样的，他看到文本背后的很多问题。这些老的学者作家，他从某篇文章的某个句子里，他知道这个句子说的是谁。比如鲁迅和周扬的论争，在什么情景下发生？现代文学中"两个口号论争"是怎么回事的？表面上是一个理论的论争，或者是关于统一战线的不同的理解，实际上背后还有更复杂的东西，不身在其中的人不能了解得很透彻。唐先生还活着的时候，现代文学、五四文学以来的文学对他来说还是活着的，当代就更不用说了。现在很后悔当时没多问唐先生些事情。不断有老人走了，以人的去世为标记，历史也会走向终结，留给我们的是文本、或者说是史料、作品。最后我们只能凭这个东西来走近历史，你说我们得需要多少小心。这就是唐弢先生给我的启示："历史感"很重要。

而我们年轻人往往容易忽略历史感，虽有理论热情。有时候甚至有理论没有生活，还丧失了常识。比如说关于最近的三十年历史、文革历史，很容易通过文本把它美化，其实就是缺少常识。有时候从常识判断比从理论判断更重要，这不意味着理论没有价值。比如，康德理论的价值还是在那里，但必须回到它的语境里，这个理论才会更丰满。

陈美霞：黎老师，您的理论深度有点遮蔽了您的史料功夫。其实您也很重视第一手的史料，近期您主持《台湾文学史料》编纂可以说集中体现了您的史料重视程度，丛书何时出版，据悉是工具书性质的？

黎湘萍：《台湾的忧郁》、《文学台湾》只从文本上看好像没下史料的功夫，其实我是从一本书追到一本书，它的版本、最初出版的年月，我都列了个单子下来。这个工作是大家看不见的。

另外，博论选陈映真，除了他的气质、他叩问问题的方式、他在台湾文坛特有的位置吸引我，还有一点就是《陈映真作品集》提供了比较可靠的资料，我才敢选他；如果没有，我也不敢做这一研究。很多台湾作家作品当时都没结集出版，至少在祖国大陆是比较难找齐相关资料的。

我们把"台湾文学史料"的编纂与研究作为训练青年学者的一个方式，就是让他们每个人都亲自去触摸、去整理、去分析、去编纂这个史料。"台湾文学史料"课题的申请与台港澳文学与文化研究室的成立几乎同步，这是研究室成立后一个重要的事情。我们从晚明台湾问题的出现开始，暂时是终结在 1945 年：明末到清初、清中期、日据时代，日据时代又分为日文与中文的。现在基本都已整理好，但还需进一步注释，这样就能比较完整地呈现这一段史料。还是那个想法，史料是基础。

（四）探究经典与民间智慧

陈美霞：您身边的朋友、同事都知道您很推崇《圣经》，曾有学界朋友认为这是受到您的博士论文研究对象陈映真先生的影响，那么您关注《圣经》的最初契机是什么？兴趣久久不衰的原因是什么？

黎湘萍：应该说我很早就关注《圣经》。我的兴趣是英文和外国文学，但因家庭背景无法报考。即使是在学中文，我也花了很多时间自学外语。学英语的人都知道两个经典是英语文学上最常被引用的，一个就是莎士比亚、一个就是《圣经》。为了了解这两个（经典），就不断地搜集它们。除了看翻译的，还尽可能去找原文，有朋友去英国，我就托他去买 King James 版"圣经"，这是较古的英文版本。

第二阶段是 1983 年左右到南宁进修。我原来所在的县城没有教堂，南宁有基督教堂，配合我的学习以及对外国文学的兴趣，我就到教堂去。以前我只是从文学的角度理解《圣经》，七十年代末读大学的时候我对"诗篇"、"雅歌"、戏剧性的"约伯记"、精彩的短篇如"路得记"感兴趣，"创世纪"我是当作神话来看。可是，1983 年到南宁的时候我就想，它（圣经）在生活当中会是什么形态？就是它被人家阅读或者被信徒所信仰的时候是什么形态，所以我就到礼拜堂去观摩，看是怎么回事？这样可以帮助我了解这本书跟现实的人的生命的对话关系，这对我这样的非教徒的人来说其实是蛮重要的，与七十年代末当作外国文学的一部分来读是不一样的。到 1983 年我觉得是一个转折，就是希望了解《圣经》与现实的对话关系，它作为信徒的信仰基石怎样去发挥一个指导性的作用。

第三个阶段就是碰到陈映真，他的作品有我感觉到的独特的思想性和诗性，散发着基督教的忧郁气质，这个气质是别的作品没有的。我想这是很自然的一个过程，有了前面的经验，我就更能够较容易地进入陈映真的世界，而不是相反。

《圣经》是真正的经典，而不是我们学科意义上的经典。什么是真正的经典，就是影响了人类好几千年的这些书，《易经》、《圣经》都很重要。我觉得要读这些书中之书、书上之书，读"书王"。因为它是源头，由它延展出很多很多的书。与其去看那些"流"，不如去看那些"源"。孔子、儒家的思想很重要，可是儒家之前的思想形态是什么，你还得回到《易》，回到更早的时代。这就是我不断地让年轻人阅读经典的原因。

陈美霞：除了《圣经》外，您对《易经》也相当精通，甚至对很多生活常识，"名学（起名字）"、血型等各种偏门冷僻知识，你也很认真地去关注去钻研。

黎湘萍：这个是"杂学"。中国文化很复杂。我为什么要学《易经》？除了是经典、是"源头"外，最早的理由是想知道孔子是怎么读《易》的？有句话说孔子"三十而立、四十不惑、五十而知天命、六十耳顺、七十从心所欲不逾矩"，这是他的进德之阶。可是，据说"孔子五十而学易，韦编三绝"。正是在他学易的年头，他"知天命"。接近孔子也好、或者后来的宋儒像朱熹也好，都需要回到《易》。朱熹学《易》前焚香、祷告，按大衍之数算个卦出来，这并非迷信、这是他们接近《易经》的一个方式。

占个卦，卦占出来就有个"象"，再分析这个"象"背后有什么关系？它预示了什么？这就涉及到中国的哲学与杂学，二者是混在一起的，渗透在中国文学的方方面面。冯友兰的《中国哲学简史》在谈到《周易》、《易经》的时候，它还专门有一章是说"卦辞"，算卦的方法。一个很正经的哲学史都必须回到这个，因为这包含着中国古人的数理知识。从"数"变成"象"，再由"象"变成"义"，这是很重要的一个点。

"易"的哲学与智慧是比孔子要古老得多。除了了解西方，我也让自己了解中国本土的文化根底。避免谈西方天花乱坠，却不知道我们的文化是怎么走过来的。影响我们几千年的东西到底是什么？这些都还在民间生存着。不了解这些，那我作为一个读书人，像话吗？我首先是个中国的读书人。我不了解中国的文化根源，当然不行。

陈美霞：老师，我听说您会算卦？那么您会根据自己算出来的卦象的预示来行事还是仅仅是为了好玩？

黎湘萍：不会，有时候只是为了了解。不一定是用它来预示，这并非跟现实有什么对应的关系，而是观察中国人怎么看待"易"。比如一个"卦"有六个"爻"的变化，这变化是永远的。现在留下来的 64 卦，它的卦辞、爻辞是固定的，因为它已经文本化了。如果你只是在固定的状态里去了解它，你对《周易》的了解是死的。卦原是活的，处于变化当中，它比黑格尔的辩证法还要辩证、复杂。

中国哲学很重要的就是"易"，"易"有三义，一个是"简易"；一个是"变易"、所以传教士把《易》翻译成"The Book of Change"，就是讨论变化的书；一个是"不易"，即不改变。"易经"是用一个最简易的办法告诉你一个简单的道理："这个世界是变化的"。这三个"易"就在里面了，可是光这样是很抽象的，你用一个"爻"、"卦"算出来之后，你就知道为什么是这样。我说的是有根据的，因为卦算出来之后爻和爻之间的变化，六个爻里面彼此之间的关联，每个都有象，象外有象、象内有象，意在言外、言在意中、言在象中等等。

不了解这个，就不了解我们的哲学、美学、艺术，也不了解我们的民俗社会。现在我回到民间，我也能够用你说的"名学"（起名字的学问）跟老百姓交流，因为那里面暗含一些"数"，有时候会对他们起到一些好的作用、治疗的作用。但是这个治疗不能说是空的，我给孩子起的名字，要经得起考验，我要对这个孩子负责。起名不是简单地要一个意义，里面蕴含中国哲学当中的"数"，内在的数理有些暗示的作用，你不一定要相信。但是既然是在这个文化语境里，人家又找到你，那你就按它的哲学给孩子起个好名字，祝福他。

陈美霞：在现有的学科体制里，台湾文学基本是属于区域文学，但晚明以来荷兰、西班牙、日本等外来势力的介入，使得台湾成为中国最早接触"西方"的先锋区域之一，所以应把台湾问题置于东亚史甚至中西文明碰撞的历史加以考察。《台湾的忧郁》、《文学台湾》的阅读经验与本次访谈，都让我感觉到您不拘囿于学科界限，台湾文学似乎是您观察世界的一个窗口。您结合自身学术历程谈论台湾文学研究的学术意义、学科建设、理论与史料问题，台湾文学与外语学习背后的整体性视野等等，都很有意思，相信对有志于台湾文学研究的年轻人会很有启迪。黎老师，谢谢您接受访谈！

（发表于《学术评论》2013 年第 3 期）

黎湘萍学术年表

黎湘萍，1958年12月8日生于广西靖西县。1976年7月高中毕业后上山下乡，1977年恢复高考后，考入广西右江师范专科学校中文系（现百色学院），毕业后曾在中学任教。1985年7月考入中国社会科学院研究生院文学系攻读文艺学专业，师从何西来、杜书瀛先生，1988年7月获得文学硕士学位。1988年8月师从中国著名文学史家、鲁迅研究专家唐弢先生，在中国社会科学院研究生院继续攻读中国现代文学（港台文学）专业，1991年7月毕业，获文学博士学位。1991年8月迄今在中国社会科学院文学研究所工作。历任助理研究员、副研究员、研究员，曾任《文学评论》理论组组长、文学研究所台港澳文学与文化研究室主任，现任《文学评论》副主编兼编辑部主任、文学所学术委员会委员，兼任中国世界华文文学学会副会长。主要从事中国现当代文学及文学理论的研究，侧重台港澳地区及海外华人文学研究。

1988年，发表《台湾当代文学理论发展概述》（南宁《南方文坛》1988年第4~5期，收入1988年《中国文学研究年鉴》，北京社会科学文献出版社1992年版）、《"文学经验"随想》（署名"旻子"，原载石家庄《文论报》1988年6月25日第三版）、《台湾的"文学语言学"》（上下）（研究报告，原载《当代文学研究资料信息》，1988年第4、5期）、《台湾文学批评管窥》（研究报告，原载《文学研究参考》1988年第3期）。翻译《关于中国叙事文学的批评理论》（论文，美国浦安迪著，载上海《中国比较文学》杂志，1988年2月号）

1989年，发表《生命情调的选择——台湾〈语言美学〉的本体论》（北京《文学评论》1989年第2期）、《存在与语言：台湾〈语言美学〉方法论》（南宁《南方文坛》1989年第1~2期）。

1990年，发表《凡人时代的救赎之路——试论台湾新文化小说》（沈阳《当代作家评论》1990年第三期）。参与编撰《美学百科全书（台湾美学部分）》（撰稿者之一，北京社会科学文献出版社1990年12月初版）、《文艺学新概念辞典》（撰稿者之一。北京文化艺术出版社1990年4月初版）。

1991 年，是年撰写博士论文《叙事与自由》，获得文学博士学位。发表《当代小说的语言探索》（吉林《文艺争鸣》杂志 1991 年第 5 期）、《"格调"的奥秘》（评论，原载福州《台港文学选刊》1991 年第 8 期。此文获"选刊之友"征文一等奖）。毕业后留在中国社会科学文学研究所工作，参与撰写《台湾地区文学透视》（文学所台港室编。陕西人民教育出版社 1991 年 7 月出版）。翻译《关于电影、电视与录像文化的一些理论探讨》（论文，美国狄桑那亚克作，原载北京电影学院《教学编译参考》1991 年第 2 期）

1992 年，参与撰写《文艺美学原理》（杜书瀛主编，北京社会科学文献出版社 1992 年 10 月出版）。发表《超越压抑：从语言选择到叙述——观察台湾小说写作史的新视野》（吉林《文艺争鸣》杂志 1992 年第 4 期。此文 1995 年获"中国社会科学院第二届青年优秀成果奖"论文二等奖）、《陈映真与三代台湾作家——兼论台湾小说叙事模式的转变》（厦门《台湾研究集刊》1992 年第 4 期，1993 年第 1 期）、《海纳百川，有容乃大——读杨义〈中国现代小说史〉一得》（书评，原载《光明日报》"图书评论"栏，1992 年 1 月 23 日）、《道德文章，彪炳史册——唐弢学术讨论会综述》（原载北京《鲁迅研究月刊》1992 年第 5 期；北京《文学评论》1992 年第 4 期）、《致李燮——兼谈诗歌语言》（书信，原载 1992 年 8 月 11 日《右江日报》澄碧湖副刊）、《远怀梁持宇先生》（散文，原载 1992 年 8 月 7 日《右江日报》澄碧湖副刊）。

1993 年，发表《1992 年台湾文学研究综述》（署名"丁木"，研究报告，原载《中国文学年鉴》1993 年版）、《晚景照人梦依稀——悼念唐弢先生》（散文，原载《中国现代文学研究丛刊》1993 年第 1 期；收入《唐弢纪念集》）、参与编辑《唐弢纪念集》（卓如、刘纳等合编。北京社会科学文献出版社 1993 年 5 月出版）、参与撰稿《朱自清名作欣赏》（林非主编，北京和平出版社 1993 年 6 月初版）；翻译《日本电影观赏：若干必须考虑的问题》（美国唐纳德·里奇著，选自"Cinema and Cultural Identity – Reflection on Films from Japan, India and China"，载北京电影学院《教学编译参考》1993 年）。

1994 年，出版专著《台湾的忧郁——论陈映真的写作与台湾的文学精神》［北京生活·读书·新知三联书店 1994 年 10 月出版，列入"三联–哈佛–燕京学术丛书"，1995 年重印。本书获 1996 年度中国社会科学院文学研究所优秀成果奖。台湾版（增订）于 2003 年 12 月由台北人间出版社出版］；发表《透视历史的方法——读杨义〈中国历朝小说和文化〉》（书评，原载《读书》杂志 1994 年第 7 期；《徐州师范学院学报》〔哲学社会科学版，季刊〕1996 年 3 月第一期）；翻译《恐怖主义者的美学原则——关于艺术家、经纪人与其他激进主义者的美学观》（意大利作家莫拉维亚著，原载美国《哈拔》"Harper's"杂志 1987 年 6 月第 271 卷，第 1043 期。英译者是 John Satriano。中译译文载商务印书馆编印的《外国美学丛刊》第 10 辑。1994 年 10 月出版）。

1995 年，发表论文《浪漫时代的终结》（福州"台湾文化学术研讨会"论文；1995 年 5 月）、《没有浪漫时代的台湾文学史》（南京《台港暨海外华文文学评论》1995 年第 3 期）、《寻找现代都市的感觉——台湾新生代诗人林燿德与他的诗歌》（原载上海《语文学习》1995 年第 7 期）；发表书评《解剖当代人的原始情结——读高小康〈大众的梦〉与〈人与故事〉》（书评，原载 1995 年 11 月 9 日《为您服务报》第 13 版"京城书评"栏）；翻译《中国传媒中所表现的女人和性》（［英］哈丽叶·埃文斯原作，与傅浩、柯玢彦合译，收入朱虹主编的《性别与中国》第二辑，三联书店 1995 年出版）。参与撰写《扬子江与阿里山的对话》（杨匡汉主编，这是杨匡汉先生主持的"国家社会科学基金重点项目"。上海文艺出版社 1995 年 12 月出版）。参与编辑《唐弢文集》（十卷本，卓如、刘纳、汪晖、黎湘萍等编。北京社科文献出版社 1995 年 4 月出版。

1996 年，发表《消费时代的文化困境——以台湾当代消闲文化为例》（作于 1996 年初，收入何西来、杜书瀛主编《消闲文化论》，安徽文艺出版社 1996 年出版）、《被抛入历史的人们——重读陈映真、黄春明、王祯和的小说》（作于 1996 年初，系提交给北京"台湾文学研讨会"的会议论文。发表于北京《台湾研究》1996 年第二期）、《语言的创伤：吕赫若论——透视殖民地语言权力结构中的台湾文学》（提交 1996 年 4 月南京"第八届世界华文文学国际研讨会"的论文）；《从"信仰"到"研究"》（刊于《文学评论》1996 年第 9 期）、《"沙漠"的绿草——商业殖民地多元文化中的香港文学》（刊于北京《百科知识》杂志 1996 年第 6 期）、《陈映真先生谈台湾"后现代"问题》（访谈录。刊于郑州《东方艺术》1996 年第 3 期、上海《文艺理论研究》1996 年第 5 期转载）、《当代中国的精神处境——兼谈台湾的消闲文化》（笔谈，载《文艺争鸣》杂志 1996 年第三期）、《1994～1995 年台湾文学研究综述》（署名"丁木"，研究综述，《中国文学年鉴》1996 年版）、《痛失燿德——悼念林燿德》（散文，原载福州《台港文学选刊》1996 年第 3 期）。参与撰写《张恨水名作欣赏》（杨义主编，北京和平出版社 1996 年出版）。主编《世界著名短篇哲理小说精粹》（北京和平出版社 1996 年出版）。

1996 年 9 月至 1997 年 8 月应邀到韩国的朝鲜大学中文系客座。是年 12 月，在韩国中国现代文学研究会发表论文《语言革命与现代性》（刊于韩国《东亚文化》第 34 辑，1996 年 12 月出版。）

1997 年，7 月 10 日，发表《香港回归与中国未来》（刊于韩国《全南日报》）。发表论文《从边缘返回中心——论华文文学的文化价值与历史价值》于北京第九届世界华文文学国际学术研讨会。参与编撰《中国新文学大系 1949～1976：文艺理论卷（台湾文论部分)》 (合作,上海文艺出版社1997年出版)。

1998年,1月15～18日,在北京民族饭店参加由社科院文学所与台联联合主办的"吕赫若作品学术研讨会",会上发表《试论吕赫若小说的现代性——透视殖民地权力结构中的台湾文学》。10月28日至31日,参加中国作协、台联、中国人民大学共同主办的"黄春明作品研讨会",发表论文《现实与想象:试论黄春明小说的意义》。11月3～4日,参加"陈映真作品集"首发式座谈会,发言稿《文化霸权与反殖民论述:从"鸦片战争"到"跨国公司"》。11月24日上午,在文学所接受台湾春晖影业公司"作家身影"专题片的采访,谈钟理和和钟肇政的生活与作品。

1999年,8月应邀赴美国加州大学圣塔芭芭拉校区参加"战后台湾文学"国际学术研讨会,会上提交论文《浪漫时代的终结》。本年度发表《现代消费社会的另类叙事——论黄春明小说的现实主义价值》(刊于《文学评论》1999年第3期)、《从吕赫若小说透视日据时代的台湾小说》(《中国现代文学研究丛刊》1999年第2期)、《语言革命与现代性》(《右江师专学报》1999年第3期)。

2000年,发表《华文文学的文化价值与历史价值》(《河北学刊》2000年第2期);《是莱谟斯,还是罗谟鲁斯?——从海峡两岸知识者走进鲁迅的方式说起》(上海《收获》2000年第3期);《重返心灵的故乡》(南京《世界华文文学论坛》2000年第2期);《毋忘香港》(《文学评论》2000年第3期)。会议论文《战后台湾文学的文化想象》(台湾大学何寄澎主编《文化、认同、社会变迁:战后五十年台湾文学国际学术研讨会论文集》,行政院文化建设委员会出版,2000年6月)。会议论文《战后双城记——试论战后台北与上海的文化论述》(广州《东方文化》杂志2001年第5期)。

2001年3月,参加中国作家协会举办的"黄春明作品首发式暨研讨会";6月2日,赴厦门参加国台办海峡两岸研究中心主持的"中华文化与两岸关系研讨会",提交论文《战后台湾文学的文化想象》。

2002年,发表《另类的台湾"左翼"》(刊于《中国现代文学丛刊》2002年第1期)。参与撰写《中国文化中的台湾文学》(杨匡汉主编,这是杨匡汉先生主持的"国家社会科学基金重点项目",武汉长江文艺出版社2002年10月出版)。4月,任中国社会科学院研究生院文学系博士生导师,同月应邀赴德国鲁尔大学东亚系访学。7月31日至8月13日到西安、乌鲁木齐参加中外文艺理论协会举行的"全球化语境与民族文学文化前景"国际学术研讨会,做《怀旧与现代性》的发言;9月3日至7日到贵州参加中国社会科学院主办的"海峡两岸多元文化一体架构"研讨会,提交论文《从华人文学经验看中华文化多元一体性》。10月25日—29日赴上海参加第十二届世界华文文学国际研讨会,提交论文《从〈古都〉到〈山海经〉——关于文本与经验的研究》。

2003年9月,《文学台湾》一书由北京的人民文学出版社出版,列入该社"猫头鹰文丛"。发表《知识者的现实认知与文化想象——从20世纪40年代台湾作家的日文小说看其文化认同的困境》（刊于厦门大学《台湾研究集刊》2003年第2期）。11月25日至12月2日，应邀参加中国社研究会科学院文学所学者代表团到台湾中国文化大学参加五十年两岸文学学术研讨会。12月25日至31日，应邀到台湾真理大学麻豆校区参加"台湾文学与语言国际学术研讨会"，提交论文《没有浪漫时代的台湾文学史》；12月，《台湾的忧郁》繁体版由台北人间出版社出版，撰有序言《"走出过境内的异国"》。

2004年，发表《族群、文化身份与华人文学》（刊于汕头大学《华文文学》2004年第1期）；发表《"杨逵意识"：殖民地意识及其起源》（刊于汕头大学《华文文学》2004年第5期）。本年度1月6日至11日，到汕头大学参加"全球化语境下的中国现代文学研究"国际学术研讨会，在大会上做了"台湾文学：现代性研究的重要资源"的发言。7月14日至20日，赴台北参加中研院主持的"正典的生成：台湾文学与世界文学"国际学术研讨会，提交的论文《正典构成的因素：从白先勇、王文兴到张大春》。9月20日至23日，赴山东威海参加第十三届世界华文文学国际学术研讨会，做"离散研究与华人文学"的发言；10月，应邀赴德国鲁尔大学东亚系访学。是年，文学研究所重建台港澳文学与文化研究室，受命担任该室主任，主持中国社会科学院重大课题"台湾文学史料研究与编纂"。

2005年，发表《闻弦歌而知雅意——从青春版昆曲〈牡丹亭〉开始的文艺复兴》（刊于汕头大学《华文文学》2005年第6期）；发表《"左撇子"思考——序梁巧娜〈性别意识与女性形象〉》（刊于《广西百色师专学报》2005年第2期）。8月，参与筹办在北京香山举行的"东亚现代文学中的历史与战争记忆"（中国社会科学院文学研究所主办）；9月，应邀赴台湾清华大学（新竹）客座一个学期（至2006年1月25日返回北京），同月撰《隐地的时间——序〈草的天堂〉》（收入隐地《草的天堂》，尔雅出版社2005年10月出版）。

2006年，专著《文学台湾》获得2007年第六届中国社会科院优秀科研成果三等奖。发表《文学知识的制度化与精英秩序的建立》，刊于《中国社会科学研究生院学报》2006年第3期；《时空观的变迁与文学经验的现代性》，刊于南京大学《中国现代文学研究》2006年创刊号。《文本传统与文学经验》，刊于香港《香港文学》2006年第8、9期。《谪仙白先勇及其意义》，刊于台北《印刻》杂志2006年第3期；《"狐狸"文论——读龚鹏程〈文学散步〉》，收入龚鹏程《文学散步》一书，北京，世界图书公司2006年版。10月应邀赴美国加州大学圣塔芭芭拉校园参加杜国清主办的"台湾文学与历史"国际学术研讨会；11月筹办在江西庐山举行的"身份与书写：战后台湾文学研讨会"，由两岸学者参加，这是一次有效交流和呈现两岸学术成果的会议。

2007 年，发表《理论是否重要》（刊于广西大学《阅读与写作》2007 年第 5 期）；《"狐狸"文论——龚鹏程〈文学散步〉读后》，（刊于广西大学《阅读与写作》2007 年第 7 期）。是年 4 月至次年 2 月，应邀到日本一桥大学访学。在日期间，于 6 月到东京大学"中国现代文学研究会"谈"台湾纪录片《无米乐》及其意义"、7 月到国立横滨大学谈"白先勇研究及其价值"、10 月到爱知大学名古屋校区谈《无米乐》、到《野草》杂志社谈"郭松棻的思想与写作"、12 月到天理大学谈"台湾文学性格形成的历史原因"。6 月参加了日本台湾学会年会、旅日华人学者"以文会"讨论会；7 月参加"日本殖民地文化研究会"纪念七七事变的殖民地问题研讨会。期间于 11 月 30 日至 12 月 9 日，受《文讯》杂志社邀请，到台湾参加第十一届"青年文学会议"（文讯编辑部主办）和"华文文学：台北与世界对话"两个会议。

2008 年是年 8 月，应邀赴日本参加在名古屋爱知大学举行的"帝国主义与文学——殖民地·沦陷区·'满洲国'国际学术研讨会"，提交论文《"日本主义"文学在台湾》。10 月，赴南宁参加第十五届世界华文文学国际学术研讨会。11 月，完成严家炎先生主持的"二十世纪中国文学史"课题（台港文学部分）。

2009 年，6 月，随文学所代表团一行九人赴斯洛文尼亚参加"文学与艺术的哲学问题"国际研讨会，会上提交论文《文体与思想》。同月，到徐州参加徐州师大和世界华文文学学会主办的"世界华文文学高峰论坛"，做了"空间作为方法"的发言。8 月，应邀赴台，作为领队参加政治大学和复旦大学联合举办的"跨越与开放——2009两岸青年研究生交流研讨会"；9 月，赴台参加《文讯》杂志社举办的"陈映真创作 50 周年文艺茶会暨国际学术研讨会"，在会上发表论文《思想者的"孤独"——关于陈映真的创作和思想与战后东亚诸问题的内在关联》。11 月，赴澳门参加中国社科院近代史所与澳门中西创新学院合办的"澳门的历史与社会——纪念澳门回归十周年学术研讨会"，会上做了"观察'殖民地'文学的方法"的发言。11 月 23 日，在文学所与来访的台湾清华大学台文所举办"文学史料研究与理论诠释"研讨会。

2010 年，发表《思想者的"孤独"？》（刊于北京师大《励耘学刊》2010 年第 1 期）。3 月 5 日至 8 日，赴台南参加成功大学文学院举办的"感官素材与人性辩证"学术研讨会，提交论文《战后台湾文学的身体写作及其政治、伦理与美学意义》；4 月 15 日至 24 日，赴台参加"21 世纪华文文学高峰会议"。4 月 27 日至 29 日，赴澳门参加中国社会科学院文学所台港澳文学与文化研究室与澳门大学合作的"近代公共媒体与澳门、香港、台湾的文学经验"国际学术研讨会。9 月 27 日至 10 月 2 日，赴香港参加香港浸会大学举办的张爱玲国际研讨会，发表《张爱玲的历史观与小说美学》。10 月 13 日至 19 日，赴加拿大滑铁卢大学孔子学院参加"故土、历史、呈现：北美华裔英语文学国际学术研讨会"，宣读论文《离散美学与华人新文化的形成》。编著《事件与翻译：东亚视野中的台湾文学》（与李娜主编，中国社会科学出版社2010年版）。

2011年，撰文《"夜空中晶亮的星辰"——怀念樊骏先生》，（刊于1月24日《人民政协报》"文化周报"版）。3月至8月，应邀赴台湾中兴大学人文与社会科学研究中心参加"环境、科技与伦理"研究项目。8月参加在明道大学举行的隐地文学研讨会，发表《台北街巷的斯宾诺莎：隐地文学印象》。11月，院重大课题《台湾文学史料编纂与研究》结项，共五卷十二册，课题组成员包括黎湘萍、张重岗、李娜、李晨。11月下旬，赴广州暨南大学参加"共享文学时空：世界华文文学国际学术研讨会"。

2012年，4月，应邀赴台参加中研院举办的"第一届台湾研究世界大会"文学专场，提交论文《一与多的辩证：江文也的诗艺与生命伦理》。11月，参与筹办"海峡两岸白先勇的文学写作与文化实践"学术研讨会，此会由中国社会科学院文学研究所与台湾趋势教育基金会联合举行。朱寿桐、黎湘萍主编的《近现当代传媒与澳港台文学经验》由社科文献出版社、澳门基金会于2012年7月出版。

2013年，发表《台湾光复初期公共领域的建立与文学的位置：1945—1949》（刊于汕头大学《华文文学》2013年第1期）；陈美霞访谈文章《疗伤与救赎——黎湘萍教授谈台湾文学研究》（刊于福建《学术评论》杂志2013年第3期）。10月，随中国作家协会组团前往台北参加两岸青年文学会议，在会上做观察报告；11月，随文学研究所组团前往日本，参加庆祝文学所成立六十周年、大东文化大学成立九十周年的学术研讨会。同月，受命兼任《文学评论》副主编。

2014年，是年兼任《文学评论》编辑部主任。发表《时间与叙述》（刊于《福建论坛》2014年10月号）、《两种现代性?》（刊于汕头大学《华文文学》）、《文体与思想》（刊于上海《现代中文丛刊》）。应中国世界华文文学学会之约，编《"走出国境内的异国"——黎湘萍自选集》（约26万字），由花城出版社出版。9月，应邀赴台湾东华大学华文文学系客座，为本科生和研究生上两门课："聚散流离的燕京大学文学者与中国现代文学史"、"启蒙与革命的轮回——八十年代中国当代文学"。11月，参加在广州举行的首届世界华文文学大会。

后 记

　　本书是作者的自选集。所选的论文、随笔、序跋是作者九十年代以来关于台港澳地区作家作品和海外华人文学的观察、思考和评论。第一部分，主要是学术论文，有的曾在有关刊物上发表，有的则在学术会议上做过交流，曾收入有关会议的论文集，但尚未在学术期刊发表，此次收集在一起，并做了一些补充和修订。这些论文，有宏观的论述，涉及观察和研究台港澳和海外华人文学的视野、方法和理论问题；也有具体的文学史议题（如台湾光复初期公共领域与文学的关系的问题）、文学史上的"失踪者"的问题；有两岸文学的比较研究（如《两种现代性》中关于冷战初期两岸小说的比较研究）；还有作家作品的个案研究，例如关于杨逵、陈映真、白先勇、王文兴、郭松棻、江文也等人的研究，这些个案研究都尝试挖掘出作家作品背后的更为深广的社会、历史和文学的意义，在空间和时间的维度上有所拓展。第二部分主要是一些人物随笔，仍然以台港澳地区和海外华人作家为主，对老作家的新创作有所追踪和论述，也有一些怀人的文章；第三部分是作者写的序跋、书评，涉及台湾文学、文学理论、哲理小说和台湾纪录片研究等方面的介绍，留下一点读书的痕迹。最后是附录，收入一篇关于台湾文学研究的访谈。这些论文和随笔，现在看来，仍很幼稚，虽然总想找时间再修订或重写，但时间流逝，始终找不到沉静下来的机会，也就不怕献丑了，毕竟，无论它多不成熟，甚至可能还会有不少错误，但它们确实比较集中反映了作者在台港澳和海外华文文学研究领域的一些思考，为这些年来的探索留下了一些踪迹，结集起来，也便于自我检讨和接受批评。感谢曹天成、杨匡汉、卓如、赵园诸先生，1991 年博士毕业后，幸得各位青睐，留在了中国社会科学文学研究所工作。二十余年来，能够置身文学所这一可以自由思索、研究的环境，实托诸先生之福也，在此向学问道，得到诸位师友提携，耳提面命，每走一步，都留下了永难忘记的时光。感谢中国世界华文文学学会赐予编辑出版这些文章的机会，感谢花城出版社李谓、李加联、杜小烨编辑，虽然未曾谋面，但若无他们的专业精神和催促，恐怕这集子难以问世。

2014 年 9 月于花莲旅次